GOD'S † KNIGHT
ORIGIN

가즈 나이트 1

ORIGIN

이경영 지음

네오
픽션

차례

등장인물

리오 스나이퍼
타오르는 듯한 붉은 장발, 보기만 해도 믿음을 주는 미소, 상냥하면서도 인간적인 성품을 지닌 가즈 나이트(이하 GK). 외모는 스무 살 청년으로 보이지만 실제로는 7백 년을 넘게 살아왔다. 공격력은 같은 GK 중에서도 최고로 손꼽힌다.

파르하 베자스
전직 7호장이란 사실을 자신의 아이들에게까지 숨긴 채 살아온 인물. 모든 것은 왕실 반란 사건 때 함께 피신한 공주 레나를 보호하기 위함이다.

레나 베자스
조용하고 은은한 성품을 지닌 에메랄드 빛 머리칼의 아가씨. 20년간 평범하게 살아왔지만 공주의 신분으로 돌아가야 하는 시대적 숙명이 그녀를 기다리고 있다.

리카 아르반
자존심이 세고 말괄량이 기질이 다분한 소녀. 같이 다니는 클루토와는 소꿉친구. 아르반 영주의 딸이란 사실은 그녀를 점점 위험에 빠뜨린다.

크리스토퍼 베르토
'클루토'라는 애칭을 가진 견습 마법사. 리카를 좋아하면서도 아무 말 못 한다. 리오를 마음속의 스승, 영웅으로 생각한다.

바이칼 레비턴스

군청색(블루블랙) 머리칼, 여성보다 더 아름다운 얼굴의 청년. 사실
은 서룡족의 제왕 드래곤 로드(Dragon Load)다. 어린아이 같은 성격
의 소유자이지만 냉소적인 면도 있다. 남성에 가까운 중성이다.

자콥

영주 베른할트의 아들. 레나를 차지하기 위해 수단과 방법을 가리
지 않는다. 성격이 못되고 잔인하다.

타르자

적의(赤衣)의 마녀라는 별명을 가진 사악한 마법사. 고신 '부르크
레서'의 충신이기도 하다. 사마법, 특히 사념 증폭술이 특기. 리오
에게 이상할 정도로 증오심을 품고 있다.

지크 스나이퍼

리오의 의형제 중 한 명. 금발에 장난기 넘치는 성격. 빨간 재킷이
트레이드마크. 다루는 무기는 무명도(无冥刀)다.

슈리메이어 반 스나이퍼

리오와 지크의 의형제 중 한 명. 동료들은 그의 긴 이름을 줄여, 슈
렌이라고 부른다. 푸른 장발, 남성적인 아름다움, 그리고 차분하면
서도 침착한 면은 모든 GK 중에서 손꼽힐 정도다. 다루는 무기는
염창(炎槍) '그룬가르드'다.

키세레

가이라스 왕국의 레호아스교 수녀로, 신성 마법에 능하다. 테라트
왕세자의 행방을 알고 있는 사람 중 한 명이다.

포르테 토빌스키

가이라스 해방전선에서 활동하고 있다. 인재들을 가이라스 해방전선에 끌어들이기 위해 동분서주하고 있는 인물로, 성격이 괄괄하다.

티퍼 블레이크

마스터 템플러인 조나단 블레이크의 아들이다. 어린 나이에도 불구하고 누나를 찾기 위해 홀로 부모 곁을 떠날 정도로 의지와 용기가 강하다.

이자록스 공주

가이라스 왕국의 공주. 스무 살도 채 안 된 어린 공주이지만 벨로폰 왕비 일파로부터 나라를 되찾겠다는 의지가 강하다. 짙은 눈썹이 매력 포인트다.

테라트 왕세자

말스 왕국의 왕세자. 가이라스 왕국 유학 중 벨로폰 왕비 일파의 폭정을 보다 못해 해방전선을 조직해 활동하고 있다. 패기와 진취성이 강하다.

요우시크

마(魔)검객이며, 암흑의 생물이다. 고신 '부르크레서'에게서 힘과 마검 로제바인을 받은 인물. 1백 년 전 고신 전쟁 때 리오와 싸운 적이 있다. 피를 보는 것을 상당히 좋아하는 잔혹한 성격을 지녔다.

루브레시아

마룡공 루브레시아로 잘 알려져 있다. 본래 서룡족으로, 마룡족에게 정보를 팔아넘긴 죄로 전대 용제에게 처형당하기 직전 도망친 후, 용병대를 창설해 전 차원을 돌아다니며 악명을 떨치고 있다.

슈타인메츠

루브레시아가 이끄는 마룡족 용병대의 젊은 마룡. 끓어오르는 혈기를 참지 못해 일을 그르칠 때가 종종 있다.

바이론 필브라이드

어둠의 가즈 나이트. 상상을 초월한 지구력과 힘은 그의 활기와 더불어 공포 그 자체다. 휀 라디언트, 리오와 더불어 신계 최강이다.

크리스 프라이드

로하가스 제국의 장군. 철로 만든 가면으로 얼굴을 가리고 있다. 공중요새 미그바 레이크와 어절트 슈츠 부대를 이끌고 가이라스 왕국의 해방군을 위협한다.

벨로폰 왕비

가이라스 국왕의 두 번째 왕비. 타르자의 심복으로, 사념이 깊으며, 타르자의 명령대로 폭정을 하고 있다.

GOD'S † KNIGHT

ORIGIN

prologue

'이긴다…… 이길 수밖에 없다!'

로하가스 제궁의 알현실을 향해 달리는 붉은 장발의 남자, 리오는 자신에게 거듭 다짐했다.

'더 이상의 희생자는 없어, 절대!'

알현실이 가까워질수록 눈앞에 여러 얼굴들이 떠올랐다. 멸망한 소국의 왕자였지만 이제는 통일 왕국의 초대 왕이 될 소년 말스, 소년을 마지막까지 따른 소녀 라이나, 보라색 검 디바이너에 마음을 빼앗겨 자신과 함께 숱한 사선을 넘었던 드워프 버틀렌, 그리고 사랑했지만 자신의 손으로 죽여야만 했던 여자, 레나…….

그들의 모습이 또렷하게 되살아날수록 리오의 집중력은 강해졌다. 그들의 믿음을 저버릴 수 없기에 패배란 절대 있을 수 없었다.

"가스트란!"

알현실 문을 박차고 들어가며 내지른 리오의 외침에 대응하듯 안쪽에서 내뿜은 마력에 그의 회색 망토가 펄럭였다. 멀리 옥좌에 앉아 있던 가스트란이 씩 웃어 보였다.

"오호, 리오 스나이퍼…… 멋진 얼굴인걸. 애인을 죽인 지 얼마 되지 않아 그런가?"

"닥쳐! 남은 것은 너뿐이다, 가스트란! 널 지켜 줄 타르자와 요우시크 따위는 이제 없어!"

리오는 디바이너를 뻗으며 포효했다. 하지만 가스트란의 얼굴에는 여전히 여유가 있었다.

"그들은 내 힘의 일부를 이어받았을 뿐이다. 주신(主神)의 개 따위가 감히 고신(古神)인 나에게 덤비려 하다니 무모하구나. 가즈나이트!"

가스트란의 몸에서 강대한 마력이 폭사되었다. 아직 한 번도 느껴 보지 못한, 신 가운데서도 가장 강한 자의 힘이었다.

리오가 이에 맞서기 시작하자, 가스트란 제국의 성은 둘의 힘을 이기지 못하고 붕괴되기 시작했다. 하늘은 먹구름으로 뒤덮였고, 성을 이루고 있던 돌과 나무들이 재로 변해 공중에 흩날렸다.

하늘을 꿰뚫듯 솟아오르던 빛의 기둥 사이에서 두 개의 다른 빛이 빠른 속도로 튀어나왔다. 푸른색 광구에 휩싸인 리오와 붉은색 광구에 휩싸인 가스트란. 리오의 얼굴에는 어느새 네 개의 회색 무늬가 떠올라 빛을 발했다. 주신의 '안전 주문'이 2단계까지 개방된 것이다. 그는 다시금 노호하기 시작했다.

"다시 세상을 차지해서 무엇을 어떻게 하겠단 말이냐! 비겁하다. 스스로 한 약속을 이렇게 쉽게 깨면서 고신이라는 이름을 사용할 자격이 있다고 생각하나?"

"버릇없는 녀석. 날 '오딘'과 같은 위선자로 생각지 마라!"

가스트란에게서 포효하듯 불기둥이 뿜어져 나왔다. 그것을 가까스로 피한 리오는 놀라움을 감출 수 없었다. 폭삭 늙은 노인의 몸이었던 가스트란이 점점 변하고 있었다. 밀랍처럼 창백했던 피부는 어느새 리오의 장발보다 더 붉어졌으며 근육도 팽팽하게 부풀어 올랐다.

　가스트란은 미소를 띤 채 말했다.

　"리오 스나이퍼! 나 부르크레서의 이름을 걸고 신계를 다시 우리 고신들의 것으로 바꿀 것이다! 널 없애는 것이 그 시작이 되겠지."

　"헛소리 마라. 없어질 자는 바로 너다."

　리오는 큰 소리로 호통치며 디바이너를 치켜들었다. 검을 잡지 않은 다른 손이 진홍색으로 빛나기 시작했다.

　"마법검, 플레어!"

1장
방랑의 기사

1

델 파레 마을

델 파레는 국토의 대부분이 산지인 말스 왕국의 산촌 중 하나였다. 어느 이른 아침, 그윽한 안개에 눌린 집들은 이슬에 젖어 대낮일 때에 비해 색을 더했고, 여느 마을과 마찬가지로 굴뚝에선 아침 식사를 위한 연기가 피어오르고 있었다.

그중 한 집에서 에메랄드 빛 머리칼의 앳된 아가씨가 아침 준비로 부산했다. 그녀의 이름은 레나 베자스. 델 파레에서 '가장 아름다운 여자'로 통하는 스무 살의 아가씨였다.

"어서 일어나세요, 아버지. 늦으시겠어요."

"음……."

전날 과음한 탓인지 한참 후에야 겨우 눈을 뜬 파르하가 여전히 잠이 덜 깬 목소리로 딸에게 물었다.

"몇 시나 되었니?"

"벌써 7시 반이에요, 아버지. 다른 아저씨들은 벌써 벌목장으로 가셨어요."

"7시 반? 이런, 큰일이구나."

벌떡 일어나 다리에 바지를 꿰는 아버지를 보며 레나는 조용히 방에서 나갔다. 세수를 하고 아침 식탁에 앉은 파르하에게, 먼저 식탁에 앉아 있던 열 살짜리 아들 코나가 투덜댔다.

"아빠, 또 늦잠을 주무시면 어떡해요. 아빠가 그러시니까 매일 도렐 아줌마가 저더러 아빠를 닮아 늦잠 잔다고 놀리잖아요."

아들의 귀여운 투정을 들으며 파르하는 잠시 창밖의 불그스름한 나무를 바라보며 살이 통통한 도렐의 하얀 얼굴을 떠올렸다.

그는 얼굴을 살짝 구기며 말했다.

"그 여편네, 남의 귀한 아들한테 못 하는 소리가 없구먼."

레나는 아버지와 동생의 대화를 들으며 환한 미소를 지었다.

그녀가 식사 준비를 끝내고 식탁 의자에 앉자, 파르하는 손을 모으고 고개를 숙였다.

"자, 기도하자, 얘들아. 빛의 신 '레브라'시여, 오늘도 우리에게 일용할 양식을 주신 것에 감사드리옵니다. 오늘 하루도 어김없이 빛의 가호로 우리를 지켜 주시길 바라옵니다."

기도가 끝난 뒤 모두 식사를 하기 시작했다.

파르하의 가족도 다른 가족들과 마찬가지로 행복했다.

8년 전 아이들의 어머니가 세상을 뜬 이후, 파르하의 헌신적인 노력과 당당함 덕분에 그의 아이들은 아무 탈 없이 자라 주었다. 아이들의 행복한 모습은 병마로 일찌감치 세상을 떠난 부인의 자리를 메우기에 충분했다.

"그런데 레나야, '자콥' 말인데…… 요즘도 너에게 추근대니?"

"예? 예…… 하지만 영주님이 수도로 가신 이후엔 조금 나아졌어요."

장 볼 때 빼고는 밖에 나가지 않는다는 말을 삼키며 그녀는 애써 웃어 보였다.

파르하는 안심한 듯 가라앉은 목소리로 말했다.

"네 나이도 이제 스무 살이니 몸조심하거라. 시집이라도 빨리 가면 걱정을 안 하겠는데, 시집도 안 간 너를 집 안에 혼자 두기가 영……."

"무슨 말이에요. 누나한테 손이라도 대면 영주의 아들 자콥이 아니라 말스 전하라도 내가 가만 안 둘 거예요."

가족의 걱정 어린 말에, 레나는 웃으며 말했다.

"걱정하지 마세요, 아버지. 아버지께서 계신데 무슨 일이야 있으려고요."

"그래, 고맙구나."

파르하는 한숨을 쉬었다.

그의 넓은 가슴엔 아이들이 모르는 고뇌가 가득했다. 하지만 20여 년 동안 쭉 그래 왔듯 그는 아무런 내색도 하지 않았다.

파르하는 도끼와 배낭을 짊어지고 집을 나섰다.

집 안에 동생과 단둘이 남게 된 레나는 설거지를 하며 동생에게 헨델과 싸운 일에 대해 물었다.

어머니가 세상을 뜬 이후 코나의 예절 교육 등은 그녀가 도맡아야 했지만 레나는 그런 것에 대해 힘들다거나 귀찮다고 생각해 본 적이 없었다. 오히려 당연하다고 생각했다.

"헨델에겐 미안하다고 했겠지? 아무리 화가 나도 그렇지, 어떻게 애를 그렇게까지 때릴 수가 있니. 내가 그 애 엄마에게 얼마나

21

혼이 난 줄 아니?"

"치, 난 지고는 못 견디는 거 누나도 잘 알잖아. 뭐, 그래도 사과는 했어. 헨델 녀석도 나한테 말실수한 거 미안하다고 했고. 그 녀석, 솔직히 다른 건 다 좋은데 말을 막해. 툭하면 사람을 무시한다고."

아버지와 꼭 닮은 동생의 말투에, 레나는 미소 지으며 고개를 저었다.

"정말 마음에 들고, 사귀고 싶은 친구라면 잘못된 점도 고쳐 줘야 하는 거야. 물론 폭력이 아니라 말로 해야지. 그 애가 납득할 수 있는 선에서 단점을 지적해 준다면 그 애도 자신의 나쁜 점을 고치려고 노력할 거야. 오늘 한번 그렇게 해봐. 알았지?"

"응, 알았어, 누나."

다른 어른들이 이런 식으로 타일렀다면 반항했을지 모르지만 코나는 누나의 미소 앞에선 무슨 말이든 절로 수긍을 했다.

그것은 마을 사람들도 마찬가지였다. 남녀노소 누구에게나 레나의 미소 섞인 담담한 말 한 마디 한 마디는 일국의 공주의 말처럼 들렸다. 물론 그녀의 미모 때문만은 아니었다. 조용하고 은은한 교향곡과 같이, 그녀의 몸에서 풍기는 신비스러운 분위기가 저절로 사람의 마음을 풀어 주었다.

"나 일찍 공원에 가야 돼. 애들이 내일 있을 검술 경기에 대비해 연습하자고 했거든."

"그래. 조심해라, 코나."

레나는 집을 나서는 동생을 향해 손을 흔들어 주었다.

혼자 남게 된 그녀는 빨래를 걷기 위해 뒤뜰로 통하는 문을 열었다.

그녀의 집 뒤엔 커다란 나무가 자리 잡고 있었다. 아버지 파르하가 어머니와 함께 이사 오기 전부터 있던 그 나무는 귀찮은 존재였다. 보통 도끼로는 도저히 자를 수 없는 철목(鐵木)이었던 탓이다.

가지가 넓게 퍼져 나가 집에 햇빛조차 들지 않자, 아버지가 몇 번이고 그 나무를 베어 보려 했지만 애꿎은 도끼날만 망가질 뿐이었다.

결국 10년 넘도록 빨래는 그늘에서 말려야만 했다.

"다른 집에선 하루면 빨래가 마를 텐데, 정말 얄미운 나무야. 가즈 나이트라도 와서 이 철목을 베어 주면 얼마나 좋을까."

레나는 어색한 미소를 지으며 약간 덜 마른 빨래를 걷었다.

빨래를 옷장에 정돈해 넣은 다음 그녀는 집 안 청소를 했다. 가끔 찾아오는 옆집 부인들을 무안하게 만들 정도로 그녀는 청소를 꼼꼼히 했다.

청소의 마지막은 벽에 걸린 대형 도끼를 닦는 일이었다.

뜻을 알 수 없는, 멋진 황금 문양이 쌍날 중앙에 박힌 그 도끼는 일개 나무꾼이 가지고 있기엔 너무나도 훌륭한 물건이었다.

청소를 처음 하게 된 날부터 그녀는 마른 헝겊으로 정성껏 아버지의 유일한 추억거리인 대형 도끼를 닦아 왔다.

일을 마친 레나는 자리에 앉아 그녀의 어머니가 물려준 유품인 『말스 왕국 창건서』를 읽어 나갔다.

그 책의 내용은 말스 1세와 그의 왕비, 그리고 그들을 도와준 가즈 나이트와 드래곤 로드(Dragon Lord), 그리고 말스 1세가 어떻게 말스 왕국을 발전시켰는지에 대한 이야기였다.

레나가 가장 좋아하는 내용은 가즈 나이트에 관한 부분이었다. 외모나 신상에 관한 것은 전혀 서술되어 있지 않았지만 혼자서 마족 대군을 상대할 정도의 강인함과, 그가 사랑했다는 '레나' 이야기는 어릴 적부터 그녀의 마음을 들뜨게 만들었다.

무엇보다도 그녀는 책 속의 '레나'라는 여자가 어떻게 세상을 떠나게 됐는지 궁금했다. 책에는 그저 '가즈 나이트가 사랑했던 레나는 아쉽게도 세상을 떠났고……'라고밖에 서술되어 있지 않았기에 그녀는 궁금증을 가슴에 묻어 둘 수밖에 없었다.

"어째서 말스 1세께선 가즈 나이트에 대한 내용은 이렇게 간단히 쓰셨을까? 특별한 이유라도 있었을까……?"

그렇게 중얼거리며 책을 읽는데, 누군가 레나의 집 문을 다급히 두드리는 소리가 들렸다.

그녀는 깜짝 놀라며 문으로 향했다.

"누구세요?"

"레나 누나! 저예요, 코나 친구 존이에요! 큰일 났어요!"

"큰일?"

레나는 불안했다. 동생 코나가 또 무슨 일을 저지른 것일까.

문을 열자마자, 겁에 질린 존의 표정을 본 그녀는 뭔가 큰일이 났음을 예감했다.

"무슨 일이니? 코나에게 무슨 일이라도 생긴 거야?"

레나의 얼굴을 본 존은 울음을 터뜨렸다.

그녀는 일단 아이를 진정시키려 했으나 어쩐지 불안한 마음이 들어 성급히 물었다.

"얘기해 봐. 코나가 어떻게 됐는데?"

"흑…… 코나가…… 영주의 아들 자콥한테……."

"뭐라고?"

불길한 예감이 순식간에 레나를 휘감았다.

베른할트 영주의 아들 자콥은 그의 아버지와 마찬가지로 포악한 망나니였다. 나이는 레나보다 한 살 많지만 몸집은 위압감을 느낄 정도로 거대했고, 무술 또한 출중했다.

레나가 가장 염려하는 것은 무력으로 잔인함을 즐기는 자콥의 성격이었다.

"코나가 무슨 잘못을 했기에…… 설마 자콥에게 시비라도 걸었니?"

"그냥 부딪친 것뿐인데 자콥이 누나 이름을 대면서 먼저 시비를 걸었어요. 자세한 건 모르겠지만 억지로 코나를 붙잡고 시장에서 부하들과 함께 코나를 때리고 있어요. 어쩌면 좋아요, 누나……."

레나는 마른 입술을 깨물었다.

자신을 끌어내리려는 자콥의 무자비한 술책이라는 것을 충분히 알고 있었지만, 동생이 시장 한복판에서, 그것도 어른들에게 몰매를 맞고 있다는 사실에 그녀는 한 가지 선택밖에 할 수 없었다.

"같이 가자, 존."

팍!

고치처럼 온몸이 묶여 거꾸로 매달린 코나의 몸에 다시금 타격이 가해졌다. 내상을 입었는지 그의 입에서 피가 줄줄 흘러내려 땅을 적셨다.

"꼬마 녀석이 잘도 나불대는구나."

자콥과 그의 곁에 서 있던 사각 머리의 거한은 무엇이 그리도 즐거운지 미소를 띠고 코나를 바라보았다.

"꼬마야, 넌 왜 날 그렇게 싫어하는 거지? 그냥 조용히만 있으면 넌 차기 영주의 처남이 된다 이거야. 어차피 네 누나는 내 신붓감으로 정해졌단 말이다."

"시끄러워! 누나는 네 것이 아냐! 그리고 물건도 아니야! 나무꾼의 자식이지만 엄연히 말스 왕국의 평등한 국민이야. 노예가 아니라고!"

입을 벌린 채 거친 숨을 몰아쉬던 소년은 자콥의 말을 듣는 순간 언제 맞았냐는 듯 눈을 부릅뜨고 소리쳤다.

아이의 말은 분명 진실이었다. 그러나 자콥은 여유롭게 귀를 파고 있을 뿐이었다. 그는 코나를 발로 밀치며 험상궂은 부하들에게 눈짓을 했다. 부하들은 다시금 코나의 작은 몸을 묵직한 곤봉으로 치기 시작했다.

그는 점점 더 처절하게 비명을 내질렀지만 주위를 빙 두른 채 그 광경을 지켜보던 마을 사람들 중에 아무도 나서는 사람이 없었다. 분하긴 했지만 나서 봤자 똑같은 꼴이 될 게 뻔하다는 생각을 그들의 얼굴에서 읽을 수 있었다.

"서커스를 하나 했더니 아니군. 뭘 하나 친구들?"

비명과 보이지 않는 분노로 가득했던 시장은 일순간 조용해졌다. 자콥의 부하들에게 인정사정없이 두들겨 맞던 코나는 희미한 시선을 돌려 폭행을 멈추게 한 사람이 누군지 바라보았다. 모습은 흐릿해서 잘 보이지 않았지만 화염처럼 타오르는 붉은 머리카락은 분명히 볼 수 있었다.

"도대체 아이를 왜 그렇게까지 무지막지하게 패는지 이유나 들어 볼까? 이유가 정당하다면 내가 사과를 하지. 그럴 필요는 없을 것 같지만."

당당한 청년의 말에 사람들은 '오늘도 아까운 청년 하나가 죽는구나' 생각하며 고개를 저었다. 숱한 청년들이 자콥의 행동에 분노해 그에게 도전했지만 결과는 시장 바닥에 드문드문 보이는 혈흔이 말해 주듯 처참했다.

폭행에 살인까지 일삼았지만 베른할트 지방에서 자콥이 하는 모든 행동에는 법의 힘이 미치지 못했다. 이유는 단 하나, 그가 영주의 아들이기 때문이었다.

"오호. 네 녀석, 영웅 행세를 하는데? 내가 누군지 알기나 하고 끼어든 거냐?"

자콥은 두꺼운 턱을 쓰다듬으며 청년을 바라보았다.

장발을 묶어 내린, 자콥보다 키가 약간 더 커 보이는 회색 망토 차림의 남자였다. 게다가 질투가 날 정도로 잘생긴 얼굴이었다.

자콥은 도끼를 들고 청년에게 다가갔다.

"겁이 없구나, 바보 같은 녀석. 미안하지만 이건 내 장래가 달린 놀이야. 내가 감히 누군지 알고 내 놀이를 망치려 드는 거지?"

"놀이?"

놀이라는 말에, 청년의 흑적색 눈썹이 꿈틀거렸다. 하지만 얼굴에 서린 미소는 여전히 남아 있었다.

"한 달 전에도 너 같은 녀석이 있었지. 알고 보니 목소리만 컸던 겁쟁이였지만 말이야. 쿠쿠쿡……."

자콥은 도끼를 들어 올리더니 청년의 볼에 날을 지그시 대었다. 그 광경에 구경꾼들은 눈을 질끈 감으며 시선을 돌렸다.

자콥은 킥킥 웃으며 도끼의 날을 살짝 움직였다. 청년의 볼에서 피가 흘러내렸다.

"어떠냐, 아프지! 쿠쿠쿠쿡…… 더 이상 폼 잡지 말고 살려 달라고 빌어, 어서! 잘만 빌면 네 목숨을 살려 줄 수도 있으니까."

청년은 묵묵히 자콥을 노려보았다. 그리고 코나를 폭행하던 부하들과도 시선을 마주했다. 잠시 후 그는 어깨를 으쓱하며 말했다.

"재미있군. 나도 이 놀이에 끼고 싶은데 괜찮겠나?"

미친 것일까. 아니면 마조히스트일까.

자콥의 얼굴에 번지는 표정은 당혹스러움 그 자체였지만 청년의 여유 넘치는 미소는 여전했다.

"네가 직접 사람을 죽여 본 일은 없는가 보군. 그렇지?"

"뭐, 뭐라고?!"

자콥의 얼굴이 굳어졌다.

청년은 손등으로 피를 닦으며 그를 무시한 채 코나에게 다가갔다.

"자식, 어딜 감히!"

자콥의 부하들은 손에 든 곤봉을 버리고 검을 뽑으며 청년의 앞을 막아 섰다. 그러나 쉽사리 그에게 접근하지 못했다.

보통 사람들이 보기에 청년은 그저 걸어오고 있을 뿐이었지만, 싸움에 일가견이 있는 자콥의 부하들에게 비친 그는 구석에 몰린 먹이를 향해 걸어오는 호랑이 같았다.

부하들은 긴장했다. 청년이 한 걸음 내디디면 자콥의 부하들은 한 걸음 물러섰다.

결국 청년은 코나에게 다가가 그를 풀어 주었다.

"많이 다쳤는데? 그래도 눈물 한 방울 흘리지 않은 걸 보니 나중에 장군이 되겠구나."

"……."

코나는 대꾸도 하지 못한 채 실신했다.

청년은 아이를 안아 구경꾼 중 마음씨 좋아 보이는 중년 부인에게 맡겼다. 그러자 부인은 겁에 질린 표정으로 그에게 말했다.

"젊은이! 이제 됐으니 어서 도망쳐요. 자콥 님이 용서하지 않을 거라고요! 우리가 자콥 님을 막아 줄 테니, 어서!"

부인이 애원조로 말했지만 청년의 얼굴엔 여전히 여유 있는 미소가 어려 있었다.

"난폭한 귀족보다는 이방인을 더 믿어 보시죠. 자주는 아니지만, 믿음이라는 것은 기적을 일으키기도 하니까요."

"예?"

황당해하는 부인을 뒤로한 채, 청년은 망토를 크게 펄럭인 후 검을 뽑으며 자콥과 부하들에게 말했다.

"난 언제 죽어도 상관없는 떠돌이야. 마음놓고 나에게 덤벼 봐. 물론 연습이 아닌 실제 상황이라는 것은 잊지 말고."

자콥은 그의 기세에 밀려 주춤거렸다. 지금까지 자신이 상대했던 용사들과는 달랐다. 그는 난다 긴다 하는 유명한 장군들에게서도 느끼지 못한 중압감이 자신의 온몸을 내리누르고 있음을 느꼈다.

"가만히 서서 뭘 하는 거냐! 저 녀석의 몸을 조각내어 돼지들에게 줘버려!"

부하들은 그의 명령에 주춤거렸다. 그만큼 상대가 내뿜는 기세는 대단했다. 하지만 아무리 상대가 강하더라도 일단 대장의 명령에 따르지 않을 수는 없었기에 뒷걸음질을 치던 네 명은 청년을 향해 한꺼번에 덤벼들었다.

"오너라."

청년의 나직한 말은 구경꾼들의 탄성에 묻혀 버렸다.

사람들은 고개를 돌리고 안타까운 표정을 지었다. 그때 보라색 검이 눈에 보이지 않을 정도로 빠르게 움직였고, 보라색의 잔광과 함께 부하 네 명의 팔뚝에서 피가 길게 뿜어져 나왔다.

"윽……!"

네 명의 팔은 일순간 끈이 끊어진 꼭두각시 인형처럼 축 늘어졌고, 청년의 입술은 여유로운 곡선을 그렸다.

그는 포대 자루처럼 멍하니 서 있는 자콥을 돌아보았다.

"관람객이 많으니 목을 날릴 수는 없겠군. 자, 이제 남은 건 너 하나다."

구경꾼들은 술렁거렸고, 눈앞에서 믿기 어려운 검술을 펼친 청년에게 꽂힌 시선은 조금 전과는 사뭇 달랐다.

사람들의 얼굴엔 몇 년이나 기다렸던 통쾌감이 배어 있었지만 자콥의 얼굴은 파랗게 변해 갔다. 일순간 네 명을, 그것도 팔의 힘줄을 한 치의 오차 없이 단번에 베는 검객은 본 적도, 들어 본 적도 없었기 때문이다.

"도대체 뭘 하는 녀석이냐?"

자콥이 도끼를 세게 거머쥐며 묻자, 청년은 어깨를 으쓱하며 대답했다.

"그냥 떠돌이 기사지, 훗."

"크으으윽, 이 녀석!"

마을 사람들 앞에서 이런 망신을 당하다니, 그의 자존심이 허락하지 않았다. 그러나 자신을 웃음거리로 만든 붉은 머리카락의 부랑자와 자신의 실력 차이 때문에 그는 애꿎은 이만 갈 뿐, 아무런 대항도 할 수 없었다.

그때 자콥에게 절호의 기회가 찾아왔다.

"코나, 코나!"

존과 함께 시장까지 달려온 레나가 사람들을 비집고 애타게 동생을 부르고 있었다.

"레나?"

그 모습을 본 청년은 갑자기 안색이 흙빛으로 변하며 멍하니 레나를 바라보았고, 그 순간은 자콥이 역전의 기회를 노리기에 충분했다.

완전한 빈틈, 적당한 거리. 지금 이 상황이라면 제자리에서 도끼만 휘둘러도 청년의 목은 날아간다. 그것을 일순간에 계산한 자콥은 웃음을 터뜨리며 도끼를 힘껏 움직였다.

"이 멍청한 녀석, 죽어랏!"

순간, 그의 안면을 청년의 큰 손이 뒤덮었고 자콥의 도끼는 허망하게 공중을 갈랐다.

자콥의 얼굴을 손으로 잡은 청년은, 기중기처럼 그의 거대한 몸을 들어 올렸다. 그러고는 손가락 사이로 보이는 자콥의 충혈된 눈을 보며 나지막이 물었다.

"지옥을 보고 싶나?"

자콥은 숨을 쉴 수 없었다. 갑자기 오금이 저렸다. 피에 굶주린 짐승과 눈을 마주친 것 같은 공포감이 온몸을 지배했다.

그의 눈이 겁에 질린 동물의 눈으로 변하자, 청년은 자신의 손을 풀었다. 자콥의 육중한 몸은 큰 소리를 내며 땅으로 떨어졌다.

반사적으로 벌떡 일어선 자콥과 멍하니 서 있던 부하들은 분노를 삼키며 시장에서 도망쳤다.

"어디 두고 보자, 빨간 머리!"

사람들이 도망치는 그들을 향해 야유를 보내는 사이, 레나는, 실신한 동생을 끌어안고 울음을 터뜨렸다.

"코나, 코나. 정신 차려! 제발!"

코나는 아무 말이 없었다.

그녀의 모습을 묵묵히 지켜보던 붉은 장발의 청년은 쓸쓸히 웃으며 몸을 돌려 천천히 사람들 사이를 빠져나갔다. 사람들은 그런 그의 뒷모습을 바라볼 뿐이었다.

"아, 잠깐만요! 기다리세요"

청년은 주춤했다.

눈가를 대충 닦은 레나는 은인에게 달려가 감사를 표했다.

"감사합니다. 정말 감사합니다! 동생을 구해 주셔서 정말 감사합니다!"

"천만에 말씀을."

청년은 손으로 얼굴을 가리며 가까스로 대답했다. 굵은 근육으로 뒤덮인 손가락 사이로 언뜻 비친 눈은 처참히 일그러져 있었다.

아무것도 눈치채지 못한 레나는 청년을 올려다보며 조심스레 물었다.

"저, 보답하는 뜻으로 식사를 대접하고 싶은데…… 변변치 않지만, 제가 해 드릴 수 있는 건 그것뿐이라…… 제발 부탁드립니다."

청년이 아무런 대답을 하지 않자, 그녀는 다시금 몸을 숙이며 부탁했다.

거절하려는 순간, 청년의 귀에 그녀의 간절한 목소리가 들려왔다.

"이러시면 제가 아버지께 드릴 말씀이 없답니다."

손에 감싸인 그의 눈은 크게 벌어졌고 회색 망토 속에 숨겨진 주먹은 부르르 떨렸다.

잠시 후, 얼굴에서 손을 뗀 청년은 애써 웃었다.

"알겠습니다."

"아, 감사합니다. 정말 감사합니다."

레나는 연신 허리를 굽히며 감사를 표했다. 하지만 청년의 얼굴엔 여전히 알 수 없는 거부감이 서려 있었다.

레나는 바짝 긴장해 있었다. 아버지의 친구들을 제외하고는 집에 외간 남자를 처음으로 들인 탓이었다. 코나는 병원에서 치료 중이었다.

청년은 조용히 레나가 준 빵과 수프를 먹을 뿐 그 이상의 행동은 하지 않았다.

한참 동안 그런 분위기가 계속되자, 그녀는 긴장도 풀 겸 그에게 물었다.

"저…… 성함이……?"

"리오 스나이퍼입니다. 리오라 불러 주십시오."

청년은 빙긋 웃었다.

집에 들어섰을 때보다 상당히 누그러진 태도였다.

식탁에 앉을 때까지 계속된 그의 무거운 분위기에 내리눌렸던 레나는 그제야 안도의 한숨을 돌릴 수 있었다.

"저…… 리오 님은 상당히 강하시던데…… 뭐 하는 분이신지……."

"좋게 말해서 프리 나이트입니다. 할 일 없는 떠돌이에 불과하죠. 이름 없는 용병이라 생각하시면 됩니다."

리오는 미소를 지으며 수프를 먹었다. 그리고 식사를 다 마치자 인사를 하며 자리에서 일어났다.

"잘 먹었습니다. 혹시 도와드릴 일 없을까요?"

레나는 동생을 구해 준 은인을 서둘러 보내기가 아쉬웠다. 그래서 리오의 말에 때마침 좀더 붙들어 둘 수 있는 좋은 핑계 거리가 생각났다. 아버지도 포기한 골칫덩이 나무였다.

"저…… 리오 님, 나무를 좀 베어 주실 수 있나요?"

문제의 나무를 흘끔 돌아본 남자는 묵묵히 미소 지었다.

"단숨에 처리해 드리죠."

레나와 함께 뒤뜰로 나선 그는 곧 허리에 찬 검을 뽑아 들었다.

그 검을 본 레나는 눈을 크게 떴다. 검을 이루고 있는 금속 자체가 짙은 보라색이기 때문이다. 흑색의 검에 대해서는 어릴 때 아버지에게 들은 적이 있지만 보라색 검은 금시초문이었다.

리오는 나무 앞에 섰고 검을 옆으로 누이며 조용히 숨을 죽였다.

힘 좋기로 유명한 아버지 파르하가 도끼로 수십 번을 쳐도 흠집밖에 남지 않았으니, 검으로 간단히 잘려 나갈 것 같지는 않았다.

철목은 특이하게도 철분을 흡수해 줄기로 보내기 때문에 줄기 자체가 강철과도 같았다. 특히 레나의 집 뒤뜰에 서 있는 철목은 오래되어 두께도 상당했다.

"뒤로 물러서시길."

레나는 뒤로 몇 걸음 물러섰다. 가만히 목표를 바라보던 그는 순간 숨을 멈추며 검을 세차게 휘둘렀다.

피이잉.

"앗!"

레나의 귀에 이상한 소리가 스쳤다.

칼끝이 음속을 돌파했을 때 나는 굉음이란 사실을 알 리가 없는 그녀는 통증에 얼얼한 귀를 양손으로 막았다.

쿠우우우우웅.

"세, 세상에……!"

믿을 수 없었다. 도끼질을 수십 번 해도 쓰러지지 않던 철목이 마치 칼에 베인 고기 조각처럼 옆으로 스르르 쓰러졌다.

리오는 여유 있게 검을 거두었다.

"가지 정도는 보통의 도끼로도 잘릴 테니 이제 걱정하지 마십시오. 자, 전 이만 가보겠습니다. 동생을 잘 간호해 주시길."

리오는 쓸쓸히 사라졌다.

레나는 조금 더 그를 붙잡고 싶었지만 이상하게도 그의 마지막 표정을 본 순간 그럴 수 없었다.

눈에 서린, 마치 애원하는 듯한 감정이 그녀의 말문을 막아 버렸다.

"왜지? 저 남자, 날 알고 피하는 것 같아……."

하지만 그 이유를 알 길은 없었다. 집에 들어온 그녀는 붉은 머리 남자의 강렬한 기억을 되새기며 코나를 간호하러 갈 채비를 했다.

늦은 저녁, 레나는 겨우 의식을 회복한 동생을 집으로 데려왔다.

파르하는 자신의 아들이 처참히 당했다는 사실에 노호를 지르며 뛰쳐나가 아직 돌아오지 않고 있었다.

레나는 이런저런 걱정을 하며 코나에게 수프를 떠먹여 주었다. 동생은 겨우 수프를 넘기며 연신 고통스러운 표정을 지었다.

"아야…… 그만 먹을래, 누나. 삼키기도 힘들어."

"그래, 그럼 편히 누워. 누나가 도와줄게."

코나는 낮은 신음 소리를 내며 간신히 침대에 몸을 뉘었다.

레나는 한숨을 길게 쉬며 동생에게 물었다.

"도대체 무슨 생각으로 자콥에게 대든 거니. 설마 다칠 걸 모르고 그런 건 아니겠지?"

코나는 씁쓸한 표정으로 답했다.

"알고 있었어. 하지만 그 녀석이 누나가 이미 자기 거라고 떠들면서 이젠 자기를 매형이라고 부르라며 머리를 툭툭 치는데 견딜수 있어야지. 난 절대 인정 못 해. 그런 포악한 녀석에게 누나가 시집간다는 건 인정할 수 없어. 오늘 날 구해 준 형이 누나를 데려간다면 모를까……."

"뭐라고?"

레나의 얼굴은 빨갛게 달아올랐다.

그녀는 고개를 세차게 저으며 동생의 말을 부정했다.

"그런 소리 하지 마! 리오 님과는 오늘 처음 만났어."

"농담이야, 누나. 화내지 마."

코나는 지금껏 보지 못했던 누나의 태도에 당황했다.

목까지 붉어진 레나는 황급히 몸을 일으켰다.

"알았으니 몸조리나 잘해. 잘 자, 코나."

누나가 황급히 나가자 코나는 방문을 바라보며 의아해했다.

'누나가 왜 저러지?'

아직도 온몸이 쑤셨다. 또래 친구도 아니고 어른들에게 사정없이 곤봉으로 얻어맞은 몸이 성할 리 없었다.

문병을 온 마을 주민들에게 구원자의 활극을 들은 후부터 그의 마음 한구석에는 이전에 없던 동경심이 부풀었다. 기억나는 것은 붉은 장발뿐이었지만 누나와 한 번이라도 만난 사람이라는 것에 기대를 걸고, 언젠가 그를 다시 볼 수 있을 거라는 희망을 가졌다.

"리오라고? 나중에라도 꼭 만나 봐야지."

파르하는 자정이 다 돼서야 만취된 상태로 돌아왔다.

성으로 돌아온 자콥은 델 파레에서 당한 망신 때문에 분해서 도저히 견딜 수가 없었다. 또다시 마을에 가서 분풀이를 해 봤자 사람들이 뒤에서 비웃을 거라는 생각에 잠도 제대로 이루지 못했다.

결국 그는 아침이 되자마자 아버지의 오른팔 격인 조셉을 불렀고, 사정을 대충 얘기한 뒤 조언을 부탁했다.

"도저히 견딜 수 없어. 견딜 수 없다고! 그런 콧구멍만 한 마을에서 그런 망신을 당하다니, 그 마을 사람들 전부를 쓸어버리지 않는 한 견딜 수 없을 것 같아! 아직도 그 벌레 같은 마을 놈들의 웃음

소리가 귀에 들리는 것 같단 말이야! 아버지의 군대를 써먹으려고 해도 그 군대는 내 말을 안 듣잖아. 제발 날 좀 도와줘, 선생! 그 마을을 통째로 날려 버릴 방법을 알려 달란 말이야!"

"흠."

조셉은 안경을 만지작거리며 생각에 잠겼다.

사람들 사이에서 일명 '선생'으로 불리는 그는 야만 종족의 언어와 사기에 능했고, 특기를 살려 영주의 '권력 자금'을 끌어모으기도 했다.

잠시 후, 조셉은 실같이 가는 눈을 자콥에게 돌렸다.

"일단 아버님의 군대를 움직이는 것은 좋은 방법이 아닌 것 같습니다."

"뭐라고, 어째서?"

"아무리 화가 나도 군대를 투입해 마을을 공격하는 것은 주위의 시선도 있고 오해를 불러일으킬 수 있습니다."

"그러면 어떻게 하면 좋을 것 같나?"

"델 파레 정도의 작은 마을이라면 소 1백 마리 정도만 투자하십시오. 그러면 집 한 채 남기지 않고 모조리 쓸어 버릴 수 있습니다."

"소 1백 마리? 설마 소를 마을에 돌진시킨다는 소리는 아니겠지?"

자콥이 너무나도 멍청한 표정으로 물었다.

조셉은 웃으며 고개를 저었다.

"아닙니다, 자콥 도련님. 요즘 시세를 따져 보건대, 소 한 마리당 세 명의 브롤 용병들을 고용할 수 있습니다. 1백 마리라면 3백 명의 브롤 용병들을 고용할 수 있죠. 아무리 그 마을에 나무꾼들이 많다고는 하지만, 전투에 능한 브롤들을 당해 낼 수는 없을 것입니다. 브롤들은 소를 목숨보다도 아끼는 미개 종족이니, 소 1백 마리를 투자하면 마을을 손쉽게 쓸어 버릴 수 있다는 겁니다. 성공하면 델 파레 마을은 브롤들의 습격을 받아 전멸한 것이 되고, 증거가 없으니 뒤탈이 생길 일도 없습니다. 그리고 그렇게 될 리야 없겠지만 실패하더라도, 우리 쪽에서 손해 볼 일은 없게 됩니다."

조용히 조언자의 말을 듣던 자콥은 곧 회심의 미소를 지었다.

"즉시 실행하게."

리오는 델 파레 마을이 내려다보이는 언덕의 숲 속에서 묵묵히 마을을 바라보았다. 그의 마음은 며칠째 마을 근처를 맴돌고 있었다.

'아직도 미련이 남은 거냐, 리오 스나이퍼. 그녀는 네가 아는 레나가 아니란 말이야!'

그는 눈을 질끈 감았다. 그는 고개를 좌우로 한 번 흔들더니 곧장 몸을 돌려 델 파레 마을을 향해 달리기 시작했다.

"레나! 문을 걸어 잠그고 절대 밖으로 나오지 말거라."

나무를 베고 있어야 할 파르하가 갑자기 집으로 돌아와 소리치자, 책을 보던 레나와 어느 정도 회복된 코나는 놀란 표정으로 아버지를 바라보았다.

언제까지나 벽 장식으로만 쓰일 것 같던 전투 도끼를 챙긴 파르하는 늙은 호랑이처럼 으르렁대며 집을 나갔다. 그 모습을 보며 레나와 코나는 마을에 불길한 일이 벌어졌다는 것을 충분히 짐작할 수 있었다.

레나는 아직 붕대를 풀지 못한 동생을 꼭 안아 주며 말했다.

"아무 일 없을 거야. 걱정하지 마, 코나."

얼마나 시간이 흘렀을까.

벼락과도 같이 흔들리는 문을 보며 남매는 '올 것이 왔다'고 생각했다. 도적일까. 아니면 브롤이나 투르바, 리자드맨 같은 아인종일까.

레나는 한 뼘 두께도 안 되는 나무 문이 얼마나 자신들을 지켜줄까 걱정하며 동생을 안은 팔에 힘을 주었다.

"레나, 레나! 무사합니까?"

리오의 목소리였다. 반가움과 안도감에 일순간 공포심이 누그러들었다.

"리오 님? 어떻게……."

굳게 닫힌 문이 열렸고, 이윽고 회색 망토가 크게 펄럭였다.

코나의 눈은 동그래졌다. 자콥의 부하들에게 맞아 실신하기 직전 보았던 그림자가 다시금 앞에서 흔들린 탓이었다.

"무사하셔서 정말 다행입니다. 제가 제때 온 것 같군요."

"예? 제때 오시다뇨? 무슨……?"

누나의 의문에 코나 역시 같은 생각이었다.

레나의 질문에 대답하듯 완만한 곡선을 가진 검의 영상이 코나의 망막에 비쳤다.

"형, 위험해요!"

그의 반사적인 외침과 동시에 짙은 회색 망토를 피로 물들일 심산이었던 브롤은 순간 길게 뻗은 다리에 맞고 뒤로 벌렁 나자빠졌다.

"흠, 왔군."

문밖에 브롤들의 길쭉한 머리가 나타나자, 리오의 눈동자는 무시무시한 살기를 머금었다.

레나와 코나는 집에 들어올 때와는 전혀 다른 그의 반응에 본능적으로 침을 삼켰다.

"절대 나오지 마시길."

레나는 문을 열어 보려고 했지만 그럴 수 없었다. 밖에서 들려오는 끔찍한 비명 소리가 그녀의 모든 근육을 마비시켰다.

시장과 관공서들이 있는 델 파레의 중심가는 끔찍한 전쟁터로 변해 있었다.

곳곳에서 터지는 야만 이종족의 괴성과 사람들의 비명이 죽음의 불협화음을 내며 도망치는 이들에게 공포심을 주었다.

"죽어라, 인간!"

브롤들은 종족 고유의 반월형 검을 주민들에게 무차별로 내리꽂고, 손에 든 횃불로 건물들을 남김없이 태웠다.

땅에 널브러진 시체들, 불에 타들어 가는 물건들, 그리고 화염에 휩싸여 무너지는 건물의 모습에서, 사람들은 1백여 년이란 시간 동안 잊혀져 온 전쟁이란 단어가 무엇인지 어렴풋이 느낄 수 있었다.

수백의 브롤들은 도망치는 인간들을 쫓아 주거 지역을 향해 돌진하기 시작했다.

그러나 입구에는 그들을 기다리는 사람들이 있었다.

"이쪽으로 올 생각은 버려라!"

대다수가 목수 아니면 나무꾼인 마을의 남자들은 도끼와 그 밖의 무기를 든 채 복수심을 불태웠다.

그들의 맨 앞에 선 파르하는 다른 이들의 것보다 몇 배는 큰 전투 도끼를 위로 치켜들었다. 그의 흉터투성이 근육은 나무를 자를 때와는 다르게 꿈틀댔고, 수염이 텁수룩한 얼굴은 마치 군대를 지휘하는 장군 같았다.

그의 모습은 같은 마을 사람들에게도 의외였다. 잠꾸러기에, 솔직하고 쉽게 흥분하는 친구 내지 인생의 선배가, 예전에는 느낄 수 없었던 위압감과 살기를 풍기며 이종족들을 쏘아보는 모습에 용병 몇을 얻은 듯한 든든함을 느꼈다.

도끼를 든 파르하는 선봉에 선 장군의 기세로 몇십 보 앞에 멈춘 브롤들을 향해 크게 호령했다.

"살아서는 한 걸음도 우리 마을에 들어설 수 없다! 우리가 비록 죽을지 모르지만, 우리 가족의 목숨은 너희에게 유린당하지 않을 것이다! 절대로!"

가족을 지키기 위해 나온 아버지들과 젊은 아들들은 일제히 함성을 질러댔다.

그러나 물러설 브롤들이 아니었다. 미개하다고는 하지만 약하진 않았다. 그들은 자신들 앞에서 소리치는 털북숭이와 그가 지휘하는 파레의 남자들보다 세력 면에서 우세함을 잘 알고 있었다.

"모두 덤벼라!"

파르하는 크게 부르짖으며 브롤들에게 돌진했다.

갑작스런 돌격에 우물쭈물하던 브롤 둘의 목과 가는 허리에서 피가 솟구쳤다. 피를 뒤집어쓴 채 포효하며 성난 사자처럼 돌진하는 그의 위세에 브롤들은 다시 한 번 주춤했다.

그것을 시작으로, 마을의 남자들도 브롤들을 향해 무기를 휘두르며 돌진했다. 기세가 오른 마을 남자들에게 두려움은 없었다. 그들은 상대가 브롤이 아니라 가이라스 왕국의 템플러라고 해도 맞서 싸울 수 있을 것 같았다.

그런 상대에게는 아무리 전투 종족이라 불리는 브롤들도 당황하지 않을 수 없었다.

"저 인간을 죽여라! 털북숭이를 죽이란 말이다!"

브롤들은 즉시 벌건 눈을 뜨며 진영 깊숙이 들어온 파르하에게 달려들었으나, 그는 아랑곳하지 않고 맹렬히 도끼를 휘두르며 나갔다.

그의 돌진은 죽음을 무릅쓴 무모함은 아니었다. 브롤 특유의 복수심과 단순함을 계산에 넣고 적진에 홀로 뛰어든 것이었다.

'수십 년을 전쟁터에서 버텨 왔던 나다. 이깟 녀석들쯤 얼마든지 막아 낼 수 있다.'

파르하는 파괴적인 도끼 기술을 펼치며 적들을 산산조각 냈고, 브롤들은 그의 엄청난 힘과 기술에 밀려 혼란에 빠지기 시작했다.

"죽어라, 털북숭이 인간!"

어느새 파르하를 둘러싼 브롤들은 검을 들어 위험 인물을 무참하게 죽이려 들었다. 누가 봐도 파르하의 위기였으나 그에게는 계산된 전략이 있었다.

순간, 파르하를 치려던 브롤의 길쭉한 머리가 수직으로 양분됐고, 다른 브롤들 역시 도끼에 맞아 순식간에 쓰러졌다.

브롤은 싸움에 있어 가장 두려운 상대를 먼저 죽이려 든다. 그것을 아는 파르하가 그 두려운 상대역을 스스로 맡은 덕분에 전투는 일방적으로 진행되었다.

전적으로 파르하에게 시선을 빼앗겨 다른 남자들을 염두에 두지 않은 것은 브롤들의 실수였다. 그들이 아무리 조직적으로 훈련된 용병들이라고는 하지만 혼란한 상황에서 나무꾼들의 강격을 피할 재간은 없었다.

아름드리 나무도 단 몇 차례의 타격으로 쓰러뜨리는 그들의 실력은 단순했지만 일격 일격에 실리는 힘은 상상을 초월했다.

"녀석들이 물러난다! 계속 공격하자!"

마을 남자들의 사기가 점점 더 고조되었고, 순식간에 숫자가 줄어든 것에 두려움마저 느낀 브롤의 위세는 완전히 수그러들었다.

지휘자가 따로 없는 브롤들의 수는 격감했고 결국 그들은 후퇴했다.

상황이 끝나자 파르하는 다시금 도끼를 들고 소리쳤다.

"쫓지 말게. 녀석들은 한번 도망치면 한동안은 돌아오지 않아."

"뭐? 하지만……."

"각자 위치로!"

불만족스러운 얼굴로 돌아가는 모두의 생각은 한결같았다. 죽은 사람을 생각해서라도 녀석들을 끝까지 쫓아가 혼을 내야 했다. 하지만 파르하의 말대로 브롤들을 쫓는 것보다는 마을을 지키는 것이 먼저였다.

다시 진영을 가다듬는 동료들을 보며 파르하는 급한 불은 껐다는 듯 안도의 한숨을 내쉬었다.

"자네 정말 대단한데! 진짜 장군 같았어. 이제 잠꾸러기 파르하라고 부르지 않겠네."

"자네 외침에 주눅이 든 브롤들 표정 봤나? 정말 걸작이었다네! 하긴, 우리도 놀라 자빠질 뻔했으니까 말이야."

"별말을 다 하는군."

사기가 오를 대로 오른 동료들의 감탄에 파르하는 멋쩍게 웃었다. 그러나 주거지역 쪽에서 뭉게뭉게 피어오르는 불길한 검은 연기를 보자 그의 미소는 사라졌다.

"뒤쪽을 맡은 사람들이 당했어!"

"뭐라고?"

남자들의 얼굴엔 다시금 불안한 기색이 감돌았다.

그러나 그들의 걱정은 아직 이른 것이었다.

불난 집의 안주인은 옆에 매달린 아이 둘과 함께 혼이 빠져 있었다. 그들의 집이 타버린 것은 엄청나게 운이 없는 경우였다.

길 위에 널브러진 브롤의 사체는 수십 구에 달했다.

"괴물 녀석."

브롤들은 완전히 겁에 질린 상태였다.

머리 위에서 묶어 내린 붉은 장발을 꼬리처럼 흔드는 검객의 모습에서 그들은 피에 굶주린 살인귀의 환상을 보았다.

리오는 적동색 얼굴에 묻은 피를 회색 망토로 닦으며 입을 열었다.

"단순한 도적 브롤 같지는 않군. 너희는 용병인가? 누구의 지시를 받고 이 마을을 습격했나?"

엉거주춤한 자세로 우두머리가 외쳤다.

"아무의 지시도 받지 않았다! 우린 이 마을을 부수고 인간들을 죽이기 위해 왔다!"

"그래?"

우두머리를 바라보는 리오의 기분은 그리 좋지 않았다. 그는 천천히 우두머리에게 다가갔다.

리오의 눈에서 뿜어진 살기에 짓눌린 듯, 우두머리의 긴 이마엔 식은땀이 맺혔다.

하지만 리오는 더 이상 싸울 마음이 없었다.

"꺼져라."

말이 끝나기 무섭게, 브롤들은 지옥에서 탈출하듯 황급히 마을을 빠져나갔다.

리오는 묵묵히 보라색 검을 거두며 흘끔 뒤를 돌아보았다. 수많은 마을 사람들이 뒤에서 그를 지켜보고 있었다. 레나와 코나 역시…….

"……."

리오는 말없이 고개를 돌렸다. 브롤이 마을을 다시 습격하든 말든, 이곳을 빨리 벗어나고 싶었다. 더 이상 에메랄드 빛 머리카락의 처녀를 보기도, 떠올리기도 싫었다.

"잠깐!"

그때 그의 등 뒤에서 중년의 걸걸한 목소리가 들려왔다.

자신과 비슷한 키에 훨씬 당당한 체구를 지닌 중년의 남자가 반쯤 놀란 얼굴로 서 있었다.

피 묻은 전투 도끼와 또렷한 눈동자에서 리오는, 그가 시장 쪽에서 브롤의 진입을 막은 장본인임을 느꼈다.

'대단한 젊은이군.'

파르하는 자신과 마을 남자들이 함께 싸워 처리한 숫자보다는 적었지만 단독으로 수십의 브롤들을, 그것도 그 짧은 시간 내에 처리한 붉은 머리 청년에게 내심 감탄하고 있었다.

그때 레나와 코나가 파르하에게 달려와 안겼다.

"아버지!"

"오, 레나, 코나!"

'아버지라고?'

리오의 거부감은 다시금 되살아났다.

"아버지, 무사하셔서 다행이에요."

아이들의 몸을 두꺼운 팔로 힘껏 안으며 아버지의 모습으로 돌아온 파르하는 여느 때처럼 호탕한 웃음을 지었다.

"다 끝났으니 안심해라, 얘들아. 무서웠나 보구나."

코나는 아버지의 넓은 배에 볼을 비비며 말했다.

"아니에요, 아빠. 리오 형이 우릴 지켜 줬어요. 아, 저번에 자콥에 게서 절 구해 준 사람도 바로 저 형이에요."

파르하는 리오를 천천히 살펴보았다. 자신보다 약간 더 커보이 는 키에 균형 잡힌 몸매, 그리고 회색 망토 사이로 보이는 탄탄한 가슴이 마음을 사로잡았다.

수십의 브론을 단독으로 격파한 것 이상의 무언가가 있는 젊은 이였다. 희망적인 생각이 들었다.

'1백 년 가까이 전쟁이 없던 말스 왕국에 아직도 이런 젊은이가 있었다니…… 그래, 이 젊은이라면 분명 가능할 거야. 아직 늦지 않았어.'

파르하는 내색하지 않고 말했다.

"우리 아이들을 두 번이나 구해 준 은인을 그냥 보낼 수는 없지. 내, 자네를 집에 초대하겠네."

"……."

리오는 아무런 말이 없었다.

신을 향해 조심스런 한탄을 던진 그는 파르하의 제의를 정중히 거절했다.

"호의는 감사합니다만 사양하겠습니다."

몸을 돌린 리오에게, 약간은 상기된 듯한 파르하의 목소리가 다 시 들려왔다.

"벽지의 작은 마을이라고 무시하는 건가? 최소한 마을을 구해 준 은인에게 대접할 기회 정도는 줘야 할 것 아닌가."

딸이 했던 말을 되풀이하는 그에게 리오는 '따님 때문입니다'라는 말을 차마 입 밖으로 꺼내지 못했다.

리오는 자신이 사랑했던, 그러나 자신이 죽일 수밖에 없었던 여자와 닮은 레나 베자스를 보기가 괴로웠다. 그때의 악몽이 떠올라 견딜 수가 없었다.

그러나 리오는 여느 때처럼 빙긋 웃으며 고개를 끄덕였다.

"알겠습니다."

"그럼 우리 집으로 가세! 이 젊은 영웅은 내가 먼저 데려가네."

마을 사람들에게 당당히 소리치는 파르하의 뒤를 따라 리오는 다시금 그 집으로 향했다.

그들의 뒷모습을 지켜보던 사람들은 쑥덕이기 시작했다.

"저 청년, 괴물이에요, 괴물! 분명 사람이 아닐 거예요. 저와 아이들을 집 밖으로 내보내자마자 브롤을 공격하는데, 전혀 보이지 않을 정도로 빨랐어요. 게다가 몸을 얼어붙게 만드는 그 느낌은……."

"칼을 휘두를 틈도 주지 않고 브롤들을 베어 나가더라고요. 그 보라색 검…… 분명 보통 사람이 아닐 거예요. 혹시 수도에서 파견된 '7호장' 님일지도……."

불타 버린 집의 안주인과 이웃은 아직 공포가 가시지 않은 표정으로 말했다.

그들의 얼굴은 구원을 받았다기보다는 죽음의 공포에서 벗어난 것 같은 표정이었다.

"파르하도 대단했지. 오늘 아침까지 늦잠을 자서 팀장에게 머리를 조아리던 파르하가 아니었다니까. 습격당했다는 소식을 듣자마자 안색이 바뀌더니 집에서 웬 전투용 도끼를 꺼내 갖고 온 거야. 우리한테 작전을 말해 준 다음 마을 입구에서 브롤들을 향해 호통을 치는데……."

"그래, 마치 가지치기하듯 머리를 날려 버리더라고. 게다가 작전도 맞아떨어졌고 말이야. 덕분에 우린 별 피해 없었지."

파르하의 친구 중 한 명도 입에 침이 마를 새 없이 그에 대한 얘기를 했다.

그러나 그 얘기도 잠시, 시장 상인들을 가족으로 둔 사람들은 서둘러 시장 쪽으로 갔다.

"자, 살아남은 사람이 있을지 모르니 빨리 가봅시다! 다른 사람들도 도와주자고요."

다른 사람들 역시 그쪽으로 향했다.

리오는 인내심에 한계를 느꼈다.

레나 때문에 이 마을에 다시 돌아오기를 꺼렸는데, 하필 초대된 곳이 또 그녀의 집이라니…….

그런 사정을 모르는 파르하는 낮에 무슨 싸움이 있었냐는 듯 웃고 있었다.

"내 아들을 구해 준 영웅이 다시 우리 마을을 구해 줄 줄이야. 이거 세상일이란 참으로 알 수 없군. 그런데 레나야, 이분에게 식사를 대접한 건 왜 말을 안 했느냐?"

"예? 아…… 그게 말이죠…….'

레나는 말을 제대로 하지 못했다.

사실, 아무리 목적이 선해도 잘 모르는 남자를 함부로 집 안에 들이고 식사까지 대접한 것을, 딸로서 아버지에게 대담히 말할 수는 없었다.

그러나 아버지는 의외로 흔쾌히 받아들였다.

"뭐, 나도 젊었을 때 너희 어머니와 몰래 만나고 그랬으니 이해한다."

"아버지!"

"그런데 우리의 영웅께선 뭘 하는 분인가? 아, 이름도 모르는군, 그러고 보니……."

"리오 스나이퍼라고 합니다. 그냥 떠돌이 기사지요. 돈이 없으면 가끔씩 용병 노릇도 하고요."

"역시 그랬군. 어쩐지 실력이 상당하다 했더니. 좀 부끄럽긴 하지만, 왕국의 대다수 젊은이들은 나라에 오랫동안 전쟁이 없던 탓에 너무 나약해졌다네. 내가 젊었을 적만 해도 그렇지 않았는데. 어쨌든 자네 같은 젊은이를 만나서 정말 다행이네. 사실 요즘 괜찮은 용병 하나를 구하고 있었거든."

"예?"

레나도 놀라고, 코나도 놀랐다.

리오도 애써 웃긴 했지만 속은 바늘을 삼킨 듯 쓰라렸다.

파르하는 한숨과 함께 가슴에 쌓아 둔 것을 털어 내자는 생각으로 붉은 머리칼의 청년을 바라보았다.

"내 마음도 결정됐고 하니 일단 말은 해두지. 레나, 너도 잘 듣거라. 사실, 난 젊었을 때 왕국에서 총망받던 기사 중 한 명이었네. 그러나 레나 어머니를 만나고 나서 기사직을 관두고 이 시골로 내려왔지."

"……."

코나와 레나는 도저히 믿어지지 않았다.

평소의 행동이나 말하는 것으로 봐서 기사와 아버지는 전혀 어울리지 않았다.

"너희는 믿어지지 않는 모양이로구나. 하긴 나라도 믿기 어려웠을 거다. 자, 이걸 보거라."

곧이어 식탁 위에 육중한 전투 도끼가 올려졌다. 파르하는 양날 사이에 그려진 커다란 황금색 문장을 자랑스럽게 가리켰다.

"……이 문장은 말스 왕국 제2중장갑 기사단 '버닝'의 것이란다. 너희는 이 문장에 대해 잘 모르겠지만, 아마 베른할트 번화가의 고급 무기상에 이 도끼를 가져가면 그곳에선 가치를 알아줄 것이다. 보통 시골 무기상에선 이 문장이 무엇인지도 모르겠지만."

파르하는 하얀 이를 드러내며 아들과 딸에게 미소 지었고, 코나와 레나는 새로운 사실에 알 수 없는 흥분을 느끼며 감격 어린 표정으로 아버지를 바라보았다.

그러나 리오의 생각은 조금 달랐다.

'보통 중장갑 기사단 정도에게 주어지는 무기치고는 꽤 사치스럽군. 재질로 보나 완성도로 보나 고위 장군들이나 사용할 만한 무기인데……'

하지만 그는 내색하지 않았다. 자신만 해도 남들이 자신에 대해 알고 있는 것보다 많은 비밀을 가지고 있었기 때문이다.

파르하의 얘기는 계속되었다.

"기사직을 반납하기 전, 난 말스 3세께 보검 하나를 하사받았지. 아마…… 여기 있을 거다."

몸을 일으킨 그는 나무 바닥 한쪽을 손으로 잡아 올렸다. 안에 숨겨진 것은 흰색 헝겊에 싸인 물건이었다.

헝겊을 풀자 레이피어 한 자루가 당당한 자태를 드러냈다.

"우아! 아빠, 진작 보여 주지 그랬어요!"

"전하께서 직접 하사하신 보물을 함부로 보여 줄 수는 없지."

실전에 사용되는 검이라기보다는 마치 유명한 예술가가 조각한 장식품 같았다.

자루가 보통의 레이피어에 비해 훨씬 길기는 했지만 그 아름다움은 레나와 코나의 넋을 빼놓기에 충분했다.

청색 검신(劍身)의 레이피어를 대하는 리오의 놀라움은 두 남매보다 더 했다.

'오리하르콘!'

그것은 높은 순도의 은에 일순간 상상을 초월하는 고열과 압력을 가했을 때 생성되는 것으로, 거의 운석에서나 구할 수 있다는 전설의 금속이었다.

그 금속이 가진 무한한 힘은 신과 용족 외엔 알지 못했다.

인간은 고작 검이나 특수한 방어구, 장신구로밖에 가공을 못 했고 공예의 전문가라는 드워프도 제대로 다루지 못했다.

전직 기사가 꺼낸 하사품은 분명 그 오리하르콘으로 만들어진 레이피어였다.

"파라그레이드라고 하는 레이피어지. 가이라스 왕국의 전설적인 드워프 족장이 국왕께 바친 것인데, 나와 개인적인 친분이 있던 말스 3세께서 내 아이 중 첫째가 스무 살이 되었을 때 이걸 가지고 수도를 직접 찾아오게 하라는 명을 내리셨단다. 과연 지금까지 날 기억하실지는 모르겠지만 첫아이인 레나, 네가 올해로 스무 살이 되었으니 말스 3세의 어명을 받들어야 한단다."

파르하의 말이 끝날 때까지 약속이라도 한 듯 침묵이 이어졌다.

"레나야, 어명을 따를 수 있겠느냐?"

망설여지기는 했지만 레나의 대답은 '예'였다.

꼭 어명이라서가 아니었다. 평소에도 아버지가 하는 일에는 별다른 이유를 붙이지 않았던 그녀였고, 그래서 지금도 아버지의 말씀을 따르기로 한 것이었다.

"한데 여기서 왕국의 수도까진 여자아이 혼자 가기엔 너무나 힘들고 먼 거리지. 게다가 최근 들어 마물들과 브롤, 트루바 같은 야만 종족까지 설쳐대니 널 함부로 보낼 수는 없었단다. 결국 용병을 구해서 같이 보내려고 했는데, 솔직히 고약한 용병 녀석한테 걸려 가는 도중 너에게 몹쓸 짓이라도 한다면 그 또한 큰일 아니겠니. 그래서 걱정하고 있던 차에 오늘 아주 맘에 드는 젊은이를 만났지, 뭐. 바로 리오 자네 말이야."

리오의 불길한 예감은 적중하고 말았다.

그렇지 않아도 그녀를 보면 과거의 일이 떠올라 괴로운데, 함께 여행까지 해야 하다니 이건 너무도 가혹한 일이었다.

그러나 거절하기에는 파라그레이드가 마음에 걸렸다.

'저 사람의 이해할 수 없는 행동과 저 소검…… 그냥 넘길 일은 아니군.'

그 두 가지가 임무의 중요한 열쇠가 될 수도 있겠다는 생각에 리오는 잠시 레나를 보며 느꼈던 죄책감을 잊었다.

"막중한 일이지만…… 해보겠습니다."

그는 마음속에서 요동치는 치열한 갈등을 사력을 다해 누르며 제의를 승낙했다.

레나는 화끈 달아오른 얼굴을 살포시 숙였다.

'어떻게 단둘이서……'

리오와 단둘이, 그것도 먼 길을 같이 간다는 사실이 그녀를 두근거리게 만들었다.

파르하는 레나의 의사를 물었다.

"레나야, 넌 어떻게 생각하느냐?"

"예? 아, 저는…… 그러니까…….

"자, 레나도 좋다고 하는군. 그럼, 쇠뿔도 단김에 빼랬다고 내일 출발하도록 하지."

"아버지!"

레나는 화들짝 놀랐으나, 파르하는 웃음으로 딸의 말을 막았다.

"자, 너희는 이제 들어가거라. 레나는 코나에게 작별 인사를 해 두렴. 한 달 가까이 만나지 못할 테니 말이야. 난 리오 군과 더 할 얘기가 있다."

"……."

레나의 단아한 미간에 주름이 졌다.

물론 누구라도 그럴 것이다. 아무리 은인과 같이 보낸다지만 당 사자에게 의견 한번 묻지 않고 일사천리로 밀어붙이는 아버지에 게 그녀는 처음으로 야속함을 느꼈다.

"아버지께서 하시는 일엔 언제나 그만한 이유가 있을 거라고 생 각해요. 안녕히 주무세요, 아버지. 수고하셨습니다, 리오 님."

"누나, 같이 가!"

딸이 의미심장한 말을 남기며 들어가자, 파르하는 한숨을 쉬며 술을 병째 들이켰다.

이윽고, 빈 병을 놓은 그는 취기가 섞인 음성으로 말했다.

"난 남자로서 자네에게 모든 것을 걸기로 맹세했네. 내 모든 것 뿐만 아니라, 이 왕국의 모든 것을 말이야."

왕국의 모든 것이란 말에 리오는 의아한 표정을 지었다.

술기운이 섞이긴 했지만 헛소리는 분명 아니었다.

파르하의 얘기는 계속됐다.

"자네의 강인함 때문만은 아닐세. 포악한 영주의 아들 자콥과 그의 부하들 앞에서 당당히 행동했다는 자네의 그 정신, 자신의 정의를 믿고 실천에 옮기는 진정한 기사로서의 그 정신이 맘에 들어서였네. 그러니 들어 주게…… 지금부터 내가 하는 말은 전부 사실이니까."

"……예, 알겠습니다."

눈앞의 남자는 사람의 마음을 한순간에 사로잡아 꼼짝 못 하게 만드는 재주를 가지고 있음이 분명했다. 파르하라는 남자가 수도에 있었다면 왕이 그를 보통 기사로 두진 않았을 게 틀림없었다.

파르하는 리오에게 '사실'을 얘기하기 시작했다.

"공주님을…… 레나 공주님을 무사히 수도까지 모셔다 주게. 그래야만 건국 1백 년 만에 무너질지 모르는 이 말스 왕국이 살아날 수 있다네."

리오는 '레나 공주님'이라는 파르하의 말에 흠칫 놀랐다.

파르하는 말을 이었다.

"테라트 세자께서 가이라스 왕국 유학 중 실종되신 지 2년이 흘렀네……. 그 2년 동안 왕국은 영주들의 폭정으로 뿌리까지 흔들리기 시작했지. 후계자가 없는 왕실은 힘이 없다네. 결국 영주들 사이에서 왕을 뽑자는 소리까지 나오고 있지. 그리고 그런 터무니없는 제안을 한 영주들은 이미 군벌을 이뤘다네. 이것만으로도 충분한 반역이지만 세자께서 안 계신 지금은 전하로서도 어떻게 손을 쓸 수 없는 처지라네. 이 상황을 타개하려면…… 20년 동안 보통 아이로만 크신 레나 공주님이 정식 후계자가 되어야 한다네……."

리오는 파르하가 흘리는 눈물을 가만히 바라보았다.

"그러니 제발 부탁이네. 떠돌이라고는 하지만 기사로서의 용맹

54

을 갖춘 자네가 아직 아무것도 모르는 레나 공주님을 보호하고 말스 왕국을 구원해 주게나."

"……."

충정과 회한이 뒤섞인 눈물을 흘리며 부탁하는 그의 모습은, 지금까지 '레나'라는 이름과 그 모습 때문에 그녀를 거부하던 리오의 마음을 움직이기에 충분했다.

그는 눈을 감으며 주먹을 불끈 쥐었다. 그리고 파르하 앞에 한쪽 무릎을 꿇었다.

"수도에 도착할 때까지 레나 공주님을 보살펴 드릴 수는 없습니다."

파르하는 순간 당황하며 리오를 보았지만 젊은이의 말은 끝나지 않았다.

"하지만 당신의 따님이신 레나 양은 성심 성의껏 보살펴 드리겠습니다. 레나 양이 공주님의 모습으로 돌아가실 때는 수도에 도착한 직후겠지요. 아무 걱정 마십시오. 하늘도 말스 왕국에 대한 당신의 깊은 충성심을 알아주실 것입니다."

"고맙네. 정말 고맙네……."

파르하는 몇 번이고 머리 숙여 고마움을 표했다.

리오는 그런 파르하를 일으키며 스스로의 모습을 반성했다. 그녀 때문에 자신이 흔들린 게 아니라 자신이 스스로 무너진 것이라는 생각에서였다.

파르하를 방에 들여보낸 그는 가녀린 등잔과 함께 밤을 지새웠다.

다음 날 아침, 레나는 리오와 함께 20년간 살아온 집을 떠났다. 동생은 눈물로 누나를 배웅했고, 아버지는 애써 미소 지으며 손을 흔들었다.

그녀가 떠나는 속사정을 알 리 없는 이웃들이, 언제 딸을 시집보내기로 했냐고 물었지만 파르하는 그저 웃기만 했다.

"나와라! 파르하 베자스!"

레나가 떠난 뒤 며칠 후, 그녀의 집 출입문을 거칠게 두드리는 사람들이 있었다.

마을 사람들이 도대체 무슨 일이냐며 따졌지만, 병사들과 사각 머리 자콥은 아랑곳하지 않고 문이 부서져라 두드렸다.

"반역자 파르하 베자스! 어서 나와 어명을 받아라!"

20여 년간 숨겨 왔던 갑옷을 코나 앞에서 다시 입은 파르하는 눈물로 범벅이 된 아들의 얼굴을 거친 손으로 쓰다듬었다.

"브라이언 아저씨가 꺼내 줄 때까지 절대로 숨어 있는 곳에서 나오지 말거라. 알았지? 그리고…… 무서워하지 마라, 코나야. 누나가 돌아올 때까지, 우리의 소중한 집을 지켜 주길 바란다."

"가지 말아요, 아빠! 우리 도망쳐요! 충분히 도망칠 수 있어요!"

코나는 울며 아버지의 옷자락을 잡았으나 육중한 몸은 움직이지 않았다.

파르하는 아들의 몸을 안고 벽에 걸린 도끼를 가리키며 아들을 위로하듯 다시 말했다.

"넌 평범한 나무꾼 파르하의 아들이 아니라, 자랑스런 말스 왕국 7호장의 한 명, 파르하 베자스의 아들이다. 저 도끼는 분명 그 증거가 되어 줄 것이다. 다시 누나를 만나게 되면 우리가 여기 살게 된 이유를 알게 될 테니 그때까지 긍지를 잃지 말고 살아가거라. 자, 아버지의 마음을 안다면 이제 눈물을 그치거라."

"흑, 흑흑…… 아빠……."

"아들아."

울음을 삼키는 아들을 힘껏 안은 파르하는 코나를 비밀 장소에 숨긴 뒤 당당히 문을 열고 집 밖으로 나섰다.

"파르하 베자스, 어명을 받기 위해 대령했소."

마을 사람들은 그의 복장과 모습을 보고 경악을 금치 못했다.

지금껏 보지 못한 당당한 모습…… 보통의 기사가 아닌, 이름 높은 전(前) 말스 왕국 7호장 파르하 베자스의 모습은 사람들로 하여금 존경심마저 불러일으켰다.

그러나 병사 수십 명을 거느린 자쿱은 그런 감정을 느끼지 못했다.

"반역자 나리께서 당당히 나타나셨군, 갑옷이 멋진걸? 내 방에 장식품으로 진열하면 정말 좋겠어. 하하하. 레나는 아니, 레나 공주는 어디에 숨겼나?"

'자쿱이 레나의 신분을 어떻게 알았을까?'

파르하는 레나가 위험에 노출됐음을 감지했다.

"자쿱이라는 망나니 녀석의 아버지와 그 친구들을 처단하시러 이미 수도로 향하셨다. 이제 한 달 후면 네 아버지와 너의 폭정은 끝이다. 그때까지 숨이나 더 쉬어 두는 것이 좋을 게야."

"뭐라고! 저 반역자를 당장 죽여 버려라! 그리고 놈의 집을 불태 워라!"

자쿱은 분노로 충혈된 눈을 부라리며 소리쳤다.

지시대로 병사들이 무기를 꺼내 파르하에게 달려들자, 전 7호장 은 노호를 지르며 맞섰다.

"나는 자랑스런 말스 왕국의 7호장 파르하 베자스다!"

파르하는 웃음을 잃지 않았다. 마지막까지.

'레나, 내 딸…… 부디 무사하시길…… 레나 공주님…….'

2

어린 동행자들

수도로 향하는 지름길이라 할 수 있는 어느 숲의 오솔길. 새들의
노랫소리가 너무나 평화로웠다. 그것은 인간들의 정치나 전쟁과
는 전혀 무관한 자연의 여유였다.

"후유."

숲 속 높다란 나뭇가지 위에서 한숨으로 긴장을 달래는 소년이
있었다.

클루토, 바보처럼 착한 탓에 친구들은 '크리스토퍼 베르토'라는
멋진 이름 대신 편하게 '클루토'라고 불렀다.

처음엔 자존심이 상했지만 지금은 본명보다 별명이 익숙해져 버
렸다. 자기도 그 이름이 어울린다고 인정한 것이다.

"리카, 정말 이래도 괜찮은 거야?"

"시끄러워!"

동료 리카와 함께 '표적'이 가까이 접근하기를 기다리던 그는 걱

정스럽게 리카에게 물었지만 그녀의 반응은 거칠었다.

금발을 양쪽으로 곱게 땋아 내린 귀여운 소녀 리카 아르반은 클루토의 옆구리를 세게 꼬집었다.

"우리도 그렇게 당했는데 못할 게 뭐 있어! 어차피 물건이란 것은 돌고 도는 거야."

"그래도 이건 나쁜 짓이야, 리카. 아무리 우리가 도적들에게 세 번이나 털렸다 해서 우리까지 도적들을 흉내 내서는 안 돼. 그냥 내려가서 저 사람들에게 도움을 청하자."

클루토가 사정하는 투로 이야기했다.

"잔말 말고 내 말 들어! 네가 도적들에게 비상금까지 내주지 않았으면 이러지도 않았을 테니 말이야! 달란다고 다 주는 녀석이 도대체 어디 있어."

"도적들이 너무 무서웠어. 그걸 주지 않았으면 우리가 가진 다른 물건을 몽땅 털렸을……."

클루토가 변명을 늘어놓자, 곧장 리카의 사정없는 연타가 날아왔다.

"알았어. 알았으니 때리지 마. 저기 저 남자만 처리하면 되지?"

무안해진 그는 천천히 다가오고 있는 남녀를 바라보며 물었다.

리카는 고개를 끄덕이며 숨을 죽였다.

"그래. 하지만 죽이진 마, 귀찮아지니까. 남자만 처리하면 여자는 내가 알아서 위협할게. 알았지?"

"응."

클루토는 곤란한 표정을 지은 채 주문을 외웠다.

그의 목표는 에메랄드 빛 머리카락을 가진, 멀리서도 미인으로 보이는 여자와 함께 걷고 있는 붉은 장발의 남자였다.

키도 크고 몸도 보통 사람보다 좋은 것으로 보아 상당히 강해 보였지만 그는 자신 있었다.

학교에서 그는 마법 쪽으로 상당한 우등생이었다. 왕국 최고라 불리는 궁중 마법사 '라가즈'가 마법에 관한 한 재능이 뛰어나다고 칭찬할 만큼 그의 마법 실력은 15세의 소년치고는 대단한 수준이었다.

"똑바로 해."

"알았다니까."

어느새 치켜든 클루토의 양손 사이에 붉은색 둥근 물체가 생성되어 있었다.

주문을 끝낸 그는 마법탄에 실린 마력을 치사량이 넘지 않을 정도로 조절했다.

'미안해요. 나중에 반드시 사과하고 보답할게요.'

"파이어 볼!"

클루토는 사과의 말과 함께 마법탄을, 목표인 장발 남자를 향해 쏘았다.

발사된 마법탄은 빠른 속도로 목표를 향해 날아갔으나, 그 순간 놀라운 일이 벌어지고 말았다.

남자는 씩 웃으며 마법탄을 낚아챘다. 그리고 손에 힘을 주자 마법탄은 펑 소리와 함께 연기처럼 사라졌다.

눈앞에서 벌어진 불가사의한 일에 한동안 멍하니 있던 클루토는 그 남자와 시선이 마주친 순간 가슴이 덜컥 내려앉았다.

그는 다급히 리카의 옆구리를 팔꿈치로 찔렀다.

"도망치자, 리카! 어서!"

멍하니 붉은 장발을 바라보던 리카는 황급히 나무에서 내려가기 위해 몸을 움직였다.

"예의를 모르는 아이들이군."

중얼거림과 함께 일순간 거대한 그림자가 비호같이 솟구쳤다.

클루토는 비명을 지르며 나뭇가지를 불끈 잡았으나, 그가 몸을 크게 움직이는 바람에 리카가 균형을 잃고 밑으로 떨어졌다.

"리카!"

클루토는 떨어져 의식을 잃은 리카를 불렀다.

그때 그의 몸이 떠올랐다. 놀랍게도 한 팔로 들어 올려지고 있었다.

붉은 장발의 청년은 한 팔로 클루토를 들고 씩 웃었다.

"자, 이유나 들어 볼까? 네 친구는 무사할 테니 걱정하지 말고."

"리카가 진짜 무사한가요?"

클루토가 불안한 표정으로 그에게 묻자, 남자는 고개를 끄덕였다.

"장담하지. 정확히 알고 싶으면 가만히 있어."

그는 클루토를 완전히 들어 올리고 나무에서 내려왔다.

남자의 품에 안겨 내려오다니, 클루토는 창피했지만 내심 놀라지 않을 수 없었다. 자신을 한쪽에 끼고 있는데도 붉은 장발의 괴한은 전혀 무게를 느끼지 못하는 사람처럼 가볍게 착지했다.

"어디 상태를 볼까? 음……."

"저, 괜찮을까요?"

붉은 장발의 남자는 쓰러져 있는 리카의 상태를 살펴보았다. 그는 빙긋 웃으며 클루토에게 말했다.

"잠시 의식을 잃은 것뿐이니 안심해. 어쨌든 일단 우리를 습격한 이유를 들어 봐야겠다."

리카가 크게 다치지 않았다는 사실에 클루토는 다행이라고 생각했다.

남자의 동행이 빠른 걸음으로 다가왔다.

"리오 님, 아이는 괜찮은가요?"

"걱정 마십시오, 레나 양. 일단 좀 쉬면서 아이들이 왜 이런 행동을 했는지 들어 보죠."

레나라는 이름의 이 여자. 클루토는 지금 앞에 서 있는 여자보다 아름다운 여자는 어디에도 없을 거라고 확신했다.

흔하지 않은 에메랄드 빛 머리카락, 그리고 늘씬한 키와 몸매.

"뭘 그렇게 쳐다보는 거야?"

"아니에요."

붉은 장발의 남자는 고개를 갸웃거렸다.

잠시 후 리카는 의식을 회복했다. 그녀는 상황을 인식하고는 놀라서 상체를 일으켰다.

"앗!"

그 소리에 옆에 있던 클루토와 레나도 깜짝 놀랐다.

"어머, 일어났구나. 다행이야……."

레나가 부드럽게 말했다.

잠시 동안 그들을 바라보던 리카는 곧 클루토에게 물었다.

"그 괴물은?"

"괴물?"

클루토는 무슨 소리냐는 얼굴로 그녀에게 되물었다.

주위를 가만히 살펴보던 그녀는 일순간 동료에게 몸을 날렸다.

"도망치자, 클루토! 여자 혼자니까 문제없어"

그러자 클루토는 곤란한 표정을 지으며 말했다.

"리카, 이분들이 우리를 용서해 주시는 건 물론 식사도 주신다고 하셨어. 우리를 관에 넘기거나 하진 않겠다고 약속했으니 도망친다는 말은 취소하고 정식으로 사과를 드리자."

"그걸 믿는 거야, 이 바보야! 분명 우리를 노예 상인에게 팔려고 하는 수작이야! 잔말 말고 어서 도망치……."

그때, 쿵 하는 육중한 소리가 리카의 말을 끊었다.

붉은 장발을 세련되게 묶어 내린 남자, 리오가 막 잡은 멧돼지 한 마리를 내려놓으며 씁쓸한 표정을 지었다.

"사람을 그렇게 못 믿다니…… 미안하지만 난 노예 상인이 말스 왕국 어디에 있는지도 몰라. 사실 알 필요도 없지만 말이야. 가지고 있는 단검이나 이쪽으로 던져."

리카는 투덜대며 장검과 함께 허리에 찬 단검을 리오에게 던졌다. 리오는 단검으로 멧돼지의 배를 가르며 뚱한 표정의 둘에게 말했다.

"더 맛있게 먹고 싶으면 땔감을 가져와. 이왕이면 구워 먹는 게 낫겠지."

"예, 알았어요."

클루토가 선선히 대답하자, 리카가 그의 얼굴을 밀치고 마치 귀족의 자제처럼 콧대를 높이며 말했다.

"흥, 우리랑 얼마나 있었다고 그런 명령을 내리시나. 우린 그 사이에 충분히 도망칠 수도 있다고, 껑다리 오빠."

"숲에 깔린 도적들을 다시 만나고 싶으면 마음대로 해. 나야 별로 아쉬울 것은 없으니까."

"그만하고 가자, 리카."

숲 속으로 들어가는 그들의 뒷모습을 가만히 바라보던 레나는 불안감이 섞인 목소리로 물었다.

"괜찮을까요, 리오 님?"

레나의 불안한 표정과는 달리, 리오는 빙긋 웃으며 말했다.

"아, 걱정 마세요. 산적들에게 단단히 당한 아이들이라 의지할 사람이 필요할 겁니다. 다시 돌아올 거예요. 그 여자아이, 거칠게 말한 것도 불안감과 공포 때문이에요. 자, 이만하면 넷이 충분히 먹을 수 있겠죠?"

리오가 가죽에 싼 생고기를 레나 앞에 내려놓았다.

조금 후, 그의 말대로 리카와 클루토는 마른 나무를 잔뜩 주워 왔다.

리카는 땔감을 내려놓으며 말했다.

"당신들을 한번 믿어 보겠어. 고맙게 여기라고."

"흠, 여부가 있겠습니까, 귀여운 아가씨?"

리오는 그녀의 볼을 살짝 토닥거린 후 불을 지피기 시작했다. 리카는 멋쩍은 표정을 지으며 머리를 긁적였다.

레나는 고기를 두껍게 조각낸 후 먹기 좋게 나뭇가지에 꿰었다.

꼬치가 구워지는 동안 아이들은 자신들의 사연을 얘기했다.

"클루토, 먼저 얘기해."

"알았어."

클루토는 자신의 배낭에서 양피지 한 장을 꺼내 보이며 말했다.

"성 프란체스카 학원의 예비 졸업장이에요. 저희는 그 학원의 학생들이죠. 들어 보셨다면 아시겠지만, 저희는 졸업 마지막 관문으로 반년 동안 말스 왕국의 이곳저곳을 돌아다녀야 한답니다. 실전 훈련이라고도 할 수 있죠. 저희는 약 열흘 전에 학원을 출발했답니다. 그런데 이틀 전 이 숲 입구에서 도적들을 만나게 되었죠. 그때 처음으로 돈을 빼앗기고, 운이 없게도 그 이후로도 다른 도적들을 세 번이나 더 만났지 뭐예요. 식량, 비상금 순으로 차례차례 강탈

당했고, 결국 배가 고파진 우리는 하는 수 없이……."

클루토는 고개를 푹 숙였다. 리카 역시 씁쓸한 표정으로 눈을 감았다.

"어머나, 정말 큰일 날 뻔했구나."

대략적인 사정을 알게 된 레나는 리카의 어깨를 천천히 토닥였다. 리오는 진지한 얼굴로 고개를 저었다.

"지나치게 도적이 많다 했더니 희생자가 생기는군. 하긴, 이 길은 수도로 향하는 지름길 중 하나니까 도적질을 하기엔 명당이지. 그래, 이것도 인연이라 할 수 있으니 정식으로 자기 소개나 해볼까? 여기 계신 숙녀분은 레나 베자스, 난 이분 아버님께 고용된 떠돌이 기사, 리오 스나이퍼라고 해."

"안녕, 얘들아. 레나라고 불러 줘."

자기 소개를 하자는 말에 아이들은 멋쩍어했다.

"난 리카 아르반이라고 해. 리카라고 불러 줘."

"저는 크리스토퍼 베르토라고 합니다. 그냥 클루토라고 부르시는 게 저는 더 편해요."

리오는 미소로 반가움을 표시했다.

"좋아, 어쨌든 반갑구나. 그런데 너희는 이제 어디로 갈 예정이지? 우리는 수도가 목적지인데……."

"……우리도 수도야. 뭐, 꼭 같이 가자는 말은 아냐. 우린 우리끼리 갈 수 있으니 걱정하지 마."

리카가 다시금 콧대를 높이자 클루토는 배시시 웃으며 대신 미안하다는 뜻을 비추었다.

리오는 적당히 구워진 꼬치를 골라 입에 물며 리카에게 말했다.

"어차피 성 프란체스카 같은 큰 학원에서는 남의 도움을 받지 말고 스스로 일을 처리하라고 했을 테니 같이 갈 필요는 없겠군. 아쉽지만 지금 식사가 너희와의 마지막 식사가 되겠군."

리카는 당황하고 말았다. 자신의 계산과 리오의 답변이 너무나 달랐기 때문이다.

그것을 모르는 레나는 리오를 설득하려는 듯 안쓰러운 표정을 지으며 그에게 말했다.

"리오 님, 아직 어린아이들인데 같이 가는 것도 괜찮지 않나요?"

그러자 리오는 의외로 정색을 했다.

"죄송하지만 이 아이들은 돈과 식량이 없다는 이유로 도적질을 하려 했습니다. 그런 명문 학원의 졸업 자격 시험은 도적질을 배우라고 있는 것이 아니죠. 너희도 분명 졸업 자격 시험이 가벼운 소풍 정도로 끝나지 않으리라는 걸 각오하고 있었을 텐데?"

리오의 말에 리카와 클루토의 얼굴이 새파랗게 질렸다.

"그건…… 그러니까……"

갑작스런 분위기 반전에 리카와 클루토는 고개를 폭 숙였다. 잠시 후 리오는 가볍게 한숨을 내쉬며 레나에게 말했다.

"뭐, 어쨌든 이 아이들의 졸업 자격 시험을 도와줄 수는 없어도 동료로서 지켜 줄 수는 있습니다."

리카와 클루토는 움찔하며 조심스럽게 시선을 돌렸다.

리오는 의식하지 않고 계속 말했다.

"졸업 자격 시험을 통과하기 위한 지시 사항 중 동료를 만들지 말라는 항목은 없을 겁니다. 일단 실전이라는 단어가 들어감과 동시에 시험 과정은 모험이 되고, 또 모험의 기본은 좋은 동료를 만나는 것이니까요. 그런데 아이들이 거부하니 저도 어쩔 수 없죠."

"시끄러, 껑다리! 원하는 게 뭐야?"

리카는 불같은 성질을 죽이지 못했다. 리오는 미소 지은 채 잘 익은 꼬치를 리카에게 내밀었다.

"저희랑 동행해 주세요, 하고 한마디만 하면 돼."

클루토는 긴장하지 않을 수 없었다. 어렸을 때부터 리카를 봐 왔기 때문에 그녀의 자존심이 얼마나 센지 알고 있었던 것이다.

그러나 놀라운 일이 벌어졌다.

"부디 저희랑 동행해 주세요."

리카는 리오가 내민 꼬치를 받으며, 항복 문서에 서명하는 장군처럼 고개를 숙였다.

리오는 웃으며 고개를 끄덕였다.

"좋아, 잘해 보자, 리카. 그리고 클루토도."

"예! 잘 부탁드립니다."

클루토는 힘차게 대답했으나 리카는 이를 부드득 갈며 다시 앉았다.

레나는 상당히 기뻤다. 물론 리오와 단둘이 가는 것도 어색하거나 싫지는 않았지만, 재미있어 보이는 아이 둘과 함께 가게 되어 너무나 좋았다.

그때였다.

"이야, 남의 숲에서 멋지게 파티를 하시는데그래? 우리한테도 좀 나눠 주시지?"

갑자기 불량스러운 목소리가 일행의 뒤쪽에서 크게 들려왔다.

리카와 클루토는 반사적으로 등을 폈다.

"도적이야, 클루토! 도망치자, 빨리!"

"알았어, 리카!"

리카는 짐을 들고 도망칠 준비를 했다. 그때 적동색 손이 배낭을 내리눌렀다. 그녀는 깜짝 놀라며 리오를 바라보았다.

"식사도 마치지 않고 일어나면 안 되지, 리카. 자, 고기나 계속 먹어."

리오가 짙은 회색 망토를 흔들며 도적들에게 다가갔다.

도적들은 여유만만하게 다가오는 리오를 보고 의아한 표정을 지었다. 수적으로도 8대1, 압도적으로 불리한 상황인데도 붉은 장발의 남자는 연습 경기를 앞둔 선수처럼 너무나 여유로웠다.

"식사 중엔 건들지 않는 게 예의지, 친구. 자, 더 이상 사람이 다치는 건 보고 싶지 않으니 어서 돌아가시지."

"정신이 나간 모양이군. 네놈들 수를 봐도 우리가 우세한데 뭘 믿고 큰소리치는 거지?"

우두머리로 보이는 도적이 리오를 크게 비웃었다.

다른 도적들 역시 마찬가지였으나 그들의 웃음은 금세 거짓말처럼 멈췄다.

뼈와 이물질이 충돌하는 둔탁한 소음과 함께, 호탕하게 웃던 우두머리가 부하들의 머리를 훌쩍 넘어 공중으로 치솟더니 바닥으로 쿵 떨어졌다.

사람이 그렇게 날아오르는 모습을 처음 본 도적들은, 우두머리의 깨진 치아와 리오의 모습을 번갈아 바라보았다.

"뭐야? 이럴 수가!"

어느새 검을 꺼내 든 리오가 씩 웃으며 말했다.

"수가 밀리면 하나씩 하나씩 줄여 나가는 게 원칙이지. 덤벼라."

"이 자식!"

도적들은 반쯤 공포감에 휩싸인 채 한꺼번에 달려들었다. 그러나 그들 역시 우두머리와 마찬가지로 피와 치아, 그리고 몸이 허공을 향해 사정없이 튀어 올랐다.

리카와 클루토는 놀라서 입이 저절로 벌어졌다.

학원에서 검술을 전공한 리카는 더더욱 그러했다. 사람이 도구로 타격해 타인을 밀짚 인형 던지듯 날리는 건 상식적으로 불가능했다.

"괴, 괴물이야, 리카."

"괴물도 저 껄다리보단 약할 거야, 클루토."

한편 클루토는 그런 상황을 다소곳이 앉아 지켜보는 레나에게 귓속말로 넌지시 물었다.

"저…… 누나는 저런 상황을 많이 보셨나요?"

"내가 본 것만도 이 숲에서만 40명째야. 아니, 41명째야."

레나는 또 한 명의 도적이 공중으로 튀어 오르자 눈살을 살짝 찌푸렸다.

'이 누나는 엄청난 걸 보고도 아무렇지 않게 말하네.'

클루토가 감탄하는 동안, 도적을 단숨에 물리친 리오가 돌아왔다.

리카와 클루토는 아무 말도 할 수 없었다. 리오와 레나는 자신들과는 너무나 다른 세계의 사람들 같다는 생각에 두려웠기 때문이다.

늦은 오후, 일행은 드디어 숲을 빠져나갈 수 있었다. 리카와 클루토는 씁쓸한 표정이었다.

"도적이 많긴 많았지, 클루토?"

한동안 말이 없던 둘은 이윽고 힘없이 서로를 바라보았다.

"학원에 돌아가서 이 사실을 어떻게 말해야 하지?"

그들의 고민은 졸업 심사와 관련되었기에 상당히 심각했다.

아무리 생각해도 한 명이 수십 명의 도적을 각개격파하고 무사히 숲을 통과했다는 이야기는 신빙성이 없었다.

리오는 웃으며 멀리 보이는 도시를 가리켰다.

"자, 조금만 더 가면 편히 쉴 수 있으니 힘을 내자."

일행은 터벅터벅 도시 쪽으로 걸음을 옮겼다.

수도의 위성도시 중 가장 큰 편에 속하는 '벨마레'.

도시의 많은 음식점 중 하나인 '라이너스'는 고전적인 분위기가 일품으로, 사람들에게 널리 알려져 있었다. 수도에 가까이 갈수록 생활 수준은 점점 높아졌다.

음식점뿐 아니라 도시 전체의 모습이 델 파레나 말스 왕국과는 동떨어진 느낌이었다. 위성도시는 영주들의 권한 밖이기 때문이라는 이유가 씁쓸한 여운을 남겼다.

저녁 시간, 한 테이블에서 청년이 혼자 식사를 하고 있었다.

목까지 내려온 군청색의 윤기 넘치는 머리카락, 창백하다는 말과는 차원이 다른 우윳빛 하얀 피부, 큰 눈에 어울리는 긴 속눈썹, 숲의 요정 엘프족처럼 신비하고 뾰족한, 하지만 엄밀히 다른 귀, 갸름한 얼굴…….

웬만큼 아름답다는 여성도 울고 갈 정도의 미모를 지닌 그 손님은 무엇이 그리 화가 났는지 자신의 조각 같은 얼굴을 살짝 찡그리고 있었다.

그때 출입구 쪽에서 문이 열리는 종소리가 들려왔다. 물론 식사 중인 군청색 머리카락의 청년은 전혀 신경 쓰지 않았다.

"배고파, 배고파!"

"리카…… 여긴 음식점이니 좀 조용히…….."

이름 모를 일행의 와자지껄한 소리는 청년의 불만을 고조시켰다. 일부러 한가한 시간을 택해 식당을 찾은 청년의 마음을 그 손님들이 알 리 없었다.

"인간들이란……."

청년은 짜증 난 투로 투덜거렸다.

"이거 웬일인가. 천하의 바이칼 님이 이런 누추한 곳에서 식사를 다 하시다니……."

따뜻하고 낯익은 목소리가 들렸다.

청년은 자신의 어깨와 비교되는 적동색 근육질의 남자를 본 순간, 요리 위로 한숨을 내뱉었다.

"만나지 않길 빌었다, 리오 스나이퍼."

"그게 진심일까, 어린 왕자님?"

시끄러운 일행의 리더 리오는 미소를 지으며 우연히 만난 친구의 머리를 쓰다듬었다. 그러고는 친구의 뽀얀 볼을 두껍고 큰 손으로 비볐다.

"내가 이 세계에 와 있다는 사실을 누구에게 들었나? 루이체? 지크?"

몇몇 이름이 나오자 바이칼은 싸늘히 대답했다.

"루이체에게 들었다면 어쩔 건가?"

"훗, 키스라도 해줄까?"

"재미없어."

친구를 봤다며 다른 테이블로 간 보호자 리오의 행동에 레나와 리카, 그리고 클루토는 이해할 수 없다는 표정을 지었다.

남자들끼리 반가워하는 것치고는 행동이 너무나 진했기 때문이었다.

역겹다는 듯 한쪽 눈썹을 꿈틀거리던 리카는 레나의 옷자락을 살짝 잡아당겼다.

"평상시에 언니한테도 저러나요?"

"아마 상당히 친한 사이인가 보지. 남자들의 세계는 우린 잘 모르잖니."

클루토도 표정으로 일행과의 공감을 나타내고 있었다.

"드래고니스는 별일 없지?"

"별일은 없지만, 있다 해도 네가 상관할 바 아니잖아."

말끝이 거칠고 톡 쏘긴 해도 악의가 없다는 사실을 리오는 알고 있었다. 오히려 바이칼의 그런 모습을 귀엽게 느꼈다.

"후, 그렇긴 해도 장로님 혼자 무리하시는 일이 많잖아. 그런데…… 이번엔 무슨 일로 내려온 거야?"

바이칼은 좌우를 잠시 살펴본 뒤 입을 다물었다. 그들은 입을 움직이지 않고 정신감응으로 대화를 계속했다.

「마룡공(魔龍公) 루브레시아가 이 세계에서 목격됐다는 정보 때문이지.」

「루브레시아? 음…… 그렇다면 내가 맡은 임무와도 관련이 있을지 모르겠군. 그럼, 지금부터 행동을 같이할까?」

「수도로 갈 생각이라면 나중에 그곳에서 만나기로 하지. 난 인간들과 귀찮게 몰려다니는 건 싫으니까.」

「아, 그래. 그럼 그 얘긴 나중에 하기로 하지.」

비밀 얘기가 끝난 듯, 리오는 어깨를 으쓱했다.

"그건 그렇고 네 녀석 짧은 시간 동안 꽤 유명해졌더군."

바이칼의 말에 리오는 긴 머리를 쳐들며 물었다.

"무슨 소리지?"

"이 도시에 오기 전, 붉은 장발의 검객과 그에게 납치된 에메랄드 빛 머리카락의 여자에 대한 얘기를 들었어. 여기까진 아직 미치지 않은 것 같지만 좀 있으면 수배령이 떨어지겠지."

"그래? 좋은 정보로군. 이거 고마워서 몸둘 바를 모르겠는데?"

리오는 다시금 친구의 머리를 부드럽게 쓰다듬었다. 같은 남자끼리라면 닭살이 돋을 만한 행동을 당사자들은 너무나 자연스럽게 하고 있었다.

식사를 마치고 얘기도 끝낸 바이칼은 묵묵히 식당을 나섰다.

리카는 기다렸다는 듯 옆자리로 돌아온 보호자를 진지한 얼굴로 바라보았다.

"껑다리, 이상한 취미가 있는 줄 몰랐어."

"무슨 소리야?"

후식을 먹던 리오는 그녀의 말에 의아한 표정을 지었다.

"남자 친구치곤 껑다리의 행동이 너무 찐했다고! 게다가 그 남자, 얼굴이 하얀 게 여자보다 더 예뻐 보였어! 어서 진실을 실토하시지!"

"그냥 친구야."

리카는 더 이상 추궁하지 않았다. 친구에게 거부감 없이 한 행동이, 타인과 동료들의 의심을 사기에 충분했다는 것을 리오만 모르는 것 같았다.

식사를 마친 일행은 여관 거리로 향했다.

이런저런 얘기를 하며 여관을 찾는 일행의 즐거운 모습과는 달리, 리오의 얼굴은 식당에서 나온 직후와 매우 달랐다.

일행들은 정신없이 숙소를 찾느라 리오의 얼굴을 보지 못했지만 행인들은 한 번씩 움찔하며 길가로 비켜섰다.

"아, 여기가 괜찮겠어요, 리오 님. 리오 님?"

둥근 갈색 지붕이 아름다운 집을 고른 레나는 의견을 묻기 위해 리오를 바라보았다.

그녀의 목소리를 들은 리오는 아차 하며 시선을 돌렸다.

"아, 잠시 딴생각을 하고 있었습니다. 레나 양. 걱정하지 마세요. 이 여관이 괜찮으시면 먼저 들어가 계십시오. 전 살 것이 있어서 잠깐……."

"네, 그럼 빨리 돌아오세요."

레나는 멀어지는 리오를 보며 조금 이상하다고 생각했다.

그녀는 피곤에 지친 얼굴로 방에 들어섰다. 어릴 적 베른할트 번화가에 들른 것이 여행의 전부인 그녀에게 이번 긴 여정은 상당히 힘겨운 일이었다. 하지만 든든한 보호자를 동반했기에 마음은 여유로웠다.

"아, 힘들다!"

가죽 갑옷부터 벗어 던진 리카는 근육통을 호소하며 침대 위에 널브러졌다.

레나는 자신과 리카의 짐을 정리하고 씻으러 갔다.

리카는 한숨을 길게 내쉬었다.

'아직까지 별다른 사고가 없어서 다행인데…… 만약 레나 언니랑 그 껑다리까지 위험해지면 어떡하지? 아, 아냐. 지금까지 마을 몇 개를 거쳤는데도 아무 일도 없었잖아.'

그녀는 이런저런 생각을 하다 스르르 잠들었다.

끽.

창문이 열린 것은 리카가 잠든 직후였다.

열린 창문을 통해 침입한 칠흑의 괴한은 고양이처럼 조용히 리카를 향해 접근했다.

그는 전문 암살자였다. 안에서 잠긴 창문을 밖에서 소리 없이 따는 것은 그에게 가장 기본적인 일 중의 하나였다. 게다가 잠든 아이의 목을 단검으로 긋는 것 역시 어린아이의 사탕을 빼앗는 것 이상으로 쉬운 일이었다.

단검이 모습을 드러냈다. 당분으로 경화된 독이 푸르스름한, 암살자 전용 단검이었다. 피부를 스치기만 해도 표면의 독이 상처로 스며들어 목표가 된 사람은 금방 죽게 된다.

준비는 완벽했다.

"그 아이는 성격이 좀 얄궂지."

어디서 목소리가 들려온 순간, 어떤 손이 암살자의 얼굴을 덮쳤고 칠흑의 몸은 붉은색 그림자에 휩싸여 창문 밖으로 순식간에 끌려 나갔다. 마치 아무 일도 일어나지 않았던 것처럼 주위는 다시 고요해졌다.

이상한 느낌에 움찔 놀란 리카는 머리를 긁적이며 주위를 둘러보았다.

창문을 통해 바람이 들어오는 것을 느낀 그녀는 이유도 모른 채 애꿎은 창을 거칠게 닫으며 투덜댔다.

다음 날 아침, 클루토는 기침이 심해 식사도 제대로 하지 못했다.

밤사이 여관에 돌아온 리오가 혀를 차며 순진한 동료를 진찰해보니 독감이었다.

"아니, 어쩌다 감기에 걸린 거니? 다른 사람들은 멀쩡한데……."

"찬물로 목욕하고 창문을 열고 자서 그런가 봐요."

"리오 님, 약이라도 지어 와야 할 것 같은데요? 더 심해질지도 모르겠어요."

레나는 걱정스러운 얼굴로 반쯤 얼이 빠진 클루토의 이마를 짚어보았다.

"식사도 다 했으니 제가 가지요. 클루토는 방에 돌아가서 내가 올 때까지 쉬고 있어야 한다."

리오는 급히 여관을 나섰다.

클루토가 겨우 식사를 끝내자, 레나는 비틀거리는 그를 리카와 함께 방까지 부축했다.

침대에 누운 동료에게 비상용 해열제를 먹인 레나는 동생이 독감에 걸렸을 때처럼 의자에 앉아 책을 읽어 주며 간호했다.

클루토는 그녀를 향해 고개를 돌리며 말했다.

"죄송해요. 저희 때문에 더 고생하시게 됐는데 제가 감기까지 걸려 버렸으니……."

"그럼 빨리 나아야지. 해열제를 먹었으니 더 심해지진 않을 거야. 그리고 괜히 미안하다는 생각은 하지 마. 감기 걸린 것까지 사과할 필요는 없으니까."

언제나 느끼는 것이지만, 레나의 미소와 잔잔한 말투는 시골 처녀라고는 믿어지지 않을 만큼 기품 있었다.

클루토는 그런 그녀를 보며 어릴 적 읽었던 동화 속 공주님을 떠올렸다. 공주의 곁에는 언제나 멋지고 힘센 왕자나 기사가 있었기에 그런 상상은 더욱 무리가 아니었다.

'빨리 나아야 할 텐데…….'

클루토는 천장을 바라보며 몸을 안정시키려 노력했다. 물론 레나와 리오에게 고맙다는 말도 속으로 되뇌었다.

시간이 흐르자 차츰 열이 내렸다.

동화 속 공주님은 여전히 곁에 있었다. 고마움을 느끼던 클루토는 문득 한 가지 생각이 떠올라 힘겹게 고개를 돌렸다.

"레나 누나, 리카는 어디 있어요?"

"리카? 음…… 아까 바람 좀 쐬고 온다며 나간 것 같은데……?"

클루토는 침을 꿀꺽 삼켰다.

이불로 얼굴을 푹 덮은 탓에 레나에게 걱정스러운 표정을 들키지는 않았지만 그 자신은 고민에서 벗어날 수 없었다.

'바보 같은 리카. 자기가 어떤 상황에 처해 있는 줄 알기나 하고 나간 거야? 아, 무사해야 할 텐데…… 제발.'

한편 이불 속에서 연이어 터지는 한숨에 레나는 의아한 표정을 지었다.

'아까 한 말 때문에 속으로 끙끙 앓고 있나?'

스무 살이라고는 하지만 레나는 여전히 세상 경험이 부족한 아가씨임에 틀림없었다.

그때 방문이 활짝 열렸다.

"자, 약이다, 클루토. 운 좋게 멀리서 물건을 팔러 나온 사막 부족에게 약을 구할 수 있었지."

"아, 리오 님!"

"간호하느라 수고하셨습니다, 레나 양."

리오는 레나와 클루토의 환영을 받으며 약을 내밀었다. 그러고는 방 안을 둘러보았다.

"레나 양, 리카는 어디 있죠?"

"예? 저에게 말하고 나가긴 했는데…… 무슨 일이라도 있는 건가요? 아까 클루토도 리오 님과 똑같이 물었거든요."

그 말에 몸을 꿈틀댄 건 이상하게도 리오가 아닌 클루토였다.

그런 그에게 잠시 시선을 보내던 리오는 어깨를 으쓱이며 레나를 안심시켜 주었다.

"아, 요즘 예쁜 여자들을 잡아다 팔아 넘긴다는 도적 무리가 이

도시에 활개를 치고 다닌다는 소문을 언뜻 들었거든요. 리카 나이라면 그들의 목표가 될 수 있죠."

"그래요?"

"음, 아무래도 걱정이 되는군요. 리카를 찾아보겠습니다. 레나양은 클루토를 계속 보살펴 주세요. 그 약을 먹이면 몇 시간 동안 잠들게 되니, 레나 양도 푹 쉬시면 될 겁니다."

"예, 다녀오세요, 리오 님."

레나는 다시 책을 폈다. 하지만 클루토는 이불 속에서 리카를 걱정하고 있었다.

'오, 리카, 제발…….'

여관을 나선 리오는 사람들에게 리카의 인상착의를 설명해 가며 그녀의 행방을 알아내기 위해 이곳저곳 돌아다녔다.

"골치 아픈 아가씨로군…….'

보통의 도적 무리가 개입됐다면 그가 이렇게 허겁지겁 찾진 않았을 것이다.

리카의 방에 잠입한 암살자를 처리한 것은 그였다. 여관 거리에 들어온 순간부터 누군가 자신들을 미행하고 있다는 것을 그는 눈치채고 있었다.

처음엔 레나를 노리고 그들이 접근한 것이라 생각했지만 사태를 파악하고 보니 그것이 아니었다.

'어제 그 녀석은 프로 중에서도 최상급의 실력이었어. 그리고 우리를 미행한 녀석이 따로 있다는 것을 감안하면 최고 수준의 암살자들이 집단으로 리카를 노리고 있다는 말인데…….'

신이 도운 것일까. 리카와 비슷하게 생긴 아이를 곡마단의 야외 공연장에서 봤다는 말을 전해 들은 리오는 서둘러 인파를 헤치며 달리기 시작했다.

 '공짜'라는 말에 솔깃한 리카는 수많은 사람들과 어울려 곡마단의 무료 공연을 구경했다. 사람들이 북적거리는 탓에 제대로 볼 수는 없었지만 그녀는 재미있게 공연을 즐겼다.

 사실 리카는 곡마단 공연을 처음 보았다.

 엄한 아버지 밑에서 자란 탓도 있었지만, 고향인 브리엔탈에 곡마단이 오는 것은 10년에 한 번 꼴이었다. 산지가 대부분인 왕국의 지형 때문이었다.

 "자, 솜사탕이에요. 솜사탕! 아이들이 좋아하는 솜사탕이 왔습니다! 단 10골드! 10골드만 받습니다."

 솜사탕 파는 아저씨의 모습을 본 리카는 자신의 주머니를 뒤적거렸다.

 10골드짜리 동전 하나가 만져지자, 그녀는 주먹을 불끈 쥐며 곧바로 손을 흔들었다.

 "아저씨! 여기요, 여기!"

 "예! 갑니다, 가요!"

 "솜사탕 하나요!"

 "예, 특별히 여기 하나 남은 파란 솜사탕을 드리죠, 귀여운 아가씨. 자, 솜사탕이에요, 솜사탕."

 구름처럼 몽실몽실한 군것질거리 하나로 그녀의 마음은 금세 행복해졌다. 리카는 입속에 녹아들 달콤함을 마음속으로 음미하며 입을 벌렸다.

 그때 때맞춰 달려온 낯익은 남자가 그녀의 솜사탕을 홱 낚아챘다. 화가 난 리카는 소리치려 했으나 리오가 먼저 말했다.

"미안, 하지만 소리치기 전에 이걸 봐."

"싫어! 내놔!"

"어허……."

리오는 땅바닥을 기어가는 개미에게 솜사탕 일부를 떼어 주었다. 개미는 굶주린 듯 달려들어 솜사탕 조각을 물었다.

"개미한테 아깝게 왜 주는…… 아?"

순간 틱 소리가 나며 개미의 몸이 풍선처럼 터졌다.

리오는 씁쓸히 솜사탕을 뭉쳐 바닥에 버렸다.

"흔한 독은 아냐. 독에 당했다는 증거가 몸에 남지 않는 무서운 독이지. 아까 본 것처럼 체액이 순식간에 증대되어 온몸이 풍선 터지듯 터져 버리기 때문에 부검을 해 볼 수도 없어."

리카는 얼굴이 새파랗게 질리고 몸까지 부르르 떨며 죽은 개미의 모습을 계속 바라보았다.

"무슨 이유인지 말해 줄 수 있겠니? 혼자…… 아니, 너와 클루토 단둘이 아는 것보다 한 사람이라도 더 많이 아는 게 훨씬 낫지 않을까?"

"……."

리카는 아무 말도 하지 않았다.

리오는 일단 그녀가 안정을 찾기를 기다리기로 하고 그녀의 어깨를 두드렸다. 그러다 잽싸게 자세를 바꿔 리카를 끌어안고 제비처럼 공중으로 솟구쳤다. 동시에 둘이 있던 자리엔 몇 개의 단검이 내리꽂혔다.

"직접 해보겠다는 것인가!"

리오는 보이지 않는 추적자로부터 벗어나기 위해 리카를 안은 채 몸을 날려 달리기 시작했다.

"무슨 짓이야?"

상황을 모르는 리카가 외쳤다.

그러나 리오의 얼굴이 어느 때보다도 진지했기에 그녀는 대답을 바라지 않았다.

'하나, 둘…… 다섯 명인가?'

근처의 2층 건물 옥상으로 야수처럼 몸을 날려 가까스로 위기를 넘긴 그는 말괄량이를 내려놓으며 검을 뽑았다.

"어지러워……."

"조금만 참아."

"앗!"

여태까지 칼집째 검을 휘두르던 그가 검을 뽑자, 리카는 다시금 놀랐다.

"움직이지 마. 널 노리는 손님들이 왔으니까."

"뭐?"

말이 끝나기가 무섭게, 리카의 눈앞에 다섯 개의 그림자가 소리 없이 나타났다. 흰색 터번에 흰색 두건, 그리고 어깨에 로브를 걸친 다섯 명의 괴한은 얼음처럼 차가운 눈으로 리카와 그녀의 보호자를 바라보았다.

"독이 든 것을 어떻게 알았는지 모르겠지만 칭찬해 주마. 어쨌거나 아이를 놓고 사라져라. 우리 임무를 방해하지 말고."

리오는 비웃듯 피식거리며 검으로 자신의 어깨를 툭툭 쳤다.

"잘 들리지 않는데…… 다시 말해 주겠나?"

"버릇없는 녀석이군."

다섯 중 하나가 턱짓으로 리오를 가리키자 나머지 네 명이 한 걸음씩 앞으로 다가섰다.

그와 동시에 리오의 눈에서 푸른 광채가 뿜어져 나왔다. 회색 망토 주위에 남은 네 명은 일순간 보라색 검광에 사로잡혔다.

"컥."

암살자들은 반격할 틈도 없이 리오의 일격을 받고 사방으로 튕겨 나갔다.

신속히 넷을 없앤 리오는 가볍게 숨을 내쉬었다.

"아이 앞에서 차마 피를 뿌릴 수는 없지. 자, 친구들과 함께 잠을 자겠나, 아니면 그냥 가겠나?"

암살자는 순간 멈칫했다. 자신은 분명 붉은 머리의 훼방꾼보다 자신의 목표와 거리상으로 더 가까이 있었지만 함부로 움직일 수 없었다. 상대와 자신의 실력 차이가 너무 큰 탓이었다. 아이를 향해 움직였다간 곧장 목이 날아갈 게 분명했다.

어차피 지금 할 수 있는 행동은 세 가지뿐이었다. 도망을 치거나, 훼방꾼과 대결을 하거나, 아이에게 돌진하거나…….

그는 허리에 찬 반달형 칼 시미터를 뽑아 들었다.

"명예를 택하겠다."

"그런가? 하는 수 없군."

리오는 씁쓸히 웃으며 자세를 바꾸었다.

아주 단순한 자세였으나 그의 상대에겐 달랐다. 빈틈이 보이지 않았다.

"너 같은 자가 왜 저 꼬마를 따라다니는 건가. 그 정도 실력이라면 이 왕국 최고의 무관인 7호장의 자리에 충분히 오를 수 있을 텐데."

리오는 고개를 옆으로 기울이며 가볍게 대답했다.

"장군을 할 사람은 따로 있는 거야. 난 이런 생활이 더 즐겁거든."

암살자의 복면이 꿈틀거렸다. 방금 전까지만 해도 두려웠지만,

지금은 무술을 하는 사람으로서 차원이 다른 상대와 싸운다는 기대감이 차올랐다.

"난 '크로플렌' 아사신 길드의 일원이다. 자네에게 한 수 배우도록 하지."

암살자는 양손을 모아 무인의 예를 올렸다.

리오 역시 답례를 했다.

"내 이름은 리오 스나이퍼. 나중에 자네 우두머리와 의뢰인을 잘 설득해 주게."

둘은 서로를 향해 돌진했고 보라색 검과 시미터는 불꽃을 튀기며 격돌했다.

충돌한 순간 암살자의 몸은 크게 흔들렸다.

중심을 잃을 정도의 충격…… 대형 전투 도끼를 받아 낼 때에도 이 정도의 충격은 아니었기에, 그는 놀랍다는 듯 눈을 가늘게 뜨며 검을 재차 휘둘렀다.

암살자의 시선은 상대의 눈, 어깨, 허리, 그리고 발을 쉴새없이 오갔다. 무술은 다음 행동을 읽어야 한다.

"흡!"

볼에 따끔한 감각이 느껴졌다. 힘뿐만 아니라 속도에서도 상대는 자신을 압도했다.

어떻게 길이가 긴 바스타드 소드를 이 정도로 빠르게 휘두를 수 있단 말인가. 어느 정도 실력 차는 예상했지만 상대의 위세는 기대 이상이었다.

"대단하군!"

비명과도 같은 감탄과 함께, 암살자의 복부엔 강렬한 일격이 가해졌다.

리오는 의식을 잃은 상대에게서 조용히 물러섰다.

"그럼 푹 주무시길."

모든 상황이 끝났다고 생각한 리카는 보호자 옆에 바짝 붙으며 확인하듯 조심스럽게 물었다.

"끝난 거야?"

"주위에 있는 이자들의 동료들도 이젠 널 함부로 저격하지 않을 거야."

"아직 남아 있단 말이야?"

"말스 왕국의 암살자들, 특히 길드 소속의 암살자들은 철칙이라는 게 있어. 그중 한 가지가 동료 중 가장 실력이 좋은 한 명이 일대일 대결에서 패배하면 우두머리의 특별한 지시가 있을 때까지 절대 움직이지 않는다는 거야. 상당히 오랫동안 이어져 내려온 전통이라 아마 오늘은 편히 자도 될 거야."

리오는 안심하라는 듯 리카의 어깨를 두드렸다.

"그래? 휴……."

리카는 안도의 한숨을 내쉬었다.

그 모습을 보고 리오는 그녀가 예전부터 위협을 받고 있었음을 어렴풋이 알 수 있었지만 더 이상 묻지 않았다. 언제가 될진 모르지만, 그녀가 자신을 믿게 될 때 스스로 털어놓을 거라는 생각에서였다.

코른발트 영주가 다스리는 크로플렌.

넓은 평지에 기후가 따뜻하고 물자가 풍요로운 탓에 그 지방은 수도 다음으로 규모가 컸다. 그러나 정작 사람들의 얼굴은 밝지 않았다. 영주인 코른발트가 악덕 영주들 사이에서도 우두머리였기 때문이다.

그의 세력은 이미 왕실에서도 손을 쓸 수 없을 정도로 커져 있었다. 왕세자 테라트가 다시 나타나지 않는 한, 그가 다음 왕이 될 것이 확실하다는 소문도 돌았다.

그러나 차기 왕의 얼굴이 밝지 않았다. 고용한 아사신 길드의 우두머리가 계약 파기를 선언한 탓이었다.

"그 쫒내 나는 꼬마 하나 처치하는 게 그렇게 어렵단 말인가. 게다가 두려워서 계약 파기까지 해? 그러고도 왕국 최고의 암살자 집단이란 말인가!"

"면목 없습니다. 다만······."

황색의 두건과 로브를 걸친 아사신 길드의 우두머리는 조용히 고개를 숙였다.

'다만'이라는 말이 코른발트의 혈압을 더욱 높였다.

"다만?"

"엄청난 강자가 아이 곁에 있습니다. 최고 정예에 속하는 아이들 일곱이 그에게 당했고, 그중에서 직접 맞닥뜨린 다섯은 공격 한번 제대로 하지 못하고 쓰러졌습니다. 게다가 만일의 상황을 대비해 배치한 저격수들 역시 그 남자의 눈에 모조리 간파당했습니다. 처음 계약할 때, 저희는 분명 목표가 된 아이 또래의 병아리 마법사만 같이 있다고 들었습니다."

코른발트는 아연실색했다. 피고용인의 입에서 처음 듣는 말이 나왔기 때문이다. 아사신 길드 우두머리의 신용 하나는 확실하기에 더욱 그러했다.

"강자라니? 무슨 소리를 하는 건가! 그런 최고의 용병을 고용할 돈이 나이 어린 꼬마에게 있을 턱이 없잖아!"

"어쨌든 영주님께서 지불하신 계약금과 착수금, 그리고 실패했을 경우의 보증금을 지금 드리겠습니다."

우두머리는 말을 마친 후 손가락을 튕겼다. 그러자 뒤에 대기하고 있던 암살자들이 보물 상자를 코른발트 앞에 가져다 놓았다.

우두머리는 인사와 함께 마지막으로 말했다.

"더 이상 그 아이에게 손을 댔다간 우리 길드의 체면만 깎일 것 같아 계약을 파기하는 것입니다. 저희가 말씀드린 그 남자는 붉은 장발에 준수한 용모를 가졌고, 리오 스나이퍼란 이름을 쓴다고 합니다. 그럼 다음 기회에……."

아사신 길드의 우두머리는 부하와 함께 연기 속으로 사라졌다.

혼자 남게 된 코른발트는 의자를 박차며 방을 나갔다.

"리오라고? 당치도 않은……."

"무슨 일로 그렇게 화가 나셨나요, 영주님? 호호호홋……."

복도를 거닐던 코른발트의 귀에 기분 나쁜 웃음소리가 들려왔다.

알 수 없는 요기가 섞인 웃음. 그 웃음소리의 주인공은 코른발트를 지금의 위치로 올려놓은 장본인이었다.

"아르반 영주의 딸 말이오. 최고의 암살자라는 녀석들이 쪼그만 여자아이 하나를 어쩌지 못하고 쩔쩔매는 꼴이라니. 결국 계약을 파기하고 말았소. 붉은 장발의 미남? 리오 어쩌고 하는 녀석이라는데……."

코른발트는 자신의 두꺼운 입술 밖으로 흐른 침을 닦으며 말끝을 흐렸다.

그의 앞에 선 새빨간 드레스 차림의 여성은 '리오'라는 이름을 듣자 가늘고 짙은 눈썹을 꿈틀거렸다.

"리오…… 스나이퍼겠죠?"

"타르자, 당신이 아는 녀석이오?"

타르자라는 이름의 여성, 그녀는 옷 색과 같은 빨간 장갑을 낀 손으로 살짝 박수를 쳤다.

"알다뿐입니까, 영주님. 그자의 이름과 잘생긴 얼굴을 한시라도 잊은 적이 없지요. 게다가 가이라스 왕국에 계신 요우시크 님도 그자의 이름을 들으면 화가 나서 한 사람씩을 꼭 죽이죠. 그 아사신 길드 사람들, 일찌감치 손 떼길 잘했군요. 만약 그 남자를 화나게 했으면 이 크로플렌 지방이 멋지게 날아가 버렸을 텐데…… 오호호호호홋…….."

그녀의 거침없는 웃음소리가 복도에 울렸다.

"그럼 당신이나 요우시크보다 강하다는……?"

코른발트의 조심스러운 질문에, 타르자는 언제 웃었냐는 듯 정색을 했다.

"정면 대결로는 아직 힘들죠. 2대1이면 모를까. 저희 힘이 모두 갖춰지지 않은 상황이라면 이길 도리가 없습니다. 코른발트 님, 계획을 전체적으로 수정해야 할 것 같군요."

코른발트는 어깨를 축 늘어뜨렸다. 그때 하인 하나가 그에게 다가왔다.

"영주님, 베른할트 영주의 아드님이신 자콥 님께서 급한 전문을 보내오셨습니다."

하인은 곧 손에 든 편지를 코른발트에게 전했다.

"베른할트의 산촌에 숨어 있던 전 7호장 파르하의 신변을 확보하긴 했으나, 그가 데리고 있던 레나 공주는 벌써 수도로 떠났다고 합니다. 현재 급히 뒤쫓고 계시긴 하나……."

"뭐라고?"

하인은 흠칫 놀라며 몸을 움츠렸으나, 코른발트의 곁에서 가만히 무언가를 생각하고 있던 타르자는 갑자기 미소 지었다.

"레나? 아…… 맞아, 제가 아주아주 중요한 사실을 잊고 있었습니다, 영주님."

코른발트와 하인은 의아한 얼굴로 그녀를 바라보았다.

"부르크레서 님께서 아직 저희를 버리지 않으셨군요……. 아무 걱정 마시고 저에게 모든 것을 맡겨 주세요. 무슨 일이 있더라도 수도에서 우리 계획을 완결할 수 있도록 할 테니까요. 오호호호홋."

코른발트와 그의 하인이 자신을 바라보고 있다는 사실도 잊은 채, 오랫동안의 한을 푼 귀신처럼, 타르자는 미친 듯이 날카로운 웃음소리를 터뜨렸다.

3

인과응보

리오 일행은 수도로 통하는 마지막 관문, 요새도시 라이논에 들어섰다.

말스 왕국의 수도에는 동서남북에 하나씩 요새도시가 위치해 있고, 그 요새들은 거대한 규모의 장성으로 이어졌다.

그것들은 왕국 이전부터 존재했던 장성과 요새였지만, 오랫동안 손이 닿지 않은 탓에 상당 부분이 폐허로 변한 것을 말스 2세 때 증축하고 수리해서 현재는 가장 완벽한 방벽으로 유명했다.

최근 들어 수배자 명단이 늘어난 까닭에 라이논에선 검문과 검색을 철저히 했다.

리오는 레나에게 모자를 씌워 리카와 클루토와 함께 들여보내고, 자신은 검문을 피해 도시로 들어갔다. 레나에게는 현상금이 걸려 있었지만, 눈치채지 못하게 리오가 눈가림을 잘했기 때문에 본인은 그 사실을 전혀 모르고 있었다. 리카와 클루토도 마찬가지였다.

불행 중 다행으로 레나의 수배 전단은 그리 크게 다루어지지 않은 듯했다.

"자, 저는 정보를 모아 볼 겸 근처를 돌아볼 테니 레나 양은 이 아이들을 데리고 여관으로 가 주세요. 그리고 절대 여관 밖으로 나오시면 안 됩니다. 아셨죠?"

"어째서요?"

"요새도시의 병사들은 상당히 거칠거든요. 게다가 아무리 치안이 잘돼 있는 도시라고 해도, 범죄가 아주 없지는 않으니까요. 특히 레나 양과 같이 아름다운 여성 분들은 주의해야 합니다."

리오는 가볍게 웃으며 순진한 아가씨에게 이유를 둘러댔다.

"알았어요, 리오 님. 주의하겠습니다."

레나는 얼굴을 살짝 붉혔다.

그 모습을 아니꼽게 바라보던 리카는 리오의 망토 자락을 잡아당겼다.

"난 어떻게 하면 돼?"

"레나 양에게 허락받고 여기저기 구경해 봐. 상인들이 많으니 구경거리는 많을 거야."

"쳇!"

리카의 반응에 리오는 의아한 표정을 지었다.

"왜 그래, 리카?"

"신경 꺼!"

"……?"

리카가 화를 내자 리오는 클루토를 바라보며 어깨를 으쓱했다.

클루토가 머리를 긁적이며 물었다.

"리오, 저도 같이 다니면 안 될까요? 공부도 할 겸 도시를 돌아보고 싶은데……."

"안 될 건 없지. 같이 가자. 그럼 레나 양, 뒷일을 부탁드립니다."

"예, 걱정하지 말고 다녀오세요."

레나는 여느 때와 같이 환한 미소를 지으며 손을 흔들었다.

그녀가 뾰로통한 리카를 데리고 여관 거리로 향하자, 리오는 짐을 덜었다는 듯 길게 숨을 내쉬었다.

"자, 우선 저기 보이는 주점부터 가볼까? 이런 요새도시의 주점은 다른 곳보다 정보를 얻기 쉽거든. 잘 기억해 둬."

"예!"

클루토와 리오가 간 주점은 술뿐만 아니라 음료 등의 마실 거리와 식사도 판매했기에 요새에 근무하는 병사들뿐 아니라 상인들, 그리고 말스 왕국에선 보기 힘든 종족인 드워프까지 북적거렸다.

"우아, 사람이 많네요."

"수도로 들어가는 마지막 관문이라 그렇단다. 여긴 세관과도 같아서 상인들이 오래 머무르곤 해."

클루토와 함께 빈 테이블에 앉은 리오는 주점을 둘러보았다. 요새도시의 주점치고 내부는 상당히 깔끔했다.

리오는 우유 한 잔을, 클루토는 스노이 주스를 주문했다.

클루토는 곧 리오에게 시선을 돌렸다. 신비로운 보호자에 대한 궁금증이 상당히 쌓여 있었기 때문이다.

"저, 리오. 리오는 어디 출신이세요?"

"음? 음…… 말스 왕국 출신은 아니야. 하지만 말스 왕국에서 꽤 오랫동안 떠돌아다녔지."

"아…… 그래서 지리를 잘 아셨군요. 헤헷, 사실 전 리오를 만난 순간부터 지금까지 계속 리오의 검술에 놀라기만 했어요. 며칠 전

습지에서 만난 리자드맨들을 리오 혼자 상대하는 모습에 정말 기절할 뻔했죠. 힘 좋고 질기다는 리자드맨들을 어떻게 단독으로 상대할 수 있는지……. 아마 수도에 계신 7호장들도 리오보다는 약할 거예요."

그러자 리오는 실소를 터뜨리며 손을 내저었다.

"후, 구름 태우지 마, 클루토. 그냥 경험이 많은 것뿐이니까. 너도 나이에 비해 마법 실력이 대단한걸, 뭐."

"에이, 말도 안 돼요. 전 아직 병아리 수준인걸요. 인간이 익힐 수 있는 8급부터 1급까지의 마법 중 아직 5급밖에는 익히지 못했어요. 4급은 아직 익히는 중이고……."

클루토는 얼굴을 붉히며 기어들어 가는 목소리로 말했다.

리오는 고개를 저었다.

"내가 말하는 네 실력은 단순히 마법 등급 문제가 아냐. 처음 날 만났을 때, 넌 7급의 파이어 볼을 사용했지? 네가 마력을 적절히 조절해서, 사람을 겨우 기절시킬 정도로 위력을 낮췄다는 사실을 알고 있어. 네 또래 아이들 중 너만큼 마력을 조절할 줄 아는 아이는 많지 않아. 충분히 자랑할 수 있는 소질이야."

"그런가요?"

클루토는 자신 없는 미소를 지었다.

주문한 음료가 도착하자 리오는 우유를 반 정도 들이켰다.

"음…… 그런데 넌 리카를 언제 처음 만났지? 둘이 꽤 친한 것 같던데……."

"리카와 전 고향이 같아요. 어릴 적부터 소꿉친구였죠. 성적도 비슷해서 성 프란체스카 학원을 같이 다녔어요. 리카는 잘 토라지는 말괄량이이긴 하지만 사실은 마음이 좋은 애예요. 남 걱정도 잘 하고 이해도 잘해 주는 편이지만, 비위 맞추기 어렵다는 게 단점이죠."

그의 입에서 리카 얘기가 술술 나왔다.

"이건 소꿉친구 수준이 아닌걸? 후훗……."

"놀리지 마세요! 이렇게 잘 알아도 리카는 절 친구로밖에 생각하지 않아요."

클루토는 쓸쓸한 표정을 지으며 말끝을 흐렸다. 그러나 그는 곧 미안하다는 듯 배시시 웃었다.

"리카가 알아주지 않아도 전 괜찮아요."

"……."

리오의 눈에, 클루토는 리카와 함께 있는 것만으로도 만족한다고 생각하는 것처럼 보였다.

마음이 유리처럼 맑고 순수할수록, 그 유리가 깨지면 상황은 언제나 최악으로 변하게 마련인데, 걱정이었다.

"리카가 위험에 처한다면…… 아니, 처해 있다면 넌 어떻게 할 거지?"

"……!"

클루토는 움찔했다.

그 한마디가 그의 마음속 깊숙이 숨겨 왔던 무언가를 자극했기 때문이다. 그는 눈처럼 하얀 액체가 담긴 유리잔을 바라보며 생각에 잠겼다.

"다른 얘기나 할까? 또 궁금한 것 있으면 물어봐. 곤란한 것 아니면 다 대답해 주지."

"아, 아뇨……. 말할게요."

"음? 하기 싫은 말을 억지로 할 필요는 없어."

"아뇨, 말하고 싶어요. 그러는 게 저도 편할 것 같아요."

"음……."

"리카가 위험에 처한다면, 전 아마 도와주러 갈 거예요. 아는 사람이 위험에 처해 있는데, 당연하잖아요."

"……."

리오는 묵묵히 듣고만 있고, 클루토가 계속 말을 이었다.

"절 보고 남들은 너무 착하다고 하지만, 그건 저를 잘 모르고 하는 말이에요. 사실은 그저 앞에 나설 용기가 없는 것뿐인데, 사람들은 그런 소극적인 제 모습을 보고 순진하다느니, 착하다느니 하고 말하죠. 저는 리카에게 좋아한다고 솔직히 말할 수 없을 것 같아요. 제게는 그럴 만한 용기가 없으니까요."

리오는 턱을 괴며 말했다.

"음…… 아는 사람이 위험에 처했을 때 도우러 간다는 것은 말처럼 쉬운 일이 아니야. 실제로 그런 상황에 맞닥뜨리면 당황하게 되지. 대부분은 위험에 처한 사람을 그저 바라볼 수밖에 없어. 하여튼 내가 볼 때 지금의 너는 충분히 용기 있는 사람이고 리카에게도 충실해."

그 말에 용기를 얻은 듯, 클루토는 미소 지으며 고개를 끄덕였다.

"고마워요, 리오. 덕분에 맘이 좀 편해졌어요."

"그래, 다행이구나."

"고백이 이런 힘이 있다니. 아직은 아니지만 언젠가는 리카에게도 지금 리오에게 한 것처럼 제 마음을 털어놓을 수 있을 것 같아요."

"음…… 그래. 나도 그러길 빌게."

한동안 두 사람 사이에는 어색한 침묵이 흘렀다.

달콤한 스노이 열매의 수액을 마시며 무엇을 물어볼까 생각하던 클루토의 눈에 문득 옆에 세워진 보라색 검이 보였다.

"아, 리오가 가진 검 말이에요. 보통 검이 아닌 것 같은데…… 이름 있는 검인가요?"

"내 검의 이름은 '디바이너'야. 내게 검술을 가르쳐 주신 스승님께서 직접 주신 검이지."

리오는 천천히 '디바이너'를 뽑아 클루토에게 보여 주었다.

영혼을 빨아들이는 것 같은 디바이너의 진보라색 표면을 보며 클루토는 자신도 모르게 입을 벌렸다.

"우아, 이렇게 가까이서 보니 정말 멋진 검이네요. '바스타드 소드' 계열 같은데. 보라색 금속이라…… 참 특이하네요?"

리오의 옆 테이블에서 동료들과 식사하던 젊은 드워프가 조심스레 끼여들었다.

"락토레리움이군요."

리오는 그 젊은 드워프를 향해 살짝 고개를 끄덕였다.

"드워프라 그런지 역시 잘 아시는군요. 상인이십니까?"

드워프는 동료들에게 양해를 구한 후 머리에 쓴 베레모를 벗으며 정중히 인사했다.

"예, 저희는 가이라스 왕국에서 온 무기 상인들입니다. 전 '브렌던'이라고 하죠. 저, 당신의 검을 잠시 살펴봐도 되겠습니까?"

"아, 예. 기꺼이."

허락을 받은 브렌던은 다시금 감사를 표한 뒤 리오와 클루토 사이에 앉았다. 디바이너의 표면에 손끝을 대본 그는 크게 감탄했다.

"대단하군요! 1백 년 이상 제련된 락토레리움이고, 검 자체도 상당한 기술로 만들어졌네요! 저희가 만든 웬만한 고급 검들도 무색

할 정도인데요?"

리오는 그저 웃을 뿐이었다.

락토레리움이란 금속에 대해 처음 들어 본 클루토는 궁금함을 참지 못하고 물었다.

"저…… 락토레리움이라는 금속이 그렇게 대단한 것인가요?"

"예, 그렇습니다. 락토레리움은 전설의 금속인 오리하르콘 다음으로 제련하기 힘든 금속이죠. 물론 그 이상의 금속 재료가 있겠지만 저희가 아는 수준에서는 그렇습니다. 락토레리움은 제련하지 않은 순수한 상태일 때는 그저 보라색 금속 가루일 뿐입니다. 하지만 가공하는 횟수가 증가함에 따라 점점 금속의 형태를 갖추고 3년 정도 가공해야 검의 형상을 갖추게 되죠. 강도는 청동 검의 수준이고요. 그러나 수십, 수백 년을 가공하면 다이아몬드 이상의 강도를 지니게 됩니다. 약 1백 년 정도 가공되었을 때 검으로서 가장 사용하기 좋은 성질을 띠게 되죠. 이분의 검은 적어도 1백 년 이상 최고 명인의 손으로 다듬어진 것입니다."

"이야……."

브렌던의 박식한 설명과 디바이너의 대단함에 클루토는 감탄을 금할 수 없었다.

브렌던은 품에서 돋보기를 꺼내 디바이너를 계속 관찰했다.

"락토레리움제 검이 가지는 최고의 특징은, 바로 재료 자체가 가진 '완전 무속성'입니다. 이런 특성이 이 검을 전설의 기술이라 불리는 강제 마법공격술, 즉 마법검의 최고 전용 검으로 만들었죠. 보통의 검은, 철의 속성을 지니고 있어 상위 속성인 화염계 마법검을 사용하면 오래 지나지 않아 뭉그러지지만, 락토레리움으로 만들어진 검은 마법검의 힘을 1백 퍼센트 발휘할 수 있습니다."

브렌던은 돋보기를 거두었다.

좋은 검을 보여 주어 고맙다는 듯, 그는 리오에게 양손을 모아 공손히 허리를 굽혀 드워프식으로 인사를 했다.

"정말 좋은 검이군요. 저희 조부께서 이 검을 보셨어야 했는데……. 갑자기 끼어들어 죄송했습니다. 가이라스 왕국에 오실 일이 있으면 에르파라스 고원의 드워프 마을 '뉴파사'에 들러 주십시오. 극진히 대접해 드리겠습니다. 그럼, 다른 일행과 약속이 있어 이만 가보겠습니다. 대지의 여신 '가이아'의 은총이 함께하시기를……."

자리에서 일어난 리오와 클루토도 브렌던이 했던 것처럼 드워프식으로 작별 인사를 했다.

브렌던은 일행과 주점을 떠났고 클루토는 '역시 대단하다'는 얼굴로 리오를 바라보았다.

"대단한 검이군요. 아, 그런데 아까 들은 말 중에 마법검이라는 것 말이에요, 정확히 어떤 기술인가요?"

리오는 빈 우유 잔을 놓으며 대답했다.

"3급 마법 중에 다른 마법을 반사시키는 '리플렉션'이라는 것이 있지? 마법검은 검 자체에 마법을 걸기 때문에 상대가 리플렉션을 사용했다 해도 무시하고 상대를 공격할 수 있어. 리플렉션은 물리 공격을 방어할 수 없거든. 뭐, 그것 말고도 물리 공격에 마법 공격을 추가해 상대방에게 배 이상의 타격을 입힐 때도 사용되지. 자, 마저 비우고 나가자. 다른 곳을 돌아봐야 하잖아?"

클루토는 리오가 뭔가 얼버무리려 했다는 느낌을 지울 수 없었지만 남의 비밀엔 그리 관심을 두지 않는 성격인지라 별말 없이 잔을 비웠다.

그때 주점 안으로 요새 병사들이 왁자지껄 떠들며 들어왔다.

"그러니까 타지방 병사들이, 자칭 기사의 딸로 말스 왕국의 왕을 만나러 베른할트에서 왔다는 여자를 잡았다고?"

"그래? 무슨 영주 아들인가 하는 사람은 봤는데…… 그 사람도 멀리 베른할트에서 왔다는 거 같던데……."

"그런데 그 여자와 같이 있던 꼬마가 하도 날뛰어서 잡기 힘들었대. 꼬마가 자신이 영주 딸이라고 했다더라고. 그런데 그 여자, 상당히 예쁘던데."

리오와 클루토의 얼굴이 동시에 굳어졌다.

주점 밖으로 나온 둘은 레나와 리카가 향했던 여관 거리로 뛰어갔다.

하지만 리오가 워낙 빨라 순식간에 클루토와 간격이 벌어졌다. 리오는 아랑곳하지 않고 혼자 붉은 장발을 휘날리며 달렸다.

'설마, 그 자콥이라는 녀석이?'

리오는 사람들 사이를 쏜살같이 헤집고 나아갔다. 그의 얼굴을 본 거리의 사람들은 마치 유령을 본 것처럼 하얗게 질렸다. 리오의 얼굴에는 말로 형용하지 못할 살기가 서려 있었다.

"이 자식들, 이거 놓지 못해! 몇 번 말해야 알겠어, 난 아르반 영주의 외동딸 리카 아르반이야!"

"시끄러운 꼬마로군."

두 명의 병사에게 붙들려 꼼짝 못 하면서도 리카는 당당히 병사들에게 소리쳤다.

"아, 겁쟁이 아르반 영주의 따님이라. 이거 오늘, 운이 연속으로 터지네. 하하하."

레나의 팔을 우악스럽게 잡고 있던 자콥이 가소롭다는 듯 웃음을 터뜨렸다.

'겁쟁이 아르반 영주'라는 말에 리카는 바짝 약이 올랐다.

"이 덜떨어진 사각 머리 바보 녀석아, 우리 아빠가 겁쟁이면 네 아빠는 벌레야. 사람들 피를 빨아먹는 기생충이라고. 코른발트의 발바닥이나 핥으라고 해, 이 멍청아!"

"리카! 그만해!"

자콥의 성격을 아는 레나가 씩씩대는 리카에게 소리쳤다. 하지만 사각 머리는 이미 눈에 핏발이 섰다.

자콥은 레나를 부하들에게 밀치고 리카 앞으로 성큼성큼 걸어가 주먹을 날렸다.

"악."

"널 죽여서 갈기갈기 찢어 아르반 녀석에게 먹이겠다!"

발광한 자콥은 땅바닥에 쓰러진 리카를 연거푸 걷어찼다.

비명 소리와 거친 숨소리가 여관 주위를 뒤흔들었다.

"그만해요! 제발 그만하세요, 자콥 님!"

병사들에게 붙들린 레나는 몸부림을 치며 소리쳤다.

"오호……?"

한참 동안 아이를 걷어차던 자콥은 그녀에게 얼굴을 돌렸다. 그는 입가에 비열한 미소를 머금고 천천히 걸음을 옮겼다.

"그만하면 어떡할 거지? 내 색시라도 될 텐가?"

레나는 이를 악물며 고개를 숙였다.

그런 모습에 더 자극되었는지, 자콥은 그녀의 갸름한 턱을 거친 손으로 매만지며 더욱 광기를 부렸다.

"하하핫! 부끄러워서 말을 못 하겠지? 그렇지? 어서 말해 봐! 전 자콥 님의 여자예요, 하고 말이야. 하하하!"

"역시 넌 구제불능이군."

어디선가 갑자기 들려온 목소리에 두리번거리던 자콥은, 어느새 레나 뒤에 우뚝 선 리오를 보고 뒷걸음질을 쳤다.

순식간에 레나를 잡고 있던 두 명의 병사가 힘없이 쓰러졌다.

레나 몸에 묶여 있던 줄을 끊은 리오는 피투성이가 되어 쓰러진 리카에게 시선을 돌렸다.

"리오 님! 리카, 리카가……."

레나는 리오의 가슴에 얼굴을 묻으며 울음을 터뜨렸다.

리오의 눈은 분노로 이글거렸다. 그는 리카를 반듯이 눕혔다.

"리, 리카!"

뒤늦게 도착한 클루토는 실신한 리카를 보고 비명을 질렀다.

리오는 레나의 등을 천천히 두드렸다.

"클루토와 함께 있어요. 아무 걱정 말고……."

리오는 멀찌감치 멈춰 서서 그들을 보고 있던 자콥을 향해 발을 옮겼다.

자콥의 부하들은 이때다 싶어 리오 일행을 다시 잡기 위해 조심스레 움직였다.

"움직이면 죽는다."

그 한마디에 모든 병사들은 마치 석화 마법에 걸린 사람들처럼 멈춰 섰다.

리오와 자콥이 시선을 팽팽히 맞추자, 요새 병사들과 상인들, 주민들의 시선이 그들에게 쏠렸다.

순간 리오가 자콥의 각진 얼굴을 향해, 가죽 칼집에 싸인 디바이너를 내리쳤다. 자콥의 육중한 몸이 바닥을 죽 훑으며 수미터 이상 밀려 나가다 겨우 멈췄다.

자콥의 얼굴은 순식간에 피투성이로 변했다.

리오는 이번만큼은 봐주지 않겠다는 듯, 디바이너를 거머쥔 손에 더욱 힘을 가해 자콥을 향해 올려 쳤다.

허공에 솟구쳤다가 바닥에 처참하게 널브러진 자콥은 옆구리를 부여잡은 채 비명을 질러 댔다. 몸부림을 치던 자콥은 신음 소리를 내다 결국 실신했다.

리오는 그 모습을 싸늘히 내려다보았다.

리오가 사라진 후에야, 자콥의 부하들이 그 주위로 몰려들었다.

리오 일행은 리카를 데리고 병원에 갔다. 병원 주위엔 상당수의 요새 병사들이 배치되었다. 물론 안에 있는 리오 일행을 감시하는 것이었지만 사실 형식일 뿐, 진짜 역할은 요새 사령관의 특명으로 자콥의 부하들이 접근하는 것을 막는 것이었다.

요새 사령관 '브레이엄'은 아르반 영주 쪽 사람이었다.

아르반 영주의 딸이 당했다는 소식에, 브레이엄 사령관은 리오 일행을 찾아갔다. 그는 리카뿐만 아니라, 자콥을 눕힌 장본인과 이유 모를 수배자 레나를 만났다.

하루가 지나서야 의식을 회복한 리카는 사령관이 제공한 마법과 약의 혼합 치료 덕분에 눈에 띄게 나아졌다.

다음 날 아침, 리카는 브레이엄 사령관이 와 있는 자리에서 리오와 레나에게 중대 발표를 했다.

"우선 나하고 클루토가 단 일주일이긴 하지만 리오 님이랑 레나 언니를 속인 점 사과할게요. 브리엔탈의 영주 아르반 님이 제 아빠예요. 암살자들이 절 표적으로 삼은 것도 반코른발트파의 중심인 물인 아빠를 위협하기 위해서죠. 여러분을 위해서 이 사실은 밝히지 않으려 했는데…… 그 빌어먹을 자콥 녀석 때문에…….”

리오와 레나는 리카가 먼저 사실을 말해 줘서 기뻤다.

“아, 그런데 브레이엄 아저씨, 자콥 녀석은 어떻게 됐어요?”

브레이엄은 멋들어지게 기른 자신의 콧수염을 살짝 매만졌다.

“아, 저 젊은이가 어찌나 세게 내리쳤는지 아직까지 의식을 회복
하지 못하고 있습니다. 부러진 늑골이 폐를 찌른 바람에 어제 수술
까지 했답니다. 뭐, 그런 녀석은 의외로 질긴 법이니 걱정하지 않
으셔도 됩니다. 녀석의 졸개들은 제 병사들이 알아서 잘 막고 있으
니 편히 쉬다 가십시오. 음, 그런데…….”

사령관은 말을 하다 말고 레나에게 시선을 돌렸다.

왜 수배자가 되었는지는 모르지만, 일단 그 사실을 알게 된 지금
긴장하지 않을 수 없었다. 하지만 브레이엄 사령관의 말투는 부드
러웠다.

“아가씨, 성이 베자스라고 했나?”

“예…… 그렇습니다.”

한동안 기억을 더듬던 사령관은 혹시나 하고 다시 물었다.

“아버님 성함이 혹시 파르하 베자스 아닌가?”

“맞습니다만……?”

“역시 내 생각이 맞았군.”

사령관은 너털웃음을 터뜨리며, 자신의 왼팔 소매를 에메랄드
머리카락의 미녀에게 자랑스레 걷어 보였다.

“자, 이걸 보게나. 사실 내 왼팔은 의수지. 아가씨 아버님 덕분에
이렇게 되었다면 믿겠나?”

레나의 얼굴이 새파랗게 변했다.

곁에서 그 얘기를 듣던 동료들 역시 움찔하며 사령관의 의수를

바라보았다.

하지만 사령관의 얼굴엔 여전히 미소가 남아 있었다.

"그분이 아니었다면 아마 지금 나는 여기 없었을 것이네. 20여 년 전, 일개 보병이었던 나는, 당시 수도 근처에 출몰하던 어스 웜을 퇴치하기 위해 파르하 님의 부대 '버닝'과 함께 출전했네. 그런데 어스 웜을 너무 우습게 생각하다 결국 한 유충에게 내 왼팔을 잡혔고, 그 때문에 몸이 굳어지고 말았지. 그 틈을 이용해, 어미 어스 웜 한 마리가 날 노리고 내 머리를 향해 돌진해 왔지. 그때 파르하 님이 번개같이 나타나 도끼로 어미 어스 웜의 머리와 내 팔을 먹던 유충을 단숨에 두 동강 내셨지. 정말 황송했다네. 역대 7호장 중 최고의 도끼 실력을 가졌다고 일컬어지는 파르하 님이 하찮은 병졸의 생명을 구해 주셨으니까."

"예? 7호장이셨다뇨. 전 아버지한테, 그냥 기사단의 일원이라고만 들었는데……."

레나는 이해할 수 없었다. 일개 시골 나무꾼인 자신의 아버지가 단지 기사가 아니라, 이 나라 무관 중 최고라 불리는 7호장이었다니…….

사령관은 말을 이었다.

"하긴, 상당히 겸손하신 분이니 자식들에게도 그냥 퇴직한 기사라고만 하셨겠지. 내가 보장하네. 아가씨의 아버님이신 파르하 님은 말스 왕국 역사상 가장 위대한 4대 7호장 중 한 분이셨네. 그분의 이름만으로도 전하를 뵐 수 있을 거야. 그보다 전하를 뵙기 전에 먼저, 같은 4대 7호장이신 카라얀 대장군님께서 들으신다면 맨발로 뛰어나올 것이네. 제일 아끼던 후배의 따님이 오셨는데, 그분 성격으론 당연하지. 하하하……."

레나는 복잡한 기분이었다. 사실 7호장의 집안은 말스 왕국에선 상당한 귀족이었다. 아버지가 그런 명예를 다 버리고 델 파레라는 시골에서 살았다는 것이 도저히 믿기지 않았다.

"아가씨는 절대 그 긍지를 저버리지 말게. 아가씨가 코른발트 일당에게 수배자로 지목된 것도, 아마 파르하 님의 딸이라는 이유 때문일 거야. 난 아가씨가 절대로, 범법 행위를 저질렀을 거라고는 생각지 않네."

사령관은 따뜻한 말로 레나를 안심시켰다.

"예, 감사합니다."

이런저런 얘기를 나눈 사령관은 나가려는 듯 자신의 사각모를 머리에 썼다.

"그럼 편히 쉬십시오, 리카 아가씨. 그리고, 리오라고 했나? 자넨 잠깐 나와 같이 나가세."

팔짱을 낀 채 묵묵히 서 있던 리오는 사령관과 함께 병실 밖으로 나갔다.

"우선 레나 공주님을 여기까지 무사하게 모셔 온 것에 경의를 표하네."

"……."

리오는 사실을 알고 있었냐는 듯 브레이엄 사령관을 바라보았다.

"자네가 레나 공주님을 모시고 수도를 향해 출발한 지 며칠 후에 자콥에게 코른발트의 명령이 떨어진 모양일세. 운 좋게도 자네가 조금 일찍 출발한 탓에 공주님께선 무사했지만……, 파르하 님은 당하신 듯하네."

"뭐라고요?"

"운이 좋아 목숨을 부지하셨을지도 모르겠지만, 자콥이 직접 그 일을 처리했다니까…… 어쨌든 자넨 수도에 도착하기 전까지는 레나 공주님께 절대 이 사실을 알리지 말게. 레나 공주님은 아직 파르하 님의 딸이어야만 하니까."

"예."

리오는 참담한 표정으로 고개를 끄덕였다.

그러나 마음 한편에서는 자꾸 의혹이 생겼다.

'레나에 대한 사실을 사령관이 어찌 알았을까, 과연 그를 믿어도 될까.'

"만약 이 사실이 외부로 새어 나가거나 제가 실패할 경우, 당신께서 위험해지실 텐데, 파르하 님에게 어떤 대가라도 받으셨습니까?"

"아주 비싼 대가를 받았지. 파르하 님께서 직접 보여 주신, 값어치를 따질 수 없는 굉장한 선물이었네."

사령관은 진지하게, 굳게 쥔 주먹을 자기 가슴에 댔다.

"진실한 의리와 나라를 위해 자신을 버릴 수 있는 진정한 충성심, 난 그분께 그 두 가지를 배웠네."

"그렇군요."

리오는 믿을 만한 사람이 같은 편이라는 사실에 내심 기뻤다.

그때 복도 저편에서 한 병사가 달려왔다. 그의 얼굴은 긴장감으로 상기되어 있었다.

"사령관님, 문제가 생겼습니다!"

"문제?"

"코른발트의 심복 중 한 명이 자콥을 문병하러 왔다며 요새 안으로 들어오려 하고 있습니다. 아무래도 녀석들이 이틀 전 일어났던 일에 대해 알고 있는 것 같습니다."

브레이엄은 올 것이 왔다는 듯 씁쓸한 표정을 지었다.

"리오, 자네는 꼼짝 말고 일행과 함께 리카 아가씨의 병실에서 대기하고 있게. 만약의 사태가 벌어지면 우리 병사들이 알아서 탈출할 시간을 만들어 줄 테니 걱정하지 말게."

그는 다시 병사에게 지시했다.

"그리고 자네는 일단 코른발트의 심복을 통과시키게. 대신 이 병원을 향해 오려고 하면 적당히 얼버무리고, 알았지?"

"예!"

병사는 경례하고 밖으로 뛰어나갔다.

그의 뒷모습을 바라보던 사령관은 안심하라는 듯 리오의 어깨를 두드렸다.

"위기이긴 하지만, 절대 불안해하지 말게."

"예, 알겠습니다."

사령관이 병원을 나서려고 몸을 돌리는 순간 병사와 실랑이를 벌이는 여자의 목소리가 들려왔다.

"자, 잠깐만 기다리십시오. 사령관님께서 곧 나오실 겁니다."

"아, 힘들게 그럴 필요 있을까요? 사령관님을 유혹하거나 그럴 생각은 없으니 안심하세요. 오호호호홋……."

거부감을 일으키는 여성의 웃음소리였다.

코른발트의 사람이 둘 앞에 모습을 드러냈다. 그 모습을 본 리오가 얼굴을 일그러뜨렸다.

혐오스러운 목소리의 주인인 붉은 드레스의 여성은 그를 향해 살짝 눈웃음을 친 후, 브레이엄 사령관을 쳐다보았다.

"후훗, 처음 뵙겠습니다, 사령관님. 전 코른발트 님의 명을 받고 특사의 자격으로 온 마법사 타르자라고 합니다."

"잘 오셨소. 코른발트 영주님은 잘 계시오?"

"물론이죠. 며칠 후 있을 왕국 축제를 기다리시다 지쳐 어린애처럼 발을 동동 구르고 계시답니다. 호호호호홋······. 그런데 웬일로 병원에 계시지요? 어디 편찮으신 데라도 있나요?"

"감기가 좀······ 자, 그럼 나가 보실까요? 자콥 도련님께서 계신 병원으로 제가 직접 안내해 드리지요."

"예, 감사합니다, 사령관님. 호호호호홋······."

브레이엄 사령관은 속으로 안도의 숨을 내쉬었다.

이때 리오와 타르자는 정신감응으로 상대를 읽었다.

「대체 무슨 속셈이지. 어디까지 날 괴롭혀야 직성이 풀리겠나.」

「당신의 겁에 질린 얼굴을 뜯어, 내 방 장식품으로 만들 때까지. 오호호홋.」

잠시 후 타르자와 사령관은 리오의 시야에서 사라졌다.

리오는 분에 못 이겨 벽을 후려쳤다.

그는 성급한 예상을 해 보았다. 수년 전부터 급성장한 악덕 영주들이 누구의 힘을 빌렸는지, 또 그들에게 힘을 빌려 준 타르자가 어떠한 속셈을 가지고 있을지······.

"말스 왕국을 뿌리부터 없앨 생각이군. 왜 그때 죽지 않았는가, 타르자······ 어째서!"

리오는 머리를 거칠게 긁적이며, 급히 레나와 일행이 있는 쪽으로 향했다.

"오랜만이군요, 자콥 님. 많이 다치셨다고 들었습니다만······ 후후홋."

"쳇, 또 그 건방진 마법사 아주머니로군. 무슨 일로 왔나? 코른발트 님께서 특별한 지시라도 내리신 건가?"

만신창이가 되어 누워 있던 사각 머리 자콥은 타르자를 바라보며 거칠게 대꾸했다. 생사를 오락가락하던 자콥은 많이 호전되어 있었다.

타르자는 여전히 요사스러운 미소를 지으며 고개를 저었다.

"단순히 문병을 온 것이랍니다. 그리고…… 당신을 이렇게 만들어 놓은 남자한테 통쾌하게 복수할 수 있게 도와드리려고요."

"풋, 웃기는군."

자콥은 피식 웃었다.

"잘 들으시지, 건방진 마법사. 날 이렇게 만든 녀석은 괴물이야. 한 방으로 내 갑옷은 물론 늑골까지 구겨 버렸어. 더 이상 그 녀석을 건드려 부스럼을 만들고 싶진 않아. 나중에 병사들을 동원해 화살로 고슴도치를 만들 테니 그렇게나 아시지."

그러자 타르자는 한심하다는 듯 한숨을 내쉬었다.

"안타깝군요. 당신을 위해 특별한 마법의 약을 만들어 왔는데…… 직접 복수를 못 하시다니 정말 아쉽군요."

"마법의 약? 그게 뭐요, 타르자."

타르자는 기다렸다는 듯 자신의 풍만한 가슴 속에서 알약 하나를 꺼내 자콥에게 내밀었다.

"자, 이거랍니다. 이걸 드시면 당신의 다친 몸도 완전히 낫고, 또 힘도 지금보다 수배 이상 강해지지요. 당신을 이렇게 만든 그 버릇없는 청년도 쉽게 때려눕힐 수 있을 겁니다."

"그렇다면 진작 줬어야 할 것 아니오."

자콥은 타르자의 알약을 즉시 가로챘다. 그 알약을 마치 사탕을 먹듯 맛있게 씹어 먹는 자콥을 보며 타르자는 싸늘히 미소를 지었다.

리오는 고민에 빠졌다. 레나와 리카, 클루토에게 타르자의 정체를 말한다면 자신의 정체까지 의심받을 수 있었다. 하지만 덮어 두기엔 타르자가 너무 위험했다.

그런 모습을 걱정 어린 얼굴로 바라보던 레나가 그에게 다가갔다.

"저, 무슨 걱정이라도……."

"예? 아…… 생각보다 일이 복잡하게 꼬여서 고민을 좀 했습니다."

물론 선의의 거짓말이었지만, 오히려 그녀의 마음은 더 무거워졌다.

"죄송합니다. 저와 아버지 때문에 이런 큰일에 휘말리시다니……. 모두 제 탓이에요. 처음 마을을 출발할 때 아버지의 말씀을 거절했더라면 리오 님께서 이렇게까지 힘드시진 않았을 텐데……."

'오, 이런…….'

그는 그녀의 작은 어깨를 손으로 따스하게 감싸며 위로했다.

"그렇게 생각하지 마세요. 아까 사령관님께서도 레나 양에게 아버님에 대한 긍지를 잊지 말라고 하셨지 않습니까? 파르하 님께선 분명 이 나라의 운명이 누군가에 의해 바뀌어야 한다는 신념 아래, 레나 양을 이렇게 멀고 먼 수도로 떠나오게 하셨을 겁니다. 또 저라면 충분히 지금의 상황을 극복하고 당신을 안전하게 수도까지 모셔다 드릴 수 있을 것이라는 믿음으로 당신을 맡기셨을 겁니다. 레나 양의 아버님은 분명 자신의 따님뿐만 아니라 이 말스 왕국 전체를 걱정하시는 충신 중에 충신이십니다."

"……."

리오는 믿음직한 표정으로 그녀와 시선을 맞추었다.

"아버님을, 저를, 그리고 앞으로도 당신을 도와줄 수많은 사람들을 믿으십시오. 반드시 제가 당신을 지켜 드리겠습니다."

"고마워요, 리오 님."

리오는 고개를 끄덕이며 빙긋 웃었다.

"남들 앞에서 그림 좋군. 얼굴도 두꺼워라."

클루토와 함께 둘의 대화 모습을 몰래 엿보던 리카가 중얼거렸다. 순간 레나의 얼굴은 붉게 상기되고 말았다.

"리카! 그게 아니야!"

"네네…… 사랑은 아름답죠."

딴청을 피우는 리카를 보며, 리오는 멋쩍은 표정을 지었다.

그 순간 리오는 갑자기 밖에서 느껴지는 사념(邪念)에 움찔하며 몸을 일으켰다. 레나와 리카, 클루토도 오싹한 느낌에 주위를 두리번거렸다.

"이런, 잊고 있었어!"

"어디 가? 껑다리!"

리오는 말없이 밖으로 튀어 나갔다. 무슨 일이 생길 것 같으면 그가 민감하게 반응한다는 사실을 이미 알고 있는 리카는 겁에 질렸다. 병실 안은 이유 모를 불안감에 휩싸였다.

뒤따라 병실 밖으로 뛰어나가려던 레나의 시선이, 문득 구석에 세워진 소검 파라그레이드로 향했다. 일단 왕이 하사한 보검인 만큼 이런 상황에서도 리오가 충분히 사용할 수 있을 거라는 생각에 그녀는 즉시 검을 움켜쥐었다.

"언니! 저도 같이 나갈래요!"

"……그래. 클루토, 네가 좀 도와주겠니?"

"예!"

레나는 리카를 말리려 했으나, 결국 클루토와 함께 부축해서 데리고 나갔다. 셋은 병실을 나와 리오가 간 방향으로 향했다.

병원에서 조금 떨어진 광장엔 무시무시한 광경이 벌어지고 있었다. 언제 어디서 나타났는지 모를 파란색 미노타우르스가 거대한 도끼를 들고 미친 듯이 병사들을 학살하고 있었다.

자콥의 부하들 역시 살기 위해 저항했으나 아무런 소용이 없었다. 방패나 검으로 방어하자마자 바로 두 동강 날 뿐 진전은 없었다. 요새 병사들 역시 활을 쏘며 미노타우르스를 공격했으나, 보통의 화살은 두꺼운 털가죽을 뚫지 못했다. 갑옷을 입은 중장갑 창병조차 괴물 앞에선 장난감 창을 든 어린아이에 불과했다.

한 번 도끼를 휘두를 때마다 수명의 병사들이 즉사했다. 병사들의 사체와 내장, 그리고 뇌수가 광장을 가득 메우자 브레이엄은 반쯤 정신이 나갔다.

"아, 신이시여! 어떻게 수도 방위 요새에서 이런 일이…… 도대체 저 괴물은 어디서 나타난 것인가!"

그때, 병사의 목소리가 그를 일깨웠다.

"사령관님! 저걸 보십시오!"

병사가 가리킨 곳에는 보라색 검을 든 청년이 붉은 장발을 휘날리며 턱 버티고 서 있었다. 미노타우르스는 청년을 보자 행동을 딱 멈추었다.

리오는 뭔가 이상하다고 생각했다. 그가 알고 있는 바로는 몸통이 파란 미노타우르스는 존재하지 않았다. 변종인가 생각하다, 미노타우르스가 어떤 괴물인지를 알고 있는 그는 곧바로 잡념을 지우며 전투에만 집중했다.

"왜 덤비지 않는 거지?"

리오가 눈앞에 나타난 순간부터 미노타우르스는 움직이지 않았다. 그렇다고 안심할 정도는 아니었다. 거친 괴물의 숨이 점점 더 거칠어지기 시작했다.

'변종이라 머리가 좋은 건가? 미노타우르스치곤 사념이 너무 강해. 게다가…… 날 알고 있는 눈빛이잖아?'

「뭘 주저하나요? 후훗…… 안심하세요. 아직 당신의 동료를 건드릴 생각은 없으니까.」

갑자기 들려온 정신감응에 리오는 움찔했다. 그는 눈을 움직여 재빠르게 상대를 찾아냈다. 자콥이 입원한 병원 창문에 기대어 있는 타르자가 눈에 띄었다.

「무슨 생각으로 이러는 거지? 날 없앨 생각이면 직접 나서지, 왜 이런 쓸데없는 괴물을 보내나?」

「호호홋…… 그냥, 실력이 녹슬지 않았을까 의심이 나서 한번 장난을 쳐봤죠. 그렇다고 제 미노타우르스를 보통의 황소 머리 괴물이라 여기진 말아요. 아주 조금, 당신의 전투 방식에 걸맞게 체질을 바꾼 아이거든요. 오호호호호홋…… 자, 전 재미있게 지켜보지요.」

리오는 다시 괴물에게 시선을 돌렸다. 기다렸다는 듯, 미노타우르스는 괴성을 지르며 달려들었다.

거대한 도끼가 리오에게 날아든 순간, 브레이엄 사령관을 비롯한 구경꾼들은 눈을 질끈 감았다.

그들은 분명 그 젊은이 역시 특이한 보라색 검과 함께 두 동강 났을 거라고 예상하며 곧 눈을 떴다.

"아니, 저럴 수가!"

사령관과 군중의 입에선 동시에 탄성이 터졌다. 두 배가 넘는 키와 몇 배의 덩치를 지닌 미노타우르스의 공격을 리오가 간단히 검으로, 그것도 한 팔로 막아 낸 것이었다. 그 광경에 레나와 클루토,

그리고 둘의 부축을 받으며 서 있던 리카 역시 놀라고 말았다. 그러나 단 한 명, 타르자만이 놀라기는커녕 즐겁다는 듯 미소를 지었다.

"후훗, 겨우 이것 가지고 놀라다니. 저 남자를 모욕하고 있군. 오호호호훗……."

공방전은 본격적으로 시작되었다. 물론 리오는 방어에만 치중했다. 타르자가 적어도 어떤 수준의 마법사인지 알고 있기 때문이었다. 공격할 틈은 충분히 있었다. 미노타우르스의 도끼가 힘만 실린, 단순 그 자체였기 때문에 반격은 식은 죽 먹기였다. 그러나 리오는 함부로 공격하지 않았다.

'분명 뭔가 있다. 하지만 공격하지 않으면 이길 수가 없지 않나. 좋아, 다음을 노리자.'

미노타우르스는 도끼를 한껏 치켜들고 붉은 머리를 향해 힘껏 내리 찍었다. 그 순간을 노린 리오는 공을 받아치듯 디바이너로 도끼를 받아쳤다. 정면 승부, 힘과 힘의 대결이었다.

파앙.

도끼에서 불꽃이 강하게 튀었다.

무엇이 문제였을까. 분명 물리 법칙 면에서 중력 방향으로 내려온 미노타우르스의 공격이 훨씬 유리했다. 그러나 현실은 그 법칙을 무시하고 반격한 리오의 승리였다.

"오오옷!"

관중의 감탄에 답하듯, 디바이너의 잔영은 음속에 가까운 속도로 미노타우르스의 허리를 가로질렀다.

그러나…….

푹, 마치 찰흙을 친 것 같은 감각에 리오는 경악을 금치 못했다.

게다가 미노타우르스의 몸 자체가 디바이너와 리오를 경이적인 힘으로 빨아들이기 시작했다.

"이런 젠장!"

리오는 디바이너를 놓치고 말았다. 주인의 손에서 떠난 검은 순식간에 미노타우르스의 몸속으로 빨려 들어가 보이지 않았다.

"쿠워어어어!"

상대가 무기를 잃은 것에 미노타우르스는 승리를 자신한 듯 크게 포효했다. 직접 공격을 할 수 없게 된 리오는, 재차 감행되는 미노타우르스의 공격을 피해 다녔다. 보통 무기로는 분명 괴물의 공격을 받아칠 수 없을뿐더러 무기 하나를 고스란히 바칠 게 뻔했다.

'마법을…… 아니야, 아직 마법을 쓰긴 일러. 하지만 적당한 무기가 없는데…….'

"리오 님! 이걸 받으세요!"

리오는 또 한 번의 공격을 피하며, 레나 쪽을 바라보았다.

"파라그레이드? 던져요, 레나!"

파라그레이드는 파란 잔광을 남기며 날아 리오의 손에 안착했다. 기대 이상의 물건이었다.

파라그레이드의 검신은 항마성 금속인 오리하르콘이었다. 마법으로 이루어졌다고 예상되는 미노타우르스의 몸을 충분히 공격할 수 있을 거라 판단한 리오는, 파라그레이드를 직접 잡은 순간 생각을 달리하였다. 파라그레이드의 검신이 마치 기를 원하듯 미세하게 진동했다.

'바로, 기(氣)다!'

리오는 자신의 기를 파라그레이드에 주입했다. 그러자 검신 양쪽으로 우윳빛 광채가 번뜩였다.

"이것은!"

자루가 긴 것에 비해 비정상적으로 작게 보였던 오리하르콘 검의 우윳빛 넓은 날이 세차게 뻗어 나와 대검으로 변했다.

"이런, 운이 좋구나. 리오 스나이퍼……."

눈앞에 펼쳐진 의외의 상황에 타르자는 인상을 구기며 창틀을 내리쳤다. 그와는 달리 리오는 회심의 미소를 지으며 파라그레이드를 뻗었다.

"자, 다시 시작해 볼까, 친구? 후훗……."

"쿠, 쿠워어어어!"

미노타우르스는 재차 공격을 시도했다. 리오는 일단 파라그레이드의 성능을 알아보자는 생각에 미노타우르스의 도끼를 막아 보았다.

타앙.

금속이라 믿어지지 않는 맑은 소리가 들려왔다. 성능은 디바이너와 비슷했다.

"멋지군."

리오는 회심의 미소와 함께 힘을 가했다. 미노타우르스의 도끼는 가볍게 뒤로 밀려났다. 리오는 마지막 테스트를 해 보려는 듯 파라그레이드를 옆으로 세우며 돌진했다.

"각오해라!"

"쿠워어어어!"

예상대로, 마법으로 이루어진 미노타우르스의 피부는 기를 불어넣은 날을 빨아들이지 못했다. 괴물의 옆구리에 생긴 절상에선 매캐한 냄새의 연기가 쉴 새 없이 뿜어져 나왔다. 뒤로 물러선 리오는 공중으로 크게 도약하며 파라그레이드를 치켜올렸다.

"없애 버리겠다!"

흰색의 차디찬 검광은 번개와도 같이 미노타우르스의 머리 위에 내리꽂혔다. 이등분된 미노타우르스의 몸은 각기 옆쪽으로 비틀거리다가 이내 연기 속으로 쓰러졌다.

"우워어어어……."

어느 쪽 몸에서 들리는지 확인할 길은 없었다. 확실한 것은 수십의 목숨을 도륙한 괴물이 최후를 맞았다는 것이다.

"우, 우아! 젊은이가 이겼다. 이겼어!"

"괴물을 해치웠다!"

숨을 죽이고 지켜보던 구경꾼들은 일제히 함성을 터뜨렸다. 브레이엄 사령관은 안도의 한숨을 크게 내쉬었다.

연기 속에서 희미하게 보이는 보라색 검, 디바이너를 거둔 리오는 점점 줄어드는 미노타우르스의 모습을 지켜보았다.

"이야, 대단해!"

부상을 잊고 리오를 향해 뛰어온 리카는 굵은 팔에 매달리며 여느 또래 아이들처럼 즐거워했다.

"역시 꺽다리는 최고야! 이런 괴물도 한 방에 골로 보내 버리고 말이야"

"……."

리카보다 늦게 다가온 클루토와 레나는, 보통 때와는 달리 아무런 말도 하지 않는 리오의 모습을 보고 이상하다고 생각했다. 리오의 시선은 아직도 연기를 내뿜는 사체에 고정되어 있었다.

"이런!"

연기가 줄어 괴물의 실체가 드러난 순간, 리오는 레나와 리카의 눈을 재빨리 가렸다. 장면을 본 클루토는 구역질을 참으며 얼굴을 돌렸다.

상당수의 구경꾼들도 인상을 쓰며 시선을 돌렸다. 브레이엄 역시 믿을 수 없다는 표정으로 신음 소리를 냈다.

"세, 세상에…… 자콥이……."

미노타우르스가 쓰러진 장소에 놓인 것은 놀랍게도 두 동강 난 자콥의 시체였다. 두 쪽으로 잘린 자콥의 얼굴은 참혹할 정도로 일그러져 있었다. 살아남은 자콥의 부하들 역시 놀라움을 금치 못했다.

"아, 아니, 도련님이……."

"사념 증폭술…… 인과응보군."

리오는 낮게 읊조렸다.

사념 증폭술. 그것은 말 그대로 인간이 가진 사념 즉, 사악한 생각을 증폭시켜 피술자를 괴물로 뒤바꾸는 사마법(邪魔法) 중 하나였다. 피술자가 가진 사념이 크면 클수록 더욱 강력한 괴물로 변하기 때문에, 그 술법을 사용하는 마법사들은 동료 중 한 명을 택해 극악무도한 범죄자로 만들곤 했다.

한편 타르자는 씁쓸한 미소를 지으며 여전히 병원 창틀에 기대 있었다. 그러나 그녀의 얼굴에선 패배감은 찾아볼 수 없었다.

"그래, 어차피 승부는 수도에서 가리기로 했으니 이번만은 그냥 넘어가겠다, 리오 스나이퍼. 대신, 수도에선 지옥이 더 편할 거라는 생각이 들게 해 주마…… 오호호홋……."

그녀의 웃음소리는 저녁 노을처럼 점차 어둠 속으로 사라져 갔다.

"정말 괜찮겠나? 호위할 병사가 없어도……."

다음 날 아침, 사령관은 출발하는 리오를 걱정하며 말했다. 리오가 대답하기도 전에 리카가 먼저 대답했다.

"어허, 브레이엄 아저씨도 보셨잖아요. 어제 공개된 그 일당백의 실력을! 너무 걱정하지 마세요. 그리고 어차피 하루면 수도에 도착할 수 있잖아요."

리카는 주먹으로 리오의 옆구리를 살짝 치며 웃었다.

"하하핫, 리오 군에게 푹 빠져 있군요, 리카 아가씨. 어쨌든⋯⋯ 계속 부탁하네, 리오 군."

얼굴이 발개진 리카의 머리를 쓰다듬으며, 리오는 사령관 말에 고개를 끄덕였다.

"예, 알겠습니다. 그런데⋯⋯ 타르자라는 여자는 어디 있습니까?"

그녀가 위험한 존재라는 것을 다시 확인한 그로선 그녀의 행방이 궁금하지 않을 수 없었다.

사령관이 옆에 있는 병사에게 귓속말로 묻자, 병사는 고개를 저었다.

"음⋯⋯ 그녀는 아직 숙소에서 나오지 않았다는군. 그럼, 안녕히 가십시오, 리카 아가씨. 그리고 레나 아가씨, 클루토 군, 리오 군도 잘 가게."

사령관과 작별 인사를 하고, 리오 일행은 한가로이 라이논을 떠났다. 그곳에 있었던 사흘이라는 시간이 일행에겐 석 달처럼 느껴졌다.

레나는 꿈에 그리던 수도에 하루면 도착한다는 기대감으로 가슴이 설렜다. 코른발트의 세력이 추격할지도 모른다는 걱정이 다시 고개를 쳐들었지만, 자신을 지켜 주는 사람이 있다는 믿음 덕분에 걱정은 금방 사라졌다.

그녀와는 달리, 리오는 배후에 타르자가 있다는 사실을 안 후부터 계속 불안했다. 라이논에서 적잖은 사건을 겪은 이상, 수도에서도 그 이상의 일을 겪을 게 확실했다.

리오는 델 파레를 떠날 때와 같이 라이논을 떠나며 다짐했다.

'두 번 다시 너에게 당하지 않겠다, 타르자. 내 일행은 내가 반드시 지킨다!'

긴장에 사로잡힌 일행의 얼굴을 선선한 바람이 조심스레 달랬다.

2장
수도

1

20년 만의 귀향

 라이논에서 수도까지 거리는 멀지 않았다. 맑은 날 라이논에서 제일 높은 망루에 서면 수도의 모습이 희미하게 보일 정도였다.
 말스 왕국 이전부터 대도시였던 '톨벤틀' 거리는 며칠 후에 있을 건국 기념제 때문에 수많은 사람들로 북적거렸다. 사막 부족에서부터 이종족인 드워프, 엘프 모험가들까지 간간이 눈에 띄었다. 그들의 목적은 단 하나, 화려함과 규모에서 최고라는 말스 왕국의 건국 기념제를 보기 위함이었다.
 그 사람들 사이에 리오 일행도 끼어 있었다. 묵묵히 거리를 걷는 리오와 달리, 수도에 처음 온 레나와 리카, 클루토는 다른 여행자들처럼 정신없이 두리번거리며 계속 환호성을 연발했다.
 "저거 봐, 저거 봐! 언니, 저쪽요!"
 "우아, 정말 신기하다, 리카!"
 한편 수도에 도착한 순간부터 리오는 의문을 가졌다. 분명 다른 도시에서처럼 자신과 레나를 수배할 줄 알았는데, 검문은커녕 병사들한테 '어서 오십시오'라는 인사까지 받고 있기 때문이었다.

'수배가 풀렸나? 설마……'

하지만 그럴 가능성은 전무했다.

숙소를 잡은 리오는 잠에 빠진 일행을 남겨 두고 또다시 거리로 나섰다. 이전에 친구와 한 약속 때문이었다.

그는 건국자이자 영웅왕이라 칭해지는 말스 1세의 기념 공원으로 향했다. 공원 중앙에 위치한 말스 1세의 석상 앞에서, 그는 친구를 어렵지 않게 찾아냈다.

"역시 여기 있었네, 바이칼. 오래 기다렸어?"

팔짱을 낀 채 말스 클레오 덴 1세의 석상을 바라보던 군청색 머리카락의 미소년은 리오가 옆으로 다가오자 한숨을 쉬었다.

"클레오 녀석, 예순다섯에 세상을 떴더군. 인간의 일생이 짧은 걸 생각하면 그럭저럭 잘 살긴 했지만…… 녀석의 늙은 모습을 보지 못한 게 오히려 다행스럽군."

"그래도 클레오는 마지막까지 우리가 보고 싶었을 거야. 직접 쓴 책에 우리에 관한 얘기를 언급한 게 좀 불만이긴 하지만…… 후훗."

"그걸 믿는 어리석은 인간이 없는 게 다행이지. 클레오 녀석은 영특했으니 사람들이 믿지 않을 거라는 예상을 했을지도……. 어쨌거나 저 석상에 적힌 쓸데없는 글귀가 눈에 거슬리는군."

바이칼은 머리카락을 쓸어 올리며 걸음을 옮겼다. 그 글귀를 살짝 본 리오는 쓸쓸히 웃으며 바이칼을 따라갔다.

그들이 말한 글은 석상 하단에 적혀 있었다.

'영웅왕 말스 클레오 덴 1세 말스 왕국력 1년~43년.

비록 이런 모습이지만 다시 한 번 감사를 드리오.

영원한 나의 영웅들이여.'

음식점에 들어선 둘은 간단한 음료를 주문한 뒤 지금까지의 상황에 대해 얘기를 나누었다.

"휴, 별 무리 없이 수도에 도착하긴 했는데…… 귀찮은 미인이 달라붙었지."

"그 천재적인 사탕발림 솜씨가 어디 가겠나."

바이칼은 퉁명스레 음료를 마셨다. 그 모습을 보며 리오가 두꺼운 어깨를 으쓱했다.

"타르자가 아직 살아 있어."

"풋."

순간 바이칼은 삼키려던 음료를 컵에 도로 뱉어냈다.

"나와 직접 맞부딪쳤는데, 사건 배후에 타르자가 있는 것 같아. 생각을 좀 해 봤는데, 타르자가 옛 복수를 위해 왕국을 무너뜨리려는 것 같진 않아. 처음엔 그렇게 생각했는데, 그 정도로 통이 작은 여자는 아니니까. 더 큰 이유가 있을 것 같은데 아직은 모르겠어."

"망할!"

다음 날 아침, 클루토는 평소와 달리 이른 시간에 눈을 떴다. 옆 침대를 보니, 덮인 이불이 불룩한 것이 사람이 자고 있는 듯했다.

"리오인가? 간밤에 들어오셨나……."

이불 탓에 확실히 알 순 없었지만, 흰 이불 위로 그려진 부드러운 곡선은 확실히 리오가 아니었다.

"누구지?"

"아, 일어났니, 클루토?"

"리오?"

클루토는 자리에서 벌떡 일어나 소리나는 쪽으로 고개를 돌렸다. 리오가 의자에 앉아 있었다. 상체를 망토로 덮고 있어서 클루토가 미처 보지 못한 것이었다.

리오는 당황한 소년 마법사를 보고 고개를 갸웃거렸다.

"음? 무슨 일이야?"

"제 옆에 있는 여자…… 누구죠?"

"응? 여자? 아, 하하핫…… 예전에 '벨마레'에서 봤던 내 친구야. 잠을 좀 늦게까지 자는 녀석이니 인사는 나중에 하렴."

의자에서 일어난 리오는 산발로 변한 붉은 머리카락을 흔들며 씻으러 나갔다.

"그 남자라고? 말도 안 돼……!"

도저히 믿어지지 않았다. 저런 몸매를 가진 남자가 과연 있을까 하는 의문이 들었다. 그때 이불을 뒤집어쓰고 있던 리오의 친구가 몸을 돌렸다.

이불 사이로 그의 하얗고 갸름한 얼굴이 드러난 순간, 클루토는 레나를 처음 봤을 때 이상으로 가슴이 두근거렸다.

'남자가 아니야! 분명해! 애인이라는 것을 숨기기 위해 리오가 거짓말을 하는 거야.'

그때 바이칼이 눈을 비비며 몸을 일으켰다. 그가 이불을 걷어내고 일어나자 클루토의 눈은 윗옷을 전혀 걸치지 않은 청년의 가슴으로 향했다.

"아니잖아?"

바이칼은 이상한 꼬마도 다 보겠다는 듯 얼굴을 찡그렸다.

아침 식사 때 리오는 식당에서 바이칼을 정식으로 소개했다.

"친구인 바이칼 레비턴스입니다. 축제 구경을 하러 이곳까지 온 여행객이죠. 자, 인사해, 바이칼."

"처음 뵙겠습니다. 바이칼이라고 합니다."

바이칼은 간단히 목례만 했다. 일행에겐 그 모습이 예의가 없는 것처럼 보였지만, 리오에게는 바이칼이 나름대로 예의를 갖추어 인사한 것으로 보였다.

일행들의 간단한 자기 소개가 끝난 뒤, 리오는 스푼을 들며 정신 감응으로 넌지시 물었다.

「오늘은 존댓말이 잘 붙는 모양인데?」

「이번뿐이다.」

"후훗."

리오는 결국 실소를 터뜨렸다.

"리오 님? 왜 그러세요?"

"아, 아닙니다, 레나 양. 죄송합니다."

레나와 아이들은 의아한 표정을 지었다. 사정을 모르는 그들로서는 당연한 반응이었다.

건국자가 남긴 칼자국이 아직도 남아 있다는 알현실의 옥좌에는 일흔은 족히 넘었을 듯한 노인(실제 나이는 50여 세다) 말스 3세가 7호장 중 선두라 불리는 동갑의 남자 '카라얀'이 온 것도 모른 채, 따스한 햇빛을 받으며 잠을 자고 있었다.

카라얀은 안타까운 얼굴로 주군을 바라보았다.

'2년 동안 20년은 더 늙으셨군⋯⋯. 마음의 병이라는 것이 이 정도로 무서울 줄은⋯⋯ 아아, 왕비 마마나 왕자님, 공주님 중 한 분

이라도 전하의 곁에 계셨더라면 이토록 고통스러워하진 않으실 텐데…….'

카라얀은 복받쳐 오르는 눈물을 가까스로 참으며 말스 3세에게 다가갔다.

"전하, 장군 카라얀 대령했사옵니다."

"음? 아아…… 미안하오, 카라얀. 회의 시간이 다 됐는데 이런……."

왕은 움찔하며 몸을 일으켰다. 손으로 흰 수염이 성성한 얼굴을 비비는 그의 몸짓에서 카라얀은 더없는 안타까움을 느꼈다.

"자, 갑시다, 카라얀."

정신을 차린 왕은 힘겹게 몸을 일으켰다.

"편히 계십시오, 전하. 제가 부축해 드리겠사옵니다."

카라얀의 도움으로 겨우 몸을 일으킨 말스 3세는 힘없이 미소를 지으며 고개를 끄덕였다.

"건국 기념 축제는 잘되어 가고 있소?"

"예, 심려치 마십시오. 라가즈 님께서 도와주시는 덕분에 축제 준비는 잘 진행하고 있사옵니다."

"다행이구려……."

카라얀은 마음속으로 긴 한숨을 내쉬었다.

'뭘 하고 있는 거요, 파르하! 레나 공주님이 필요한 때란 말이오!'

왕과 신하는 무거운 분위기를 떨치며 알현실을 나섰다.

"리오 님? 무슨 생각을 하시나요?"

레나가 물었다. 집을 떠날 때 준비한 드레스 차림의 그녀는 성문을 충분히 통과할 자격을 갖춘 듯 보였다. 싸구려 드레스였지만 그녀는 신경 쓰지 않았다.

리오는 나지막이 대답했다.

"아닙니다. 성이란 곳에 정말 오랜만에 와서 그런지 잠시 옛날 생각이 나는군요. 자, 어서 들어가시죠, 레나 양. 아, 파라그레이드는 잘 간수하고 계십시오. 함부로 병사들에게 건네주진 마세요."

"예, 알겠습니다."

레나는 웃으며 고개를 끄덕였다.

리오는 내심 그녀를 걱정했다.

'이제 본인이 이 나라의 공주라는 사실을 알게 될 텐데, 얼마나 놀랄까.'

20년 동안 평범한 시골 여성으로 자라 온 그녀에게 공주라는 새로운 환경은 너무나 무거운 짐이 될 게 틀림없었다. 하지만 그녀에게 주어진 운명이었기에 리오는 그녀가 마음을 굳게 먹길 바랄 뿐이었다.

그들이 문 쪽으로 다가오자, 문지기는 생각보다 친절하게 둘을 맞아 주었다.

"어서 오십시오. 용건과 신분을 먼저 말씀해 주시면 저희가 안내해 드리겠습니다."

레나는 약간 망설였으나 심호흡을 한 번 한 뒤 용건을 말했다.

"전 7호장 파르하 베자스 님의 부탁을 받고, 전하를 뵙고자 베른할트에서 왔습니다. 제 이름은 레나 베자스 평민입니다."

"잠시 기다려 주십시오."

잠시 그녀를 바라보던 문지기는 성문 옆의 초소로 달려갔다. 자신이 말을 잘못해서 그럴까 걱정했지만, 리오는 그녀의 등을 토닥거리며 조그만 목소리로 격려했다.

"잘했어요. 초소로 달려가는 것을 보니 곧 전하를 뵙게 될 것 같군요."

"혹시 우리를 잡아 가두면 어떻게 하죠?"

"걱정하지 말아요. 제가 있잖아요."

그런 얘기를 하는 동안 문지기가 그들에게 다시 돌아왔다. 그는 아까보다 더욱 친절한 얼굴로 예를 올렸다.

"왕궁에 오신 것을 진심으로 환영합니다. 자, 어서 들어가십시오. 제가 전하께 직접 안내해 드리겠습니다."

불안감이 가득했던 레나의 얼굴은 곧 환해졌다.

"정말 감사합니다! 리오 님, 어서 안으로 들어가요!"

그때 문지기가 손을 뻗으며 제지했다.

"죄송하지만 같이 오신 분은 밖에서 잠시 기다려 주십시오. 그럼 레나 양께선 이쪽으로……."

"예?"

레나는 아쉬운 표정을 지었지만 붉은 머리카락의 보호자는 잔잔히 웃었다.

"전 괜찮습니다. 그럼, 레나 양을 잘 부탁드립니다."

"걱정 마십시오."

"예, 다녀오겠습니다. 리오 님. 꼭 여기서 기다리셔야 해요."

"예."

레나는 기대감에 찬 얼굴로 성 안으로 들어갔다. 생각보다 빨리, 그리고 성공적으로 왕의 알현이 이루어진 것에 그녀는 정말로 기뻐했다.

레나와 문지기의 뒷모습을 성문이 닫힐 때까지 묵묵히 지켜보던 리오는 망설였다.

"잠시 기다려 달라?"

그는 알 수 없는 미소를 띤 채 디바이너의 각진 끝을 매만졌다.

"말스 왕궁만큼은 불법으로 침입하고 싶지 않았는데, 하는 수 없군. 후훗……."

넋을 놓고 성을 둘러보던 레나는 문득 이상한 느낌이 들었다.

왕국의 최고 권력자를 만나러 가는 길치고는 너무 인적이 뜸한 탓이었다.

"저, 죄송하지만 이 길이 맞나요?"

"그럼요. 걱정 마십시오."

말과는 달리, 잠시 후 문지기가 멈춘 곳은 왕궁에서도 꽤 구석진 곳으로 정적이 감돌았다. 문은 보이지도 않았고, 높은 성벽과 반쯤 썩은 낙엽만이 뒹굴 뿐이었다. 레나는 이상한 낌새를 간파하고 뒤로 조금씩 물러서기 시작했다.

"저…… 길을 잘못 드신 것 같은데요? 왕궁에 오신 지 얼마 안 되셨나요?"

그러자 문지기가 실실 웃으며 본색을 드러냈다.

"헤헷, 그럴 리가? 어쨌든 운이 상당히 없군. 한 시간 후 나와 교대할 문지기였다면 분명 말스 왕에게 아가씨를 안내했을 텐데 말이야. 난 며칠 전 코른발트 님의 특사께 특별한 부탁 하나를 받았지."

"코, 코른발트?"

"그래, 리오 스나이퍼란 붉은 장발의 남자와 레나 베자스가 오면, 절대로 말스 왕에게 데려가지 말라는 부탁이었다."

"그, 그런……."

코른발트의 세력이 이미 왕궁 안의 병사들에게까지 뻗쳤다니, 레나는 전혀 짐작하지 못한 일이라 선뜻 믿을 수가 없었다.

"다, 다가오지 마세요! 리오 님이 가만두지 않을 거예요!"

"오호, 그 닭 대가리가 과연 성 안에 들어올 수 있을까? 아무리 강한 녀석이라도 성문을 뚫을 용기는 없을 텐데……."

두려움을 느낀 레나는 뒤로 돌아서 도망쳤다. 들고 있는 파라그 레이드로 저항해 봤자 역부족이라는 사실을 그녀 자신이 더 잘 알고 있었다.

그러나 어느새 퇴로 역시 다수의 병사들이 가로막고 있었다. 레나는 혹시나 하는 마음으로 구원을 요청했다.

"도, 도와주세요! 제발 도와주세요!"

"시끄러워!"

순간 그들은 우악스런 손으로 레나의 옷자락을 잡아당겼다. 레나는 팔로 몸을 감싸며 강하게 저항하기 시작했다.

"이, 이거 놓으세요! 제발!"

오랫동안 훈련을 받은 병사들의 힘을 당해 낼 수는 없었다. 소중히 간직해 온 드레스가 찢기는 것은 문제가 아니었다. 상상조차 하기 싫은 일들이 머릿속을 스쳐 지나갔다.

"그, 그만하세요! 제발 놔주세요!"

"닥쳐!"

옷이 점점 찢겨 나가자 레나는 필사적으로 몸부림쳤다. 그녀는 이를 악문 채 지금까지 자신을 지켜 줬던 한 사람을 마음속으로 불렀다. 언제, 어디서든 자신을 지켜 주겠다고 다짐한 기사를…….

'리, 리오 님…….'

"몇 명인가…… 하나, 둘…… 모두 20명 가까이 되는군. 대장이 저녁에 외박도 시켜 주지 않던가?"

병사들 얼굴에 웃음이 사라졌다. 다들, 지금껏 느껴 본 적 없는 싸늘한 기운이 갑자기 온몸을 휘감자 긴장하며 주위를 둘러보기 시작했다.

"누, 누구냐?"

병사들의 얼굴은 파랗게 질렸다. 그들의 시선은 일제히, 마치 깃털처럼 가볍게 천천히 지면으로 내려오는 회색 망토에 고정되었다.

그는 회색 망토를 펄럭이며 바닥에 사뿐히 내려앉았다. 길게 늘어뜨린 머리카락 때문에 그늘진 눈가에서 붉은빛이 폭사되었다.

"리, 리오 님! 리오 님!"

병사들이 멍해 있는 사이, 레나는 참았던 울음을 터뜨리며 회색 망토 뒤로 숨었다. 리오의 눈은 내뿜던 강렬한 안광을 감추듯 가늘어졌다.

"늦어서 죄송합니다. 이제 당신에겐 아무 일도 생기지 않을 테니 안심하세요."

리오는 망토를 벗어서 옷이 찢겨져 하얀 속살이 드러난 레나의 어깨를 감싸 주었다. 상처 입은 그녀는 망토에 얼굴을 묻은 채 흐느꼈다.

리오는 주먹을 불끈 쥐었다.

"목숨은 포기해라, 그래야 마음이 더 편할 테니까……."

"저 녀석을 없애 버리자!"

리오는 디바이너의 끝으로 지면을 세차게 내리쳤다. 지진이 난 듯, 성의 지면이 심하게 흔들리고 병사들은 크게 동요했다.

리오의 살기 어린 미소는 여전했다.

"사라져라."

적동색 팔이 불끈거렸다.

"리오 님, 안 돼요!"

레나가 소리쳤다. 자신 때문에 그가 살인자로 낙인찍히게 하고 싶지 않았다.

그러나 필사적인 외침에도 불구하고 그는 병사들을 한 번에 허공으로 날려 버렸다. 그들은 성벽, 건물 벽, 그리고 바닥 할 것 없이 사방에 부딪쳐 떨어졌다. 몸들은 순식간에 피투성이로 변했다.

"무슨 일인가? 아니!"

리오가 일으킨 큰 진동음을 듣고 달려온 금발의 남자는 눈앞에 펼쳐진 상황에 할 말을 잃었다. 처음 보는 남자와 여자, 처참하게 널브러진 병사들⋯⋯.

그는 낯선 남자가 검을 쥐고 있자 자신도 검을 뽑았다.

"누구냐! 누군데 감히 신성한 왕궁에서 이런 짓을 벌이는 거냐!"

남자를 흘끔 바라본 리오는 코웃음을 쳤다. 그 행동은 분명 금발의 남자를 자극하기에 충분했다.

"이 녀석!"

흥분한 금발의 남자는 검을 앞세워 돌진하기 시작했다.

"정체를 밝혀라! 난 말스 왕국의 명예로운 7호장, 슐턴⋯⋯."

순간, 그의 단아한 얼굴을 두꺼운 손이 덮쳤다. 중압감에 금발의 남자는 한 발도 움직일 수 없었다.

이윽고 노장 한 명이 다른 병사들을 이끌고 도착했다.

"슐턴, 자네 도대체 뭘 하고 있는 건가! 자넨 또 누군가?"

"카라얀 장군님⋯⋯."

리오는 노장을 본 순간 슐턴이란 남자를 풀어 주었다. 몸이 자유로워졌음에도 그의 기세에 제압당한 슐턴은 함부로 공격하지 못했다.

슐턴은 천천히 물러섰다. 리오는 레나에게 다가오라는 손짓을 했다. 현재 그녀가 의지할 사람은 리오, 한 사람뿐이었다.

회색 망토를 두른 에메랄드 빛 머리카락의 여성을 보자 노장 카라얀의 안색이 변했다.

'아, 왕비마마…… 세, 세상에 이런!'

마치 환상처럼, 20년 전 왕국에서 일어난 반란 사건 때 어린 테라트 왕자와 갓난아이 공주를 맨몸으로 지키다 죽은 왕비의 모습이 노장의 눈에 스쳐 지나갔다.

'그럴 리 없어……!'

카라얀은 머리를 저었다. 그러나 큰 키, 뽀얀 피부의 아름다운 얼굴, 그리고 특유의 에메랄드 빛 머리카락까지…… 회색 망토를 몸에 걸친 모습은, 마치 옛날 말스 3세와의 결혼식 때 하얀 면사포를 둘렀던 왕비의 모습으로 착각될 정도였다.

리오는 카라얀의 표정에서 그 마음을 읽었다.

'카라얀 님은 레나를 알고 있는 듯하군.'

그는 홀가분한 마음으로 검을 거둔 후 레나 앞에 천천히 한쪽 무릎을 꿇었다.

"리오 님, 왜 그러시죠?"

리오는 대답 대신 고개를 깊숙이 숙였다.

"레나 클레오 덴 공주님께, 나이트 리오 스나이퍼 다시 인사드립니다. 빛의 신 '레브라'의 영광이 당신과 함께하길……."

"예?"

레나를 포함한 모든 병사들과 술턴, 카라얀은 경악에 휩싸였다. '클레오 덴'이라는 성을 쓸 수 있는 여성은 단 한 명, 20년 전 실종되었다고 전해지는 공주뿐이었다.

다시 몸을 일으킨 리오는, 바닥에 떨어진 파라그레이드를 들고 의식을 거행하듯 천천히 헝겊을 풀었다. 그는 레나에게 검을 정중히 건네며 쓸쓸한 미소를 지었다.

"절 원망해 주십시오, 공주님."

리오는 돌아서서 천천히 그녀의 곁을 떠났다. 그녀는 리오를 잡고 싶었으나 그럴 수가 없었다. 동생을 구해 준 그가 집에서 사라질 때처럼 그녀는 아무 말도 할 수 없었다.

리오는 슐턴을 슬쩍 지나친 후 카라얀에게 다가갔다. 놀란 표정의 노인을 바라보며 그는 담담히 말했다.

"파르하 베자스 님께서 저와 공주님을 보내셨습니다."

"파르하가……."

"그분께서 부탁하신 일은 끝났으니 전 가 보겠습니다. 저기 쓰러진 병사들은 레나 공주님을 범하려 했으니 조치를 취해 주시길. 마지막으로, 공주님을 부탁드립니다."

"아, 잠깐만……."

카라얀은 자신도 모르게 말끝을 흐렸다.

얼마 지나지 않아, 왕궁에선 축포가 터지기 시작했다. 리오는 리카, 클루토, 그리고 바이칼이 묵고 있는 여관으로 향하던 도중, 축포 소리를 들었다. 그는 궁금한 얼굴로 성을 바라보는 사람들을 묵묵히 지나쳤다.

그날 리오는 저녁까지 굶으며 의자에서 침묵을 지켰다.

리카와 클루토는, 리오에게 왜 레나는 같이 오지 않았냐고 꼬치꼬치 캐물었지만 바이칼이 억지로 그들을 방에서 밀어 버린 탓에 대답을 들을 수 없었다.

리오와 단둘이 남게 되자, 바이칼이 물었다.

"망토는 어쨌나?"

리오는 미소로 답할 따름이었다. 그는 창밖으로 시선을 돌렸다.

'레나에겐 아무 일이 없을까. 아니야, 정식으로 공주라는 사실이 밝혀진 이상 코른발트나 타르자가 함부로 그녀를 건드릴 수는 없겠지.'

리오는 쓸쓸히 웃었다.

"솔직히 놀랐다. 레나라는 여자…… 그녀와 기막히게 닮았더군. 심지어 이름까지."

친구의 말에 리오는 고개를 끄덕였다. 바이칼은 무거운 분위기를 바꿔 볼 겸 창문을 열었다. 차가운 밤공기를 쐬니 한결 기분이 나아졌다.

"이제 어떻게 할 생각이지? 타르자가 있는 한 너도 안심하고 여길 떠날 수 없을 텐데……."

"타르자가 떠날 때까지 기다리든가, 아니면 이곳에서 없애든가. 가능하면 후자를 택하고 싶군. 어쨌든 일단 이곳에서 상황을 지켜볼 생각이야. 타르자나 코른발트라는 악덕 영주들 진영도 수도에서 모든 일을 결판낼 듯하니 큰일에 대비해야겠지. 휴가 즐기는 셈 치자고."

"……태평한 녀석."

바이칼은 고개를 절레절레 흔들었다.

시간은 구름처럼 소리 없이 흘러갔다.

지방 영주들은 건국 기념제를 위해 하나둘 수도로 들어왔다. 그들의 진정한 목적은 하찮은 축제 따위가 아니었다. 정식 후계자 등장으로 인해 영주들 간의 파벌 싸움은 새로운 국면으로 접어들었고, 그 탓에 싸움의 양상은 전면전으로 돌입했다.

아마겟돈, 영주들의 상황은 그 말 그대로였다.

리오 일행은 여전히 여관에서 꼼짝 않고 있었다. 리오 말대로 느긋하게 휴가를 즐기는 건 아니었다.

리오가 노출되지 않으면, 타르자 역시 움직일 수 없었다. 그만큼 그들은 서로에 대해 잘 알았고, 그 이상의 상대는 없다고 생각할 정도로 서로를 두려워했다.

군것질거리를 손에 든 바이칼은, 침대에 앉아 디바이너를 닦고 있는 친구를 보며 씁쓸히 한숨을 지었다. 아무리 타르자의 움직임을 봉쇄할 목적으로 움직이지 않는다지만 이건 보기에도 지루할 정도였다.

"꼬마들은 어딜 갔나?"

"존 아르반 영주가 오늘 도착한다는 말에 아침 일찍 나갔는데, 좀 늦는군."

바이칼은 침대에 앉으며 빵 하나를 입에 물었다. 식사는 싫어해도 군것질은 좋아하는 그였다. 리오가 닦던 검을 가죽 칼집에 넣으며 물었다.

"……아이들에게 괜히 레나가 공주라는 사실을 말해 준 건 아닐까? 긁어 부스럼 만드는 건 아닐지……."

빵을 입에 문 채로, 바이칼은 상관하지 않겠다는 듯 고개를 저었다. 약간 싸늘하게 보이는 얼굴과 어울리지 않는 그의 행동에 리오는 미소를 지었다.

"리오! 리오!"

"큰일 났어요, 리오!"

문을 박차고 리카와 클루토가 얼굴이 벌겋게 상기된 채 호들갑을 떨며 들어오자, 리오는 의아한 표정을 지으며 물었다.

"큰일이라니?"

"이걸 봐!"

리카는 손에 든 포스터를 펼쳐 보였다. 벽에 붙어 있던 것을 뜯어 온 듯 가장자리가 찢어진 포스터의 내용을 읽어 내려갔다.

"어디 보자…… 음…… 건국 기념 축제의 피날레. 어전 무술 대회. 참가자는 내일 모레까지. 훗, 난 이런 데 별로 관심 없어, 리카. 너나 한번 나가 보지그래?"

리오는 어깨를 으쓱였다.

"대회 자체가 큰일이 아니야, 바보 껑다리! 여기 상품을 봐."

리카는 답답하다는 듯 포스터 아래쪽을 톡톡 쳤다.

"우승자에겐 900만 골드의 상금 또는 공주와의 결혼? 도대체 이게 어떻게 된 소리야?"

당황하지 않을 수 없었다. 돌아온 지 단 며칠도 안 된 공주를 상품으로 내걸다니…… 왕국이 과연 제정신일까.

리카가 포스터를 리오에게 전하며 이유를 설명했다.

"아빠가 그러셨어. 이건 분명 코른발트 녀석의 입김이 작용한 것이라고. 말스 전하의 힘이 땅에 떨어지다시피 한 지금 영주들의 발언권은 대단하거든. 결국 자신들 측에 낀 7호장, 말스 왕국 최강의 검술가 슐턴을 내보내 그를 레나 언니와 결혼시킨 뒤 언니를 꼭두각시로 쓰겠다는 속셈이야!"

리오의 얼굴은 일그러지고 말았다.

리카와 클루토가 리오에게 그 사실을 급히 알린 이유는, 자신들이 생각할 때 말스 왕국 최고의 젊은 검술가 슐턴을 이길 수 있는 사람은 리오뿐이라고 생각했기 때문이었다.

"리오, 레나 누나에겐 리오가 필요해요. 분명 레나 누나도 리오가 자신을 구해 줄 것이라 믿고 그 일을 허락했을 거예요! 아르반 영주님께서 그러셨어요. 공주님도 선뜻 허락하셨다는 말을 들었다고……."

클루토의 말을 들으며, 리오는 묵묵히 포스터를 보았다. 영주들에게 시달리는 말스 3세를 보다 못해, 자신이 출전할 것을 믿고 스스로를 상품화할 것에 동의한 레나의 마음이 그대로 느껴졌다.

그는 포스터를 확 구기며 물었다.

"참가 신청은 어디서 하면 되지?"

건국 기념일을 5일 정도 앞둔 날, 드디어 건국제가 시작되었다.

첫날부터 무술 대회 예선이 시작됐다. 리오는 리카, 클루토와 함께 차례를 기다리며 서 있었다.

"예선부터 떨어지면 아빠한테 이를 테니 각오하라고, 꺽다리!"

"시작도 하기 전에 겁부터 주면 어떡해, 리카. 아, 내 차례군. 그럼 다녀올게."

신호와 함께 리오가 경기장에 올라섰다.

1회전 상대는 지난 대회의 준우승자인 바바리안 용사였다.

리오보다 훨씬 큰 몸집의 상대는 혀로 대검을 핥으며 승리를 자신했다.

하지만 리오의 일갈에 상대는 반격 한 번 못하고 한 방에 나가떨어졌다. 한판 경기는 너무나 싱겁게 끝났다.

어느새 경기장에서 내려온 리오가 가볍게 어깨를 으쓱였다.

"벌써 끝난 거야? 그러면 그렇지. 괜히 걱정했잖아."

리카가 리오의 팔에 매달리며 기뻐했다.

리오 일행은 홀가분한 기분으로 경기장 근처의 야외 식당을 찾았다. 리카는 배가 고팠는지 음식을 허겁지겁 먹었다. 그러자 조용히 수프를 뜨던 클루토가 걱정스러운 얼굴로 말했다.

"리카, 체하겠다. 좀 천천히 먹어."

"알았어. 알았다니까."

리카를 걱정해 주는 클루토, 그를 째려보다가 결국은 조언을 받아들이는 리카, 리오는 이들의 귀여운 행동을 지그시 바라보았다.

리카의 볼에 소스가 조금 묻은 것을 본 리오는 휴지로 리카의 볼을 천천히 부드럽게 닦아 주었다.

"내일 모레면 숙녀가 될 분이 식사하면서 얼굴에 뭘 묻히면 좀 그렇지. 후훗……."

얼굴을 붉히며 리카가 대답하려다 갑자기 눈을 크게 뜨자, 리오는 무슨 일인가 하며 뒤를 돌아보았다. 그의 얼굴에선 미소가 슬며시 사라졌다.

"레나…… 공주님."

화려한 드레스 차림의 레나가 궁인들을 거느리고 그들 앞으로 다가왔다. 예전 동료들의 모습을 바라보며 레나는 빙긋 웃어 보였다.

"모두 건강하네요. 다행이에요."

"황공하옵니다."

리오는 자리에서 천천히 일어나 무릎을 꿇었다. 리카와 클루토를 비롯한 식당 손님들 역시 예를 갖췄다.

"일어나세요, 리오 님. 갑자기 공주 대접을 하면 쑥스럽잖아요."

"아직 왕실 예법엔 익숙지 않으시군요. 더 노력하셔야 할 듯합니다."

리오가 일어서며 말했다.

"노력하고 있답니다. 하지만…… 역시 어렵더군요. 아, 오늘 예선에 출전하신다는 말을 듣고 리오 님께 드릴 것이 있어서 직접 찾아왔답니다. 예선이 끝나기 전에 드리는 것이 좋을 것 같아서……. 카라얀 장군님께 야단을 맞았지만 그래도 중요한 것이라 또 혼날 걸 무릅쓰고 왔지요."

레나는 궁인들을 향해 몸을 돌렸다. 궁인에게 두껍게 접힌 회색 망토를 전해 받은 레나는 얼굴을 붉히며 그에게 내밀었다.

"리오 님의 망토입니다. 이 망토를 걸친 모습이 리오 님에겐 가장 어울린다고 생각해서 돌려드리러 왔답니다."

조심스럽게 망토를 받는 그를 보며, 레나는 자신을 원망했다. 전날 밤 리오에게 할 말을 수십 번 되뇌었는데 왜 아무 말도 떠오르지 않는 것일까.

그녀는 희미한 웃음을 지었다.

"무사히 예선을 통과하시기를……."

리오는 쓸쓸히 고개를 끄덕였다.

"리카, 그리고 클루토."

"예, 공주 마마……."

"건강해서 다행이구나. 내 몫까지 리오 님을 응원해 주렴. 그래 줄 수 있지?"

아이들은 대답 대신 하얀 드레스에 얼굴을 묻었다. 레나는 그들의 머리에 볼을 대고는 옛 동료의 체온을 기억하려 애썼다.

"그럼 가 보겠습니다. 아이들을 잘 부탁드립니다, 나이트 리오 스나이퍼."

"예."

"출전해 주셔서…… 감사합니다."

그 말을 끝으로 레나는 돌아섰다. 그리고 리오의 시선은 사라져 가는 공주의 뒷모습에 오랫동안 고정되어 있었다.

한편 예선전을 치르는 왕립 실내 경기장에선 무시무시한 광경이 벌어졌다. 명단엔 그저 '테러 나이트'라고만 밝힌 남자가 상대의 목을 도끼로 날려 버렸다.

"세상에……!"

경기장 구석은 잘린 목에서 뿜어진 피로 얼룩졌다. 상대를 '실수로' 살해하는 것은 묵인한다는 규칙에 의거해 당당히 승리를 거머쥔 남자, 테러 나이트는 투구와 갑옷에 묻은 피를 닦으며 자신의 스폰서에게 향했다.

"아주 잘했어요, 테러 나이트. 하지만…… 음…… 다음번엔 심장을 노리는 게 어때요? 오호호호홋……."

그는 고개를 끄덕였다. 타르자는 한껏 웃으며, 갑옷에 둘러싸인 스폰서의 팔에 매달려 경기장을 빠져나갔다.

"실수라고? 이건 살인이었어!"

"솔직히 도끼로 저 정도 기량을 펼치는 남자는 처음 봐."

"어쨌든 무서운 신인이야."

사람들은 두려움에 휩싸여 웅성거렸다. 단지 목이 날아간 광경 때문만은 아니었다. 풀 플레이트 아머를 입은 테러 나이트가 단검 사용자를 속도로 압도했기 때문이다.

승부가 테러 나이트의 일격으로 끝난 탓에 경기 관계자들이 그의 실력을 확실히 알 순 없었지만, 그 가공할 만한 속도에서 대단한 실력을 가졌다는 것 정도는 가늠할 수 있었다.

다음 경기를 위해 리오 일행이 경기장으로 돌아왔을 때는 시체가 막 치워진 뒤였다. 그들은 코를 찌르는 역한 냄새에 눈살을 찌 푸렸다.

"우악, 이게 도대체 무슨 냄새야!"

리카가 코를 움켜쥐었다.

"피 냄새야. 누군가 동맥이 잘리거나 목이 날아간 모양이군."

리오는 조용히 주위를 둘러보았다. 경기 관계자를 포함해 대기 하고 있던 선수들의 표정이 그리 좋지 않은 것으로 보아 예상이 맞 은 것 같았다.

"경기 중에 사람의 목을 날릴 수 있다는 건 힘과 기술이 엄청나 다는 증거야. 사형 집행인이라도 대형 도끼로 목을 한 번에 날리진 못해. 인간의 목뼈라는 것은 그만큼 단단하고 질기거든. 아무래도 코른발트에게 속한 7호장이거나, 아니면 그 이상의 실력자가 왔다 간 모양이야."

리오는 다음 경기를 위해 경기장으로 올라섰다.

코른발트를 따르는 영주들은 코른발트의 별장에 모여 긴급 회의 를 열었다. 자신들이 구축한 모든 계획이 단 한 달여 만에 수포로 돌아갈 위기에 처했기 때문이었다. 자존심은 무너질 대로 무너졌 다. 십수 년에 걸쳐 세운 계획이 예상치 못한 붉은 머리 사내에 의 해 무너지고 있었다.

"정예 병사들을 보내 그 녀석을 해치웁시다! 녀석에게 두 동강 나 죽은 내 아들의 복수를 위해서라도!"

각진 사각 얼굴의 베른할트 영주는 충혈된 눈으로 탁자를 내리 쳤다. 다른 영주들의 의견이 이어졌다.

"대회 관계자를 매수해 녀석을 실격시키는 것이오. 듣기론 병사

스무 명이 덤볐지만 녀석을 감당하지 못하고 추풍낙엽처럼 쓰러졌다 합니다. 아무래도 사병들을 보냈다간 손해만 볼 듯하니…….”

“죄를 뒤집어씌우는 것은 어떻겠소? 우리 입김으로 녀석에게 살인죄 하나쯤 씌우는 것은 쉬울 텐데…….”

침묵을 지키던 코른발트가 박수를 두어 번 치고 영주들의 분분한 의견을 진정시켰다.

“부탁하오, 타르자.”

“여부가 있겠습니까, 영주님? 호호호홋…… 우선 베른할트 지방 영주님의 의견은 기각하는 바입니다.”

“뭐라고! 이런 요망한 계집이!”

다혈질인 베른할트 영주는 유리잔을 타르자에게 집어던졌다.

그러자 타르자의 눈이 붉은색으로 번뜩임과 동시에, 공중을 날던 유리잔과 흩뿌려진 물이 그 자리에서 멈췄다.

미녀 마법사가 머리를 곡선 모양으로 돌리자, 공중에 뜬 물이 다시 유리잔 속으로 들어갔고, 유리잔은 가볍게 탁자 위로 내려왔다.

“호홋, 전 대화 예절이 없는 분을 제일 싫어한답니다. 한 번 더 제 말에 흥분하시면 그 유리잔을 이마에 박아 드리지요. 뇌에 물이 들어가면 정신이 번쩍 들겠죠? 후후홋…….”

모두 입을 다물었다. 몇 년 전 그녀가, 자신들의 음모를 왕에게 모두 밝히겠다며 뛰쳐나간 한 영주의 영지에 전염병을 퍼뜨린 적이 있기에, 그 일을 아직도 생생히 기억하고 있는 영주들은 타르자에게 아무런 대항을 하지 못했다. 그것은 천하의 코른발트도 마찬가지였다.

“그 리오라는 청년의 능력을 아직도 이해하지 못하는 분이 많군요. 정예 병사가 아니라 군대를 데려가도 그를 없앨 수는 없답니다. 검술에 관한 한 아무리 왕국 최고의 검술가 슐턴 님이라 할지라도 그의 앞에선 어린아이죠. 그 사실은 이 자리에 계신 슐턴 님이 더 잘 아실 텐데요. 호호호호홋…….”

영주들은 경악했다. 코른발트 영주 뒤에 서 있던 슐턴은 고개를 숙였다.

“그렇습니다. 그자는 분명 인간이 상대할 수 있는 수준의 검객이 아닙니다. 가이라스 왕국에서 제가 상대했던 마물들도 그를 처음 만났을 때 느꼈던 그런 살기를 뿜어내진 못했습니다.”

슐턴의 정직함을 아는 영주들은 고개를 끄덕였다.

타르자는 다음 얘기를 이었다.

“대회 관계자를 매수해 그 청년을 실격시키시겠다……. 죄송하지만 그 의견도 기각할 수밖에 없습니다. 왜냐하면 대회의 총책임자가 당신들이 못마땅해하는 카라얀이니까요. 선왕 때부터 7호장인 그의 위치는 당신들조차 쉽게 내리누를 수 없을걸요? 그리고 죄를 뒤집어씌우는 것 역시 안 됩니다. 리오 스나이퍼는 10년간 실종된 공주를 왕가에 돌려준 영웅입니다. 죄를 뒤집어씌우는 것도 좋겠지만, 보나 마나 카라얀이 직접 조사를 할 테니 성공할 확률은 희박하죠.”

영주들은 발끈했지만 자콥의 아버지처럼 만용을 부리진 못했다. 타르자는 속으로 그들을 비웃으며 손을 올렸다.

“일단 리오라는 청년은 준결승 내지는 결승 때 제가 초빙한 분과 대결을 할 것입니다. 제가 대진표를 좀 바꿔 놓았죠. 원래는 요우시크 님을 모시려 했으나, 그분께서 가이라스 왕국의 일로 너무 바쁘신 관계로 이분을 모셨습니다. 자, 들어오세요. 호호호호홋…….”

회의실 문을 열고 한 남자가 성큼 모습을 드러냈다. 철회색의 풀 플레이트 아머를 착용한 큰 몸집의 남자, 바로 테러 나이트였다.

"뭐요, 저자는?"

얼굴은 투구로 가려져 있었으나, 갑옷을 입은 몸에서 내뿜는 이상한 기운은 영주들 몸을 오싹하게 만들었다. 타르자는 자신의 옆에 선 테러 나이트에게 찰싹 달라붙으며 요염한 미소를 지었다.

"이분이라면 충분히 리오 스나이퍼와 정면 승부를 펼칠 수 있답니다. 아무리 제가 마법으로 개조를 했다지만 이 정도의 걸작품이 나올 줄은 꿈에도 생각 못 했죠. 오호호호호호홋⋯⋯."

영주들은 미친 듯이 웃음을 터뜨리는 타르자가 자신들 편이라는 사실에 안도감을 느끼면서도, 자신들의 계획이 성사되었을 때 말스 3세보다 더 빨리 제거해야 할 사람이 바로 그녀, 타르자라고 생각했다.

"이후의 모든 계획은 타르자에게 맡기겠소. 여러분은 아무 행동하지 말고 내 지시를 기다리시오. 그럼 회의를 끝내겠소."

영주들은 각자의 숙소로 향했다.

금발의 검객 슐턴 역시 말을 몰고 집으로 향했다. 영주들과는 달리, 그의 얼굴은 근심으로 가득했다. 타르자의 계획이 실패할까 봐 걱정하는 것은 아니었다. 슐턴은 가이라스 왕국이 있는 동쪽 밤하늘을 바라보았다.

"큰일이다, 테라트⋯⋯."

슐턴이 탄 백마는 수도의 고요한 거리를 빠르게 가로질렀다.

축제 기간은 계속 흘러갔다. 리오는 큰 문제 없이 예선을 통과해 8강이 겨루는 본선 진출권을 따냈다. 하루의 휴식 시간을 얻은 그는 종일 잠을 자며 지금까지 누적된 피로를 풀었다.

그동안 아이들은 바이칼과 함께 축제 구경을 했다. 혈맹인 가이라스 왕국의 화려한 축하 퍼레이드를 보면서도 클루토는, 코른발트가 보낸 자객이 여관에 침입해 리오를 해하려 하는 건 아닐까 걱정했다. 하지만 바이칼은 그의 생각을 간단히 일축해 버렸다.

"차라리 침입할 자객 걱정이나 하시지."

클루토는 다시 퍼레이드에 시선을 돌렸다.

"바이칼, 솜사탕 사 줘요."

한참 퍼레이드를 보던 리카는 바이칼의 청색 옷을 끌어당겼다. 바이칼의 얇고 가는 눈썹이 꿈틀댔다.

"염치도 없는 꼬마군."

"사 주기 싫으면 관둬요! 완전 치사!"

바이칼은 고개를 저으며 10골드짜리 동전 세 개를 꺼냈다. 돈을 받아 든 리카는 신난다는 표정을 지었으나 뭔가 이상했다. 분명 솜사탕은 하나에 10골드인데 받은 동전은 세 개였다. 클루토 것까지 사도 10골드가 남았다. 동전 하나를 돌려주자 바이칼이 덤덤하게 말했다.

"솜사탕은 아이들의 전유물이 아니다."

그의 당당함에 눌렸을까. 아무 말 없이 솜사탕 세 개를 사 온 리카는 클루토와 바이칼에게 하나씩 주었다.

셋이 나란히 솜사탕을 먹으며 가는 광경은 다른 사람들의 시선을 끌었다. 게다가 여성들은 솜사탕을 먹는 바이칼의 모습이 귀여웠는지 환호성까지 질렀다.

바이칼은 천연덕스럽게 솜사탕을 먹었다. 그러나 미청년의 군것질 모습을 즐기지 않는 자가 축제 인파 중에 끼여 있었다.

"이봐! 거기 솜사탕 먹고 있는 녀석!"

"……?"

바이칼과 클루토는 떨떠름한 표정을 지으며 고개를 돌렸다. 언뜻 보기에도 리오보다 훨씬 큰 거한이 병사들과 함께 인상을 구기고 있었다. 거한의 화려한 복장과 손에 든 핼버드를 본 순간 리카는 겁에 질렸다.

"7호장, 발터 브린시코!"

7호장이라 해서 겁에 질린 건 아니었다. 발터가 7호장 중에서도 가장 대표적인 코른발트의 하수인이었기 때문이다. 같은 진영의 슐턴은 코른발트 쪽이라 생각되지 않을 정도로 정숙한 면이 있었지만, 발터는 자쿱 이상으로 난폭했다.

곱슬거리는 갈색 장발에 이마의 십자 흉터가 포인트인 발터는 거리에서 일대일 대결을 가장 많이 벌이기로 유명했다. 맘에 들지 않는 사람에게는 무조건 시비를 걸었다. 이마에 난 십자 흉터도 슐턴과의 말다툼 끝에 생긴 것이었다.

"무슨 용건인가, 덩어리."

"덩어리?"

발터의 이마에 푸른 힘줄이 솟았다.

리카는 이젠 끝장이구나 생각하며 클루토의 옆구리를 찔렀다. 빨리 리오를 데려오라는 뜻이었다. 소년 마법사는 즉시 숙소 쪽으로 뛰었다.

"하하하. 말투만 남자다운 녀석이구나! 그 솜사탕이나 저리 치우시지? 네 하얗고 예쁜 낯짝만큼이나 눈에 거슬린다."

바이칼은 별 볼 일 없다는 듯 돌아섰다. 무시당했다는 것에 화가 치솟은 7호장은 손에 든 핼버드를 그 자리에서 휘둘렀다.

"죽어라, 이 계집애 같은 녀석."

콰아아아아앙.

그 괴력에, 바닥에 깔린 대리석이 산산조각 났다.

하지만 바이칼은 땅에 박힌 핼버드 위에 새처럼 올라서 있었다. 그의 손에 들린 분홍색 솜사탕도 무사했다.

"어젯밤은 폭죽 소리 때문에 시끄러웠는데 오늘은 더 시끄러운 덩어리를 만나는군. 이 몸에게 무기를 휘두른 것은 용서해 줄 테니, 집에 가서 우유나 더 먹도록. 더 이상 귀찮게 하면 때려 줄 테다."

"윽! 용서하지 않겠다! 일대일 승부다!"

발터는 있는 힘을 다해 핼버드를 바이칼에게 쳐올렸다. 그러자 바이칼은 우아하게 공중제비를 돌아 가뿐히 착지했다.

"꺼지라고 했을 텐데."

"쳇, 이건 어떠냐! 퉷!"

순간 발터의 침 덩어리가 솜사탕에 달라붙었다.

바이칼의 얼굴은 순간 굳어지고 말았다. 한편, 리카는 기절할 지경이었다. 리오라도 있다면 사태 수습은 시간문제였지만 바이칼의 정체를 확실히 모르는 그녀로서는 마음이 다급했다.

"클루토 녀석은 뭘 하는 거야!"

그러나 성급한 판단이었다.

정말로 화가 났는지, 바이칼은 눈을 가늘게 뜨고 천천히 합장했다.

"널 죽이기 전에, 이 몸의 넓은 아량으로 죄를 뉘우칠 시간을 주마."

치지지직.

손을 천천히 떼자 양손 사이로 스파크를 동반한 강한 빛이 생성되었다. 바이칼의 팔이 벌어질수록 빛은 더 길어졌다.

발터는 경악했다. 바이칼의 왼팔이 아래로 내려가는 순간 빛이 사그러들었다. 대신 빛이 있던 자리에 검 한 자루가 나타났다. 완만한 곡선을 지닌 은색 날이 번뜩였다.

"세상에……."

리카의 입이 딱 벌어졌다.

"리오, 큰일 났어요. 큰일!"

클루토는 한참 잠에 빠져 있는 리오를 흔들었다. 겨우 잠에서 깨어난 리오는 흐릿한 눈으로 클루토를 바라보았다.

"음…… 무슨 일인데, 클루토……."

"바이칼과 어떤 남자가 거리에서 시비가 붙었어요! 리카의 말을 언뜻 들었는데, 그 남자 코른발트의 7호장이래요!"

"그래? 알았으니 난 좀더 자마……."

리오는 다시 침대에 누웠다. 클루토의 얼굴은 하얗게 변했다.

"주무실 때가 아니라니까요. 어떻게 좀 해줘요."

"하암…… 그냥 바이칼에게 살살 하라고 전해 줘. 내가 그러더라고 하면 시비 걸었다는 7호장 녀석, 목숨은 건질 수 있을 거야. 빨리 전하는 게 좋을지도……."

리오는 그대로 잠에 빠졌다.

"무, 무슨 소리지……?"

클루토는 리오의 잠든 모습을 멍하니 바라보았다.

발터는 아랫도리 속옷 한 장만 걸친 모습으로 뒷걸음질을 쳤다. 그의 자랑인 핼버드는 이미 수십 조각의 쇳덩이로 변해 흩어졌다. 화려한 갑옷 역시 과일 껍질처럼 바닥에 펼쳐져 있었다.

바이칼은 겁에 질린 상대에게 천천히 다가갔다.

"내가 잘못했으니 제발 그만해!"

그러나 이미 때는 늦었다. 바이칼은 싸늘한 눈으로 발터를 바라보며 검을 치켜들었다.

"아, 제발."

애걸하는 7호장의 모습은 처절했다. 바로 그때, 여관에서부터 헐레벌떡 뛰어온 클루토가 외쳤다.

"바이칼! 리오가 살살 하라고 했으니 멈춰요!"

"일진이 좋은 녀석이군……."

바이칼은 검을 내렸다. 그리고 씁쓸한 표정을 지으며 돌아선 그의 모습에 발터는 어리둥절할 뿐이었다.

발터는 멀찌감치 사라져 가는 바이칼과 아이들을 오랫동안 넋이 나간 얼굴로 바라봤다.

"장군님, 여기 새 옷을 가져왔습니다만……."

발터는 병사가 준 옷을 입었다. 구경하던 사람들은 터져 나오는 웃음을 가까스로 참으며 사방으로 흩어졌다.

그런데도 발터는 분함보다는 이 정도로 자신의 혼을 뺀 상대를 만났다는 사실이 이상할 정도로 유쾌했다.

"난 아직 수행이 부족한가 보군. 하하하!"

그는 멋쩍은 표정으로 머리를 긁적이며 웃었다. 병사들은 자신의 상관이 왜 그렇게 웃는지 이상하게 생각하며 그를 따랐다.

말스 3세는 며칠 전보다 훨씬 건강해지고 밝아졌다.

말스 3세와 카라얀, 그리고 레나는 차를 즐기며 담소를 나누었다. 이런 분위기가 익숙지 않은 레나는 간혹 어색한 미소를 지었다. 테라트가 성에 있었을 당시 이런 시간을 자주 가졌던 카라얀은 그때보다 훨씬 더 활기찬 왕의 모습에 흡족해했다.

'역시 아버지에겐 딸이 더 귀엽고 사랑스럽지……'

카라얀은 찻잔을 입에 가져갔다.

"그러고 보니 조부이신 영웅왕 말스 1세를 직접 뵌 사람이 점점 사라져 가는구나. 나와 카라얀, 그리고 라가즈뿐인가…… 우리들마저 떠나면 이제 그분은 진짜 전설로 남으시겠군…… 허허헛."

레나에겐 아직 50대 후반밖에 안 된 말스 3세가 벌써 그런 말을 하는 것이 이상하게 들렸지만, 나빠진 왕의 건강을 생각하면 한편으론 이해가 갔다.

"아버님, 증조부님에 대해 말씀을 듣고 싶습니다만…… 전 창건 서로밖에 증조부님을 뵙지 못했답니다. 너무 궁금해요."

사석에선 편한 호칭을 쓰라는 말스 3세의 배려 덕분에 레나는 편히 질문했다.

"음? ……그렇겠구나. 그래, 카라얀과 내가 이 기회에 확실히 살아 있는 전설에 대해 얘기해 주마. 내가 조부님을 직접 뵌 것은 열 살까지였단다. 아버님께 왕위를 일찌감치 승계하신 조부님은 나와 카라얀에게 가즈 나이트와 드래곤 로드, 그리고 그들과 함께한 모험담을 자주 얘기하셨지……"

회상은 그렇게 시작되었다.

전투를 하지 않을 땐 그 누구보다도 상냥하지만 전투 시에는 마치 마신처럼 무시무시한 살기를 뿜으며 초절의 검술을 펼치는 가즈 나이트, 겉모습은 예쁘장한 미청년이지만 실은 모든 차원계의 용족 절반을 다스리는 드래곤 로드, 즉 용제(龍帝)에 대한 것은 말스 3세와 카라얀의 입에서 한참 동안 흥미진진하게 펼쳐졌다.

"말스 1세께선 그들에 대한 말씀을 하실 때마다 슬퍼하셨답니다. 단 한 번이라도 가즈 나이트의 휘날리는 붉은 장발과 믿음직한 미소를 볼 수 있다면 소원이 없다 하시면서 말입니다."

레나는 떠오르는 인물들이 있어 의아해하며 눈을 껌벅였다.

"그리고 함께 얘기를 해주시던 왕비께서도 용제에 관한 말씀을 하시며 그를 상당히 그리워하셨지요. 단 한 번밖에 가보지 못했던 용족의 성전, 드래고니스에 다시 가고 싶다고…… 전하와 저에겐 그 얘기가 동화처럼 생각되었지만 지금 이렇게 나이가 들고 보니 그 말씀은 실로 진실이었을 거란 느낌입니다."

말스 3세가 그 뒤를 이었다.

"음, 그렇지. 동감일세. 그리고 솔직히 테라트가 실종되었을 때 난 태어나서 두 번째로 신께 기도를 올렸단다. 제발 저에게도 가즈 나이트를 보내 주시옵소서. 그리고 그들로 하여금 내 아들과 딸을 되찾게 하소서…… 하고 말이다. 너무나 힘들었지. 왕비도 잃고, 딸도 잃고, 결국은 아들까지 잃고 혼자라는 생각이 날 짓눌렀단다. 허헛, 난 왕으로서 자격이 없는지도 몰라. 내 고통에만 얽매여 있으니 말이다."

회한이 가득한 그의 표정을 보고 레나는 울컥했다. 낯설었던 말스 3세의 얼굴이 정말로 아버지처럼 느껴졌다.

"그렇게 2년이 흐르자, 가즈 나이트에 대한 전설은 자연스레 잊혀졌지. 어떠한 상황에서도 믿음을 버리지 말라는 조부님의 말씀을 왕인 내가 잊고 말았지. 하지만…… 공주 네가 내 앞에 다시 나타났을 때 난 가즈 나이트에 대한 전설과 옛날 조부님께서 들려주셨던 얘기를 다시 기억할 수 있었단다."

레나는 고개를 갸웃거렸다. 그 이유는 카라얀이 대신 말했다.

"공주님을 모시고 온 붉은 장발의 청년…… 병사 20여 명을 일순

간 날려 버리고 왕국 최고의 검술가라는 슐턴을 어린아이 다루듯
한 남자라면 충분히 가능성이 있을지도 모르지요. 게다가 그의 곁
에 군청색 머리카락의 미청년이 있다면 더더욱…….”

레나는 온몸에 소름이 돋았다. 모든 상황이 맞아떨어졌다. 붉은
장발, 믿음직한 미소, 상냥함과 가끔씩 느껴지는 무시무시한 살기,
그리고 환상의 검술. 또 군청색 머리카락의 미청년까지…….

놀라는 딸을 보며, 말스 3세는 말했다.

“증조부님께서 돌아가시기 직전 나에게 말씀하셨지. 그 가즈 나
이트의 이름은…….”

2

비운의 부녀(父女)

"리오 스나이퍼, 슈레이 렌코프! 양 선수 앞으로!"

드디어 시작된 8강전. 리오는 자신의 팔목을 천천히 풀며 야외 대경기장으로 나섰다. 웅장한 호른 소리와 수많은 관중들의 함성은 대단했다. 말스 3세가 4강전부터 참관한다고는 하지만 8강부터 중요한 본선이었다.

리오는 숨을 크게 들이마셨다.

'오늘 경기를 끝으로 레나는 잠시나마 코른발트의 마수에서 벗어나게 된다.'

리오는 마음을 정리하며 경기장 중앙으로 향했다. 그는 잠시 눈을 감았다. 함성 소리, 어떻게 알았는지 자신의 이름을 외치는 여자들의 목소리, 상대편의 이름을 연호하는 남자들의 굵은 목소리…… 상체 근육을 잠시나마 경직시켜 보았다. 최고의 컨디션이었다.

리오는 살며시 눈을 떴다. 앞엔 오늘의 첫 상대인 7호장, '슈레이 렌코프'가 있었다.

"첫 상대부터 부담되는데. 후홋⋯⋯."

"생각보다 잘생겼군, 리오 스나이퍼⋯⋯."

리오와 비슷한 체격인 여자는 키도 컸지만 몸이 굵고 단단했다. 경기 전 리카에게서 그녀가 마법 검사라는 말을 들은 리오는 과연 그녀가 마법검까지 사용할 수 있을까 생각하며 살짝 인사했다.

"잘 부탁해, 아름다운 검사님."

상대는 입술을 핥으며 의외의 말을 내뱉었다.

"후, 나야말로 잘 부탁해, 미남."

리오는 멋쩍게 웃었다.

리카는 아버지 존 아르반 영주와 나란히 앉아 있었다. 클루토와 바이칼 역시 그들 옆에 나란히 앉았다. 오늘 본선이 길어질 것이라는 말에 군청색 머리카락의 미청년은 군것질거리를 좌석 밑에 잔뜩 쌓아 두었다.

리카가 과자를 우물거리며 아버지에게 물었다.

"아빠, 슈레이 장군은 특기가 뭐예요?"

금발을 말끔히 뒤로 넘긴 젊은 영주는 수염을 매만지며 말했다.

"음⋯⋯ 어렸을 때 익힌 마법 실력에 커가면서 익힌 검술이 잘 조화된, 나름의 전투 스타일을 갖췄다고 들었다. 1백 년 전 말스 1세를 도왔던 가즈 나이트가 사용한 마법검까지 쓴다는데⋯⋯. 글쎄다, 가즈 나이트 정도는 아니겠지."

"껵다리는 마법을 못 쓸 텐데⋯⋯ 불리하겠죠?"

"그렇겠지. 아무래도 리오 군은 완벽한 접근전 스타일을 구사하니, 마법을 사용하는 상대에겐 약간 어려움이 있을 거다. 게다가 상대는 7호장이니……."

"인사이드 파이터에다 마법엔 불리하다…… 리오와는 상관없는 단어요, 아르반 영주."

바이칼의 진지한 말에 리카와 아르반 영주, 그리고 클루토의 시선이 그에게 집중됐다. 바이칼은 과자를 봉투에 다시 털며 얘기를 이었다.

"지금까지 리오는 아이들 앞에선 검술만을 사용했을 것이오. 함께 있었던 시간이 얼마 안 되니, 그동안 아이들이 녀석의 모든 것을 파악할 수는 없었을 거요. 녀석은 경험이 많소. 다른 용병이나 검술가들과는 차원이 틀리오. 그냥 지켜보기만 하시오."

그때 경기 시작을 알리는 호른 소리가 장엄하게 들렸다. 사람들의 시선은 일제히 경기장으로 쏠렸다.

"경기 시작!"

리오와 슈레이는 각자 뒤로 물러서서 상대를 탐색했다. 슐턴에게 미리 설명을 들어서, 슈레이는 상대가 강하다는 것을 어느 정도 예상했다. 그러나 붉은 장발의 검객보다 자신이 더 강하다고 섣불리 판단해 버렸다.

"흥, 별것 아니군! 곧장 없애 주마!"

슈레이는 양팔을 벌려 주문을 외웠다. 하지만 리오는 그녀의 행동을 읽고 있었다.

'5급의 파이어 솔…… 양팔을 벌린 걸 보니 두 개인가? 사람을 너무 우습게 보는 아가씨군.'

"자, 간다! 5급 파이어 솔!"

예상대로 두 개의 화염구가 떠올랐다. 마법 화염구는 마치 도깨비불처럼 그녀의 주위를 맴돌았다.

"7호장을 넘보기엔 아직 이르다!"

슈레이는 화염구와 함께 몸을 날렸다. 사용자의 의지에 따라 자유자재로 공격하는 파이어 솔과 검술로 리오의 주의를 분산시켜 공격할 생각이었다.

"후훗, 넘볼 가치가 있을까?"

화염구 두 개와 사람까지 합해 3대1의 전투였지만, 리오의 얼굴에서 여유 섞인 특유의 미소는 사라지지 않았다.

"그 오만한 웃음을 사라지게 만들어 주마!"

슈레이의 롱소드와 리오의 디바이너는 길이가 거의 같았다. 공격 범위가 비슷하기 때문에 접근전 결과는 기량이 좌우했다. 변수는 슈레이가 미리 띄워 둔 두 개의 파이어 솔이었다.

파앙.

금속성이 울렸다. 슈레이와 리오는 검을 맞대고 서로를 노려보았다. 리오는 한 팔로 디바이너를 잡았고, 슈레이는 양팔로 검을 잡았다. 처음 충돌했을 때 슈레이는 경악했다.

'뭐지? 보기보다 몸무게가 있는 녀석인가?'

육중한 나무 인형을 때린 것처럼 상대는 꿈쩍도 하지 않았다. 하지만 그 정도로 당황할 슈레이가 아니었다.

슈레이가 만든 파이어 솔이 리오의 후방으로 돌아갔다. 그 두 개의 화염구는 그의 등을 향해 빠른 속도로 움직였다.

리카와 클루토, 그리고 아르반 영주는 잔뜩 긴장했다. 바이칼은 과자를 씹으며 중얼거렸다.

"기어가는군."

순간 리오의 디바이너가 슈레이의 칼에서 갑자기 떨어져 나가더니 그의 몸이 온데간데없이 사라지고 말았다.

슈레이는 상대방이 시야에서 사라지자 자신을 향해 날아드는 화염구를 멈췄다. 그녀가 움직임을 멈춘 사이, 상대는 순식간에 등 뒤에 나타났다. 그는 슈레이의 등판에 돌진해 어깨로 강하게 들이받았다.

선혈을 토하며 멀찌감치 날아간 슈레이는 바닥으로 구르며 널브러졌다.

"본선이야, 7호장님. 장난은 금물이겠지?"

리오는 자세를 바로 하고 씩 웃었다.

"네 녀석…… 쿨럭……."

강한 충격에 슈레이는 일어나서도 계속 비틀거렸다.

'내가 무엇 때문에 멍하니 서 있었지? 등 뒤로 돌아가는 것을 분명 느꼈는데……?'

하지만 움직일 수 있었다고 느낀 것은 착각이었다. 검을 뗄 때, 리오가 일순간 힘을 가해 그녀의 움직임을 잠시 막은 사실은, 리오와 바이칼 말고는 아무도 몰랐다.

잠시 호흡까지 곤란했던 슈레이는 자세를 바로잡았다.

'잔재주가 통할 상대가 아니다. 이렇게 된 이상 일격에 쓰러뜨려야…….'

그녀는 검을 치켜들었다.

"봐라, 이것이 바로 전설의 기술, 마법검이다!"

슈레이는 정신을 집중했다. 거기에 반응하듯 파이어 솔은 검 속으로 빨려 들어갔다. 이윽고 그녀의 검은 가이라스 왕국의 총기사 단장이 사용한다는 화염의 마검, '노바로드'처럼 불꽃을 뿜었다.

"나왔다! 슈레이의 최강기, 마법검이다!"

관중들은 크게 감탄하면서 숨을 죽였다. 리카와 클루토, 아르반 영주 역시 놀라움과 신기함을 감추지 못했다.

"대단해. 저것이 바로 가즈 나이트가 사용했다는 전설의 기술, 마법검. 과연 7호장 중에서도 최고의 수준이야."

클루토는 걱정하면서도 찬사를 아끼지 않았다. 그러나 바이칼은 우습다는 듯 눈을 감았다.

"마법검? 웃기는군."

"호호호홋…… 진짜 마법검에 당해 보지 않은 귀여운 아가씨군 요. 차라리 검에 기름을 바르고 불을 붙이는 게 더 낫겠어요."

귀빈석에 앉은 타르자 역시 비웃었고, 옆에 앉은 코른발트는 눈을 휘둥그레 떴다.

마법 화염에 휩싸인 검을 보며, 리오는 씁쓸한 미소를 지었다.

그러자 슈레이는 의아함을 감추지 못했다. 자신이 무슨 실수라도 한 것인가 의심이 들 정도였다.

"뭐가 그렇게 우습나? 이 기술을 비웃는 것은 가즈 나이트를 비웃는 것과 같다는 사실을 모르나!"

그녀가 흥분하자, 리오는 정색을 하며 물었다.

"가즈 나이트를 믿고 있나? 말스 1세가 자신을 영웅화하기 위해서 만든 단순한 허깨비인지도 모르는데?"

"닥쳐! 네 녀석이 뭔데, 감히 내 우상을 짓밟아! 더 이상 그런 식으로 지껄이면 여기서 사생결단을 내고 말 테다!"

"그렇군. 그럼 사과하는 뜻으로 멋진 것을 보여 주지."

리오는 씁쓸히 웃으며 디바이너를 수평으로 눕혔다. 그리고 왼 손을 천천히 머리 위로 올렸다.

"오, 그래. 잘 생각했어, 리오 스나이퍼! 정말 오랫동안 이 짜릿함을 기다려 왔단다. 하하하핫."

두 사람의 대결을 구경하고 있던 타르자는 호탕하게 웃어댔다.

"멍청이."

타르자와는 달리, 바이칼은 손으로 얼굴을 가린 채 누군가 리오를 말려 주길 바랐다.

"잘 보도록······."

리오의 손등에서 희미한 무언가가 빛을 발하자 슈레이의 얼굴은 굳어졌다. 검은 장갑 위로 작은 마법진 하나가 붉게 빛나는 광경을 누구보다도 명확히 볼 수 있었다.

"너! 도대체 뭐 하는 녀석이야?"

리오의 손이 정점에 달했을 때, 그의 손에서 뿜어내는 붉은색의 빛 역시 절정에 달했다.

"이것이 진정한 강제 마법공격술, 마법검이다."

리오는 곧바로 손에서 뿜어 나오는 빛으로 검의 표면을 매만졌다. 그러자 디바이너의 보라색 날은, 자신의 몸을 지키는 파충류의 외피와 같이 이내 새빨개졌다.

"그래. 그거야······ 그 저주스런 마법검, 파이어 크레이브! 너무 기뻐서 누구 하나라도 죽여 버리고 싶구나. 호호홋!"

광소를 듣지 못했을까. 리오는 마법검이 발동된 디바이너를 옆으로 움직였다. 디바이너가 지나간 자리엔 붉은 잔광이 남아 검의 움직임을 그대로 보여 주었다.

어릴 적 마법을 가르쳐 준 할아버지에게 직접 들은 가즈 나이트의 이야기······ 그로 인해 가즈 나이트를 동경했던 그녀의 눈앞에 진짜 '마법검'이 환상처럼 펼쳐졌다.

"어떻게 네 녀석이 마법검을?"

리오가 자세를 바꾸었을 때 대(大)기술의 자세를 그녀는 보았다. 겨우 보일 정도의 기묘한 아지랑이가 상대의 몸에서 피어오르는 것을. 술턴에게서 지금과 비슷한 상황을 본 적이 있는 그녀는 상당량의 '기'가 상대방의 몸에 집중된다는 사실을 알 수 있었다.

리오가 말했다.

"나 역시 가즈 나이트를 믿는 사람 중 하나거든. 비슷한 사람을 만나서 기분이 좋군, 후훗…… 그럼 나중에 웃으며 얘기하도록 하지, 7호장님."

슈레이는 무서운 기운에 곧바로 방어 태세를 갖췄다.

"하앗."

쿠우웅.

디바이너의 끝이 음속의 벽을 찢었다. 슈레이가 정신을 잃기 전에 들은 건 폭음 소리뿐이었다.

"아아악!"

리오의 기합, 초음속으로 뻗어 나간 화염 장벽, 그것에 휩싸인 슈레이가 경기장 밖으로 튕겨 나갔다. 화염에 휩싸인 듯했지만 그것도 잠시뿐이었다. 약간 그을린 것뿐, 바닥을 구르는 그녀의 몸엔 아무 이상이 없었다.

"……"

침묵이 경기장 전체를 감쌌다.

규정상 리오의 승리가 확실했으나 심판과 다른 대회 관계자들은 방금 전 눈앞에서 펼쳐진 광경에 입만 벌리고 있을 뿐, 판정 따위엔 전혀 신경 쓰지 못하고 있었다.

한심하다는 얼굴로 친구를 바라보던 미청년은 옆에 얼빠진 듯 앉아 있는 클루토를 팔꿈치로 툭 건드렸다.

클루토는 그제야 자신을 추스르고 소리치기 시작했다.

"이겼어요! 리오가, 리오가 이겼다고요."

클루토의 목소리는 주위 사람들의 정신을 돌려 놓기에 충분했다. 잠시 후 경기장 전체는 승리자 리오를 향한 갈채로 크게 뒤흔들렸다.

"승리, 리오 스나이퍼!"

리오는 멋쩍은 미소를 지으며 경기장에서 내려왔다. 그는 쓰러진 슈레이를 안고 의료진을 향해 걸음을 옮겼다.

다음 경기를 알리는 호른 소리와 함께 선수 한 명이 때를 기다렸다는 듯 빠른 걸음으로 경기장에 들어섰다. 그러나 다른 한 명은 마치 사형 선고를 받은 사람처럼 천천히 들어섰다.

음침한 철회색의 풀 플레이트 아머와 투구로 온몸을 가린 그 남자. 리오는 우연치 않게 투구 사이로 살짝 드러난 그의 눈을 보았다.

「죽여 버리겠다, 리오 스나이퍼……」

갑자기 들려온 살기등등한 목소리에 깜짝 놀란 리오는 점차 멀어져 가는 뒷모습을 계속 지켜봤다. 정신감응을 쓸 정도의 상대…… 지금까지 상대했던 자와 차원이 틀렸다.

"테러 나이트, 그리고 조니 폴더! 양 선수 앞으로."

'테러 나이트? 그럼 예선 상대의 목을 모조리 베었다는 자가 바로 저자인가?'

선수 대기실로 들어간 리오는 좁은 창을 통해 테러 나이트를 보았다. 몸집도 좋았고 입고 있는 갑옷과 사용하는 도끼 역시 리오가 보기에도 상당한 것이었다.

'자체적인 항마력이 실린 갑옷에다가…… 도끼 또한 대단하군. 그런데 도대체 누구지?'

리오는 머리를 반쯤 감싼 채 고민했다. 그러나 아무리 생각해도 떠오르지 않았다.

"으, 으아악!"

석재로 단단히 만들어진 경기장 위에선 참혹한 광경이 펼쳐졌다. 오른쪽 어깨와 팔 부위가 정육점의 고기처럼 잘려 나간 남자가 비명을 지르며 바닥을 구른 것이었다.

"그만! 그만하시오"

"크악."

심판은 즉시 경기를 중단하려 했으나 테러 나이트의 발은 상대의 머리에 내리꽂혔다. 심판은 구토를 겨우 참으며 힘겹게 테러 나이트의 팔을 올렸다.

"승리! 테러 나이트!"

"살인자다! 실격시켜라!"

관중석에서 심한 야유와 항의가 쏟아졌다. 그러나 대회 관계자들은 애써 침묵을 지켰다.

단시간에 승리를 거머쥔 테러 나이트는 계속되는 관중들의 야유를 들으며 선수 대기실로 들어갔다. 리오의 반대편으로 들어가던 그는 잠시 발걸음을 멈추었다. 갑작스러운 정신감응이 전해져 왔다.

「결승전까지 그런 방식으로 올라갈 생각인가?」

「결승전도 이런 방식으로 승리할 것이다. 물론 상대는 네 녀석이겠지.」

테러 나이트의 투구에선 붉은 안광이 번뜩였다. 그의 뒤에서 한 여성의 그림자가 움직였다.

「타르자! 역시 너였나?」

「후훗…… 당신의 마법검, 오랜만에 봐서 그런지 기분이 아주 좋군요. 호호훗.」

모습을 드러낸 타르자는 특유의 사악한 미소를 지었다.

'도대체 저 여자는 언제까지 나를 괴롭힐 생각이지.'

「반가운 소식 하나를 알려 드릴까요? 지금 레나 공주님과 말스 3세께서 경기장에 당도하셨답니다. 참, 당신의 4강전 상대와 테러 나이트 님의 4강전 상대 모두 기권 처리되었지요. 간단한 행사 후 곧바로 결승전이 진행될 것입니다. 피차 번거롭지 않고 빨라서 아주 좋죠? 호호호훗…….」

「도대체 목적이 뭔가?」

「말씀드렸죠. 당신의 얼굴 가죽으로 내 방 장식품을 만드는 것. 아, 그리고 한 가지 재미있는 이벤트가 생각났답니다. 당신께서 모셔 온 레나 공주님, 예전에 제가 귀여워한 그 아이와 닮아도 너무 닮았더군요. 호호훗.」

「닥쳐라!」

「아아, 여부가 있을까요? 호호호훗. 그럼 결승전을 기대하지요, 즐겁게.」

타르자와 테러 나이트는 대기실로 사라졌다. 그 모습을 보며 리오는 분을 삭이려는 듯 길게 한숨을 쉬었다.

"빌어먹을……."

리오의 분함이 어느 정도 진정되었을 때, 리카와 클루토, 그리고 아르반 영주가 선수 대기실로 들어왔다.

"리오, 들었어? 4강에서 리오와 붙을 예정이었던 술턴하고, 테러 나이트와 붙을 다른 한 사람이 모두 기권했대. 그 테러 나이트와 곧바로 결승전이라고!"

리카는 들어오자마자 호들갑을 떨었다. 리오는 애써 웃음을 지으며 고개를 끄덕였다.

"그래? 그런데 저분은……."

"아, 난 리카의 아버지 존 아르반이라 하네. 리카가 자네에게 신세를 많이 졌다는데, 뒤늦게 인사하는 것을 용서해 주게나."

아르반 영주는 정중히 고개를 숙였다.

"아닙니다. 제가 먼저 찾아 뵙고 인사를 드렸어야 했는데……. 처음 뵙겠습니다. 리오 스나이퍼라 합니다."

"아닐세. 자네와 같은 영웅을 보는 것만으로도 영광이지. 난 영주라는 위치에 있으면서도 코른발트에게 제대로 대항하지 못했지만 자네는 검 하나로 그에게 대항했고, 또 결정타를 먹이지 않았나. 같은 남자로서 자네에게 경의를 표하는 바이네."

"별말씀을……."

리오는 허리를 굽혀 겸손히 답했다.

"그런데 리오, 그 테러 나이트라는 남자…… 이길 수 있겠어?"

리카가 걱정스레 물었다. 클루토 역시 불안한 얼굴을 하고 있었다. 리오는 곧 두 아이에게 다가가 어깨를 토닥거려 주었다.

"공주님을 녀석들에게 맡길 수는 없지. 물론 내가 맡을 것도 아니지만. 나중에 상금을 타면 거창하게 식사나 하자꾸나."

"상금? 레나 언니, 아니 공주님을 데려가지 않을 거야?"

리카의 물음에, 리오는 슬며시 고개를 저었다.

"난 레나 공주님을 지켜 드리기 위해 이 대회에 출전한 거야. 공주님을 키워 준 파르하 님의 부탁을 계속 이행하는 것뿐이지. 그리고…… 이번 일이 끝나면 난 이 나라를 떠날 거야."

순간 리카와 클루토, 아르반 영주의 얼굴이 굳어졌다.

"날 필요로 하는 사람들은 이곳 말고도 많아. 난 내 스스로 다짐한 그 일을 계속하기 위해 다른 곳으로 가야 해."

"……"

리카는 고개만 푹 숙인 채 아무런 말도 하지 않았다. 클루토 역시 마찬가지였다.

"진심으로 하는 말이야?"

리오는 대답 대신 천천히 고개를 끄덕였다.

"꺼져, 꺼져 버려! 너 같은 녀석은 더 이상 보고 싶지 않아."

리카는 울먹이며 도망치듯 대기실을 뛰쳐나갔다.

"리카! 리오, 죄송해요. 제가 대신……"

"아냐, 리카에게 가 주겠니?"

"예."

클루토가 대기실을 나서자, 아르반 영주는 얼굴을 손으로 덮으며 난감해했다.

"휴, 저 녀석…… 혼자 자란 아이라 버릇이 좀 없네. 자네가 이해해 주길 바라네."

"그랬군요. 가끔씩 리카가 외로워 보인다 했습니다만……. 그리고 잘못한 것은 저입니다. 절 응원하러 온 아이들에게 별 생각 없이 떠난다는 말을 했으니까요. 특히 리카로서는 화를 내는 게 당연하겠죠. 자신 곁에 있는 사람을 더 이상 잃긴 싫을 테니까요."

"훗, 나보다도 리카에 대해 잘 아는군. 이거 면목이 없네."

아르반 영주는 멋쩍은 표정을 지었다. 호른 소리가 들리자 리오는 말을 맺었다.

"그럼, 나중에 다시 뵙지요."

"그러지."

아르반 영주는 힘없이 웃으며 걸음을 옮겼다.

"양 선수, 전하와 공주님께 예를 갖추시오."

결승을 앞둔 두 남자는 멀리 보이는 말스 3세와 공주에게 정중히 예를 올렸다.

리오는 레나 공주에게 시선을 돌렸다. 하지만 그녀는 무슨 이유에서인지 고개를 돌려 버렸다. 리오는 이내 옅은 웃음을 지었다.

'알아 버렸나……'

오히려 홀가분했다. 그렇다면 미련 없이 말스 왕국을 떠날 수 있기 때문이다.

"리오 스나이퍼, 테러 나이트! 양 선수 앞으로!"

신장은 비슷했지만 몸집은 테러 나이트 쪽이 더 강건했다. 풀 플레이트 아머를 입은 탓도 있었지만 굵직한 팔과 다리, 그리고 몸통에서 위압감이 느껴졌다.

"결승전! 시작!"

드디어 결승전이 시작되었다. 관중들은 흥미진진한 눈으로 잔뜩 긴장하고 있었다. 환상의 검술을 가진 붉은 장발의 떠돌이 기사와 정체 불명의 살인자가 펼칠 대결은 큰 기대를 불러일으켰다.

리오는 테러 나이트가 움직이지 않자 의아해했다.

그러나 그것도 잠시, 테러 나이트의 오른손에 들린 도끼가 천천히 위로 치켜 올라갔다. 동시에 붉은색의 안광이 번뜩였다.

"죽어라!"

콰아아앙.

도끼의 끝이 희미하게 떨린 순간, 대형의 진공 충격파가 엄청난 속도로 뻗어 나갔다. 갑작스러운 공격에 리오는 움찔하며 옆으로 몸을 젖혔다. 그러자 충격파는 그대로 관중석에 꽂혔다.

관중석은 일순간 피바다로 변했다. 진공 효과로 몸이 부서져 즉사한 사람이 수십 명에 이르렀다. 몸의 부위가 하나 이상 날아간 중상자도 속출했다.

리오는 미간을 찌푸렸다.

"이게 무슨 짓인가"

"네가 피하지 않았다면 저렇게 되지 않았을 것이다."

테러 나이트가 카랑카랑한 목소리로 외쳤다. 리오는 머리를 한 번 흔들어 정신을 집중했다. 타르자를 잠시 잊고 있었다. 다른 사람도 아닌 그녀와 직접적으로 관련된 전투였다. 리오는 디바이너를 불끈 거머쥐며 기를 끌어올렸다.

"기꺼이 받아 주지!"

콰아앙.

다시금 테러 나이트의 도끼에서 충격파가 뻗어 나갔다. 리오는 피하지 않겠다는 듯 검을 수직으로 세워 충격에 대비했다.

"안 돼요!"

갑작스런 사태에 당황한 레나는 불안한 느낌에 벌떡 몸을 일으켰다. 그사이 리오의 몸은 테러 나이트가 쏜 충격파에 휩쓸렸다. 흙먼지에 휩싸여 붉은 장발이 잠깐 보이지 않았다.

"리, 리오 님…… 설마…….'

레나는 양손으로 얼굴을 감쌌다.

"아직 이르다!"

야수가 흙먼지를 뚫고 먹이를 향해 솟아올랐고, 붉은 장발도 맞서 거세게 솟구쳤다. 디바이너의 보라색 검광은 테러 나이트의 도끼에 막혔지만 그것을 기점으로 하여 둘은 엄청난 난타전을 벌였다.

일진일퇴. 리오와 테러 나이트는 서로의 빈틈을 용납치 않았다. 힘에서, 속도에서 쌍방은 서로 팽팽했다.

픽!

도끼 끝이 리오의 볼을 살짝 스쳤다. 공중으로 핏방울이 튀었지만 리오는 전혀 개의치 않고 거세게 반격했다.

"받아라!"

파앙.

리오의 검이 테러 나이트의 왼쪽 어깨 장갑을 스치자, 꽝음과 함께 테러 나이트의 어깨 장갑이 폭음을 일으키며 터져 나갔다. 상대가 크게 비틀거리자 디바이너는 급강하하는 독수리의 부리처럼 맹렬히 공기를 가로질렀다.

픽.

순간 테러 나이트가 날린 건틀릿이 리오의 얼굴에 맞고 터져서 산산이 흩어졌다. 리오는 큰 충격을 받고 밀려 나갔다.

지금 상황은 축제의 일환인 무술 대회 결승전이 아니었다. 9백만 골드냐, 공주냐를 떠나 두 남자가 서로의 목숨을 걸고 벌이는 일전이자 서바이벌이었다.

"헙!"

충격에 밀려나던 리오는 한 팔로 땅을 짚고 자세를 반전시켜, 용수철처럼 땅을 박차며 상대의 몸을 어깨로 들이받았다.

콰앙.

테러 나이트의 명치에 적중했다. 급소를 맞은 테러 나이트는 크게 흔들렸다. 기회였다. 리오는 시퍼런 안광을 뿜으며 디바이너를 양손으로 거머쥐었다.

"없애 버리겠다."

파아아아앙.

테러 나이트는 도끼로 방어했으나, 기가 실린 리오의 일격엔 역부족이었는지 도끼가 부서졌다. 리오는 디바이너의 각도를 바꿔 머리를 정확히 노려 테러 나이트의 투구에 일격을 가했다. 그러자 두꺼운 투구의 절반이 힘없이 바닥에 떨어졌다. 동시에 테러 나이트는 손으로 얼굴을 가리며 리오를 쏘아보았다.

"내 딸을 절대 너에게 줄 수 없다……!"

"뭐라고?"

리오의 움직임은 일순간 멎었다. 얼굴의 통증이 조금 가셨는지, 테러 나이트는 숨을 헐떡이며 남은 투구를 바닥에 내던졌다.

"레나는 내 딸이다! 누구에게도 줄 수 없어. 너뿐만 아니라. 그 누구에게도!"

드러난 테러 나이트의 얼굴…… 서로 다른 곳에 있는 리오와 레나의 얼굴은 동시에 흙빛으로 변했다. 그들뿐만 아니라 말스 3세와 카라얀의 얼굴 역시 창백해졌다.

"파르하 님?"

"아버지……? 아버지께서 왜?"

믿을 수 없었다. 하지만 눈앞의 모습은 파르하였다. 눈은 붉은색으로 변해 있었지만 수염이 텁수룩한 얼굴은 분명 전 7호장이었다.

한편 선수 대기실에서 그 모습을 지켜보던 타르자는 계속해서 미친 듯이 웃어댔다.

"오호호홋. 멋진 표정이다, 리오. 멋진 표정이야! 그 파르하라는 남자의 사랑과 충성심을 역이용한 내 걸작품이 어떠냐? 가즈 나이트 리오 스나이퍼! 하하하핫."

말스 왕국의 또 다른 비극은 그렇게 시작되었다.

"아, 늦었군, 늦었어…… 역시 나이가 들면 죽어야 한다니까……."

궁중 대마법사 '라가즈'는 수도를 향해 질풍같이 말을 몰았다.

1년 전보다 더 몸이 쇠약해진 것일까. 늦잠을 자고 만 라가즈는 자신을 질책했다.

막 정문에 도착했을 때, 라가즈는 문지기들과 실랑이를 벌이는 소년을 보았다. 커다란 짐을 멘 소년의 의지는 강경했다.

"비켜요! 말했잖아요, 난 공주님이 된 우리 누나를 보러 왔다고요! 난 전 7호장 파르하 베자스의 아들 코나 베자스예요! 제발 날 들여보내 주세요!"

"안 된다고 했잖아! 그냥 들어가는 것은 상관없지만, 공주님을 뵙기 위해 들어간다는 녀석을 함부로 통과시킬 수는 없다! 그리고 파르하 베자스라는 이름은 들어 본 적이 없으니 잠자코 여기서 기다리고 있어!"

"여보게! 그 소년에게 무례하게 대하지 말게!"

"아, 라가즈 님!"

문지기들은 즉시 라가즈에게 경례를 붙였다. 소년에게 다가간 라가즈는 인자한 미소를 띠며 물었다.

"파르하의 아들이라고 했느냐?"

"예, 코나 베자스라고 합니다."

낮은 목소리였지만 소년의 목소리와 얼굴엔 힘과 기상이 넘쳤다. 예전에 파르하를 처음 만났을 때와 같은 느낌이었다.

"음…… 이렇게 말해서 미안하긴 하지만, 네가 파르하의 아들이라는 증거가 있느냐? 파르하라는 사람이 워낙 대단한 인물이기에 이 늙은이가 이러는 것이니 만약 있다면 보여 주거라."

"여기요. 아빠께서 절대 함부로 내보이지 말라고 하신 물건이지만 어쩔 수 없이 보여 드려야겠군요."

아이는 기다렸다는 듯 무거워 보이는 짐을 내려놓더니 헝겊을 조심스레 풀었다.

"버닝 슈트림……!"

라가즈는 놀라움을 금치 못했다. 모습을 드러낸 도끼의 황금 문장은 분명 자신이 마법으로 새긴, 중장갑 기사단 '버닝'의 상징이었다.

"공주님을 뵙고 싶다 했느냐?"

"예, 절 숨겨 준 브라이언 아저씨가 그러셨어요. 우리 누나는 수도에서 공주가 되어 있을 거라고요. 전 누나에게 아빠의 복수를 부탁하려고 여길 찾아왔어요. 그 망나니 자콥 녀석에게 당하신 아빠의 복수를요!"

'결국 파르하도 당한 것인가.'

라가즈는 눈을 감았다. 의리와 충성심만으로도 세상을 살아갈 수 있다며 당당히 외치던 남자가 왕국을 위해 그렇게 사라졌다는 사실이 노인의 가슴을 적셨다.

라가즈는 복수라는 일념 하나로 여기까지 온 코나의 작은 몸을 안았다.

"이 할아비가 네 누나를 꼭 만나게 해줄 테니 같이 가겠니?"

"정말요? 고맙습니다, 할아버지."

도끼를 정성스레 챙긴 코나는 라가즈의 도움을 받아 말에 올라탔다.

라가즈는 말을 몰았다. 지금쯤 4강 경기가 한창 진행 중일 테니 아이를 공주에게 데려다 줄 수 있을 것이라 생각했다. 그러나 경기장에 가까워질수록 심상치 않은 기운이 강하게 느껴졌다.

'뭐지? 이 사악한 기운은…… 이런 깊은 사념은 처음인데?'

"할아버지, 왜 그러세요?"

"아, 아무것도 아니란다."

콰아아앙.

순간, 경기장에서 들려온 폭음에 라가즈의 불안감은 현실로 바뀌었다. 기대감에 들떠 있던 코나 역시 놀라고 말았다.

"할아버지! 무슨 일이에요!"

"이게 도대체 어떻게 된……."

경기장에 도착해 보니, 사람들이 공포에 질린 채 급히 경기장을 빠져나오고 있었다. 말에서 내린 그는 사람들을 대피시키고 있는 병사들에게 곧장 달려갔다.

"어떻게 된 건가! 안에서 무슨 일이 벌어진 건가?"

"아, 라가즈 님! 큰일입니다. 끔찍한 일이 벌어지고 있으니 즉시 전하께 가주십시오! 벌써 관중 수십 명이 죽거나 중상을 당했습니다!"

병사는 보고를 마치고는 즉시 사람들에게 대피하라고 손짓을 했다.

'그 기운인가? 예사의 사기(邪氣)가 아니었으니 분명 그렇겠지만! 어서 전하께 가봐야겠군!'

"가자. 애야!"

긴 통로와 계단을 돌아 귀빈석으로 들어선 라가즈는 경기장 안의 상황을 보고 경악을 금치 못했다.

"저럴 수가……."

경기장의 상당 부분은 1급의 마법 '미티오 스웜'을 맞은 것처럼 처참히 부서졌다. 게다가 경기장에서 싸우고 있는 두 남자는 무서운 기운을 뿜어내며 대치 중이었다.

"누나! 누나!"

누나의 모습을 본 코나는 반쯤 울먹이며 그녀에게 달려들었다.

갑작스레 들려온 코나의 목소리에 놀란 레나는, 품에 안긴 동생을 보고 믿어지지 않는다는 듯 바라보았다.

"코, 코나…… 네가 여기에 어떻게 온 거니?"

"흑…… 아, 아빠가…… 자콥 녀석에게 아빠가 당하셨어! 그래서……앗?"

그때 코나의 시선엔 붉은 장발의 청년과 대치 중인 파르하의 모습이 들어왔다. 아이는 멍한 얼굴로 누나의 에메랄드 빛 머리카락을 올려다보았다.

"아빠가…… 살아 계신 거야?"

눈앞에 아버지를 보고 있는 그녀로서도 영문을 알 수 없었다.

"그 문제는 내가 해결해 줄까, 공주님? 후후훗……."

타르자가 귀빈석 앞으로 모습을 드러냈다. 레나는 반사적으로 동생의 몸을 감싸 안았다.

"넌 누구냐?"

라가즈는 즉시 마력을 집중하며 외쳤다. 왕국 최고의 마법사의 일갈이었지만, 적의의 마녀는 질리기는커녕 광기 어린 미소를 지은 채 눈을 돌렸다.

"늙은이 주제에 건방져!"

피잉.

"헉!"

섬광이 일어남과 동시에 노인의 몸이 벽으로 날아가 부딪혔다.

라가즈는 충격에 그만 의식을 잃고 말았다.

"라가즈!"

최고의 마법사인 그가 쉽게 당하자, 카라얀과 말스 3세는 경악을 금치 못했다. 타르자는 그 시선을 무시한 채 천천히 레나에게 다가 갔다.

"내가 가지고 놀았던 그 아이와 너무 닮았어. 아마 리오도 너의 그 모습 때문에 상당히 심기가 불편했을 거야. 호호호호호홋."

타르자는 얼음처럼 싸늘한 손으로 공주의 갸름한 턱을 천천히 어루만졌다. 그녀의 손에서 전해져 오는 이상한 촉감에 레나는 아무런 반응도 할 수 없었다. 단지 손이 닿았을 뿐인데 자신의 몸 전체가 탐색당하는 느낌이었다.

"호오오, 레나 슈리케이트의 피가 그대로 흐르는구나. 널 여기까지 데려온 저 미남이 그 이름도 유명한 가즈 나이트라는 사실을…… 아, 알지도 모르겠군. 여기 있는 노인들이라면 분명히 클레오라는 꼬마에게 그에 대한 얘기를 직접 들었을 테니까."

"클레오라는 꼬마?"

"후후훗. 네 피는 저주받았단다. 뒤에 쓰러진 늙은이보다 훨씬 더 강대한 마력이 잠재되어 있지. 1백 년 전의 레나도 너와 같았단다. 물론 그 마력 덕분에 리오에게 직접 목이 잘려 숨졌지만 말이야…… 아하하하하핫"

레나는 이제야 알 것 같았다. 처음 자신을 만났을 때부터 지금까지 리오가 가끔씩 보였던 이상한 거부 반응의 이유를……. 처음엔 아예 눈도 마주치지 않으려 했고, 시간이 지나도 조심스러운 태도를 보인 그의 모든 행동이 눈앞에 스쳐 갔다.

"설마…… 네가 바로 타르자? 1백 년 전, 부르크레서의 부활을 위해 수만을 죽였다는 적의(赤衣)의 마녀?"

그녀의 정체를 파악한 말스 3세의 목소리가 떨렸다.

"이제야 알겠습니까, 전하? 없어져 줘야겠어!"

파악.

순간, 붉은 핏덩이가 하늘로 솟구쳤다. 마녀에게서 풀려난 레나는 손으로 입을 가린 채 뒷걸음질을 쳤다.

그때였다.

"키아아악."

갑자기 타르자가 날카로운 비명을 내질렀다. 잘린 타르자의 팔이 검은 연기를 내며 타들어 갔다. 타르자는 고통스러워하며 뒤돌아보았다.

"1백 년 전이나 지금이나 네 끝은 언제나 죽음이겠군. 이제 레퍼토리를 바꿔 보는 것이 어떤가."

"용제 바이칼 전하시군요? 잊고 있었습니다, 쿠쿠쿡."

타르자는 고통으로 일그러진 얼굴로 웃었다. 바이칼은 비아냥거리며 말했다.

"정확히 서룡족의 제왕이다."

그사이 타르자의 잘린 팔은 검은 연기와 함께 순식간에 재생되었다. 그녀는 팔을 움직이며 말했다.

"후, 여전히 명칭에 신경을 쓰시는군요. 뭐, 좋습니다…… 어차피 1백 년 만의 첫 승부에선 제가 이길 테니까요. 하하하하핫."

바이칼의 눈썹이 꿈틀댔다. 마녀는 리오를 향해 몸을 돌렸다.

"이런, 타르자."

178

리오는 그녀를 막기 위해 몸을 움직였다. 그러나 그 순간을 놓치지 않고 테러 나이트가 막았다.

"가지 못한다! 내 딸의 구원을 방해하게 놔둘 수는 없다."

적의 정체를 알아 버린 이상 리오로서도 어쩔 수가 없었다.

"파르하 님, 제발 정신을 차리십시오. 레나 양을 공주로 되돌려 놓으라고 당신께서 직접 부탁하시지 않으셨습니까."

"시끄럽다. 난 모두에게 속았다. 말스 왕에게도, 동료에게도, 그 모두에게도! 난 레나를 위해 아내까지 희생했지만 정작 나에게 돌아온 것은 아무것도 없었다! 난 딸을 돌려받고 아들이 기다리는 내 집으로 돌아갈 것이다!"

"당신의 그 충성심과 의리는 어디로 갔습니까. 당신이 가진 그 숭고한 정신을 본받고, 찬양한 사람들에게 당신은 어떤 말을 남기실 겁니까."

절규에 가까운 외침에도 불구하고 파르하는 전혀 동요하지 않았다. 결국 리오는 최후의 방법을 선택하기로 마음먹었다.

타르자가 개입한 이상, 절대 말로서 피술자를 되돌릴 수 없다는 사실을 1백 년 전에도 절감했던 그였다. 리오는 다시금 디바이너를 들어 올렸다. 그리고 몸의 기를 최고로 끌어 올렸다. 단 일격에 파르하를 산산조각 내고 레나와 코나의 원망을 덮어쓰겠다는 각오였다.

"절 용서하십시오, 파르하 님. 당신의 예전 모습을 영원히 간직하겠습니다."

리오의 몸에서 피어오르던 아지랑이는 곧 폭풍처럼 거세졌다. 경기장 바닥은 기의 압력을 견디지 못해 빠직 소리를 내며 갈라졌다. 이제 검을 휘두르면 파르하는 전설의 인물이 된다.

"그만해요, 리오 형! 아빠를 죽이지 말아요!"

있는 힘을 다해 뛰어온 코나가 경기장에 올라섰다. 파르하의 도끼를 양손에 든 채 숨을 몰아쉬는 아이 모습에, 리오의 몸에서 뿜어지던 강렬한 기가 사그러들었다.

"코나, 네가 어떻게 여기까지……."

델 파레 마을에 있어야 할 코나가 집에서 가져온 파르하의 도끼를 거머쥔 채 서 있었다.

"그래요! 리오 형이 이겼어요. 아빠보다 강하다고요! 그러니 제발 아빠를 가만히 놔두세요. 아빠를 다시 잃긴 싫다고요. 자콥에게 죽었던 아빠가 어떻게 살아나셨는지는 모르겠지만 제발 멈춰 줘요, 리오 형!"

"죽었다고?"

"아, 물론 죽었죠. 파르하 님은 분명 죽었답니다. 후후후훗."

리오 앞에 적의의 마녀가 사뿐히 내려서며 말했다.

"헛소리 마라! 어떤 마법이라도 죽은 사람의 육체를 저렇게 보존할 순 없어!"

만약 파르하가 좀비였다면 지금도 육체가 썩어 가야 할 텐데, 전혀 그렇지 않았다. 벌레가 들끓기는커녕 몸에서 냄새조차 나지 않았다.

"후훗, 마력이 높은 마법사가 리치로 바뀔 수 있다는 사실, 당신도 아시죠? 자콥 도련님과 그 일당에게 당해 가사 상태에 빠진 파르하 님은 절 상당히 놀라게 했답니다. 보통 인간치고는 정신력이 너무나도 높았기 때문이죠. 후후후훗. 자기가 기른 아이들을 생각하는 마음과 의리, 그리고 충성. 저에겐 너무 맘에 안 드는 항목이지만 파르하 님의 머릿속은 그것으로 꽉 차 있었답니다. 그것을 역이용해 가사 상태에 빠진 이분을 리치로 바꿔 버렸죠. 제 강력한 마력으로 육체를 강화해 탄생한 것이 리치의 전사판, 테러 나이트인 것입니다. 1백 년 전의 레나 이후로 이렇게 멋진 걸작품은 처음이랍니다. 아하하하핫.”

“크윽…… 타르자!”

분을 참지 못한 리오는 살기를 내뿜으며 돌진했다.

리오의 검이 한 줄기 섬광으로 변한 순간, 타르자는 여유 있게 몸을 옆으로 움직였다. 대신 일격을 맞은 바닥은 대폭발을 일으키며 산산이 부서졌다. 타르자는 공중으로 몸을 가볍게 솟구쳤다.

“후훗, 괴롭죠? 당신의 그 표정, 1백 년 전의 그 표정을 얼마나 보고 싶었던지, 후후후훗. 자, 이제 당신을 더욱더 괴롭혀 보겠습니다. 나오세요, 레나 공주님!”

리오의 눈이 귀빈석으로 향했다. 붉은 광채에 휩싸인 레나의 몸이 귀빈석에서 힘없이 딸려 나갔다. 바이칼과 리오의 얼굴은 일순간 굳어졌다.

“그만두지 못해!”

타르자의 몸 위에서 은은히 흐르던 붉은빛이 태양처럼 크게 타올랐다. 갑작스레 높아진 그녀의 마력에 바이칼과 리오는 힘없이 내팽개쳐졌다.

마력이 완전히 개방되자 상공에 떠 있던 구름들은 무언가에 밀리듯 사방으로 퍼져 나갔다. 요기가 실린 거대한 마력 속에서 수도 주민들은 까닭 모를 한기를 느꼈다.

1백 년 전, 리오가 경험했던 타르자의 마력과 지금의 마력은 차원이 달랐다. 이 힘을 예측하지 못하고 떠오른 리오와 바이칼이, 순간 상승한 마력의 압력에 밀린 것은 당연했다. 둘은 급히 몸을 일으켰으나 이미 때는 늦었다.

"이런, 레나!"

리오의 외침에 레나는 겁에 질린 얼굴로 입을 움직였으나 목소리가 나오지 않았다.

"없애 버리겠다, 비열한 마녀!"

리오는 다시금 날아올랐지만 타르자는 피식 웃었다.

손에서 방사된 타르자의 마력에 리오는 다시금 추락했다.

바이칼 역시 분했지만, 타르자가 인질의 목에 손을 가져가자 함부로 움직일 수 없었다. 그녀가 한 수 아래였다면 그가 반응 속도보다 빨리 움직여서 인질을 구했겠지만, 적의의 마녀는 1백 년 전이나 지금이나 만만치 않은 상대였다.

"오랜만에 기분이 좋군요. 물론 몇 번이고 공주님을 납치할 수 있었지만 싫었어요. 당신, 리오의 눈앞에서 공주를 직접 납치해야 1백 년 묵은 체증이 싹 가실 것 같았거든요. 후후후후훗. 하지만 아직도 부족해요. 당신이 더욱 괴로워해야 속이 더 시원할 것 같아요. 자, 기회도 드릴 겸 한 가지 제안을 하죠. 가이라스 왕국으로 오세요."

"뭐라고?"

몸을 일으킨 리오는 의아한 눈길로 반문했다.

"뭘 놀라시나요. 예전에 저와 레나를 처리한 장소가 그곳 아닌가요? 후후훗…… 그곳으로, 테라트 왕세자를 찾아 같이 가이라스 왕국 수도로 오세요. 그때까지 이 레나의 목숨은 보장해 드리죠. 조건을 갖춰서 오시면 아주 재미있는 파티를 열어 드리지요. 파르하 님은 조금 후 정신을 차리실 테니 위안 삼으시길. 그분은 별 이상 없을 겁니다. 왜냐고요? 이것이 그분에게 더 고통스러울 테니까요. 호호호호호홋! 그럼 전 이만……."

손쓸 겨를도 없이 타르자가 레나를 데리고 사라져 버리자, 분노가 극에 달한 리오는 바닥을 거세게 내리쳤다.

"빌어먹을."

그는 참담했다. 항상 승리만 한 것은 아니지만 지금껏 느끼지 못했던 패배감과 치욕감이 그의 분노를 부추겼다. 분노의 대상은 타르자가 아니라, 타르자가 레나를 노릴 것이라고 예상했음에도 아무것도 하지 못한 자신이었다.

"아빠, 누나가…… 누나가……."

바이칼은 묵묵히 파르하를 돌아보았다. 누나를 순식간에 잃어버린 코나는 정신이 나간 아버지의 몸을 붙잡고 서럽게 울었다. 자신을 지배하던 마력의 영향권에서 벗어난 탓에 파르하의 눈과 표정은 완전히 풀려 있었다.

"운이 없군."

바이칼의 나지막한 한마디에는 끝을 알 수 없는 안타까움이 섞여 있었다.

왕은 리오에게, 레나를 찾는 데 사용해 달라며 한 자루의 소검을 주었다. 파라그레이드였다. 하지만 리오에겐 더없이 무거운 짐이었다.

"당신을 믿겠소, 가즈 나이트. 난 괜찮소. 20년간 레나를 기다렸는데, 단 몇 달을 못 참겠소? 허허헛. 아무 부담 갖지 마시오. 난 당신이라는 영웅이 내 앞에 나타났다는 것 하나만으로도 안심이 되니까……."

왕의 작별 인사는 리오의 마음을 더더욱 내리눌렀다. 모든 책임이 자신에게 있는 이상, 어떤 위로의 말도 부담이 되었다.

그는 왕 곁을 떠나며, 파라그레이드에 힘을 넣었다.

"아, 리오다!"

성문 밖에선 바이칼과 리카, 클루토가 아르반 영주와 함께 그를 기다리고 있었다. 아르반 영주에게 먼저 인사를 한 리오는, 아이들 앞에 앉아 쓸쓸히 웃음을 지었다.

"어쩌지? 너희에게 이런 모습을 보여서 미안하구나."

"아냐. 그리고 공주님의 일, 너무 맘에 두지 마. 가즈 나이트가 나타났어도 그 마녀를 막지는 못했을 테니까."

리오가 가즈 나이트라는 사실을 아는 사람은 극소수였다. 그 사실을 모르는 리카의 마지막 말은 리오의 마음을 더욱더 안타깝게 만들었다.

"가이라스 왕국으로 가신다면서요? 같이 가고 싶지만, 가이라스 왕국이 더 위험하다는 말을 듣고 그만두기로 했어요. 말스 왕국에서도 리오의 짐이 되었는데 거기에서까지 그러면 안 될 거라고 생각했거든요."

클루토가 말했다.

"……."

"하지만 리카와 함께 마음속으로 꼭 응원할게요. 리오라면 꼭 성공할 거라고 믿어요."

리오는 아이들을 꼭 안았다.

"고맙다, 애들아."

리오가 출발하려고 일어선 순간, 아르반 영주의 뒤쪽에서 다른 두 명의 그림자가 나타났다.

"떠나는가?"

"아, 아니……."

리오는 놀라움과 송구스러움이 반씩 섞인 표정을 지었다. 겨우
의식을 회복한 파르하가 아들과 함께 서 있었다. 부상 탓에 코나의
부축을 받고는 있었지만 그의 기백은 여전했다.

"아, 오셨습니까, 파르하 님."

"인사가 늦었습니다. 아르반 영주님."

짧은 인사를 나눈 파르하는 천천히 리오에게 다가왔지만 리오는
도저히 그를 똑바로 볼 수가 없었다.

"죄송합니다. 파르하 님."

"고개를 들게."

순간 그가 두꺼운 손으로 리오의 뺨을 내리쳤다. 주위 사람들의
놀람에 아랑곳하지 않고 파르하는 고개를 숙인 리오에게 큰 소리
로 말했다.

"지금 나에게 뺨을 맞은 자는 누구인가. 자네의 지금 모습은 한
달 전, 내 딸과 다름없는 레나 공주님을 맡았던 그 패기 넘치는 청
년의 모습이 아냐! 한 번의 실패를 이렇게 두려워하는 남자였나?
리오 스나이퍼라는 자는?"

"……."

"기사라면 실패했을 때 서슴없이 목을 내밀 수 있는 당당함이 있
어야 하네. 그런데 지금 모습은 뭔가?"

"……."

"실패를 두려워하지 말고, 다시 닥쳐올 시련과 싸우게. 나약한
모습을 보일수록 사람들은 자네를 믿지 않게 돼. 말로만 믿어 달라
고 하지 말고 행동으로 보여 주게! 당당함을, 그리고 강함을!"

"알겠습니다."

리오는 쓸쓸히 웃으며 파르하를 바라보았다. 호령하던 전 7호장

은 그제야 웃으며 상대의 어깨를 두드렸다.

"내 비록 그 마녀에게 치욕을 당해 자네를 방해했지만, 자네가 레나 공주님을 모셔 오길 기다리겠네. 아들과 함께 말이야."

"저도 믿어요, 형! 예전에 형이 절 구해 주셨을 때처럼, 누나를 꼭 그 나쁜 마녀에게서 구해 주세요."

"그래. 반드시 그러마!"

리오는 코나의 작은 손을 굳게 잡아 주었다.

3장
가이라스 왕국

1

유벤토 평원에 나타난 회색 거한

가이라스 왕국의 유벤토 평원.

"이봐 들었나? 스탁튼 중장님 부대가 전멸했다는 소식 말일세."

"아, 아까 저녁 식사를 하면서 들었네."

중년 병사는 물고 있던 담배를 던지며 씁쓸히 대답했다.

그날 정오, 가이라스 해방군 산하 '드벨론 연합' 본부엔 선발대 3천여 명이 당했다는 비보가 전해졌다. 소식을 전한 정찰병은 반쯤 정신이 나간 상태로 전멸 상황을 설명했다.

"시체 대부분이 수습할 수 없을 정도로 사방에 흩어져 있고, 내장이 파헤쳐진 끔찍한 형체로 널브러져 있습니다. 시체들이 군데군데 군집해 있는 것으로 보아 휴식 시간 중 기습당한 것으로 생각됩니다만……. 그런데 이상하게도 적군으로 보이는 시체는 하나도 보이질 않습니다. 정규군 녀석들이 그 정도로 잔인할 줄은…… 사람으로서 그런 만행을 저지르다니……."

두 병사는 각자가 접한 소식을 떠올리며 한숨을 지었다. 아무리 전쟁이지만 시체를 부수고 내장을 모조리 파헤칠 정도의 잔혹함을, 그것도 같은 민족에게 그럴 수 있는지 의심이 들었다.

"그 친구들, 너무 쉽게 당해 버렸어. 설마 '템플러'들에게 당한 게 아닐까?"

"예끼, 이 친구야, 템플러가 아무리 무시무시한 부대라고는 하지만 사람 내장을 가지고 놀 정도로 광적인 집단은 아니야. 가이라스 정규군의 정예부대 중에서 그런 행동을 할 부대는 없어. 저번에 자네도 들었지 않나. 예전의 마스터 템플러가 아직까지 있었다면 템플러들도 우리 해방군에 들어왔을지 모른다는 소문 말일세."

"흠. 어쨌거나 어떤 미치광이 부대인지는 몰라도 우리가 상대하진 않았으면 좋겠군. 난 아직 죽긴 싫거든."

병사는 친구의 말을 들으며 담배를 꺼내 물었다. 그리고 연기를 길게 내뿜으며 평원 위로 내리깔린 석양을 천천히 돌아보았다.

병사의 눈에, 석양을 등진 한 거한의 그림자가 들어왔다.

걸을 때마다 꿈틀거리는 거대한 근육질, 그리고 족히 2미터는 넘어 보이는 그 거한은 천천히 두 병사 쪽으로 다가왔다. 석연치 않은 분위기 탓에 병사들은 잔뜩 긴장한 얼굴로 무기를 들었다.

"이봐! 양손을 머리에 올리고 정체를 밝혀라! 이곳은 가이라스 해방군 소속 드벨론 연합 본부다!"

경고에도 불구하고 거한은 계속 다가왔다. 이윽고 두 병사의 앞에 선 거한은 하얀 치아를 드러내며 웃었다.

"크크크큭…… 찾아오긴 제대로 찾아온 모양이군……."

뒤에 보이는 석양처럼 깊게 깔린 그의 음음한 미소와 점점 붉어지는 안광에 병사들은 무기를 떨어뜨리고 말았다.

"처음이 중요하지. 크크크크큭……."

거한이 손을 뻗어, 병사들의 머리를 잡고 간단히 공중으로 들어 올렸다.

"크크큭…… 죽어라……."

"아, 아악."

비명은 머리가 으깨지는 소리와 함께 희미하게 사라졌다. 거한은 두개골이 으깨진 시체를 양쪽으로 내던졌다. 손에 묻은 피 섞인 뇌수를 혀로 핥은 거한은 만족한 듯 미소를 지으며 등에 멘 검을 잡았다.

"크크큭…… 크하하핫. 죽여 버릴 테다"

그는 대형 곡도(曲刀)를 앞세워 본진을 향해 돌진했다.

"습격이다! 적의 습격이다."

본진의 병사들은 깜짝 놀라며 광인에게 달려들었지만 아무 소용 없었다. 마치 사람들 발에 밟히는 개미 떼처럼, 병사들은 곡도에 짓이겨지며 순식간에 시체로 변해 갔다. 화살도, 마법도 전혀 통하지 않았다. 그 어떤 것도 광인을 멈추게 할 수 없었다.

"신이시여…… 으아아악!"

총사령관의 처절한 절규를 끝으로, 드벨론 연합은 채 한 시간도 안 돼 전멸했다. 너무도 간단히 적을 초토화시킨, 타인의 피로 범벅이 된 특이한 회색 피부의 장본인은 승리를 자축하듯 계속 미친 듯이 웃어 댔다.

2

지원군, 그리고 엇갈림

"아저씨, 차 안 빼!"

"젠장, BSP(Biobug Sweep Police: 유전자 조작으로 생성된 괴물, 바이오버그를 처리하는 유엔 특수부대)라고 뻐기는 거야, 뭐야! 구식 2륜 오토바이 주제에……."

"바람만 불면 비틀거리는 자기 부상 승용차보다는 훨씬 나아! 공무 집행 방해 말고 꺼져!"

"휴가가 공무냐! 엿이나 먹어, 머저리야!"

그의 차는 수소 엔진 시동 소리와 함께 공중으로 둥실 떠올라 소음 없이 도로를 따라 사라졌다.

"휴가 첫날부터 이게 뭔 꼴이야!"

지크 스나이퍼, 24세. 정식 직업은 BSP. 휴가 첫날부터 약간의 마찰을 빚은 그는 주차장 옆의 잔디를 세게 걷어차며 분을 풀었다.

"자기들 지키려고 매일 목숨 거는 우리한테 뭐? 기분 더러운 날이군, 정말!"

지크는 반 스포츠형 금발을 긁적이며 투덜댔다.

그는 오토바이에 몸을 실으며 붉은 재킷 속의 열쇠를 매만졌다.

"그럼 어디로 가 보실까나?"

"여기 있었군."

갑자기 들려온 낮은 음성에, 지크는 움찔하며 뒤를 돌아보았다. 그의 뒤엔 눈을 감은 듯 만 듯한 푸른 장발의 미남이 덤덤하게 서 있었다. 지크는 활짝 웃으며 오토바이에서 내렸다.

"슈렌 님이 아니신가! 여긴 어쩐 일이야? 할아범이 휴가라도 준 거야?"

슈렌 스나이퍼의 본명은 슈리메이어 반 스나이퍼. 그는 단정한 푸른 장발을 흔들었다.

"리오를 지원하라는 명이야. 같이 가자."

"가다니, 어딜?"

오랜만에 만난 의형제가 갑자기 임무 얘기를 하자, 지크는 의아한 얼굴로 되물었다.

"리오가 있는 차원계에서 일이 생각보다 커진 것 같아."

"설마, 판타지 랜드?"

"음."

지크는 말도 안 된다는 듯 고개를 내저었다.

"절대 그럴 순 없지. 난 노송나무에 꽃필 때나 얻을 수 있는 특별 휴가를 즐기는 중이야. 게다가 거기는 TV도 안 나올 텐데. 이거 봐!"

"가자."

슈렌은 의형제의 목을 팔로 감싼 채 그를 어디론가 끌고 가기 시작했다. 결국 지크는 슈렌의 팔을 풀며 말했다.

"알았어! 같이 갈 테니, 무기나 챙기고 가자. 오토바이도 저기 그냥 놔두면 불량 꼬마들에게 분해당한다고!"

지크는 부랴부랴 무기를 챙기고, 휴게소에 오토바이를 맡겼다. 그가 챙긴 무기는 흑색 칼집에 담긴 늘씬한 칼 한 자루뿐이었다.

준비를 마친 지크는 목이 두꺼운 자신의 글러브를 단단하게 죄며 돌아왔다.

"그런데 그 세계하고 이 세계하고 '시간 차이'는 어느 정도야? 일주일 안에 돌아와야 할 텐데……."

"이 세계에서의 하루가 그 세계에선 한 달 정도겠지."

슈렌이 차원문을 열었고, 둘은 곧장 다른 차원을 향해 출발했다.

수를 셀 수 없을 정도로 다양한 차원계를 넘나들며 임무를 처리해야 하는 그들은 언제나 시공 차이를 감안해야 했다. 그런데 다른 차원계라고는 '신계'밖에 가지 못한 지크에게는 계산하기 어려운 개념이었다. 물론 그의 머리가 단순해서이기도 하지만…….

어찌 보면 길고, 어찌 보면 짧은 '차원의 회랑'을 통과한 둘은 무사히 목표 지점에 도달했다.

차원문 밖으로 나온 지크는 일순간 몸을 휘감는 더위에 인상을 찡그렸다. 기후가 갑자기 달라졌기 때문이다.

"이렇게 더운 세계라고 말했어야지!"

그는 소매를 걷으며 소리쳤다. 의형제는 아무런 말도 없었다.

한편 마법으로 바꿨던 복장을 원래대로 되돌린 슈렌은 팔을 앞으로 뻗으며 정신을 집중했다.

"소환, 그룬가르드!"

긴 화염과 함께 적갈색 창이 나타나자, 슈렌은 즉시 창을 헝겊으로 감아 나갔다. 지크는 머리를 긁적이며 물었다.

"뭐, 꼭 그렇게 감고 다닐 이유라도 있어? 어차피 여기선 신기한 무기도 아닐 텐데……"

"사생활이야."

"……"

지크는 입을 삐죽 내밀었다.

그들의 현재 위치는 한 건물 뒤편. 다행히 차원문이 사람들의 눈에 띄지 않는 장소에서 열린 덕에 그들은 별 어려움 없이 행동할 수 있었다.

"와, 대단한데."

거리로 나온 지크의 입에서는 절로 탄성이 터져 나왔다. 자신이 살던 세계와 다른 탓도 있었지만, 눈앞에 펼쳐진 '판타지 랜드'의 모습은 신기하기만 했다.

"이야, 진짜 촌스러운걸! 복장도 희한한데그래!"

"저들의 시선엔 네 복장이 더 희한할지도 몰라."

슈렌은 언제나 차분히 얘기했다. 지크는 이해한다는 듯 고개를 끄덕였다.

"하긴. 그런데 리오는 어디 있어? 장소나 시간 등은 약속해 뒀겠지?"

"아니. 하지만 감각으로 찾을 수 있어"

"……"

지크는 될 대로 되라는 듯 고개를 내저었다.

둘은 곧바로 현재 위치를 알기 위해 이곳저곳 돌아다녔다.

대충 알아낸 정보로, 현재 그들이 있는 장소는 '루아스' 대륙의 중부 지역 항구도시 '퍼니오드'였다. 루아스 대륙 전체가 가이라스 왕국 영토이므로 슈렌은 일단 안심했다. 가이라스 왕국에서 리오를 만날 수 있다는 얘기를 들었기 때문이다.

"뭔가 감각이 와?"

지크가 물었다.

"아니."

"젠장. 이봐, 여기가 어딘지 알았으니 좀 쉬자고. 한 시간이나 이 거대한 항구도시를 계속 돌아다녔잖아. 난 낙타가 아니니, 목을 좀 축여야겠어."

슈렌은 그를 따라 묵묵히 주점 쪽으로 방향을 바꿨다.

뱃사람들과 상인들이 들르는 주점은 시끌벅적하다가 순식간에 긴장감이 감돌았다.

인상이 좋지 않은 가이라스 병사 십수 명이 가게 안으로 밀고 들어와 테이블 하나를 완전히 둘러쌌다.

건장한 남자 두 명과 옅은 노란색 단발 여성이 면담을 끝냈다.

"나중에 봅시다, 누님. 제의는 생각해 보겠습니다."

"수고하슈."

남자 둘이 슬그머니 사라지자, 투구를 삐딱하게 쓴 병사가 불량스러운 폼으로 여자에게 물었다.

"아가씨가 해방군을 모은다고 남자들을 꼬셔 간다는 스카우터인가?"

"그렇긴 한데 정규군이 웬일이죠? 퍼니오드는 노예를 거래해도 별 문제 없는 자유도시 아닌가요?"

옳은 말이긴 했지만, 해방군을 눈엣가시처럼 여기는 정규군으로서는 이 여자의 존재가 신경에 거슬릴 게 당연했다.

"쳇, 이국의 왕자 따위가 조직한 패거리의 암캐 주제에 입은 살았군. 어쨌거나 넌 우리에게 조사를 받아야…… 응?"

순간 테이블 위의 술병이 병사의 안면에 날아들었다.

"꺼져, 개 같은 녀석들!"

여자의 날카로운 목소리와 함께 병사 한 명이 주점 문을 뚫고 길바닥으로 튕겨 나갔다.

지크와 슈렌은 갑작스런 상황에 걸음을 멈추었다. 물론 근처를 지나가는 주민들도 마찬가지였다. 여자 한 명이 거칠게 주점 문을 박차고 나왔다.

"정말 해보자는 거지?"

옅은 노란색 단발의 여자는 이를 부드득 갈며 검을 뽑았다. 기세나 자세가 지크와 슈렌의 눈에도 초짜처럼 보이지 않았다. 뒤따라 건장한 병사 십수 명이 주점에서 몰려 나왔다.

"아직도 입을 나불대는구나, 건방진 것! 널 없애 버리겠다!"

"덤벼, 자식들아!"

싸우려는 이유가 무엇인지는 몰라도 일단 여자 쪽이 더 맘에 든 지크는 재미있다는 듯 자신의 주먹을 풀기 시작했다.

"헤헷, 이거 기사도 정신이 발동하는걸?"

상황을 모르면 움직이지 않는 성격인 슈렌이 그를 제지했으나, 지크는 안심하라는 듯 윙크를 했다.

"판타지 랜드에 대한 적응 훈련일 뿐이라고. 빨리 끝낼 테니 구경이나 해."

지크는 물 만난 고기처럼 만면에 미소를 띤 채 병사들에게 소리쳤다.

"멈춰라, 이놈들! 아가씨 한 명을 그렇게 여럿이 공격하려 들다니, 남자로서 부끄럽지도 않나? 그 아가씬 내가 개인적으로 혼내 줄 테니 친구들은 근무처로 꺼지시지. 안 그러면 엉덩이를 차 주겠어."

병사들은 지크 쪽으로 눈을 돌렸다. 블루진 바지와 빨간색 스포츠형 재킷을 입은 지크의 모습에 병사들은 웃음을 터뜨렸다.

"푸하하. 어디서 굴러 온 건달인진 모르지만, 감히 정규군인 우리 일을 방해해? 이 사무엘 소위님에게 한번 터지고 싶냐?"

자신의 계급을 당당히 밝힌 병사가 훈련으로 단련된 주먹을 뻗는 순간, 지크가 검은색 글러브를 낀 주먹을 뻗어 한 방에 날려 버렸다.

"조금은 안 아프게 만져 줄 테니 덤벼 봐, 양치기 소년들!"

지크가 병사들의 하얀색 제복을 비꼬았다. 분명 병사들의 목표를 지크에게 돌리기에 충분한 말이었다.

"이 자식, 너부터 혼내 주마!"

검을 든 병사들이 지크에게 달려들었다. 그러나 미리 자세를 잡고 있던 지크가 질풍처럼 몸을 날리자, 한 방에 한 사람씩 병사들은 비명 한 번 제대로 지르지 못한 채 의식을 잃고 바닥에 쓰러졌다.

"무명도(无冥刀)를 쓸 가치도 없는 녀석들이군?"

지크는 특유의 장난기 어린 미소를 지으며 어깨를 으쓱였다.

그의 천진난만함과 장난기는 주위 사람들을 단번에 빨아들이는 매력으로 작용하지만, 중요한 전투 시에도 장난기가 넘치고 덜렁댄다는 것이 문제였다. 그러나 근접 격투나 대인 전투에서 타의 추종을 불허하는 기술은 그 단점을 메우고도 남을 수준이었다.

슈렌도 그것을 알고 있었기에 처음에만 그를 제지했다.

"잠깐! 당신들, 나하고 얘기 좀 할래요?"

다른 곳으로 가려는 구원자를 부르는 그녀의 목소리는 병사들에게 뿜었던 무서운 목소리와는 달리, 가냘프고 절박했다. 성격 좋기로 유명한 지크는 입을 삐죽 내밀며 그녀 쪽을 바라보았다.

"젊은 언니, 뭐유?"

"어렵지 않으시면 안에 들어가시겠어요? 제가 답례로 한잔 살 테니까요."

"헤에…… 그래요? 나쁠 건 없죠! 가자, 슈렌!"

뭔가 될 만한 물건을 잡았다는 그녀의 표정을 얼핏 본 슈렌은 그녀를 경계하고 있었지만, 지크는 마음놓고 선뜻 주점 안으로 향했다.

"캬, 끝내주는데!"

과즙 한 잔을 단번에 들이킨 지크는 갈증이 풀렸다는 듯 길게 탄성을 질렀다. 슈렌은 냉수로 가볍게 목을 축였다.

분위기를 살피던 옅은 노란색 단발의 여성은 곧 자신을 소개했다.

"전 가이라스 해방군 소속의 포르테 토빌스키라고 해요. 여러분과 같은 강자를 찾기 위해 가이라스 전역을 떠돌고 있는 중이죠."

"해방군? 그게 뭔데요?"

"……?"

지크가 서비스로 나온 빵을 씹으며 묻자, 포르테는 의아해했다. 사실 해방군이 비밀스러운 존재이긴 해도 타국 사람이 아닌 이상 이렇게까지 모를 리 없었다. 포르테는 헛기침을 하며 다시 말했다.

"아주 큰 단체입니다. 왕비 일족의 폭정으로 억압받고 있는 가이라스 사람들을 구하고자 결성된 국민 군대지요."

"그래요? 아! 그럼, 아가씨, 리오라는 녀석을 알고 있나요?"

"성함을 정확히 말씀해 주세요. 아는 분일지도 모르겠군요."

포르테는 생각되는 바가 있어 너스레를 떨며 아는 척을 했다.

그 유도 심문에 지크는 활짝 웃으며 의형제의 이름을 명확히 말했다.

"리오 스나이퍼라고 해요."

"아아, 리오 스나이퍼! 알고 있어요. 현재 총사령관님이 계신 곳에서 맹활약을 하고 있습니다. 정말 놀랍도록 강한 분이시죠."

리오 스나이퍼를 잘 안다는 듯이 포르테가 둘러대는 말에 지크와 슈렌의 눈은 일순간 반짝였다.

"아아, 그래요? 그 사령관이라는 분이 계신 곳이 어딘가요?"

포르테는 속으로 쾌재를 불렀다.

"여기서 멀진 않답니다. 아마 보름이면 도착할 거예요."

"좋아요. 함께 가도록 하죠. 하하하."

지크는 그녀의 어깨를 두드리며 웃었다.

슈렌은 고개를 슬며시 저으며 남은 물을 들이켰다. 아무 의심 없이 타인을 믿는 지크 때문이었으나, 그는 특별히 거부감을 표시하지 않았다. 포르테가 좋지 않은 목적으로 자신들을 속인다고는 생각되지 않았다.

"거기 계신 일행분은 성함이……?"

슈렌 쪽으로 시선을 돌린 포르테는 사춘기 소녀처럼 두근거리는 가슴을 진정시키며 물었다. 조각과도 같은 얼굴, 깔끔하고 결이 좋은 푸른 장발, 슈렌의 외모는 남성적인 매력이 넘쳐 났다.

"슈렌이라 합니다. 본명은 슈리메이어 반 스나이퍼입니다."

슈렌의 소개에 지크도 자기 소개를 미처 하지 않은 사실이 기억난 듯, 자신을 소개했다.

"아, 난 지크. 지크 스나이퍼라고 해요. 잘 부탁합니다."

두 사람의 대조되는 분위기와 말투에 포르테는 흥미를 느꼈다.

게다가 아까의 실력으로 미루어, 이들이라면 최근 해방군 사령부 두 곳을 쓸어 버린 정체 불명의 광인, 일명 '루나틱 나이트'를 이길 수 있을 것이라는 생각도 들었다.

그때 낯익은 목소리가 셋의 귀를 괴롭혔다.

"도망을 쳤으면 살 수 있었을 것을…… 너희는 사람 잘못 건드렸다!"

"어? 아까 한 방에 나가떨어졌던 얼간이잖아?"

지크는 귀찮다는 표정을 지었으나 포르테는 긴장했다. 창밖으로 보이는 창끝의 그림자 때문이었다.

"이런, 병사들에게 포위됐어요! 아아, 내가 바보였지. 장소를 옮겼어야 하는데…… 어쩌죠? 방법이 없을까요? 뒷문? 아냐!"

포르테는 겁을 먹었는지 다급하게 말했다.

"계산하고 기다리십시오."

창을 감싼 헝겊을 풀며 슈렌이 일어나자, 그의 무모함에 놀란 포르테의 눈과 입이 벌어졌다.

지크는 딴청을 피우며 포르테의 옆구리를 찔렀다.

"우리는 양고기나 먹죠."

슈렌은 입구에 서서 거리를 새까맣게 메운 병사들을 묵묵히 둘러보았다. 반 수 이상이 더운 날씨에도 불구하고 갑옷을 두껍게 걸친 중장갑 창병이었기에, 그는 생각보다는 편히 그들을 보낼 수 있을 거라고 생각했다.

사실 그들에겐 서 있는 것 자체가 고문이었다.

"정규군인 우리를 건드리고도 음료수가 목에 넘어가더냐? 이젠 피를 삼켜야 할 거다! 이 사무엘 소위를 우습게 본 대가를 치르게 해 주마!"

"음……."

슈렌은 사무엘을 지나치며 고개를 끄덕였다.

당황한 표정의 사무엘을 뒤로한 그는, 거리 중앙에 선 채 눈을 살짝 뜨며 병사들에게 말했다.

"돌아가라."

지면을 창끝으로 찍자, 폭음을 동반한 진동이 병사들 다리를 스치고 지나갔다.

속임수였을까. 하지만 다리에 전해진 감각은 비둘기 마술 같은 눈속임과는 차원이 달랐다.

"뭐야? 너희들, 왜 그래!"

사무엘의 눈은 장발 남자 쪽에서 병사들에게로 향했다.

"돌격해! 너희는 수십이고, 저 녀석은 하나다! 뭘 망설이고 있는 건가?"

"젠장."

병사들은 주춤했다.

성격 나쁘기로 소문난 자신들 상관을 따를 것인가, 아니면 일순간 수십의 오금을 저리게 한 괴한을 따를 것인가.

"고민할 필요 없어."

그들의 선택은 슈렌의 손바닥 위에서 화염이 솟는 순간 결정되었다.

"죄송합니다, 소위님! 귀대하겠습니다!"

"뭐라?"

당황해하는 상관을 남겨 두고, 대부분의 병사들은 도망치듯 거리를 빠져나갔다.

슈렌은 싱겁다는 듯 한숨을 내쉰 뒤, 가엾은 사무엘을 남기고 주점 안으로 들어갔다.

"벌써 와? 하여튼 빨리 오라고. 고기 맛이 죽여 줘."

지크는 막 구워져 나온 양고기 한 점을 들며 즐거워했다.

"됐어."

채식주의자 슈렌은 자리에 다시 앉아 묵묵히 적갈색 창을 헝겊으로 감아 나갔다.

'오늘은 운이 정말 좋아.'

조금 전 이들을 데리고 들어왔을 때, 자신이 모시는 이국의 왕세자가 기뻐하는 모습을 절로 떠올렸던 포르테는 자신도 모르게 미소를 지었다.

"잠깐! 혼자 다 드시면 어떡해요!"

그러나 접시에 담긴 양고기가 깨끗이 비워진 것을 뒤늦게 알아차린 그녀는 화가 나 소리쳤다. 지크는 막 입에 넣으려던 고기 한 점을 포르테 입에 넣어 주며 능청을 떨었다.

"미안하지만…… 양고기들이 자신들을 먹어 달라며 육수 섞인 눈물을 흘리는 바람에…… 저도 이러고 싶지는 않았답니다. 고기가 죄지, 사람이 죄인가요……."

"……?"

포르테는 고기를 씹으며 어이없는 표정을 지었다.

도대체 퍼니오드라는 도시에 얼마 동안 있었을까.

'휴…… 큰일이군.'

리오는 막대 사탕을 입에 문 채 침대 위를 뒹구는 바이칼을 바라보며 한탄했다.

말스 왕국을 떠난 지 열흘, 그러나 일은 전혀 진전이 없었다. 테라트 왕세자를 찾는 것이 급선무였지만, 테라트가 누구인지도 모르는 사람이 대다수라 지금까지 모은 정보는 너무나도 부실했다.

"오늘도 또 나갈 건가."

사탕을 빨던 바이칼은 헝클어진 머리를 가늘고 흰 손가락으로 빗으며 물었다.

말투는 여전히 냉랭했지만 리오의 귀엔 투정으로밖에 들리지 않았다. 리오는 미소 지으며 답했다.

"날도 더운 것 같으니, 오늘은 쉬자."

"그 말을 듣고 싶었다."

바이칼이 대꾸하자 리오는 다시금 한숨을 내쉬었다.

"⋯⋯?"

그때였다. 갑자기 여관 밖에서 느껴진 정체불명의 성력(聖力)에 둘은 동시에 눈을 크게 떴다. 리오는 황급히 창문을 열어젖혔다.

"낮은 단계의 신성 마법 같은데, 뭐에 쓰려고⋯⋯."

바이칼은 창밖을 내다보았다.

"여러분, 이러시면 안 됩니다!"

"닥쳐라!"

여관 앞에서 가이라스 왕국에서 가장 신자가 많고 신앙도도 높은 '레호아스교'의 수녀들과 정규군 병사 몇 명이 실랑이를 벌이고 있었다.

인솔자로 보이는 수녀는 검에 중상을 입은 젊은이에게 치유 마법을 사용하고 있었다. 리오와 바이칼이 느낀 성력의 주인공은 그녀였다. 겁에 질린 다른 수녀들과는 달리, 그 수녀는 차가울 정도로 침착한 표정으로 젊은이를 치료했다.

응급치료를 마친 수녀는 다른 수녀들에게 젊은이를 맡긴 뒤 얇고 긴 눈썹을 살짝 찡그리며 타이르듯 말했다.

"아무리 퍼니오드가 무법지대라 하지만, 인간이 가진 양심까지 저버릴 수 있습니까? 어떻게 가이라스 왕국의 정규군 여러분이 국민에게 함부로 검을 쓸 수 있습니까."

"웃기지 마! 그 녀석은 노예를 숨기고, 이 사무엘 소위님께 대들었어! 검으로 찌르든, 굶주린 사자들에게 던지든 내 맘이야. 계속 따지고 든다면 레호아스교 수녀라 해도 용서하지 않겠다!"

사무엘은 약간 튀어나온 험상궂은 눈을 부라리며 피 묻은 검을 들이댔다. 그러나 위협에도 불구하고 수녀는 여전히 침착한 표정으로 고개를 저었다.

"노예가 아니라 사람입니다. 다른 사람도 아니고 이분의 동생이었습니다. 이분은 정당히 가족을 지켰을 뿐입니다."

"시끄럽다!"

"법과 권력이 당신들을 어쩌지 못한다 해도 국민과 레호아스 신께선 용서하지 않으실 겁니다."

"이것이 그래도!"

사무엘은 이를 갈며 검을 치켜들었다.

"키세레 수녀님!"

주위의 수녀들이 비명을 질렀다. 그리고 수녀는 눈을 감으며 레호아스 신에게 조용히 기도를 올렸다.

순간 사무엘의 투구 위로 꽃병이 내리꽂혔다. 주위에 둘러선 병사들의 몸도 그 충격에 흔들렸다.

"소위님!"

깡마른 그는 그 자리에 쓰러졌다. 이 갑작스런 일에 구경꾼들과 병사, 그리고 수녀들은 약속이나 한 듯 동시에 위쪽을 쳐다보았다.

"아프겠군."

리오는 시원스레 손을 탁탁 털었다.

"이 녀석……."

사무엘은 머리의 흙을 털며 일어났다.

투구 덕분에 그리 큰 부상을 입진 않았지만, 충격에 머리가 빙빙 돌고 사물들이 흐릿하게 겹쳐 보였다. 그는 머리를 흔들어 시야를 회복한 즉시, 훼방꾼에게 소리쳤다.

"이게 무슨 짓이냐, 빨간 머리! 살고 싶지 않은 게냐."

"넌 휴식을 취하고 있는 나와 내 친구를 시끄럽게 방해했어. 더 이상 난폭하게 행동하면 정규군이라 해도 용서치 않겠다."

"뭐?"

자신의 조금 전 말투로 자신을 꾸짖다니……, 사무엘은 잠시 멍한 표정을 지었다.

"저 녀석을 끌어내라! 뭘 하는 건가?"

"더운데 병사들 고생시킬 필요는 없겠지. 내가 내려가겠다."

리오는 벽에 세워 둔 디바이너를 들고 창밖으로 몸을 날렸다.

사람들의 눈이 휘둥그레졌다. 리오의 방은 4층. 보통 사람이라면 몸이 온전할 리 없는 높이였다.

사람들의 끔찍한 예상과는 달리, 리오는 가뿐히 착지했다.

사무엘은 당황했다. 이틀 전에도 그랬는데 괴물 같은 녀석이 또 나타난 것이다.

"쳇, 운이 좋았다, 빨간 머리! 이 사무엘 님이 오늘만큼은 그냥 넘어가 주마."

다른 녀석들이라면 지금쯤 부하들과 함께 달려들었을 텐데, 순순히 물러가다니 의외였다.

'누구한테 크게 당했나……?'

리오는 의문을 뒤로하며 수녀들을 바라보았다.

"모두 괜찮으십니까?"

수녀들은 고개를 끄덕였다.

위협을 당했던 수녀가 다가와 고개를 숙였다.

"도와주셔서 감사합니다. 그럼…….'"

그녀는 간단히 인사하고 부상당한 남자에게 다가가 치료를 마무리했다. 겉으로 보이는 나이에 비해 수준급의 성력이었다.

리오는 이 정도의 인물이라면 자신이 찾는 인물에 대해서도 약간은 알 수 있을지 모르겠다는 조심스러운 예상을 해보았다.

"저, 한 가지 여쭤 봐도 될까요?"

"예, 말씀하십시오."

그녀는 치료에 열중하며 대답했다.

"테라트 클레오 덴…… 이란 분을 아십니까?"

"무슨 목적으로 그분을 찾으시죠?"

"그분을 찾기 위해 말스 왕국에서 왔습니다. 중요한 일 때문에 그러니 그분이 계신 곳을 말씀해 주실 수 있으시겠습니까?"

"그분을 찾는 사람은 셀 수 없이 많습니다. 당신이 사악한 분인지, 그렇지 않은 분인지 제 능력으로는 알 수가 없어 말씀드릴 수가 없군요. 죄송합니다."

"흠, 그렇군요. 그럼 제가 어떻게 해야 저의 진심을 아시겠습니까?"

"검을 버리십시오."

"……?"

"검이란 것은 타인의 목숨을 빼앗는 도구일 뿐, 그 이상도 그 이하도 아닙니다. 검을 자신 있게 버리신다면 그분에 대해 말씀드리겠습니다."

"……."

치료를 끝낸 수녀는 리오를 바라보며 말을 맺었다.

리오는 한참 동안 말이 없었다. 물론 그녀의 당돌함에 화가 나서 그런 것은 결코 아니었다. 어떻게 하면 검을 버리지 않고 그녀를 믿게 할 수 있을지 고민했다.

문득 그녀의 목에 걸린 은제 십자가가 눈에 띄었다.

"그럼 여쭙겠습니다. 당신은 목에 걸린 십자가를 버릴 수 있습니까?"

"……."

"그 십자가는 단순한 종교의 상징물이 아니라 당신의 정의겠지요. 제 정의는 이 검입니다. 비록 최선의 선택은 아니겠지만, 저는 지금까지 부끄럽지 않게 살아왔습니다."

리오는 말을 이었다.

"물론 검이란 것 자체가 위험한 도구라는 사실은 아무리 정의라는 멋진 단어로 치장해도 변하지 않습니다. 그러나 검은 자신의 의지를 가지지 못합니다. 단순한 도구일 뿐이죠. 하지만 이 검 안엔 제가 지금껏 실천한 정의가 담겨 있습니다. 만약 당신께서 한사코 이 검을 버리라고 하신다면 전 당신의 답변을 포기하겠습니다."

"……."

수녀는 한동안 말이 없다가 결심한 듯 입을 열었다.

"여기서 말씀드릴 문제가 아닌 듯싶군요. 그리고 그분에 대한 것은 저보다 장로님께서 더 잘 아십니다. 저희가 당신을 교회까지 안내하겠습니다."

수녀의 대답은 확실한 긍정이었다.

"감사합니다."

리오는 안도의 한숨이 섞인 미소를 지어 보였다.

한편 창가에 앉아 아래쪽을 지켜보던 바이칼은 씁쓸한 표정을 지으며 짐을 챙기려고 일어섰다.

"수녀까지 무차별로 꼬시는군."

수녀들은 일렬로 길을 걸어갔다. 그 뒤를 따르는 리오와 바이칼 역시 수녀들처럼 앞뒤로 걸었다.

도시를 벗어난 그들에게 보이는 것은, 광활하게 펼쳐진 밭과 가끔 보이는 집, 그리고 그린 드래곤이 산다는 높다란 폴카 나무 숲뿐이었다. 폴카 나무는 멀리서 보면 위로만 길쭉하게 자라 있어 애처롭게 보이지만, 실제 가까이서 보면 높이와 두께에서 웬만한 대형 신전의 기둥을 압도했다. 한 그루만 베어도 집 두 채는 거뜬히 지을 수 있을 정도였다.

숲 속에 난 길을 지날 무렵, 바이칼은 앞서가는 친구에게 물었다.

"말스 왕국에선 레브라 신을 모시는데, 이 동네에선 레호아스 신을 모시는군. 차이가 있나?"

바이칼의 질문에, 리오는 고개를 끄덕였다.

"선신 계열이신 레브라 님은 영광과 충성, 같은 계열의 레호아스 님은 탐구와 진취의 상징이지. 아마 양 대륙의 특성 때문일 거야. 가이라스 왕국은 미개척지가 많거든."

바이칼이 눈썹을 꿈틀댔다.

"레브라 신은 성격이 좀 더럽던데……."

"아아, 그분은 약간의 흠도 그냥 지나치시지 않거든. 나도 혼이 난 적이 있지."

"그렇군. 아, 저번에 레호아스 신이 손자를 보았다고 하던데……."

리오는 머리를 가볍게 긁적이며 답했다.

"음, 건강한 남자아이야. 아마 슈렌이 축하 사절로 갔을걸? 난 그 동네에 미운 털이 박혀서 갈 수가 없었지. 후훗……."

그들의 대화를 바로 앞에서 듣고 있던 수녀는 깜짝 놀랐다.

'성격이 더럽다니? 손자는 또 뭐지?'

하지만 아무리 생각해 봐도 뜻을 알 수 없었다.

쿠오오오오.

그때 숲 저편에서 이상한 소리가 들려왔다.

수녀들을 인솔하던 상급 수녀 키세레의 눈이 휘둥그레졌다.

"그린 드래곤이에요! 모두 피하세요!"

다른 대륙의 수녀보다 간편한 복장을 한 수녀들은 뒤쪽을 향해 뛰기 시작했다.

키세레 역시 물러나려는데, 그녀의 눈앞에 지루한 표정으로 서 있는 두 명의 남자가 들어왔다.

"여러분, 뭘 하시는 겁니까! 그린 드래곤에게 당하고 싶으신가요!"

"이 숲에 사는 그린 드래곤이 그렇게 흉폭합니까?"

리오의 반응에 상급 수녀의 몸이 굳어졌다. 게다가 다음에 이어진 미청년의 말은 더욱 기가 막혔다.

"꼬마 녀석이라 그래. 정말 귀찮군."

바이칼은 짧은 한숨을 내쉬며 앞으로 걸어갔다.

그때 어두운 숲 저편에서 녹색 드래곤 하나가 질풍처럼 달려왔다. 육중한 몸에서 나오는 스피드는 그야말로 엄청났다.

「인간들! 이곳에서 썩 물러나라! 그러지 않으면 잡아먹겠다!」

드래곤의 목소리는 숲 전체를 뒤흔들었다. 그러나 바이칼은 코웃음 칠 뿐이었다.

"드래곤 퍼피 주제에 감히……."

「저리 비켜!」

들소처럼 내달리던 드래곤은 바이칼을 본 순간 급히 멈췄다. 미청년은 드래곤을 보며 휜 검지를 세워 이리 오라는 손짓을 했다.

바로 전의 기세는 잊어버린 듯, 드래곤은 황급히 고개를 끄덕였다.

갑자기 놀라운 광경이 수녀들 앞에 벌어졌다. 드래곤의 몸이 일순간 작아진다 싶더니 이내 녹색 머리카락을 가진 소년의 모습으로 바뀐 것이었다. 소년은 바이칼 앞에 무릎을 꿇고 손을 비벼 댔다.

"죄송해요. 죽을죄를 졌습니다, 전하."

"닥쳐."

소년의 머리를 쥐어박은 바이칼은 곧 아이와 눈을 마주했다.

대화가 통하는 듯 아이는 가끔씩 고개를 끄덕이기도 하고, 겁에 질려 움찔하기도 했다. 바이칼은 팔짱을 낀 채 미동도 하지 않았다.

"이봐, 아직 어린애니 잘 타일러서 보내. 너무 심하게 하지 말고."

나무에 기대어 잠시 쉬던 리오가 빙긋 웃었다.

"신이시여."

수녀들은 아무 말도 하지 못했다. 자신들이 말할 상황도 아니었고 상황 자체도 파악할 수 없었다.

다만 요즘 이 숲에서 여행객들을 자주 쫓아낸다는 그린 드래곤이 녹색 머리카락의 아이였다는 것, 그리고 예쁘장한 청년에게 혼이 나고 있다는 것만을 겨우 알 수 있을 뿐이었다.

"아, 후디! 우리가 그렇게 타일렀건만……."

조금 후 어디선가 두 명의 남녀가 달려왔고 그들은 바이칼 앞에 무릎을 꿇었다.

아이의 부모로 보이는 남녀는 차례로 아이를 혼내기 시작했다. 물론 말소리는 들리지 않았다.

"죽을죄를 지었습니다. 그럼, 즐거운 여행이 되시길 바랍니다."

바이칼에게 다시금 머리를 조아린 부부는 징징 우는 아이를 데리고 슬그머니 사라졌다.

상황이 끝나자 리오는 키세레를 향해 시선을 돌렸다.

"자, 가시죠."

"……."

다시 침착한 얼굴로 돌아온 키세레는 박수를 두어 번 쳐서 수녀들을 정렬시켰다. 그들이 출발하자 리오와 바이칼 역시 걸음을 옮겼다.

「그런데 무슨 일이야? 아무리 개구쟁이라도 웬만하면 사람들 앞에 모습을 보이지 않을 텐데……?」

리오의 정신감응에 바이칼은 고개를 슬며시 저었다.

「루브레시아의 부하들이 이 숲에 사는 그린 드래곤을 괴롭힌 모양이야. 그래서 숲에 사람이 들어오기만 해도 꼬마가 과민 반응을 보인다는군.」

미청년의 눈이 씁쓸히 감겼다. 리오 역시 한숨을 지었다.

「부하들이 움직였다면 루브레시아의 관련이 명백하군. 귀찮은 적이 하나 더 늘어난 건가?」

「상관없어. 용족의 문제는 내가 처리한다.」

「그래.」

한편 키세레는 둘의 모습을 아까부터 계속 관찰했다.

아무리 봐도 이상했다. 그린 드래곤이 아이였다 해도 최강의 생물 앞에서 보통 인간이 할 행동은 아니었다. 긴장하거나 떨기는커녕 혼까지 내다니, 그녀로선 의심하지 않을 수 없었다.

하지만 다른 수녀들의 생각은 달랐다.

"키세레 님의 눈이 이상해."

"얘는, 저분도 여자야."

엉뚱한 오해 속에서, 그들은 숲을 지나 목적지 '포른' 마을에 도착했다.

퍼니오드에 비해 너무도 초라한 마을이었지만 중앙에 위치한 교회의 웅장함에 리오는 절로 휘파람을 불었다.

나중에 안 사실이지만, 그 교회는 레호아스교의 건물 중 세 번째로 컸고, 수도에 위치한 큰 병원에 뒤지지 않을 정도의 의료 시설도 겸비하고 있었다. 그리고 가장 중요한 사실은 그 교회는 치료비가 모두 무료라는 것이었다.

교회 앞에 당도한 리오와 바이칼은 일단 밖에서 기다려야 했다. 무기 때문이었지만, 다행히 그리 복잡한 문제는 발생하지 않았다.

"참으로 큰 교회군. 레호아스 님이 좋아하시겠는걸?"

리오가 높다란 첨탑을 올려다보며 감탄했다.

"이 세계에 정신 쏠 시간이 있다면 그렇겠지."

바이칼은 떫은 얼굴로 머리를 긁적였다.

이윽고 모자를 쓴 견습 수녀 한 명이 다가왔다.

"어서 들어오십시오. 장로님께서 허락하셨습니다."

"예, 감사합니다."

둘은 수녀의 안내를 받아 건물 안으로 들어갔다.

복도를 걷는 도중, 리오는 수많은 사람들이 병실 밖에서 발을 동동 구르는 모습을 보았다.

"흠."

리오가 이상하게 여긴 점은 그들이 모두 부부이거나 아이의 보호자라는 사실이었다.

"무슨 일이 있습니까? 부모들만 병실 밖에 선 광경은 흔치 않아서 여쭙습니다만……."

그를 안내하던 견습 수녀는 걱정스러운 얼굴로 답했다.

"최근 이 마을뿐만 아니라 근처 마을의 아이들 대부분이 이유를 알 수 없는 열병에 걸리고 말았답니다."

"열병? 전염성입니까?"

"그런 것 같지만, 성인들이 무사한 것으로 보아 그렇지도 않은 듯합니다. 열병에 걸린 환자는 모두 아이들이거든요. 복통 때문에 아무것도 먹지 못하죠. 영양제마저 소용이 없답니다."

"그렇군요."

활짝 열린 병실 문을 통해, 리오는 고통에 신음하는 아이들의 모습을 보았다.

"파란 반점?"

그는 의아한 표정을 지었다.

홍역 증상이라면 붉은 반점이 일어나야 하는데, 아이들의 얼굴과 몸은 파란 반점으로 뒤덮여 있었다. 또 파란색이라고는 하지만 신체의 이상으로 생기는 색과 너무도 달랐다. 마치 물감을 찍어 놓은 것처럼 파랬다.

리오는 묵묵히 병실에서 발길을 돌렸다. 바이칼도 그 뒤를 따랐다.

"이곳입니다. 그럼 전 이만……."

"예, 감사합니다."

장로의 방문 앞까지 안내한 견습 수녀는 급히 병실로 향했다.

주위에 아무도 없는 것을 확인한 리오가 조용히 물었다.

"마룡족과는 관계가 없겠지?"

"녀석들은 죽이면 죽였지 괴롭히진 않아. 그리고 병을 가장한 저주를 내릴 줄은 몰라."

리오는 고개를 갸웃거리며 문을 두드렸다.

"들어오시오."

둘이 조심스레 문을 열고 안으로 들어가니 장로뿐 아니라 침착한 얼굴의 키세레 수녀도 같이 있었다.

"어서 오십시오. 저희 교회에 오신 것을 환영합니다."

책장으로 둘러싸인 방 안엔 침대와 책상, 그리고 의자만 있었다. 장로의 방치고는 상당히 검소하다 생각하며 리오는 인사에 답례했다.

"처음 뵙겠습니다. 말스 왕국에서 온 리오 스나이퍼라 합니다."

"바이칼이라 합니다."

친구의 입에서 아주 자연스럽게 존댓말이 나오자, 리오는 내심 놀랐다.

40대로 보이는 장로는 부드럽게 웃었다.

"키세레 수녀님한테 얘기 들었습니다. 전 이 교회의 장로 홀버트라 합니다. 아, 키세레 수녀님도 정식 인사는 못 하셨지요?"

장로의 말에 키세레는 양손을 조심스레 모으며 자신을 소개했다.

"키세레라 합니다. 아까의 무례, 용서하십시오."

처음 만났을 때 그녀의 행동이 그리 무례한 건 아니었지만 리오는 예의상 고개를 끄덕였다.

손님들이 자리에 앉자마자 장로가 입을 열었다.

"테라트 님을 찾아 이 가이라스 왕국까지 오셨다는 말씀을 들었습니다. 실례지만 이유를 여쭤 봐도 될까요?"

"말스 왕국의 위기 상황 때문입니다."

물론 그것은 진짜 이유가 아니었다.

"말스 왕국? 아, 그렇군요. 그분께서 모국에 대한 걱정을 하신 적이 있죠. 기억이 납니다. 말씀드리기 곤란하지만 그분은 지금 이곳에 계시지 않습니다."

"예?"

예상은 했지만 실망감은 어쩔 수 없었다. 장로의 말은 계속됐다.

"제가 알고 있는 것은, 그분이 가이라스 해방군의 총사령관이라는 것뿐입니다."

"해방군의 총사령관? 아니, 그분께서 왜……."

"예전에 큰 부상을 입고 오신 일이 있어 얘기를 조금 듣기는 했지만 현재 그분이 왜 해방군을 조직하셨는지, 그리고 어디 계신지는 알지 못한답니다."

리오는 기가 막혔다.

도대체 왜 왕세자가 자국의 혼란 상황을 알면서도 타국의 해방군을 조직한 것일까. 그러나 얼굴도 보지 못한 왕세자를 비판하기에 앞서, 타르자라는 이름이 먼저 떠올랐다.

'그래, 타르자가 관여된 이상 다른 이유가 있겠지. 마룡족에 타르자, 요우시크……, 그리고 해방군 사령관이 된 왕세자라, 점점 복잡해지는군.'

"알겠습니다. 말씀 감사합니다. 그런데…… 근처에 돈다는 열병 말입니다. 이유를 아십니까?"

리오로선 지나칠 수 없는 일이었다.

"저희도 잘 모르겠습니다. 아는 것은 병에 걸린 아이들이 점점 쇠약해진다는 것뿐이라 더욱 안타깝지요."

리오는 일단 자신이 아이들을 살펴보자고 마음먹었다.

"음…… 혹시 제가 아는 병일지도 모르겠군요."

그러자 장로의 얼굴은 구세주를 만난 사람처럼 밝아졌다.

"오, 그렇습니까? 그럼 부탁드리겠습니다. 수녀님, 이분들을 안내해 주시겠습니까?"

"알겠습니다."

리오와 바이칼은 키세레를 따라 병실로 향했다.

"언제부터 병이 퍼져 나갔습니까?"

"2주일 전부터입니다."

"병의 원인조차 밝혀지지 않았습니까?"

"그렇습니다."

"환자는 어느 정도나 됩니까? 대충이라도 괜찮습니다만……."

"120명 정도입니다. 저희 교회에서 관리하고 있는 아이들 수만 그렇고, 실제 환자는 더 많을 겁니다."

병실에 도착한 리오는 장갑을 벗고 한 아이의 맥을 짚어 보았다. 물론 진짜 맥을 짚는 것은 아니었다. 기의 흐름과 혈류의 속도를 손끝으로 느끼는 특별한 진찰 방식이었다.

"아, 아파요……."

신음하는 여자아이를 보며, 리오는 알 수 없다는 표정을 지었다.

분명 병은 아니었다. 그러나 그 아이의 병세는 도저히 이해할 수 없었다. 아이의 기와 체온으로 보아, 허약한 몸으로 임신한 여성의 증세와 거의 비슷했다. 하지만 열 살도 안 된 아이가 임신을 할 리가 없었기에 리오의 얼굴은 점점 일그러졌다.

"스나이퍼 님도 모르시겠습니까?"

리오의 당황한 얼굴을 본 키세레가 물었다.

"이건 병이 아닙니다."

키세레는 깜짝 놀랐다. 그녀뿐만 아니라 다른 수녀들과 아이들 역시 놀랐다.

"확실히 말씀해 주십시오."

키세레가 상기된 목소리로 물었다. 리오는 대답 대신 넓은 병실 곳곳에 서 있는 수녀들에게 물었다.

"전에 산모를 돌본 경험이 있으신 분, 안 계십니까?"

중년의 수녀 한 명이 손을 들었다. 리오는 그녀에게 가까이 와 보라고 손짓했다.

"산모의 맥을 짚어 본 일이 있으시죠?"

"예, 그렇습니다만……."

수녀는 의아해했다. 열병에 걸린 아이와 임산부가 무슨 관계가 있는 것일까.

"이 아이의 맥을 짚어 봐 주십시오. 산모에게 하는 그대로……."

수녀는 리오의 말대로 아이를 살펴보았다. 이윽고 수녀의 얼굴은 납처럼 굳어졌다.

"세, 세상에…… 아니, 어떻게 이럴 수가 있죠? 임신 4개월째의 산모 같아요."

그 수녀보다 더 놀란 것은 키세레였다. 그녀는 즉시 리오에게 시선을 돌렸다.

"좀더 정확히 말씀해 주실 수 있으십니까?"

"일단 아이의 반점에 대해 설명해 드리겠습니다."

리오는 아이 몸에 난 파란 반점을 손으로 가리켰다.

"마족이 쓰는 기초적인 저주 중 디스트럽션이란 것이 있습니다. 보통 인간이 그 저주에 걸리면 정신착란과 함께 파란 반점이 생기게 됩니다. 마족의 마기(魔氣) 때문에 신체 조직이 상한 것이죠. 이 파란 반점 역시 마기에 의해 조직이 손상된 것으로 보입니다."

"마족이라 하셨습니까?"

"그렇습니다. 그다음 증상인 열과 탈진에 대해 말씀드리죠. 마족 중 극소수는 다른 생물들에게 자식들을 기생시킵니다. 물론 기생 충처럼 어떤 기관 내에서 사는 것이 아니라 혈관 속을 돌아다니며 영양분을 섭취하고 증식하게 됩니다. 모체가 된 생물은 결국 안에 기생하는 마족의 유생에게 몸마저 빼앗기게 됩니다. 그 생물 자체 가 마족으로 변하는 거죠."

키세레는 설명을 듣고도 이해가 가지 않았다. 120명이 넘는 아 이들 중 누구도 마족은커녕 수상한 사람과 접촉했다는 얘기를 듣 지 못한 탓이었다. 게다가 모두 아이들이라는 점이 더욱 그러했다.

"만약 스나이퍼 님의 말씀대로라면 어째서 어른들은 당하지 않 았을까요?"

리오는 힘없이 고개를 끄덕였다.

"그건 저도 레호아스 신께 여쭤 보고 싶은 점입니다. 도대체 어떤 마족이기에 수많은 아이들을 한꺼번에 이렇게 만들었는지……."

경로라도 밝히려 했지만 부모 모두가 아이들이 갑자기 쓰러졌다 는 말만 되풀이하고 있었기에 원인을 찾아볼 방도가 없었다.

"비켜 주세요, 환자입니다."

"아, 실례했습니다."

침대를 옮기던 수녀의 부탁에, 리오는 옆으로 물러섰다. 그러다 자신의 옆으로 조심스레 지나가는 침대를 본 순간, 리오는 경악을 금치 못했다.

"리, 리카!"

그의 외침에 모든 사람들, 심지어 이마에 물수건이 올려진 새로 운 환자 리카도 깜짝 놀랐다.

리카는 눈을 떴다. 희미하긴 했지만 멋진 적동색 얼굴과 붉은 장발이 눈에 들어왔다.

"리오……?"

그녀는 힘없이 웃었다. 그러나 곧 힘없이 다시 눈을 감았다. 의식을 잃은 것뿐이었지만 리오는 바닥이 꺼져라 한숨을 지었다.

"마법사 꼬마도 있군."

바이칼의 말에 리오는 흠칫 놀라며 뒤돌아보았다.

불안했다. 혹시 클루토까지 리카처럼 된 것은 아닐까.

"아, 리오, 여기 계셨군요!"

붉은 장발의 옛 보호자를 본 클루토의 얼굴은 밝아졌다가 눈물에 다시금 흐려졌다. 터벅터벅 걸어와 리오에게 안긴 그는 하염없이 눈물을 쏟았다.

"어떡해요. 리카가…… 리카가……."

리오는 그의 등을 토닥거리면서도 이상해했다. 어째서 클루토만 무사한 것일까. 아니, 어째서 이 아이들이 여기까지 온 것일까.

"나가서 얘기하자. 들을 말이 많을 것 같구나."

리오와 바이칼, 그리고 클루토는 조용히 병실을 나섰다. 키세레는 계속 훌쩍이는 클루토의 뒤를 말없이 지켜보았다.

"왕국…… 반란? 말스 왕국이 코른발트에게 넘어갔다고?"

"예. 리오가 가이라스 왕국으로 떠난 직후에 결국……."

리오는 참담했다. 예상은 했지만 그렇게 빨리 일이 벌어질 줄은 몰랐다.

"그렇지만 다행스럽게도 코른발트 측으로 생각됐던 7호장 분들이 사건 직전 전하를 안전한 곳으로 모셨죠."

"그래? 그럼 다행이구나…… 현재 상황이 어떤지 알고 있니?"

"예. 현재 말스 왕국은 코른발트와 말스 전하를 모신 아르반 영주님의 전투로 혼란스러운 상황이에요. 수적으로 코른발트가 앞서지만 아르반 영주님 쪽도 7호장 분들과 파르하 님, 그리고 브레이엄 사령관 등의 명장이 많은 덕분에 밀리진 않는 것 같아요."

"그런데 왕국 사정상 배를 구하기도 힘들었을 텐데……."

"아르반 영주님께서 그러셨어요. 저와 리카라면 반드시 리오와 만날 수 있을 거라고…… 그래서 라가즈 님의 마법으로 퍼니오드에 도착할 수 있었죠. 그리고 아르반 영주님께서 리오에게 전해 주라고 부탁하신 것이 있어요."

"나한테?"

"예, 이거예요."

클루토는 옷 속에서 작은 편지 하나를 꺼내 리오에게 건넸다. 리오는 고개를 갸웃거리며 그것을 펴 보았다.

편지에 적힌 글은 너무나도 짧았다.

걱정 마시오.

"풋……."

리오는 편지를 접으며 고개를 흔들었다. 리오에게 그 편지를 받아 읽은 클루토의 얼굴은 이내 굳어졌다.

"걱정 말라니…… 이게 무슨 뜻이죠?"

리오는 당황한 클루토의 머리를 매만지며 답했다.

"다른 생각 말고 내 일에 충실하라는 말씀이야. 말스 왕국을 구하러 내가 가 봤자 당장은 괜찮겠지만, 앞으로의 일이 더 틀어지겠지. 그런데…… 리카는 어쩌다 저렇게 된 거지? 이건 상당히 심각한 일인데……."

그가 리카의 일을 묻자, 클루토는 자신도 모르겠다는 듯 고개를 저었다.

"글쎄요. 잘 모르겠어요. 음식도 같은 걸 먹었는데, 왜 리카만 그렇게 된 건지……."

"리카에게 접근한 사람은 없었니?"

"……?"

소년 마법사는 가이라스 왕국에 도착한 직후부터 리카가 쓰러지기까지의 일을 찬찬히 떠올려 보았다. 소년의 머리에 문득 스치는 것이 있었다.

"아, 한 사람 있어요."

"그래, 말해 봐."

리오는 재촉했지만 그리 도움이 되진 않을 것 같아 클루토는 자신 없는 투로 답했다.

"그러니까…… 제가 시장에서 물건을 사고 돌아왔을 때, 리카가 검은색 사탕을 저에게 자랑한 일이 있었어요. 친절하게 생긴 아줌마가 귀엽다며 공짜로 줬다는데……."

"바로 그거야! 클루토!"

리오는 즉시 병실 안으로 뛰어 들어갔다.

클루토로부터 정보를 얻은 리오와 키세레는 사람들에게, 리카가 경험한 상황과 비슷한 점이 있는지 물었다.

역시 아직 의식이 남아 있는 아이들과 부모들에게 들은 결과 공통되는 부분이 있었다.

"검은색 사탕요? 예, 며칠 전 어떤 남자가 공짜라며 아이들에게 나눠 준 일이 있어요."

"검은색 사탕? 어떤 아줌마가 나눠 줬는데?"

"검은색 사탕? 아, 어떤 아저씨가 아이들을 좋아한다며 나눠 줬어요. 엄청 맛있던데……?"

"까만 앗탕……? 우웅…… 어떤 아줌마가 줬어……."

리오는 뭔가 알 것 같은 미소를 지었다.

그러나 키세레는 달랐다.

'어떻게 이런 일이…… 이 남자가 어떻게 아는 것일까.'

그녀는 일단 시간을 두고 관찰하기로 마음먹었다.

리오와 바이칼, 클루토, 그리고 장로와 키세레는 방에 모여 회의를 했다. 리오는 자신의 추측을 말했다.

"확실히 단정 지을 수는 없지만, 그 수수께끼의 남녀가 나눠 준 검은 사탕은 마족의 수정란이 분명합니다. 의심 없는 아이들은 그저 사탕인 줄 알고 그 수정란을 먹었고, 그렇게 해서 그 남녀…… 마족이라 하는 게 좋겠죠? 그들의 자식이 아이들 몸속에 기생하게 된 거죠."

"오호……."

장로는 감탄을 금치 못했다.

"이 일이 벌어진 것은 2주일 전…… 시간이 촉박합니다. 어떻게 해서든 그 마족들이 있는 곳을 알아내야 합니다. 모체를 없애야 아이들이 정상으로 돌아올 수 있을 테니까요."

"하지만 알아낼 방법이 없지 않소?"

장로가 걱정스럽게 물었다. 리오는 굳은 얼굴로 답했다.

"조금 위험하긴 하지만, 제 일행인 소년의 도움을 받으면 그 마족 중 한 명은 잡을 수 있을 것 같습니다."

"반대입니다."

리오는 키세레를 쳐다보았다. 얼굴을 살짝 찡그린 키세레는 무슨 소리를 하냐는 듯 따지기 시작했다.

"말은 그럴듯하지만, 결국 그 소년을 미끼로 쓰시겠다는 말씀 아니십니까. 아무리 떠돌이라지만 기사라는 분이 어떻게 그런 비열한 방법을 쓰실 수 있습니까."

'비열한'이란 말에 리오의 눈썹이 꿈틀댔다.

"그런 말씀 마세요! 수녀님이 리오를 아시면 얼마나 아세요!"

갑자기 터져 나온 소년의 말에 키세레는 말문이 막혔다.

"그 계획은 제가 직접 자청했어요. 제가 미끼가 되어 그 마족을 끌어내는 것 외에 다른 방법이 없어요. 더 이상 시간을 끌면 리카, 아니 모든 아이들이 마족으로 변해 버리잖아요……!"

소년 마법사의 말을 묵묵히 듣고 있던 키세레가 타이르듯 말했다.

"자신이 이용당한다는 생각은 해보지 않았니."

"시끄러워요!"

클루토가 아까보다 더욱 흥분하며 자리를 박차고 일어났다.

"전 리오를 믿어요. 나이트, 리오 스나이퍼를 믿는다고요! 바이칼처럼 리오와 오랜 시간 있지는 못했지만 리오는 저를 동료로 인정해 주고 많은 걸 가르쳐 줬어요!"

리오와 다른 사람들은 묵묵히 어린 소년의 항변을 들었다.

"리오를 믿는 사람이 저 하나라면 이러지도 않아요! 리오와는 겨우 한 시간 정도밖에 만나지 못하신 리카의 아버지, 아르반 영주님조차 걱정 말라는 짧은 편지로 리오에게 이쪽 일을 맡기셨어요! 그런 사람들의 믿음을 의심할 수는 없어요!"

"클루토, 됐으니 그만 앉아."

리오가 눈을 감은 채 말했다.

"하지만……."

"앉으래도."

클루토는 말없이 자리에 앉았다. 그리고 눈가에 맺힌 눈물을 소매로 훔쳤다.

키세레는 다시금 놀랐다. 한 사람에게 이 정도로 절대적인 믿음을 준다는 것은 입놀림만으로는 힘든 것임을 그녀는 잘 알고 있었다.

"좋습니다, 스나이퍼 님. 당신 계획을 따르죠."

리오는 아무 말도 하지 않았다. 사실, 그녀의 말에 기분이 좋을 리 없었다. 그러나 키세레는 상관하지 않는다는 듯 말을 이었다.

"이 계획이 실행된다면, 그것은 당신 때문이 아니라 저 소년 때문이란 것을 알아주십시오. 그리고 당신이 어떻게 행동하는지 제가 직접 지켜보겠습니다."

"뜻대로 하시길."

그는 씁쓸히 웃었다.

다음 날 아침.

리오와 클루토는 교회 앞에서 키세레를 기다렸다.

"리오, 바이칼은요……?"

클루토가 마법사 모자를 고쳐 쓰며 물었다.

"만약의 상황에 대비해서 남으라고 했지. 훗, 나랑 가기도 귀찮아하더구나."

바람에 날리는 붉은 장발을 씁쓸히 손으로 누르며 리오가 답했다.

"그런데 그 키세레라는 수녀님 말이에요. 리오가 싫은가 봐요."

"음? 왜?"

"어제 말이에요. 저도 실례를 하긴 했지만 그분 말씀은 너무 심했어요. 이용당한다고 생각하지 않냐는 둥……."

리오는 얼굴을 찡그린 소년의 어깨를 두드렸다.

"글쎄다. 바꿔 생각하면 널 걱정해서 그런 건지도 몰라."

"저를요?"

클루토의 눈이 크게 벌어졌다.

"음. 널 보는 눈초리가 예사롭지 않더구나. 다른 땐 중년 귀부인처럼 침착한 그 수녀님의 얼굴이 어제 네가 방에서 나갈 땐 전혀 그렇지 않았어. 슬쩍 본 것이기는 하지만 마치 동생을 걱정하는 누나 같았지."

"그래요?"

리오는 마법사 모자의 뾰족한 끝을 손바닥으로 살짝 눌렀다.

"음…… 뭐, 그녀 나름대로 사정이 있겠지. 그건 그렇고…… 왜 이리 안 나오시지?"

"글쎄요…… 윽!"

클루토가 갑자기 놀라자, 리오 역시 움찔하며 클루토의 시선이 멈춘 곳으로 고개를 돌렸다.

"……!"

평상복 차림의 키세레…… 허리까지 내려오는 검은 머리를 길게 땋아 내린 그녀의 모습에 리오는 말을 잊었다.

그녀의 모습이 너무 달라졌다거나, 아름다웠기 때문만은 아니었다. 알 수 없는 느낌이 리오의 대뇌에서 등골로 전해졌다. 마치 1백 년 전 누군가에게 느꼈던 것처럼…….

"이상한 시선이군요. 역시 당신도 보통 남자일 뿐인가요."

자신을 멍하니 바라보는 클루토와 리오의 모습에 키세레의 눈이 가늘어졌다.

"그럴지도. 아, 아닙니다. 실례를 저질렀군요. 그럼 가실까요. 수녀님?"

마치 귀부인을 모시듯, 리오는 길을 향해 부드럽게 팔을 뻗었다. 그러나 키세레는 내키지 않는 듯 말없이 길을 걸었다.

"리오가 싫은가 봐요, 진짜."

리오는 머리를 긁적이며 키세레를 따랐다.

아직 병이 퍼지지 않은 마을을 찾는 것은 그리 어렵지 않았다.

클루토를 어떻게 '미끼'로 쓰느냐를 두고 리오와 키세레는 다시금 마찰을 빚었으나, 클루토의 중재로 가까스로 방법이 결정됐다.

그러나 문제는 끝나지 않았다.

"아니, 이렇게 간단히 결정하면 될 것을 왜 반대하시는 겁니까."

"방법이 좋지 않으니까요."

"그런 억지를 부리셔도 귀엽다고 할 사람은 없습니다. 수녀님 나이가 스물셋이라고 하셨죠?"

"사람의 나이로 시비를 거시는 이유를 알고 싶군요."

"그만하세요, 두 분 다."

리오와 키세레는 서로를 쏘아보며 각자의 위치로 향했다.

클루토가 맡은 역할은 마을 시장 이곳저곳을 돌아다니는 것뿐이었다. 물론 언제 목표가 접근할지는 아무도 모르지만 최선의 방법은 그것뿐이었다.

리오와 키세레, 둘은 각자 검과 마법을 준비한 채 상대가 미끼를 물기만 기다렸다.

리오는 그냥 따라다니기만 해도 됐지만, 키세레는 그렇지 않았다. 손에 신성계 공격 마법을 응축한 채 클루토를 주시했기 때문에 그녀의 체력 소모는 대단했다. 내색하진 않았지만 시간이 갈수록 지쳐 가고 있음을 알 수 있었다.

그렇게 사흘이 지났다.

아침 일찍 일어난 리오와 클루토는 피곤한 얼굴로 여관 방을 나섰다.

"그 마족 녀석, 계속 안 나타나는군. 오늘은 나타날까?"

"제가 쓰러지기 전에 나타나면 좋겠어요."

나타나야 할 목표가 지금까지 나타나지 않자 리오의 인내심 역시 한계에 다다랐다.

클루토 역시 마찬가지였다. 하루 종일 시장을 돌아다니는 통에, 오늘 아침도 침대에서 내려오자 다리가 쑤셨다.

"그런데 키세레 수녀님은 왜 안 나오실까요?"

그러고 보니 이상했다. 그동안 자신들보다 일찍 일어난 키세레 가 오늘은 보이지 않았다.

"무슨 일이 있는 건가?"

리오는 고개를 갸웃거리며 옆방 문을 두드렸다.

"수녀님, 수녀님 계십니까?"

"……."

방 안에선 아무런 반응이 없었다.

"하는 수 없지."

리오는 잠시 주저하다가 주머니에서 작은 철사 두 개를 꺼내 열쇠 구멍에 끼운 뒤 적절히 힘을 가했다. 문은 곧 찰칵 열렸다.

"죄송합니다. 일어나셨습니까, 수녀님?"

"음……!"

누에고치처럼 살짝 올라온 이불이 신음 소리와 함께 꿈틀거렸다. 리오는 실소를 터뜨리고 말았다.

"후…… 이런. 자, 어서 일어나시죠, 잠꾸러기 수녀님. 밤에 뭘 하셨기에 아직까지 주무시나요?"

그는 손으로 살짝 이불을 두드렸다. 그러나 반응이 없었다.

"수녀님?"

뭔가 이상하다 싶어 리오가 가볍게 이불을 흔들어 보았으나 역시 반응이 없자, 그는 실례를 무릅쓰고 즉시 이불을 걷었다.

"이런!"

키세레의 단정한 잠옷은 땀에 절어 있었다. 리오는 그녀를 똑바로 눕히고 이마에 손을 대 보았다.

열이 굉장했다.

"무리한 탓에 독감이 걸린 건가? 아프면 얘기를 했어야지…… 클루토, 클루토!"

조용히 방에 들어선 클루토 역시 놀라고 말았다.

"탈진으로 인한 독감 같으니 잠시 여기 있거라. 약을 구해 올 테니까."

"예! 걱정 마세요, 리오."

리오는 곧장 방을 나섰다.

클루토는 환자에게 이불을 덮어 몸을 따뜻하게 해준 후, 의자를 끌어다 그녀의 곁에 앉았다.

"어쩌다가 의식을 잃을 정도로 감기에 걸리셨지?"

키세레의 얼굴이 고통으로 일그러졌다.

클루토는 침대 속에서 꿈틀대는 그녀의 손을 잡으며 쓸쓸히 웃었다.

"리오가 곧 약을 구해 올 거예요. 조금만 참으세요, 키세레 님."

"티퍼…… 티퍼…… 으음."

키세레는 앓는 소리를 내며 바짝 마른 입술로 누구인지 모를 이름을 불러 댔다.

"미안해…… 용서해 줘……."

"키세레 님! 정신 차리세요, 키세레 님!"

"안 돼…… 티퍼……."

아무리 흔들어도 수녀는 정신을 차리지 못했다. 클루토의 여린 마음속에선 불안감이 싹트기 시작했다.

시간이 조금 흐르자, 그녀의 목소리는 잦아들고 몸의 열은 점점 더 높아졌다. 이렇게 심한 감기를 앓는 것을 처음 본 클루토의 불안감은 공포감으로 바뀌었다.

"오, 리오. 제발 빨리 좀 오세요!"

여관에서 나온 후, 리오는 키세레의 상태를 잊고 말았다. 사탕을 얻으려고 하는 아이들에게 둘러싸인 검은 복장의 여성이 눈에 들어왔기 때문이다.

"후, 이거 운이 좋다고 해야 하나?"

그는 씁쓸히 웃었다.

"자, 여러분? 귀여운 여러분에게 이 아줌마가 사탕을 나눠 드리겠어요."

"아줌마, 얼만데요?"

"어린이 여러분에게 어떻게 돈을 받을 수 있나요? 차례대로 줄을 서세요."

"네!"

수수께끼 여성의 얼굴은 미소로 가득했다. 리오가 보기에도 그녀의 얼굴에선 전혀 악의를 엿볼 수 없었다.

그러나 흑색 사탕이 바구니에서 나온 순간 리오는 확신했다.

"……?"

아이들에게 사탕을 막 나눠 주려던 여성은 움찔하며 주위를 둘러보았다. 그녀가 살기에 휩싸인 남자를 발견하기까진 그리 오래 걸리지 않았다.

"아줌마, 사탕 주신다면서요?"

"……!"

사탕 아줌마를 올려다본 아이들의 얼굴은 이내 굳어지고 말았다. 갑자기 아줌마의 얼굴이 사납게 일그러졌기 때문이다.

"무서워!"

"도망치자!"

겁에 질린 아이들은 곧장 각자의 집으로 내달렸다. 아이들 비명 소리와 심상치 않은 분위기에 마을 사람들 역시 긴장했다.

"어째서 너같은 인간이 여기 있는 거냐!"

그녀의 입에서 파란색의 작고 긴 혀 하나가 순간적으로 모습을 드러냈다. 엄청난 속도로 들락거려 보통 사람들이라면 알아볼 수 없었겠지만 정신을 집중하고 있던 리오의 눈엔 그것이 확실히 보였다.

리오는 마사지하듯 오른팔을 주무르며 물었다.

"당신 정체는 뭐요?"

"대답은 이거다!"

순간 그 마족의 손끝이 마구 흔들렸다.

리오는 갑작스런 공격에 급히 몸을 젖혔다. 마력이 섞인 진공파로 인해 뒤에 있던 집 한 채가 꽝음을 내며 붕괴됐다.

"사람 살려!"

"피해라!"

주위는 도망가는 사람들로 단숨에 아수라장으로 변했다. 파괴된 집에 사람이 없는 것을 느낀 리오는 여유롭게 디바이너를 뽑았다.

"널 찾아 사흘이나 고생했지. 물어볼 것이 있는데 괜찮겠나?"

어느새 흉측한 모습으로 변한 마족은 칠흑의 단단한 입술을 꿈틀댔다.

"뭐냐, 인간."

"네가 아이들에게 사탕이라고 나눠 주려고 했던 것이 수정란인가? 그것을 아이들의 몸에 심어 기생시키려 했던 거고?"

"잘 알고 있군. 그러나 이젠 알아도 소용없어……."

"왜지?"

리오의 입술은 여전히 웃음을 띠고 있었다. 그러나 그의 눈은 싸늘했다. 마족이 다시금 입을 움직였다.

"웃기는군. 하등한 인간의 힘으로 마족을 이길 수 있다고 생각하나?"

마족의 몸이 흔들렸다. 분명 보통 인간이라면 당해 내기 힘든 파동이었다. 그러나 리오에겐 어림없었다.

쌍방의 교차점에서 파란 혈액이 치솟았다. 칠흑의 그림자는 멀리 나가떨어졌다.

"키아아악. 이, 인간 따위가……."

한 팔이 잘린 마족은 이를 갈며 리오를 쏘아보았다. 리오는 떨어진 마족의 팔을 옆으로 차냈다.

"당연히 이길 수 있다, 생각하지. 후훗."

떠돌이 기사가 압도적으로 우세했다.

리오는 키세레의 일을 까맣게 잊고 있었다.

3

고신의 오른팔

마을 주민들의 얼굴이 하나둘 보이기 시작했다. 그들의 눈은 하나같이 두려움에 휩싸여 있었다.

그들은 설마 자신들이 사는 곳에서 그런 활극이 벌어지리라고는 상상도 하지 못했다. 생전 처음 보는 마족이란 존재와, 그 타계(他界)의 강력함을 정면으로 내리누르는 붉은 장발의 떠돌이 기사는 사람들의 시선을 한꺼번에 빨아들였다.

"어째서 아이들에게 마구잡이로 기생시켰나?"

떠돌이 기사 리오의 질문에 마족의 지친 얼굴은 더욱 일그러졌다.

"흥, 고등동물이 하등동물을 이용하는 건 당연하다! 그건 인간도 마찬가지 아닌가!"

파앙!

칼날로 변형된 마족의 팔과 디바이너가 충돌했다. 금속성이 퍼졌지만 불꽃은 튀지 않았다. 리오는 여유롭게 마족과 대치하며 입을 열었다.

"후, 맞는 말이지만, 인간은 하등동물을 이용할 뿐만 아니라 그들과 친구가 되기도 하고, 또 칭송하기도 한다. 물론 대부분의 인간이 그런 것은 아니다. 한데 지금 너에게 중요한 건 그런 말이 아닐 텐데?"

"크윽!"

적동색 근육이 불끈거렸다. 도저히 인간이라고는 상상하기 힘든 엄청난 힘에 마족의 몸은 힘없이 뒤로 밀려났다. 리오는 한쪽 입꼬리를 치켜 올렸다.

"마족치고 날 모르는 녀석은 없을 텐데, 아무래도 너와 네 남편은 피라미 정도인 것 같군. 자, 끝내 볼까?"

리오는 자세를 바꾸었다. 그의 몸에 은은히 흐르던 푸른빛의 기가 세차게 뿜어져 나오기 시작했다.

"네 녀석……? 설마……!"

마족은 자기 앞에 선 인간이 아무래도 보통 인간은 아니라는 생각이 들었다.

"붉은 장발, 회색 망토, 보라색 검…… 설마, 가즈 나이트, 리오스나이퍼?"

"그렇다."

콰앙.

대답과 동시에 디바이너의 끝이 음속보다 빠른 속도로 지면을 때린 순간, 면도날과 같은 날카로운 충격파가 마족의 발끝을 향해 질주했다.

"키아아악!"

충격파를 정면으로 맞은 마족의 몸은 완전히 터져 갈가리 찢겨 나가고 말았다. 구경하던 마을 사람들은 눈을 질끈 감았다.

사방으로 흩어진 마족의 외피와 내장은 떨어져 나온 후에도 잠시 불끈거리다 멈췄다. 그러고는 잠시 후 재로 변해 바람에 휘날렸다.

리오는 씁쓸히 웃으며 검을 거두었다.

"도에 지나친 행동을 하면 분명 대가를 치르게 된다고 다른 마족들에게도 경고했는데……."

리오는 주위를 한번 둘러보았다. 많은 사람들의 시선이 그에게 쏠려 있었다. 그제야 리오는 키세레 수녀를 떠올렸다.

'아, 키세레 수녀님을 잊고 있었다니…….'

리오는 급히 약방으로 향했다. 사람들은 멍한 얼굴로 붉은 장발 남자의 뒷모습을 바라보았다.

"클루토, 키세레 님은?"

기다리던 동료가 허겁지겁 들어오자 클루토는 안도의 한숨을 내쉬었다. 그는 몹시 초조해 있었다. 온 신경을 키세레에게 쏟고 있던 그가 바깥 사정을 알 리 없었다.

"왜 이리 늦으셨어요?"

"녀석이 방금 전 나타났거든. 소리가 좀 컸을 텐데 듣지 못했니?"

리오는 정성스레 싸인 약봉지를 푼 후, 컵에 물을 따랐다. 리오가 대수롭지 않다는 듯이 말하자, 클루토의 눈은 금세 휘둥그레졌다.

"녀석요? 설마……."

"우리가 찾던 마족, 다행히 고위 마족은 아니었어."

리오는 거의 의식을 잃은 키세레를 일으켰다. 약을 먹이기 위해서였지만 일으켜 놓고 보니 그녀는 도저히 약을 스스로 넘길 처지가 아니었다.

"이런, 이런……."

리오의 한숨을 듣지 못한 듯, 클루토는 밝은 표정으로 물었다.

"그럼 아이들은 이제 다 낫는 건가요? 리카도요?"

"그렇진 않아. 아까 없앤 건 이번 일에 관여된 마족 부부의 부인이야. 남편이 아직 남아 있으니 잠시 막았다고 보면 돼."

"그래요……."

리오는 클루토의 작은 어깨를 살짝 토닥거렸다.

"어쨌든 눈앞에 벌어진 일부터 처리하자. 치유 마법이나 신성 마법에 대해 공부한 적 있니? 수녀님이 의식을 회복해야 약을 먹일 텐데……."

클루토의 얼굴엔 다시 걱정스러운 그림자가 드리웠다. 리오는 자신의 팔에 쓰러질 듯이 기대어 있는 키세레를 묵묵히 바라보았다.

"레호아스 신께서 용서해 주시겠지."

그는 쓸쓸히 웃으며 약을 자신의 입에 털어 넣었다. 그 모습에 클루토의 얼굴이 하얗게 질렸다.

"리오! 도대체 뭘 하시려고!"

물까지 적당히 머금은 리오는 곧 키세레의 코를 살짝 잡았다. 코가 막히자 키세레의 입술이 살짝 벌어졌다. 리오는 곧 능숙히 입을 맞췄다.

"악!"

클루토는 자신도 모르게 머리를 감싸 쥐었다. '금기'가 자신의 눈앞에서 행해진 탓이었다. 하지만 약은 무사히 키세레의 목으로 흘러 들어갔다.

"휴, 됐나?"

리오는 옆에 준비된 수건으로 입가를 닦고, 키세레의 입가도 닦아 주었다. 그녀를 편안히 눕힌 리오는 한숨 돌렸다는 듯 클루토에게 미소를 지어 보였다.

"좋아, 이쪽 일도 마무리됐으니 넌 좀 쉬거라. 그런데 표정이 왜 그래?"

"신께서 용서하셔도 키세레 님이 용서하지 않을 거예요."

"홋, 너만 조용히 있으면 돼."

리오는 클루토의 머리를 쓰다듬으며 키세레의 방을 나섰다. 클루토도 찜찜한 표정으로 따라나섰다.

리오는 이상할 정도로 여유를 부렸지만 클루토는 그렇지 않았다. 클루토는 잠들 때까지 자신의 입을 막으며 불안감에 몸을 떨어야 했다.

어린 동료가 깊이 잠든 시각, 리오는 슬그머니 여관 밖으로 나갔다. 자정이 넘은 탓에 몇몇 집을 빼고는 불이 꺼져 있었다. 주위는 온통 평온한 어둠에 휩싸여 있었다. 리오는 전투 시 이상으로 촉각을 곤두세웠다.

거의 모든 마족은 가족 중의 한 명이 죽었을 때, 그 복수를 위해 가족이 죽은 장소로 달려온다. 리오는 그런 습성을 잘 알고 있기에 언제 올지 모를 마족을 밤바람을 맞으며 기다리고 있었다.

우두둑.

얼마나 기다렸을까. 리오가 서 있는 광장의 한쪽에서 굉음이 들리기 시작하더니 곧이어 광장의 지면이 갈라졌다. 그 사이로 하얀 물체가 기어 나오기 시작했다.

"후, 친구들을 데려온 모양이군."

리오는 천천히 디바이너를 뽑았다.

땅속에서 나온 것은 전사 스켈레톤이었다. 마법에 의해 생명 아닌 생명을 부여받은 그 존재들은 몸이 완전히 부서지거나 재가 될 때까지 목표를 공격한다. 시체나 뼈로 구성되어 있어 몸은 약하지만 인해전술을 기본 전법으로 쓰기 때문에 용병이나 군인들에겐 귀찮기로 정평이 나 있었다.

역시 기본 전법을 쓰려는 듯 광장은 어느새 1백에 가까운 스켈레톤들로 메워졌다. 리오는 얼굴을 찡그렸다. 부패한 인골 냄새가 너무 지독한 탓이었다.

"수백 번을 상대해 봤지만, 냄새는 점점 더 역겹군. 냄새 나는 물건은 태우는 게 정석이지."

리오의 왼손 손등에 붉은색 마법진이 빛을 발하며 떠올랐다. 마치 나방처럼, 스켈레톤들은 그 불빛을 향해 서서히 모여들었다.

"음⋯⋯."

한밤중에야 겨우 정신을 차린 키세레는 목이 마른 듯 하얀 목을 쓰다듬으며 몸을 일으켰다.

주위는 어두웠다. 달빛에 의지해 겨우 기름 램프를 찾은 그녀는 방이 환해지기 무섭게 물을 벌컥벌컥 들이켰다. 갈증을 달랜 키세레는 헝클어진 머리를 매만지며 환기를 시키려고 창문을 열었다.

밤의 찬 공기를 맞으며 아름다운 별빛을 감상하려던 그녀의 희망은 창문을 연 순간 꺼져 버렸다. 눈을 어지럽히는 붉은 섬광 탓이었다.

"스나이퍼 님?"

여기저기 불타고 있는 인골 때문에 그녀는 리오의 모습을 뚜렷이 볼 수 있었다. 달궈진 쇳덩이처럼 붉게 빛나는 검을 든 떠돌이 기사는 멀리서 봐도 두려울 정도의 살기를 띠고 있었다.

뼈 마찰음을 내며 달려든 스켈레톤들은 마법검에 의해 달아오른 디바이너와 스칠 때마다 불덩이로 변하며 쓰러졌다. 화염에 휩싸인 스켈레톤은 흙바닥을 구르며 불을 끄기 위해 노력했지만 마법의 불꽃은 그 노력을 헛되게 만들었다.

그녀는 놀라움을 감추지 못했다. 리오의 검술에 사각이란 존재하지 않았다. 사방에서 스켈레톤들이 달려오는데도 그는 당황하거나 피하기는커녕 여유 있게 적들을 불살랐다.

"가만, 저 검은 분명 보라색이었는데?"

키세레가 마법검을 알 턱이 없었다.

아주 짧은 시간 안에 스켈레톤들은 전멸되었다. 전투가 끝났는데도 디바이너는 마법검의 효과가 남았는지 여전히 붉은 잔광을 띠었다.

"이제 다 끝난 건가?"

리오는 한숨을 내쉬었다

"아직 남았다, 인간!"

리오는 흘끔 광장 입구 쪽을 바라보았다. 한 남자가 그를 쏘아보고 있었다. 그 남자의 몸 주위는 연녹색빛이 감돌았다. 리오는 씩 웃음을 지었다.

"드디어 나타났군. 기분이 어떤가?"

"잘도 나불대는구나. 네가 지은 죄를 모르나!"

아침에 상대했던 마족보다는 덩치가 훨씬 좋았다. 몸에서 느껴지는 기로 보아 더 강력한 것 같았지만 리오에겐 전혀 부담되지 않는 듯했다.

"잘 모르겠으니 가까이 와서 설명해 주겠나?"

"소원이라면!"

퓨웅.

마족의 몸이 일순간 사라졌다. 멀리서 구경하는 키세레의 눈에도 보이지 않았지만 리오는 여유만만하게 몸을 젖혔다.

"어리숙한 마족이군."

"헉!"

어떻게 된 일일까. 마족은 있어야 할 목표가 갑자기 사라지자 멈춰 섰다.

"한 달만 더 일찍 수정란을 뿌렸다면 아이들과 함께 행복한 가정을 누렸을 텐데…… 운이 나쁘게도 내가 가이라스 왕국에 오기 직전 수정란을 뿌렸더군."

"뭐, 뭐라고?"

푸욱!

리오의 다섯 손가락이 마족의 가슴에 박혔다. 강철에 가까운 단단함을 지닌 표피가 고작 인간의 손가락에 구멍이 뚫린 것이다.

그 상태로 마족을 들어 올린 리오는 씁쓸히 미소 지었다.

"마족을 죽이는 게 내 취미는 아니지만, 여기서 널 없애지 않으면 무고한 아이들이 죽기 때문에 어쩔 수 없다."

마족은 굴욕감과 고통 속에서도 자신을 압도한 인간을 똑바로 쳐다보았다.

"인간이 아니군. 네가 바로 소문으로만 듣던 주신의 전사, 가즈 나이트인가?"

"그렇다고 볼 수 있지. 할 말은 끝났나?"

마족은 배시시 웃으며 눈을 감았다.

"영광이군. 가즈 나이트에게 죽으면 지옥에서도 대우해 주겠지."

"잘 가거라."

리오의 온몸에 흐르던 기가 손에 집중되자, 마족의 육체는 폭음과 함께 광장에 흩어졌다.

리오는 흩날리는 흰 가루를 보며 천천히 검을 거두었다. 남은 건 오직 허탈감뿐, 승리자의 미소나 당당함은 그에게서 찾아볼 수 없었다. 그는 광장에서 사라지듯 빠져나가 여관으로 향했다.

폭음에 놀란 주민들이 불을 켜고 밖을 내다봤을 때는 이미 리오의 모습은 온데간데없었다. 그들이 본 것은 군데군데 시커멓게 그을린 광장 바닥과 타다 남은 뼛조각뿐이었다.

모든 광경을 지켜본 키세레는 침대에 앉아 꼼짝도 하지 않았다. 1백에 가까운 스켈레톤들을 단독으로. 게다가 보통 인간은 상대할 수 없다는 마족까지 물리친 떠돌이 기사에 대한 생각 때문이었다. 사사건건 맘에 들지 않는 행동만 한다 생각했던 그 남자의 마지막 쓸쓸한 표정이 이상하게 기억에 남았다.

그녀는 리오의 정체를 고민하다 밤이 깊어서야 잠들었다.

"머리가 너무 산발이라 생각하지 않아요, 리오 님?"

"그렇긴 해. 머리에 신경 쓰고 살 시간이 없었거든."

"음……, 잠깐 뒤돌아봐요."

키세레는 자신의 머리를 묶은 두 개의 끈 중 하나를 풀어 입에 물었다. 그리고 손으로 부드럽게 애인의 붉은 장발을 매만졌다. 백옥으로 만들어진 빗이 머릿결에 닿자, 리오는 이상하리만치 기분이 편안했다.

"자, 다 됐어요, 리오 님. 거울을 보세요."

리오는 거울에 비친 자신의 모습에 미소를 지었다. 위로 묶긴 했지만 워낙 긴 탓에 다시 아래로 늘어진 뒷머리, 그 모습은 리오 자신이 보아도 무척 세련되어 보였다.

"어때요, 괜찮죠?"

레나는 애인의 굵은 팔을 포근히 감쌌다.

"사랑스러운데? 후훗."

그는 애인을 안으며 생각했다. 수백 년간 피로 몸을 물들인 자신이 이렇게 행복해질 수도 있구나, 하고⋯⋯.

다음 날 아침, 키세레는 놀란 얼굴로 잠에서 깼다. 도저히 이해할 수 없는 꿈이었다. 그녀는 자신의 손을 바라보며 믿을 수 없다는 표정을 지었다.

'내가 왜 그 남자의 머리를 묶어 준 거지? 게다가 팔을 안기까지⋯⋯ 그래, 신앙심이 부족해져서 생긴 잡념이야.'

그녀는 동쪽을 향해 경건히 기도를 올렸다.

"용서해 주십시오. 레호아스 신이시여!"

자세히 기억은 안 나지만, 그녀를 죄의식에 시달리게 하는 꿈이었다.

똑똑.

"누구십니까?"

기도를 해서일까. 원래의 침착한 말투로 되돌아온 그녀에게 문밖의 누군가가 말했다.

"키세레 님, 저 클루토인데요, 감기는 좀 나으셨어요?"

"감기?"

키세레는 옷매무새를 가다듬은 뒤 방문을 살짝 열었다.

"무슨 일이니, 클루토? 감기라니?"

문밖에서 클루토가 의아한 얼굴로 쳐다보았다.

"기억 안 나세요? 어제 열 때문에 헛소리까지 하셨어요. 땀도 엄청 많이 흘리셨고……. 전 키세레 님이 어떻게 되는 건 아닌가 걱정했답니다."

"헛소리?"

키세레의 얼굴은 이내 창백해졌다. 그녀는 급히 클루토의 팔을 잡아끌었다.

"들어와서 얘기해 주겠니?"

키세레는 클루토를 앞에 앉히고 어제 일을 물었다. 병세는 어느 정도였으며, 또 무슨 실언을 했는지…….

"아까 말씀드렸다시피 병세가 상당히 안 좋았고…… 실언이라고 해봐야 다른 사람의 이름을 부르신 것밖에 없어요. 티퍼라던데…… 하여튼 그 이후 완전히 의식을 잃으셨죠."

"그래? 어젯밤엔 덥다는 기분 말고는 몸의 이상을 느끼지 못했는데……."

키세레가 답답해하자 클루토는 자신도 모르게 어제 일을 말해 버리고 말았다.

"아, 리오가 약을 지어 왔죠. 키세레 님께 약을 억지로 먹이긴 했지만…… 앗!"

클루토는 두 손으로 급히 자기 입을 막았다. 그러나 그 말을 돌이키기엔 늦었다. 키세레는 차갑게 굳은 얼굴로 물었다.

"억지로라니?"

"그러니까 그게 말이죠……."

수정란이 모두 기화한 것을 확인한 리오와 키세레는 클루토와 함께 교회가 있는 포른 마을로 귀환을 서둘렀다. 다른 일로 인하여 너무 시간이 지체된 탓에 리오의 마음은 다급해졌다. 물론 그는 클루토가 키세레 수녀에게 입 다물기로 한 사실을 말해 버렸다는 것은 아직 모르고 있었다.

"클루토, 출발할 때부터 안색이 안 좋구나? 어디 아픈 데라도 있니?"

"예?"

갑작스러운 질문에 움찔한 클루토는 놀란 표정으로 동료를 바라보며 황급히 손을 저었다.

"아니에요, 리오. 그냥 머리가 아파서…… 헤헤헷."

"그래?"

리오는 싱거운 녀석 다 보겠다는 듯한 표정으로 고개를 돌렸다. 하지만 그는 얼굴이 하얗게 질린 키세레의 얼굴은 보지 못했다.

며칠 후, 교회로 돌아온 리오 일행은 사람들의 열렬한 환영을 받았다. 정상으로 회복된 아이들도 모두 나와 부모들과 함께 손을 흔들어 주었다.

리카는 리오가 돌아왔다는 소식을 듣자마자 뛰어나와 그에게 안겼다.

"리오! 역시 날 구해 줄 줄 알았어!"

"아아, 그래. 하지만 클루토에게도 고맙다고 해, 리카. 같이 고생했으니까 말이야."

리카는 곧장 리오 뒤에 선 클루토의 손을 잡고 활짝 웃어 보였다.

"그래, 그래. 클루토, 고마워!"

"건강해져서 다행이야, 리카."

클루토는 어색한 미소를 지은 채 리카의 환영을 받았다.

키세레는 몸이 안 좋다며 조용히 교회로 들어갔다.

장로 홀버트는 창가에 기대어, 아무도 해결하지 못한 수수께끼의 질병을 해결한 리오를 묵묵히 바라보았다.

'저 젊은이야말로 테라트 님이 찾던 인재야. 그래, 이젠 믿고 말할 수 있겠어.'

그는 고개를 끄덕이며 자리에 앉았다. 그때 누군가 방문을 두드렸다.

"키세레입니다."

"아, 들어오시오, 키세레 수녀. 기다리고 있었소."

장로는 활짝 웃으며 큰일을 마치고 돌아온 상급 수녀를 반겼다. 그러나 그녀의 얼굴에는 어두운 그림자가 드리워 있었다.

"무슨 일 있소?"

장로의 물음에, 키세레는 고개를 숙이며 무겁게 답했다.

"전 죄인입니다. 장로님."

"죄인? 도대체 무슨 말이오?"

그녀는 눈을 감으며 클루토에게 들은 자신의 일을 그대로 장로에게 전했다.

그날 저녁, 리오는 장로의 방에서 단둘이 대화를 나눴다. 리오가 그토록 찾아다닌 테라트에 관한 것이었다.

"지금 테라트 님은 몇 주 후 있을 야룬다 요새 공략 작전을 준비하고 계십니다. 현재 스탈렌 평원 어딘가에서 지원군이 도착하길 기다리고 계실 겁니다."

"왜 그 얘길 지금에야 해 주는 겁니까?"

리오가 의아한 눈으로 바라보자, 장로는 희미한 미소를 띠며 답했다.

"솔직히 이번 일을 처리하기 전까지는 당신을 믿지 않았습니다. 테라트 님을 찾는 벨로폰 왕비 일파의 자객들이 수차례 이 교회를 찾아왔답니다. 그들 모두 예의 바르고 친절했지만 눈동자엔 물욕이 가득했지요."

리오는 묵묵히 장로의 말을 들었다.

"그러나 당신은 달랐습니다. 처음 뵈었을 때, 전 당신의 눈 속에서 어떤 사심도 읽을 수 없었습니다. 언뜻 강렬한 빛을 보았을 뿐이지요."

"지금은 절 믿으십니까."

리오는 결연한 목소리로 물었다. 장로는 슬며시 고개를 끄덕였다.

"하핫, 두말할 나위 없지요. 처음엔 클루토라는 아이가 당신을 변호할 때 믿을 만한 분이라 느꼈고 이 일을 당신께서 처리하셨다는 말을 들었을 때 강한 분이라 생각했습니다. 그리고 키세레 수녀님을 구하기 위해 금기를 깼다는 말을 듣고 당신이야말로 테라트 님께서 찾는 인재라는 것을 알았습니다."

장로의 말은 시종일관 리오를 높이 평가하고 있었지만, 키세레 수녀 일은 그의 얼굴을 하얗게 질리게 만들었다.

"금기라면, 설마 키세레 님께 약을 먹인 일을 아신다는 말씀……?"

"그렇습니다."

장로는 웃으며 답했다. 리오는 쥐구멍에라도 들어가고 싶은 심정이었다. 상황이 여의치 않았다 하더라도 그가 수녀의 입술을 빼앗았다는 것은 명백한 사실이었기 때문이다.

장로는 곤란해하는 리오를 보며 말을 이었다.

"키세레 님은 테라트 님이 계시는 장소를 정확히 알고 계십니다.

그분과 함께 가 주셨으면 합니다만……"

"예?"

"목적지까지 안내자 역할을 잘해 주실 것입니다. 그뿐 아니라 키세레 님의 신성 마법은 분명 부상당한 해방군 병사들에게 큰 힘이 될 것입니다."

"그렇군요."

리오의 목소리가 잦아들었다. '그 일'은 제쳐 두고라도, 단 며칠을 오가는데도 키세레와 의견 충돌이 자주 있었는데 과연 거기까지 같이 갈 수 있을까 하는 걱정 때문이었다. 하지만 그는 곧 장로의 제의를 받아들였다.

"알겠습니다. 그럼, 키세레 수녀님께 출발 준비를 하라고 전해 주십시오."

장로는 안도의 한숨을 쉬었다.

"감사합니다, 리오 님."

다음 날 일행은 이른 아침 햇살을 받으며 먼 길을 떠날 준비를 마쳤다. 건강을 되찾은 리카는 리오 옆에 붙어 그간의 이야기를 하느라 정신이 없었고, 클루토는 수녀들의 작별 인사를 일일이 받느라 분주했다. 오직 바이칼만이 덩그러니 서 있었다.

안내자 키세레가 교회에서 나오자, 바이칼은 얼굴을 찡그렸다.

"저 여잔, 왜 또 나서지?"

바이칼의 퉁명스러운 질문에 리오는 여느 때와 같이 웃음으로 답했다.

"안내를 맡아 주실 거야. 준비는 다 되셨습니까, 키세레 님?"

작은 배낭을 멘 평상복 차림의 키세레는 묵묵히 리오를 지나쳤다. 그 냉랭한 반응에 리오는 웃지도, 화내지도 않았다. 그저 곁에

선 클루토의 머리를 살짝 쥐어박을 뿐이었다.

"너 때문이야."

"죄송해요."

그렇게 일행은 테라트를 만나기 위해 멀고 먼 길을 떠났다.

교회 밖에까지 나와 키세레의 뒷모습을 지켜보던 수녀들은 눈시울을 적셨다. 무사히 돌아오세요, 하고 인사했지만 그녀들 모두 키세레가 영영 교회를 떠난다는 걸 알고 있었다.

"자, 두 분 어떻게 하시겠어요? 에르파라스 고원으로 가시겠어요, 아니면 '태고의 숲' 쪽으로 가시겠어요?"

포르테는 갈림길 중앙에 서서 일행에게 물었다. 일행이라고 해봤자, 활동적인 옷차림을 한 금발의 남자 지크, 차분한 옷차림을 한 푸른 장발의 남자 슈렌, 둘뿐이었다.

"흠…… 어디가 더 위험한데요?"

"제가 알기로는, 가는 거리는 비슷하지만 태고의 숲이 더 위험해요. 당연히 에르파라스 고원으로 가야죠?"

그러자 지크가 어깨를 으쓱하며 특유의 표정을 지었다.

"전 더 재미있는 쪽을 원한다고요. 에르파라스 쪽으로 가봤자 생활 풍습도 모르니, 차라리 싸우면서 가는 게 더 낫겠죠. 아무 일도 없으면 지루해하는 성격이라."

막무가내로 밀어붙이는 지크의 성격에 포르테는 황당한 표정을 지을 수밖에 없었다.

태고의 숲이라 불리는 거대한 지역은 물론 길이 나 있고 중간에 마을도 상당수 있지만, 어디에 위험이 도사리고 있는지 예측할 수 없는 곳이었다. 다른 지역에서는 멸종되었다고 전해지는 고대 생물들이 목격되기도 하고, 사람들이 숲의 괴물들에게 심심찮게 습격당하곤 했다. 그런 사정을 잘 알고 있는 포르테였기에 그녀는 가급적이면 에르파라스 고원으로 가고 싶었다.

"뭐 어쨌든 갑시다! 태고의 숲으로!"

"알았어요. 정 그러시다면."

포르테는 어쩔 수 없이 태고의 숲 쪽으로 향했다.

"오늘은 중간에 쉴 마을이 있겠죠? 며칠 동안 계속 모닥불 곁에서 밤을 지새니까 몸이 뻐근해서요."

"으음."

슈렌 역시 지크의 말에 동의하듯 고개를 끄덕였다. 포르테는 힘없이 웃으며 대답했다.

"당연히 있죠. 한 시간 정도면 도착할 테니 조금만 참으세요, 두 분."

포르테는 지크를 처음 본 순간부터 이상하다는 생각이 들었다. 아무리 봐도 지크는 이 세계 사람과는 너무나 달라 보였다. 단지 괴짜라서 말투나 행동, 그리고 복장 등이 특이하다고는 볼 수 없는 뭔가 다른 면이 있었다.

하지만 그런 고민은 숲 속 멀리에서 갑작스레 들려온 비명 소리와 함께 사라져 버렸다.

"사람 살려요! 살려 줘요!"

포르테는 온 신경을 집중하며 검을 움켜쥐었다.

"여러분! 함부로 행동하지……."

순간 지크가 비명이 들려온 쪽을 향해 용수철처럼 튀어 나갔다.

어쩔 줄 몰라 하는 포르테와는 달리, 슈렌은 짧게 한숨을 내쉴 뿐이었다.

쏜살같이 달려간 지크는 어렵지 않게 사건 현장을 발견했다. 상처를 크게 입은 한 남자가 아인종인 리자드맨 셋에게 쫓기고 있었다.

나무 위에서 그 모습을 잠시 지켜보던 지크는 엄지손가락으로 코를 퉁기며 지면에 번개같이 내려와, 쫓기는 사람과 쫓는 리자드맨 사이에 정확히 내려섰다. 리자드맨들은 잠시 주춤했다.

"멈춰라, 도마뱀 친구들! 어째서 이 사람을 쫓는지 그 이유를 가르쳐 줄 수 있나?"

"우워어!"

리자드맨들의 대답은 간단했다.

"멋지군!"

지크의 탄성과 동시에 그가 서 있는 자리로 리자드맨들의 도끼와 대검이 무차별로 내리꽂혔다. 그러나 그 공격은 지크의 몸은커녕 붉은 재킷조차 스치지 못했다.

"헤헹. 너무 느려!"

지크가 재빠르게 주먹으로 한 리자드맨의 복부를 강타했다. 첫 타를 맞은 리자드맨은 입과 코로 피를 내뿜으며 뒤로 벌렁 나가떨어졌다.

"꺼져라!"

다시 공중으로 날아오른 지크의 발이 번개처럼 리자드맨들의 머리에 내리꽂혔다. 이번에도 역시 한쪽은 목뼈 탈골, 나머지 한쪽은 뇌파열로 인한 즉사를 면치 못했다.

"세상에……"

구원을 받은 사람은 도저히 믿을 수 없었다. 사람이 주먹과 발로만 리자드맨들을 즉사시키는 장면은 흔치 않았다.

간단하게 일을 마친 지크는 손을 툭툭 털며 미소를 지었다.

"헤헷, 너무 쉽군. 그나저나 괜찮아요? 좀 다친 것 같은데……"

"전 괜찮습니다만……."

그러나 대답과는 달리 그 남자는 의식을 잃으며 힘없이 쓰러졌다.

오래 지나지 않아, 그 남자는 뒤늦게 도착한 포르테의 회복 마법에 힘입어 의식을 회복했다. 그는 정신을 차리자마자 일행을 붙들며 눈물로 사정하기 시작했다.

"제발 우리 마을 사람들을 살려 주십시오. 칠흑의 갑옷을 입은 괴한이 리자드맨들을 잔뜩 끌고 와서는 사람들을 죽이고 무엇을 찾는지 집들을 불태웠답니다. 한시라도 빨리 사람들을 구하지 않으면……으흐흑……."

그 말을 들은 포르테는 진지한 표정으로 그에게 물었다.

"그 남자, 혹시 회색 피부에 거대한 팔시온을 든 거한 아닌가요?"

남자는 고개를 저었다.

"그렇진 않습니다. 덩치는 컸지만 회색 피부는 아니었어요. 그리고 흑색 검만 들고 있었어요."

"그래요?"

포르테는 못내 아쉬운 표정을 지었다. 그때 창을 감싼 헝겊을 천천히 풀던 슈렌이 말했다.

"당신이 찾는 그 회색 피부의 거한이라면 이렇게 탈주자를 만들지도, 집을 불태우지도 않습니다."

"그 회색 거한을 알고 있나요?"

슈렌은 고개를 끄덕였다.

"예. 그리고 진짜 그라면, 저와 지크가 힘을 합한다 해도 절대 이길 수 없습니다."

"무슨?"

"그와 우린 차원이 다릅니다. 어쨌든 지금은 그 회색 거한의 눈

251

제를 거론할 때가 아닙니다. 우리가 먼저 이분의 마을로 가 보겠습니다."

슈렌이 쳐다보자 그 남자는 고개를 끄덕이며 길을 가리켰다.

"길을 쭉 따라가면 마을이 나와요."

"알겠습니다."

슈렌이 지크를 향해 고개를 살짝 끄덕이자, 지크는 엄지손가락을 들어 보였다.

둘은 곧장 길을 따라 뛰기 시작했다. 그리고 포르테는 걱정스러운 얼굴로 그들의 뒷모습을 바라보았다.

태고의 숲으로 들어가는 길목에 위치한 한 마을에 끔찍한 광경이 펼쳐져 있었다. 마을 사람들의 시체가 여기저기 널브러져 있었고, 살아남은 사람들은 리자드맨들에게 완전히 포위된 채 그들의 작업이 끝나길 기다리고 있었다.

"일이 끝나면 정말로 우리를 살려 주는 거요?"

촌장으로 보이는 노인이 멀리 보이는 갑옷의 남자에게 물었다.

투구 사이로 보이는 하얀 안구가 촌장 쪽으로 향했다. 여든 살에 가까운 인생 동안 수많은 사람의 눈동자를 봐온 촌장이지만, 알 수 없는 공포를 주는 그런 하얀 눈동자는 한 번도 본 일이 없었다. 어지간히 난폭하다고 소문난 도적 두목이나 수배 중인 살인자도 그런 눈빛은 아니었다. 눈동자만 보면 눈앞의 괴한이 가진 하얀 눈동자에 비해 선량하기 그지없었다.

"우워."

열심히 땅을 파던 한 리자드맨의 팔이 올라갔다. 그것을 본 갑옷 괴한은 고개를 끄덕이고 그쪽으로 향했다.

"이것이······ 카오스······ 에메랄드······ 원석인가."

파헤쳐진 땅속엔 흑색의 거대한 수정 하나가 솟아 있었다. 그것을 본 괴한의 투구 속에선 거친 숨소리가 담긴 웃음이 새어 나왔다.

"하하하, 상당히······ 질이······ 좋군. 좋아······. 계속 파라."

지시를 받은 리자드맨들은 다시 삽과 곡괭이를 들었다.

작업장을 나온 괴한은 주민들을 포위한 리자드맨들을 향해 천천히 손을 들어 올렸다.

"죽여라."

"쿠워!"

리자드맨들은 기다렸다는 듯, 끝이 갈라진 혀를 내밀며 주민들에게 서서히 다가섰다. 공포감에 휩싸인 주민들 속에서 잔뜩 긴장해 있던 촌장이 원망을 터뜨렸다.

"무슨 소리를 하는 거요! 분명 우릴 살려 준다고 하지 않았소!"

"크카카카카캇!"

괴한의 웃음소리는 음산하고 야비했다.

"내······ 취미는······ 약속을······ 깨는 거지."

"오호, 그럼 어릴 때 엄마한테 엉덩이깨나 맞았겠군."

갑작스레 들려온 비아냥거림에 괴한의 눈동자가 커졌다. 흰색 눈동자는 곧장 마을 입구 쪽으로 향했다. 그곳엔 각기 개성 있는 복장의 남자 둘이 당당히 서 있었다.

"간발의 차로 도착이야. 안 그래, 슈렌?"

슈렌은 마을을 둘러봤다. 마을 사람을 포위한 리자드맨은 20여 마리 정도였고, 작업 중인 리자드맨은 10마리 정도였다. 하지만 중요한 것은 리자드맨 숫자가 아니라 정체를 알 수 없는 칠흑 갑옷 남자였다.

"지크, 리자드맨을 맡아라."

슈렌의 낮은 음성에 지크의 환한 얼굴은 실망감으로 흐려졌다.

"쳇, 재미있는 건 자기가 맡으시겠다? 이러면 곤란해."

"잔말 마."

지크의 말문을 막은 슈렌은 팔의 긴장을 풀며, 갑옷 남자에게 다가갔다. 리자드맨들이 급히 앞을 막았으나 갑옷 남자가 리자드맨들을 좌우로 물렸다. 그는 거친 숨을 몰아쉬며 말했다.

"꽤 강해 보이는…… 녀석이군. 오늘은…… 즐거운 일이…… 겹치는걸."

슈렌은 감긴 듯 만 듯한 눈을 살짝 뜨며 남자의 말을 맞받아쳤다.

"호사다마랄까. 좋은 일엔 마가 끼는 법."

투구 속의 흰색 눈동자에 살기가 서렸다.

"내가…… 누군지…… 아느냐?"

남자는 허리춤에서 흑색 검을 뽑았다. 햇빛마저 빨아들일 듯한 칠흑의 무광 표면, 그 검을 맞고 이웃과 친지들이 처참히 죽어 가는 것을 지켜보았던 마을 주민들은 마른침을 꿀꺽 삼켰다. 그러나 슈렌의 반응은 여전히 담담했다.

"별로 알고 싶지 않군."

"건방진 것!"

화가 치솟았는지 남자의 칠흑 검이 초음속으로 흔들렸다. 하지만 슈렌은 그 검의 진공파를 간단히 옆으로 피해 내며 창으로 그것을 살짝 찔렀다.

창끝에 닿은 진공파는 마찰음을 내며 힘없이 사그라졌다. 투구 속 눈동자는 놀라움으로 이내 커졌다.

자세를 바꾼 슈렌은 손으로 창을 천천히 돌리며 갑옷 남자를 향해 걸어갔다. 갑옷 남자는 재미있다는 듯 눈을 크게 부릅떴다.

"이 요우시크 님의 공격을 받아치다니, 리오 이후 이런 상대는 1백 년 만에 처음이구나!"

"요우시크?"

자신을 요우시크라 밝힌 남자에게서 의형제의 이름이 나오자, 슈렌은 눈살을 찌푸렸다.

인간의 피를 마시면 마실수록 강해진다는, 마검 로제바인의 주인 요우시크. 고신 부르크레서의 힘을 이어받은 만큼 검술 실력이 막강할뿐더러, 특별한 형체가 없는 암흑 생물인 탓에 물리적인 타격이 먹히지 않는 아주 까다로운 상대였다. 여기까지가 슈렌이 리오에게 들은 요우시크의 정보였다.

"오호, 나를 알고 있나?"

"조금."

슈렌은 창을 양손에 든 채 자세를 낮췄다. 동시에 요우시크도 웃음을 거두고 자신의 검 로제바인으로 흑색 호선을 그리며 자세를 잡았다.

"보통이 아니군. 점점 재미있어지는걸?"

"핫!"

짧은 기합 소리와 함께 슈렌의 몸 주위에 붉은 섬광이 일었다. 그의 기습적인 창 찌르기에 요우시크는 움찔하며 몸을 피했으나 흑색 갑옷에 불똥이 튀었다. 화염이 실린 그룬가르드의 창끝이 스친 것이다. 물론 슈렌은 요우시크가 피한다는 것을 계산에 두고 있었다.

"크윽!"

금속성과 함께 창이 스친 갑옷 표면에 불꽃이 일어났다. 충격을 입은 요우시크는 비틀거리며 물러섰지만 슈렌의 파괴적인 연속 찌르기가 가해졌다. 화염 기운 탓에 막으면 폭발이 일어났다. 피한다 해도 가공할 만한 속도의 후속타가 들어왔다.

"네 녀석!"

다시금 들려온 금속성. 폭발을 무릅쓰고 로제바인으로 그룬가르드를 막은 요우시크는 힘으로 슈렌을 밀어붙였다. 슈렌의 기교가 보통이 아닌 데다 검과 창의 공격 범위의 차이 때문에 요우시크로선 힘으로 밀어붙이는 수밖에 없었다.

"흠!"

요우시크의 괴력에 슈렌이 뒤로 밀렸다. 감당하지 못할 힘은 아니었지만 갑작스러운 반격에 슈렌의 자세가 약간 흐트러졌다.

"죽어라!"

상대를 밀친 요우시크는 회심의 미소를 지으며 일격을 가했다. 그러나 슈렌이 빠르게 후퇴하는 바람에 그의 로제바인은 그대로 땅을 쳤다. 이 틈을 이용해 슈렌이 곧바로 요우시크의 다리 쪽을 창으로 찌르려 하자, 요우시크는 황급히 그것을 검으로 막아 냈다.

픽!

그때 요우시크의 후두부에 슈렌의 팔꿈치가 파고들었다. 상대의 신경이 아래쪽에 집중된 틈을 노린 기술이었다.

순간 요우시크의 갑옷이 사방으로 분해됐다. 주인의 형체가 없어졌는데도 로제바인은 피에 굶주린 상어처럼 슈렌의 목을 향해 뻗어 왔다.

창으로 방어하기 힘들다는 것을 안 슈렌은 왼팔로 로제바인을 쳐냈다. 슈렌의 손등에선 피와 살점이 튀었다.

순간 요우시크의 갑옷 역시 떠올라 원래 형체를 이루었다. 어두운 투구 속에 다시 흰색 눈동자가 떠올랐다.

"생각보다…… 강한걸, 후후훗. 오늘은…… 내가…… 무거운 갑옷을…… 입고 나와서…… 좀 힘이…… 들었다. 다음에…… 다시 만나길."

요우시크는 팔을 위로 치켜들었다. 그러자 일부만 드러나 있던 거대한 흑수정이 굉음을 일으키며 공중으로 떠올랐다.

상처 난 왼손을 헝겊으로 지혈하던 슈렌은 요우시크의 곁에 떠오른 흑수정을 의아한 눈으로 바라보았다. 본 적도, 들어 본 적도 없는 그 집채만 한 수정에선 이상스러울 정도의 요기가 흘렀다.

요우시크는 그 수정의 표면을 어루만지며 회심의 미소를 지었다.

"많이도…… 자랐구나. 세상에서…… 가장 아름다운…… 보석. 자, 그럼…… 난 이만."

그의 갑옷 사이에서 일순간 검은 구름이 뿜어져 나왔다. 그 구름에 휩싸인 흑수정은 거짓말처럼 요우시크의 갑옷 속으로 빨려 들어갔다. 요우시크 역시 자신이 만든 워프 서클 속으로 슬그머니 사라졌다.

그 광경을 지켜보던 지크는 머리를 긁적이며 슈렌에게 다가갔다.

"뭐야, 저 녀석 도망치는 거야?"

"글쎄……."

슈렌은 슬며시 지크를 돌아보았다. 그의 뒤쪽엔 죽거나 기절한 리자드맨들이 차곡차곡 쌓여 산을 이루고 있었다. 지크는 씩 웃어 보였다.

"헤헷, 깨끗이 처리했지. 해결사 지크 님이라고 불러 줘."

슈렌은 묵묵히 고개를 끄덕이며 흑수정이 나왔던 구멍을 바라보았다.

슈렌 일행은 마을 주민들이 감사의 뜻으로 마련한 식사를 대접
받고 있었다.

"흑색 수정요? 그것도 집채만 한?"

포르테는 슈렌과 지크에게서 기묘한 질문을 받았다. 요우시크가
가져간 정도의 거대한 흑수정이 가이라스 왕국에서 나느냐 하는
것이었다. 그런 특산물이 있다는 사실은 가이라스 왕국의 토박이
인 그녀도 들어 본 일이 없었다.

"팔면 얼마를 받을지 모르겠지만 하여튼 대단하더라고요."

"그래요? 하지만 그런 엄청난 게 우리 왕국에서 난다는 말은 처
음 듣는데요?"

포르테는 의아한 얼굴로 지크를 바라보았다. 슈렌은 그저 묵묵
히 식사를 할 뿐이었다.

그때 촌장이 일행에게 다가왔다.

"저, 여러분, 한 가지 부탁을 드려도 괜찮겠습니까?"

지크가 활짝 웃어 보였다.

"당연하죠. 촌장님 드실 것은 남겨 놓을 테니 걱정 마세요. 헤헤
헷…… 앗!"

순간 포르테에게 발을 밟힌 지크는 신음 소리와 함께 고개를 숙
였다. 포르테는 어색한 미소를 지으며 촌장을 바라보았다.

"예, 촌장님, 무슨 일이십니까?"

촌장은 지크를 보며 조심스레 말했다.

"우리 마을에서 잠시 묵고 있던 한 아이가 여러분들을 뵙고 싶다
고 해서요. 안 된다고는 했지만 막무가내여서……."

"아이요?"

포르테는 어떻게 할까 생각하며 슈렌 쪽을 돌아보았다. 후식으

로 차를 들던 슈렌은 전투 때와는 전혀 다른 조용한 눈으로 고개를 끄덕였다. 언제부턴가 슈렌은 자연스레 리더가 되어 있었다. 포르테 역시 그것을 인정한 듯 무슨 일이 있을 때마다 슈렌에게 의견을 물었다. 허락을 받은 포르테는 흔쾌히 제의를 받아들였다.

"예, 그 아이를 만나 보죠."

잠시 후 한 소년이 촌장 손에 이끌려 왔다. 일고여덟 살로 보이는 소년은 살짝 흘러나온 콧물을 소매로 닦으며 일행을 둘러봤다. 긴장된 얼굴이었지만 뭔가 잔뜩 기대하고 있는 듯했다.

"저, 저……."

머뭇머뭇하는 반응에, 지크가 동전을 손에 쥐고 아이 눈앞으로 가져갔다.

"자, 뭐가 보이지, 꼬마?"

"예? 동전요."

지크는 피식 웃으며 동전을 돌렸다. 앞엔 새 모양이, 뒤엔 숫자가 새겨져 있었다. 그가 동전을 튕겨 올리자 아이의 눈은 자연스레 위아래로 움직였다. 동전을 다시 쥔 지크가 물었다.

"자, 새일까, 숫자일까?"

"음…… 새요!"

"한번 볼까?"

지크는 손을 펼쳤다. 놀랍게도 어느새 동전은 네 개였다. 아이의 눈은 금세 휘둥그레졌다.

"우아!"

"잘 맞추는데, 꼬마."

네 개의 동전은 모두 새가 그려진 쪽이었다. 지크의 마술 아닌 마술 덕에 아이의 태도는 훨씬 자연스러워졌고, 조금 후엔 막힘없이 용건을 말했다.

"우리 누나를 찾아 주세요, 아저씨. 돈은 없지만 나중에 꼭 드릴
게요."

"누나?"

지크의 짙은 눈썹이 순간 일그러졌다. 아이는 품에서 작게 접힌
종이를 꺼내 펴 보였다. 접힌 줄이 선명한 종이엔 스무 살이 갓 넘
어 보이는 미인이 미소를 짓고 있었다.

"이야, 누나가 미인인데? 하지만 우린 사람 찾는 데는 소질이 없
다고."

지크가 어렵다는 듯이 말하자, 아이는 금세 울상이 되어 애원했다.

"제발요! 돈이 모자라면…… 아저씨한테 시집가라고 누나한테
부탁할게요! 우리 누난 제 부탁이면 다 들어주거든요."

지크의 거절은 대가 따위의 문제가 아니었지만 아이가 간절히
애원하자 약해진 그는 더 이상 사양할 수 없었다. 지크가 흘끔 슈
렌을 바라보자, 의형제는 알아서 하라는 듯 고개를 다른 쪽으로 돌
렸고, 포르테는 거절하라는 눈짓을 보냈다.

"젠장."

지크가 입을 삐죽 내밀며 시선을 떨구자, 아이도 고개를 푹 숙
였다.

"꼬마야, 난 이런 타입의 여자를 싫어해. 장가갈 생각도 없고."

지크는 아이의 손에 들린 초상화를 살짝 들어 올렸다. 아이의 눈
에는 실망감이 역력했다.

포르테는 안타까웠다. 하지만 아이 한 명의 문제 때문에 한시가
급한 가이라스 해방전선의 앞길을 늦출 순 없었기에 그녀는 이번
만큼만은 냉정해지기로 마음먹었다.

포르테가 아이를 다독거리기 위해 팔을 뻗으려는데, 지크가 입을 열었다.

"하지만 아저씨라고 부르지 않으면 생각해 보지."

"예?"

"얼마나 걸릴지 모르지만 한번 찾아보마. 됐지? 아, 그리고 내 앞에서 징징대지 마. 난 다른 사람의 눈물만 보면 열이 나는 인간이니까."

"예!"

아이는 밝게 대답하며 콧물이 마르지 않은 소매로 눈가를 닦았다.

아이의 마음을 풀어 주려는 듯 지크는 아이를 목말 태워 밖으로 나갔다. 멍하니 그들의 뒷모습을 바라보던 포르테는 기가 막혔다.

"세상에 이럴 수가! 어째서 반대하지 않으셨어요, 슈렌 님! 지금 여러분 역할이 뭐라고 생각하십니까?"

포르테가 언성을 높였다. 슈렌은 옅은 미소를 띤 채 찻잔을 내려놓았다.

"당신들과 함께 가이라스 왕국 국민들을 돕는 것이죠."

"그렇게 잘 아시면서 왜 그런……"

슈렌은 시선을 슬며시 포르테에게 돌렸다.

"저 아이 역시, 저희가 도울 가이라스 왕국 국민입니다. 그리고 지크는 자신의 의지로 아이를 돕겠다고 약속했습니다. 책임은 지크 본인이 질 테니 안심하십시오."

포르테는 길게 한숨을 쉬었다.

아이와 함께 밖으로 나온 지크는 꼬마의 신상에 대해 물었다. 우선은 마음을 열어야 친분을 다지기 쉽다는 것이 지크의 신조였다.

"꼬마야, 일단 만났으니 통성명이라도 해야지? 난 지크 스나이 퍼. 넌?"

"전 티퍼 블레이크예요. 지금은 아빠와 엘프들이랑 함께 지내고 있어요."

"그래? 아빤 뭐 하는 분이신데 엘프랑 같이 있니?"

지크는 별 생각 없이 물었지만, 티퍼의 입에서 나온 말은 결코 가볍지 않았다.

"우리 아빤 가이라스 왕국 최고 장군인 마스터 템플러셨어요. 그 런데 나쁜 벨로폰 왕비랑 아줌마 아저씨들이 우리 아빠를 쫓아냈 어요. 지금은 엘프의 숲에서 상처를 치료하고 계세요."

"오호, 그래? 안됐구나, 꼬마야."

지크는 어떻게 말해야 할지 몰랐다.

"그 왕비 아줌마 때문에 원래 집에도 못가고, 친구들이랑 놀지도 못하고, 정말 싫어요."

지크는 자신도 모르게 미소 지었다.

"그래도 잘 참은 것 같구나. 그런데 넌 왜 혼자서 누나를 찾겠다 고 돌아다닌 거니?"

아이의 표정은 금세 시무룩해졌다.

"요즘 아빠가 주무시면서까지 누나 이름을 부르세요. 집이 없어 졌으니 누나가 돌아와도 우리를 못 찾을 거라며 걱정하시고……. 그래서 다른 사람들 몰래 누나를 찾으러 나왔어요."

"멋진데, 꼬마. 벌써부터 그런 생각을 하고 말이야."

아이와 친해진 지크는 다시 포르테와 슈렌이 있는 곳으로 돌아 왔다. 포르테는 그가 돌아오자마자 퉁명스레 물었다.

"부모가 누구래요? 그 아이."

"아빠가 마스터 템플러라던가…… 그런데 지금은 엘프 숲에서 숨어 지낸다더군요. 맞지, 티퍼."

"예, 맞아요. 형."

지크는 대견스럽다는 듯 아이 머리를 몇 차례 쓰다듬었다. 반면 포르테의 얼굴은 돌처럼 굳어졌다.

"마스터 템플러? 농담이겠죠."

포르테의 반문에, 지크와 티퍼는 동시에 얼굴을 찡그렸다.

"애들 말은 못 믿겠다는 건가요?"

"우리 아빤 마스터 템플러, 조나단 블레이크예요! 함부로 말하지 마세요, 아줌마!"

티퍼는 흥분해서 떠들어 댔다. 그런데 뜻밖에도 포르테는 어느새 티퍼의 볼에 키스를 퍼붓고 있었다.

"어머 도련님, 제 실례를 용서해 주실 거죠? 호호홋."

지크와 티퍼는 갑자기 변한 포르테의 반응에 이해할 수 없다는 표정을 지었다.

다음 날, 슈렌 일행은 마을 사람들의 작별 인사를 받으며 티퍼와 함께 마을을 떠났다. 포르테는 티퍼를 놓치지 않으려는 듯 손을 꼭 잡고 있었다.

"아줌마, 아파요."

"어머, 미안해요, 도련님."

포르테는 조심스레 티퍼의 손을 놓았다. 그 모습을 지켜보던 지크는 혀를 내둘렀다.

"무서운 여자야."

"임기응변에 강하지."

슈렌은 짧게 한마디 내뱉으며 상처 입은 손의 붕대를 풀었다. 포르테의 정신이 티퍼에게 쏠려 있어 귀찮은 시비는 붙지 않았다. 살점이 떨어져 나갈 정도의 큰 상처가 났던 그의 왼손은 놀랍게도 깨끗했다.

"자, 이제 어디로 가죠?"

"예, 엘프의 숲으로 가요."

포르테가 대답했다.

"네?"

"호호홋, 우선 티퍼의 아버님께 인사를 드리려고요. 얘 누나를 찾으려면 우리가 이 애를 보호해야 해요. 보호자가 되기 위해선 당연히 거쳐야 할 절차 아니겠어요?"

슈렌과 지크의 입이 놀라움으로 벌어졌다. 지크는 찡그린 얼굴을 포르테에게 돌렸다.

"갈 길이 바쁘다면서요."

포르테는 오히려 역정을 냈다.

"아니, 지크 님! 아이 앞에서 그런 말로 상처를 주면 어떡해요! 티퍼 도련님, 괜찮으시죠? 저 남자는 원래 저렇답니다."

티퍼는 어리둥절한 표정을 지은 채 아무 말도 하지 못했다.

태고의 숲에서 엘프의 숲으로 들어가는 입구에는 빛의 정령들이 반딧불처럼 이곳저곳 돌아다니며 주위를 밝히고 있었다. 그것을 처음 본 일행은 멋진 광경이라며 매우 좋아했지만 슈렌만은 뭔가 이상한 듯 입을 다물었다. 슈렌이 우려한 바는 야영할 때 나타났다.

"젠장, 빛의 정령이야, 불똥이야? 이것들, 재가 되고 싶냐!"

지크는 손을 휘휘 저으며 귀찮아했다. 빛의 정령들이 너무 많이 돌아다니는 탓에 일행은 잠을 설치고 있었다. 눈을 감아도 번쩍이는 빛을 느낄 정도였다.

"근처 숲에 동물이 없었지? 이게 이유야. 빛의 정령, 윌 오 위스프가 너무 많은 탓에 어둠의 정령 셰이드가 발붙일 자리가 없는 거지. 잠을 자지 못하는 이유는 윌 오 위스프의 빛 때문이 아니라 셰이드가 없어서야."

"중요한 건 지금 잠을 못 잔다는 거야."

슈렌의 설명에 지크는 이를 갈며 침구에 엎드렸다. 포르테와 티퍼 역시 고통스러운 얼굴로 잠을 자기 위해 애썼지만 계속 뒤척거리고만 있었다. 슈렌은 아예 잠자기를 포기했는지 나무에 편히 기대어 그룬가르드의 적갈색 표면을 닦았다.

다음 날 아침, 슈렌을 제외한 일행은 잠을 못 잔 탓에 계속 비틀거렸다. 포르테가 슈렌에게 멀쩡한 이유를 묻자 그는 별것 아니라는 투로 대답했다.

"잠을 못 잘 상황에서는 안 자는 것이 낫습니다. 억지로 자면 더 안 좋습니다."

포르테는 다시 흐느적거렸다.

얼마나 걸었을까. 겨우 빛의 정령이 사는 지역을 통과한 포르테와 티퍼는 그대로 풀밭에 쓰러져 버렸다. 그러나 지크는 잠이 사라졌는지 포르테와 티퍼를 간이 침구로 옮기며 중얼거렸다.

"12시 방향에 하나, 3시 방향에 둘, 7시 방향에 하나. 넌 어딜 맡을래?"

"그냥 있자. 엘프들이라 위협적인 행동은 못 할 거야."

"난 그네들이 위험한지 안 위험한지 모른다고. 엘프인지 뭔지 난 들어 본 적도 없어."

잠을 못 잔 탓일까. 지크는 평상시보다 더 투덜거리며 나무에 기댔다. 그러고 얼마나 지났을까. 숲 속에서 몇 명의 그림자가 튀어나왔다. 그들은 지크와 슈렌을 순식간에 포위했다. 활을 든 남녀 엘프 몇 명이었다.

"꼼짝 마라, 이방인! 움직이면 용서하지 않겠다!"

잠을 못 잔 탓에 어느 때보다 예민해져 있던 지크는 엘프들의 목소리가 들리기 무섭게 말을 맞받아쳤다.

"시끄러워! 이 숲이 너희 거냐! 장난감 활 치우고 꺼져!"

원래 싸울 생각은 없었던 엘프들은 그 목소리만으로 겁에 질려 뒷걸음질을 쳤다.

"두려워 마십시오."

슈렌이 일어서며 침착한 목소리로 엘프들을 안심시키려 했다. 물론 그 말 한마디로 엘프들의 긴장이 풀릴 리 없었다. 슈렌은 포르테 옆에서 자고 있는 티퍼를 가리키며 물었다.

"이 아이를 아십니까? 저희는 아이의 아버지를 뵙기 위해 먼 길을 온 사람들입니다."

"아, 티퍼?"

엘프 여성 한 명이 금세 아는 체를 했다. 다른 엘프들 역시 마찬가지로 아이를 알아보았지만 쉽사리 경계를 풀진 않았다.

"그래도 당신들 말은 믿지 않아요! 티퍼가 당신들 인질인지 어떻게 안단 말이오!"

"그럼 아이가 일어날 때까지 우리 무기를 맡아 주시오. 그럼 되겠습니까?"

슈렌은 헝겊에 싸인 그룬가르드를 엘프들 앞으로 던졌다. 못마

땅한 눈으로 숲의 요정들을 바라보던 지크 역시 무명도를 던졌다.

앨프들은 서로의 긴 귀에 입을 대고 의견을 나눴다. 오래 지나지 않아 그들 중 리더로 보이는 한 명이 고개를 끄덕였다.

"알겠소. 그럼 당신들 무기는 일단 우리가 맡겠소."

"감사합니다."

슈렌은 공손히 고개를 끄덕였다.

"고기를 안 먹는단 말이에요? 그러니 살이 안 찌죠."

"저희는 원래 인간에 비해 몸이 마른 편이에요. 그렇게 말씀하지 마세요."

"하긴 뚱뚱한 것보다야 낫죠. 저도 얼굴 살이 좀 없는 편인데, 아가씨들 보기엔 어때요?"

"호홋, 잘생기셨어요."

지크의 붙임성 있는 화술에 매료된 엘프 여성들은 금세 웃으며 얘기를 텄다. 엘프 남성들은 이방인과 모여 앉아 재잘대는 동족 여성들을 걱정스럽게 바라보았다. 시간이 어느 정도 흐른 후, 경계를 늦춘 엘프 남성이 슈렌에게 물었다.

"티퍼와 일행이시라면 왜 티퍼를 깨우지 않으십니까? 그 편이 오해를 빨리 풀 수 있을 텐데요?"

슈렌은 덤덤히 답했다.

"겨우 잠든 아이를 억지로 깨우고 싶지 않습니다. 티퍼는 빛의 정령 때문에 어젯밤 잠을 자지 못했죠."

질문을 던진 엘프 남성은 내심 미안했다. 만약 남자 말이 사실이라면, 아이를 자지 못하게 만든 책임은 자신들에게 있기 때문이었다. 빛의 정령을 이용한 자연 결계를 만든 것은 다름 아닌 그들이었다.

그때 티퍼가 기지개를 켜며 일어났다. 생각보다 빨리 일어난 것에 지크와 슈렌은 속으로 고마워했다.

"어, 브리델 누나? 아시에 누나?"

티퍼는 눈을 비비며 엘프들에게 왜 여기 있냐는 질문을 눈빛으로 던졌다. 그것으로 오해는 풀렸다.

엘프 마을 주민들은 오랜만에 만난 티퍼를 반갑게 맞았다. 그러나 함께 온 이방인들을 환영하지는 않았다. 지크 일행은 무슨 사연이 있겠거니 하며 침묵을 지켰다.

"엄마, 다녀왔어요."

"오, 티퍼! 무사했구나."

티퍼는 피로를 잊은 듯, 한 엘프 여성 품에 힘껏 안겼다. 덤덤하던 지크의 표정이 그 상봉 장면을 본 순간 일그러졌다.

"엄마?"

"엘프 여성이 엄마라니? 진짜로 조나단 님의 자제 맞아?"

포르테 역시 고개를 갸우뚱했지만 슈렌은 여전히 침묵을 지켰다. 티퍼가 엄마라고 부른 엘프는 급히 일행에게 다가와 깊은 감사를 표했다.

"정말 감사합니다. 아이가 말도 없이 떠나서 남편과 얼마나 걱정했는지⋯⋯."

그녀는 말을 잇지 못하고 울음을 터뜨렸다. 티퍼는 작은 손으로, 엘프 여성의 옷자락을 살며시 잡아당겼다.

"엄마, 울지 마세요."

"미안하다, 티퍼. 실례했습니다, 여러분. 밖에서 감사를 드리다니, 제가 정신이 없군요. 저희 집으로 안내하죠. 부디 식사라도⋯⋯."

티퍼의 어머니는 공손히 허리를 굽혔다. 흔쾌히 제의를 받아들인 일행은 티퍼와 함께 그의 집으로 향했다.

거대한 나무 속을 개조하여 만든 티퍼의 집은 흙발로 들어가기가 미안할 정도로 깔끔했다. 게다가 집 안에 물씬 풍기는 상쾌한 나무 냄새는 일행의 지친 몸을 달래 주는 듯했다.

일행에게 간단한 음료를 나눠 준 티퍼의 어머니는 허리를 굽혀 양해를 구했다.

"이거라도 드시면서 기다려 주세요. 남편이 몸이 안 좋은 탓에 제가 가서 모셔 와야 한답니다. 자, 티퍼도 같이 가야지?"

티퍼와 그의 어머니가 재빨리 위층으로 올라가자마자, 기다렸다는 듯 지크의 불평이 터져 나왔다.

"누가 숲의 요정 아니랄까 봐 음료라며 녹즙을 주는군. 차라리 육즙을 주지……."

"녹즙이 아니에요, 지크 님. 유리스 잎을 달여 만든 고급 음료죠. 지크 님처럼 고기를 좋아하는 분들에겐 후식으로 아주 좋아요."

포르테의 설명에도 불구하고 지크는 코웃음을 쳤다.

"쳇, 후식으로 아무리 좋으면 뭐 해요? 고기 한 점 못 먹었는데."

포르테는 아무 말도 하지 못했다.

그때 걸쭉한 남자의 목소리가 계단 쪽에서 들렸다.

"아, 이거 실례했습니다. 은인들이 오셨는데 침대에만 누워 있었다니……."

일행의 시선이 그곳으로 향했다.

"조나단 님!"

포르테는 아이와 부인의 부축을 받으며 힘겹게 내려오는 남자를 향하여 무릎을 꿇었다. 그 자세가 매우 경건했기에 평상시처럼 인사하려던 지크의 입은 꾹 막혔다.

포르테의 인사에 티퍼의 아버지 조나단은 금세 미간을 찡그렸다. 그렇다고 달갑지 않은 사람을 만났을 때 나오는 반응은 아니었다.

"아니, 자네가 어떻게 여기에……."

포르테는 쓸쓸히 웃었다.

"마스터 템플러였던 분도 여기 계시지 않습니까. 저라고 특별 대우를 받을 순 없겠죠."

티퍼와 그의 어머니는 한풀 꺾인 조나단의 모습에 가슴이 아팠다. 엄숙한 분위기를 싫어하는 지크도 이번만큼은 조용히 있을 수밖에 없었다.

조나단은 자신의 부인을 바라보았다. 그녀는 곧 연초를 꺼내 왔고, 조나단은 손님들에게 양해를 구한 뒤 연초 끝에 불을 붙였다. 잠시 후 포르테가 입을 열었다.

"실종되신 후 2년 동안 여러 소문이 돌았습니다. 다른 왕국으로 피신하셨다는 얘기도 있었고, 돌아가셨다는 얘기도 있었죠. 그런데 설마 엘프들과 함께 계실 줄은 몰랐습니다."

조나단은 연기를 뿜으며 회한 섞인 미소를 지었다.

"엘프들과는 예전부터 친분이 있었네. 지금의 부인 아리엘과는 특히 그랬지. 수도를 탈출하기 전, 난 벨로폰 왕비 일파 휘하 청년들의 공격을 받았네. 목숨을 잃기 직전까지 갔지만 그때 당시 수도에 물건을 팔러 왔던 엘프들의 도움을 받아 티퍼와 함께 겨우 이곳으로 피신했지. 콜록, 콜록!"

조나단은 심한 기침으로 더 이상 말을 잇지 못했다. 포르테는 2년 전과 달리 병약해진 그 모습에 안타까움을 느꼈다.

"그럼 그 후의 바깥세상의 일은 전혀 모르십니까!"

"음. 엘프들도 나 때문에 바깥세상에 나간 일이 없었고, 나 역시 몸이 좋지 않아 나가질 못했지. 그래, 요즘 바깥세상은 어떻게 돌아가고 있지? 2년이나 지났으니 벨로폰 왕비 일파가 이미 왕국을 장악했을지도……."

그는 희망을 잃은 사람처럼 보였다. 포르테는 품에서 작은 문장 하나를 꺼내 들었다.

"이걸 보십시오, 조나단 님."

"가이라스 왕국과 말스 왕국의 동맹 문장? 무슨 소린가?"

포르테는 조심스레 그 목각 문장을 내려놓았다.

"말스 왕국의 테라트 왕세자를 아십니까? 그분께서 가이라스 해방전선을 만드셨습니다."

"뭐라고? 해방전선?"

타국의 왕세자가 만든 가이라스 해방전선. 창설 초기엔 작은 규모의 파르티잔 부대였지만 해방전선이 생겼다는 소문만으로 협력부대가 기하급수적으로 늘어나, 지금은 지역 사령부까지 둔 대군이 되었다. 이국의 왕세자가 총사령관이긴 했지만 밑의 사령관들이나 말단 병사들까지도 그 점에 대해선 아무런 불만이 없었다. 총사령관 테라트의 놀라운 지휘 능력과 덕을 갖춘 카리스마는 단 2년 만에 그들을 하나로 뭉치게 했고, 정규군의 기사단조차 두려워하는 군대로 만들었기 때문이다.

"그렇군. 하긴 그분은 무한한 저력이 있지. 내 조부께서 10여 년 전 그분을 가리켜, 영웅왕 말스 1세가 부활한 거라며 극찬하실 정도였다네. 정말 잘된 일이야. 고맙기도 하고……."

"그렇습니다. 이제 조나단 님께서 다시 등장하실 차례입니다."

포르테의 말에, 조나단과 부인의 얼굴은 흙빛이 되었다. 단지 아무것도 모르는 티퍼만이 그저 좋아할 따름이었다.

"우아, 아빠 정말 잘됐어요! 이제 진짜 집으로 돌아갈 수 있는 거죠?"

"난 지금 생활에 만족하고 있네. 비록 딸은 내 곁에 없지만 아들과, 그리고 새로운 사랑과 행복하게 살고 싶네. 전쟁을 잊고 말일세. 이제는 누구와도 헤어지기 싫어."

"그런……."

포르테의 실망감 섞인 얼굴을 뒤로한 채, 조나단은 조용히 몸을 일으켜 벽에 걸린 검을 잡았다. 그는 그것을 포르테에게 내밀었다.

"내 검 노바로드일세. 자네들의 앞길에 도움이 될 거야."

포르테는 조나단이 마스터 템플러의 상징이라 할 수 있는 보검 노바로드를 거리낌 없이 건네는 모습에 할 말을 잃었다. 그때 음료를 마시던 지크가 거칠게 컵을 내려놓았다.

"쳇, 아저씨 그딴 것 없어도 우린 앞길을 잘 헤쳐 나갈 수 있어요. 그건 아저씨 칼이에요. 아저씨 손때가 묻은 칼을 쓰긴 싫다고요."

"젊은이, 말이 심하군."

"마스터 템플러라는 건 겁쟁이에게 주는 칭호였나 보군."

지크는 자신이 앉은 의자를 흔들의자처럼 앞뒤로 흔들며 빈정거렸다. 이번만큼은 슈렌도 지크의 말에 동조했다.

"시간 낭비를 했군요. 그럼 저희는 이만."

지크와 슈렌은 조나단의 집을 나섰다. 조나단은 호통도, 울분도 토하지 않은 채 고개를 숙이고 묵묵히 앉아 있었다.

"이러실 줄 몰랐어요. 아빠 미워요!"

티퍼도 화가 나 집을 뛰쳐나갔다. 옆에 앉아 있던 조나단의 부인은 말을 잊은 듯 한숨만 내쉬었다.

포르테는 어찌해야 할지 몰랐다. 조나단을 합류시켜 왕국 기사단을 해방군으로 포섭하려던 원래의 계획이 차질을 빚은 것 때문만은 아니었다. 가이라스 왕국 최고의 용장이란 남자가 설마 이 정도로 녹슬 줄은 생각도 못한 탓이었다. 실망감과 걱정이 수없이 교차했다.

"미안하네. 하지만 이것만은 들어주겠나?"

"예?"

포르테는 조나단의 진지한 얼굴을 바라보았다.

집 밖에서 지크는 옆에서 울고 있는 티퍼의 등을 살짝 토닥거려주었다. 그런 것으로 티퍼의 실망감이 잦아들 수는 없겠지만 지금 그가 티퍼에게 해 줄 수 있는 위로는 그것뿐이었다.

"그 아저씨, 용기 없는 사람으로 보이진 않았는데, 왜 그런 소릴 했을까?"

"말할 수 없을 만큼 큰 상처를 입으면 사람이 아니라 동물이라도 본능적으로 공포감을 느끼지. 조나단이라는 남자도 그런 경우일 거야."

슈렌의 말에 지크는 슬며시 고개를 숙였다. 슈렌은 덤덤히 말을 이었다.

"그 사람, 공포에 사로잡혀 있어. 자신의 위치는 잊은 채 말이야. 너도 느꼈기 때문에 자존심을 건드린 거겠지."

지크는 머리를 긁적이며 멋쩍은 미소를 지었다.

잠시 후 포르테가 집 밖으로 나왔다. 어두운 표정의 그녀는 고개를 가로젓더니 티퍼에게 말했다.

"티퍼는 집에 가서 준비하고 나오렴. 부모님께 인사드리는 거 잊지 말고."

포르테는 웃으며 아이를 안아 주었다.

"아빠 대신 가는 거야. 누나도 찾아야 하잖니? 내가 허락을 받았으니 걱정하지 마."

"알았어요. 조금만 기다리세요."

티퍼는 언제 울었냐는 듯 활짝 웃으며 집으로 들어갔다. 지크가 어떻게 된 일이냐고 물으려는 찰나, 포르테가 먼저 질문했다.

"타르자라는 마녀, 혹시 알아요?"

"몰라요."

"압니다."

두 남자가 동시에 서로 다른 대답을 했다. 지크는 멋쩍은 표정을 지으며 슈렌을 쳐다보았다.

마녀 타르자. 슈렌은 그녀가, 전에 만나 싸운 일이 있는 요우시크란 자와 부르크레서의 부활을 꾀했던 적의의 마녀란 소리를 리오에게서 들은 적이 있었다. 지금까지 만났던 마법사 중에서 가장 상대하기 힘들었다는 리오의 말이 문득 떠올랐다. 정신술과 흑마법, 사술에 능하고 인간의 정신을 조종하는 것이 특기이자 취미인 그녀의 존재는 리오에게 있어서 공포 그 자체였다. 타르자라는 말만 해도 이를 가는 리오를 슈렌은 자주 보았다.

"그래요? 그럼 그녀에 대해선 나중에 듣기로 하죠. 어쨌든 조나단 님께서 그 마녀가 이번 일에 관여되었다고 하시더군요. 그녀가 국왕 폐하의 혼을 지배하고 벨로폰 왕비를 조종한다는데…… 가능한 일인가요?"

"제가 들은 바로는 충분합니다. 그런데 조나단 님께서 무슨 말씀을 하셨습니까?"

포르테는 길게 한숨을 쉬었다.

"왕실에 대한 정보가 전부예요. 그리고 지크 님에게 고맙다고 전해 달라고 하셨죠."

"그래요? 하하핫."

지크는 머리를 긁적이며 웃었다. 포르테도 옅은 미소를 지었다.

포르테는 지크가 그저 재미있고 엉뚱한 남자라고만 생각했다. 그러나 분위기를 맞추는 말솜씨나 행동, 사람을 빨아들이는 힘, 그리고 자신의 생각을 확실히 말하는 등 엉뚱함 뒤에 숨겨진 그의 진짜 성격이 무엇인지 조금은 알 것 같았다.

잠시 후 티퍼는 가벼운 배낭을 메고 돌아왔다. 티퍼의 어머니는 아들을 다시 떠나보내는 것이 못내 서운한지, 계속 문가에 기대서서 눈물을 참고 있었다. 같은 종족도, 친아들도 아니었지만 티퍼에 대한 정은 남달랐다. 아들의 모습을 끝까지 지켜보던 그녀는 흐르는 눈물을 닦으며 집 안으로 들어갔다.

남편을 위로하기 위해 위층으로 올라간 그녀는 눈앞의 광경에 깜짝 놀랐다. 남편이 부상으로 불안정해진 다리뼈를 고정하기 위해 두른 강철판을 스스로 떼어 내고 있었다.

"여보! 그걸 떼면……."

"그동안 자신감을 상실했었소. 이 쇳조각이 없으면 걷기는커녕 검을 휘두르지도 못할 거라고 생각했소."

조나단은 이를 악문 채 왼쪽 다리의 철판을 제거했다. 두꺼운 철판이 바닥에 떨어지는 모습을 부인은 안타까운 얼굴로 바라보았다.

"자신감을 잃어버린 나머지, 충성의 상징이자 내 분신인 노바로드까지 다른 사람에게 주려 했소. 그 젊은이 말대로, 내 손때가 묻은 검을 말이오. 마스터 템플러의 이름이 부끄럽소."

오른쪽 다리의 철판도 바닥에 떨어졌다. 조나단은 거친 숨을 몰아쉬며 아내에게 손을 뻗었다.

"갖다 주겠소, 부인? 노바로드를!"

잠시 후 부인에게 검을 건네받은 조나단은 눈을 부릅뜨며 몸을 일으키려 했다. 부인이 부축하려 했으나 그는 단호히 뿌리쳤다. 오로지 자신과 검에 의지할 뿐이었다.

골반에서 우두둑 소리가 났지만 그는 대수롭지 않게 생각했다. 오랫동안 움직이지 않은 탓에 몸을 움직일 때마다 관절에서 통증이 몰려왔다. 조나단이 혼자 힘으로 몸을 일으키자 부인은 다시 눈물을 흘렸다.

"여보!"

조나단은 안긴 부인의 등을 토닥거리며 나지막이 말했다.

"내가 다시 일어설 때가 왔소. 국왕 폐하와 공주님을 위해서라도, 당신과 아이들을 위해서라도! 힘들겠지만 내가 나의 자리를 찾도록 도와주기 바라오."

"전 그런 생각으로 당신과 결혼했답니다. 이제야 당신께서 마음을 바로잡으시니 기쁘기 그지없군요. 자랑스럽습니다."

부인의 체온을 느끼며, 조나단은 지그시 눈을 감았다.

엘프의 숲을 떠난 지 일주일. 일행은 드디어 태고의 숲을 빠져나갔다. 도중에 소문으로 듣던 괴물들을 몇몇 만나긴 했지만, 지크가 기대했던 재미난 전투는 없었기에 그의 실망은 이만저만이 아니었다. 그는 포르테에게 투덜댔다.

"거짓말하면 어떡해요! 이 숲에 괴물이 많고 위험해요? 위험하기는커녕 길만 따라 쭉 오니 출구잖아요!"

"알았어요, 알았다니까요. 귀에 못이 박히도록 들었으니 이제 그만 좀 하세요. 설마 태고의 숲에 살던 괴물이 이렇게 줄어들었을 줄은 저도 몰랐어요. 그리고 괴물하고 싸우라고 여러분을 부른 것도 아니잖아요."

"젠장, 속았군. 속았어!"

포르테는 지크의 투덜거림에 짜증이 나서 시선을 다른 곳으로 돌렸다. 숲을 벗어난 지 한 시간. 일행은 광활한 들판을 걷고 있었다. 아무런 장애물이 없는 것이 오히려 불안할 정도였다.

"잠깐."

바람에 파란 장발을 내맡긴 채 선두에서 걷고 있던 슈렌이 갑자기 움찔하며 멈추라는 손짓을 보냈다. 지크 역시 투덜거림을 멈추고 신경을 곤두세웠다.

"어, 설마?"

지크는 곧바로 지면에 귀를 대보았다. 티퍼는 눈을 동그랗게 뜨고 지크를 바라보았다.

"6백, 아니 7백 명 정도 되는데? 기마대가 반은 넘어. 우마차 소리가 시끄러운 걸 보니 보급부대 같기도 하고."

"무슨 소리예요?"

몸을 일으킨 지크는 어리둥절해하는 포르테를 보며 씩 웃어 보였다.

"저기 보이는 계곡 쪽에서 이쪽으로 부대가 몰려오고 있어요. 슈렌, 어떻게 할래? 정면에서 칠래, 아니면 뒤를 칠래?"

"5분 후면 모습이 확실히 보이겠지. 일단 숨는 게 좋겠어."

슈렌의 말에 포르테는 말도 안 된다는 듯 실소를 터뜨렸다.

"슈렌 님, 이 광활한 들판 한가운데서 어디로 숨죠?"

순간 슈렌이 그룬가르드로 땅을 강하게 쳤다. 그 충격으로 지면이 패면서 일행의 눈앞엔 적당한 크기의 참호가 만들어졌다.

멍하니 참호를 바라보던 포르테는 어깨를 으쓱했다.

"알았어요. 시비 걸지 않을게요."

일행은 땅벌레들이 꾸물꾸물 기어 나오는 참호 속으로 들어갔다.

"좋아, 가까워졌다!"

포르테는 지크의 목소리에 참호 밖으로 목을 내밀었다. 너무 많이 내밀었는지 지크가 억지로 포르테의 머리를 내리눌렀다.

점점 가까워지는 행렬을 본 포르테의 눈이 놀라움으로 커졌다. 지크가 땅울림만으로 알아낸 규모와 그녀가 눈으로 확인한 규모가 거의 맞아떨어진 것이다. 게다가 부대의 선두에 보이는 백마를 발견하고 그녀의 얼굴이 환해졌다.

그런 상황을 모르는 지크는 장갑을 꽉 쥐며 투지를 불태웠다.

"헤헷, 좋아. 내가 옆을 칠 테니, 슈렌 넌 앞을 막아. 포르테 님은 티퍼랑 여기서 조용히 있어요."

"여기예요!"

순간 포르테가 참호 밖으로 뛰쳐나와, 가까이 오고 있는 부대에게 양팔을 흔들며 소리쳤다. 지크의 얼굴은 하얗게 질리고 말았다.

"무슨 짓이에요! 다 된 밥에 재를 뿌려도 유분수지!"

그러나 포르테는 밝은 얼굴로 말했다.

"괜찮아요, 아군이에요. 이자록스 공주님이 이끄는 해방군 독립부대예요!"

그녀의 말대로, 참호에 있는 일행을 향해 달려오는 기마대의 얼굴엔 반가움이 실려 있었다. 특히 백마를 탄 갈색 말총머리의 여성은 다른 누구보다 환히 웃고 있었다.

"포르테! 무사했구나!"

"공주님!"

두 여성은 재회의 포옹을 나누었다. 갑옷의 마찰음이 시끄럽긴 해도 그들의 반가움보다 더하진 않았다. 한편 지크는 김샜다는 듯 머리를 세게 긁적였다.

"몸 푸는 건 물 건너갔군. 젠장!"

일행은 천천히 밖으로 나왔다. 재회를 기뻐하던 이자록스 공주는 아쉬워하는 표정의 지크를 보면서 짙은 눈썹을 꿈틀댔다.

"이 건달은 누구지, 포르테?"

"건달?"

공주의 갑작스러운 발언에 지크의 눈이 휘둥그레졌다. 그리고 그의 성격을 잘 아는 포르테와 티퍼는 다음 상황을 보지 않으려는 듯 손으로 얼굴을 가렸다.

건달이란 말에 충격을 받은 듯, 지크는 바지 주머니에 양손을 찌른 채 불량스러운 자세로 공주에게 다가갔다. 그 모습에 약간 질린 듯, 공주는 마른침을 삼켰다.

"무슨 짓이냐! 내 앞에서 이런 행동을 하고서도 무사할 줄 아느냐!"

지크는 길가에 침을 뱉으며 고개를 삐딱하게 갸울였다.

"난 건달답게 행동하는 것뿐이야, 공주 마마. 그 말 취소하시지?"

"뭐라고?"

포르테를 비롯한 해방군은 일순간 멍한 표정을 지었다. 가이라스 왕국의 하나뿐인 공주에게 버릇없는 행동을, 거기다 반말까지 하다니 상황이 심각해질 건 뻔했다. 하지만 슈렌은 덤덤히 주위를 둘러보았다. 공주 역시 할 말을 잃고 가만히 있자, 지크는 한술 더 떴다.

"공주 대접 받으려면 공주답게 행동해. 정식 소개도 안 한 사람을 건달이다 뭐다 하면 곤란하잖아. 난 당한 만큼 갚아 주는 성격이란 것도 알아 둬, 공주."

이자록스 공주의 눈이 꿈틀거렸다. 하지만 그 이상의 일은 일어나지 않았다. 처음 만난 사람에게 건달이다 뭐다 한 것이 실례라는 사실을 공주 스스로 인정했기 때문이었다.

"알겠소. 건달이라는 말은 취소하겠소."

지크의 자세와 표정이 그제야 누그러졌다.

"좋아요, 공주. 전 지크 스나이퍼입니다. 제 형제 슈렌과 함께 다른 형제를 찾아 포르테 님을 따라왔죠. 슈렌, 인사드려."

언제까지고 가만히 있을 것 같던 슈렌은 예를 갖춰 인사를 올렸다.

"가이라스 왕국의 고귀하신 공주님께 감히 인사드립니다. 슈리메이어 반 스나이퍼라 합니다. 슈렌이라 불러 주십시오."

슈렌의 정식 인사에 이자록스의 마음이 어느 정도 풀렸다. 그녀가 물었다.

"형제를 찾아왔다 했소? 그의 이름이 뭐요? 처음의 실례에 대한 사과의 뜻으로 내 기꺼이 알아봐 주겠소."

순간 포르테의 얼굴이 새파랗게 질렸다. 이대로 가다간 자신의 계략이 들통날 게 뻔했다.

"리오 스나이퍼라 합니다."

지크는 몰랐지만 슈렌은 포르테의 말이 거짓이란 사실을 처음부터 알고 있었다. 그런데도 슈렌이 공주에게 말한 것은, 포르테의 반응을 떠보고자 함이었다. 그리고 혹시나 리오가 자신들보다 일찍 가이라스 해방전선에 참여했을지도 모른다는 생각에서였다.

"리오 스나이퍼? 글쎄, 그런 이름은……."

그렇게 말하려던 이자룩스는 심상치 않은 느낌에 포르테를 바라보았다. 포르테는 이마에 식은땀이 맺힌 채 표정이 딱딱하게 굳어 있었다.

"아, 현재 총사령관 테라트 님과 같이 있을 것이오. 그의 무예는 출중하니 말이오. 요즘 하도 일이 많아서 그분을 깜박 잊었나 보오."

그 말에 지크는 이상하다는 느낌을 받았다. 자신이 알고 있는 리오는 어지간해선 여자에게 잊혀지지 않는 타입이었기 때문이다.

"설마요. 그 녀석, 좀 예쁘다 싶으면 나이를 관여하지 않고 사탕발림을 하는 인간인데 공주님이 잊으시다니……."

"무슨 뜻이오?"

공주의 얼굴이 다시 일그러졌다. 지크는 씩 웃었다.

"헤헷, 공주님도 조금만 더 성장하면 여자답고 귀여워질 것 같거든요. 얼굴의 주근깨도 없어질 거고……."

"앗!"

포르테의 입에서 비명이 흘러나왔다. 이자룩스 공주 앞에서 주근깨 얘기를 하는 것은 죽여 달라는 말과 같다는 걸 누구보다도 잘 아는 그녀였다. 다른 해방군의 반응도 마찬가지였다.

하지만 공주는 의외로 너그러이 받아들였다.

"그런 말을 들으니 부끄럽소. 당신은 의외로 사람 보는 눈이 있는 것 같소."

"과찬의 말씀."

별 탈 없이 지나가자 포르테는 안도의 한숨을 쉬었다.

그때 이자룩스의 눈에 티퍼의 모습이 들어왔다.

"거기 있는 소년은 누구지?"

티퍼는 약간 긴장한 목소리로 인사를 올렸다.

"처음 뵙겠습니다, 공주 마마. 제 이름은 티퍼 블레이크라 합니다. 예전에 마스터 템플러였던 조나단 블레이크의 아들입니다."

"티퍼? 네가 이렇게 컸단 말이냐?"

이자록스는 매우 반가워했다. 티퍼는 너무 어려서 기억할 수 없었지만, 그녀는 마스터 템플러와 함께 왔던 네 살짜리 꼬마를 한눈에 알아보았다.

"포르테 님 아니십니까?"

그때 뒤에서 육중한 발소리와 함께 우렁찬 음성이 들려왔다. 포르테는 반가운 얼굴로 맞았다.

"아, 란돌, 오랜만이군요."

지크와 슈렌은 포르테 뒤에 선, 사람의 몸에 소머리를 가진 옥스족 남자를 바라보았다. 외형상 미노타우르스와 자주 헷갈리는 옥스족. 평균 신장은 미노타우르스보다 약간 작고 힘 역시 부족했지만 지능은 인간과 비슷했다. 성격도 우호적이기에 이 세계 사람들은 그들을 고등 종족으로 인정했다.

그 옥스족의 전사 란돌은 명장으로 이름이 높았다. 대형 해머를 휘두르는 그의 기량은 정규군 특수부대에게도 전율 그 자체였다. 성격도 호방했기에 해방군 병사들 사이에서 인기가 높았다. 현재 그는 전력 분배상 이자록스가 이끄는 독립부대의 보병대장을 맡고 있었다.

"제가 원래 걸음이 느려 인사가 늦었습니다. 용서해 주십시오, 포르테 님."

포르테는 란돌과 악수하며 고개를 저었다.

"용서랄 것까지요. 괜찮아요, 란돌. 건강해 보이니 안심이네요."

"하핫, 고맙습니다. 그런데 저 두 젊은이는 누굽니까? 신참입니까?"

포르테는 크게 고개를 끄덕였다.

"예, 상당히 강한 분들이죠. 두 분 다 리자드맨 수십 마리를 단독으로 처리할 수 있을 정도예요."

"오, 그렇습니까? 대단한데요?"

란돌은 감탄하며 지크와 슈렌을 천천히 뜯어봤다. 둘 다 전사로선 두말할 나위 없는 신체를 가지고 있었다.

"말씀대로 강해 보이는군요. 이거 실력을 시험해 보고 싶은걸요?"

순간 지크의 거친 말버릇이 다시금 발동했다.

"괜히 덤볐다간 다친다고, 소머리 아저씨. 그냥 조용히 쉬시지그래?"

"상당히 버릇없는 신참이군. 요즘 젊은이들은 다 이런가?"

란돌은 고개를 저으며 팔짱을 꼈다. 어지간한 일은 그냥 넘기는 성격이기에 이번 일도 그냥 넘기려 했지만 지크는 달랐다. 한번 붙으면 꺼지지 않는 그 성격에 불이 붙었다.

"오호, 내가 버릇없는 것에 뭐 보태준 거라도 있나? 이렇게 날 흥분시키니 말이야."

"뭐라고?"

"시험하고 싶으면 실컷 해보시지. 싸움이라면 하루 종일 받아 줄 자신 있으니까. 설마 겁내는 건 아니겠지?"

지크의 말투는 거의 도발에 가까웠다. 란돌은 피식 웃으며 부하에게 손을 내밀었다.

"무기를 가져와라. 테스트를 원하는데 어쩔 수 없지."

"좋아, 좋아!"

이자록스 공주는 아무 말도 하지 않았다. 다른 때 같으면 란돌을 말렸겠지만, 지크의 행동이 그녀의 마음에 들지 않았기에 끼어들지 않은 것이었다.

반면 포르테의 걱정은 이만저만이 아니었다. 란돌의 실력은 그녀가 어느 정도 알고 있지만, 지크의 실력은 가늠할 수가 없었다. 리자드맨 수십을 일시에 쓰러뜨리고도 거친 숨 한 번 내쉬지 않았던 그였다.

그녀의 조마조마한 표정과는 달리 슈렌은 여전히 덤덤했다. 보통 때 같으면 지크를 말렸겠지만 지금은 아무 말도 하지 않았다. 그는 지금까지 지크에게 쌓인 전투에 대한 욕구불만이 어느 정도인지 누구보다도 잘 알고 있었다.

"자, 나와라! 네 녀석의 실력을 눈으로 확인해 주마!"

세 명의 병사가 겨우 들고 온 란돌의 거대한 해머는 보기에도 질릴 정도였다. 뇌신(雷神) 토울이 쓰던 해머가 그것과 비슷한 크기였을까. 그러나 지크는 코웃음을 쳤다.

"몸으로 확인하는 게 더 빠를걸?"

"녀석!"

란돌의 해머가 엄청난 스피드로 타원을 그렸다. 준비 동작 없이 기습적으로 나간 공격이기에 구경하던 사람들도 움찔했다.

그러나 그 엄청난 공격은 너무도 간단히 정지되어 버렸다. 마치 사람의 뺨을 때리듯 살짝 친 것으로 보였지만 해머의 끝은 분명 지크의 손바닥에 막혀 있었다.

그 거짓말 같은 상황에 모든 사람들은 말을 잊었다. 포르테와 티퍼도 입만 벌릴 뿐이었다.

란돌과 지크는 덩치로 보나 무게로 보나 비슷한 상대가 아니었다. 지크가 더 날렵해 보이긴 했지만, 란돌의 육중한 근육질에서 느껴지는 힘이 그 날렵함을 누르고도 남을 것 같았다. 하지만 지크는 구경꾼들의 예상을 뒤엎고 정면 승부를 택했다. 게다가 1라운드는 그의 승리였다.

"첫 관문은 간단히 통과했지? 자, 소머리 아저씨의 두 번째 관문은 뭘까?"

해머를 밀어낸 지크는 어깨를 풀며 뒤로 물러섰다. 란돌의 거대한 목젖이 움직였다. 상대에게서 살기는 느껴지지 않았지만 그는 두려웠던 것이다. 얼굴에 미소를 띤 금발의 상대는 싸움 자체를 즐기고 있었다. 심지어 싸움에 굶주린 것처럼 보였다.

"도대체 무슨 꿍꿍이가 있길래, 나와 싸우자고 한 거지?"

"오호? 싸우다니, 무슨 소리! 난 지금 테스트를 받자는 것뿐이야. 싸움이었다면 난 벌써 칼을 빼들었을 거고, 아저씨 목숨은 보장 못 했겠지. 안 그럴 것 같나? 몸 좀 풀 겸 신나게 놀아 보자고."

란돌은 올가미에 걸린 느낌이었다. 그만두자고 했다간 상대의 허리에 매달린 길고 얇은 칼이 빛을 번뜩일 것만 같았다.

그러나 다행히 구원의 손길이 뻗쳐 왔다.

"지크, 그만해."

침묵 속에서 들려온 슈렌의 낮은 음성. 지크의 표정이 단숨에 변했다.

"무슨 소리야? 막 달아오르고 있는데!"

"몸이 근질거린다고 괜한 사람까지 다치게 할 생각이야?"

"쳇, 알았어."

지크는 아쉬운 표정을 지으며 자세를 풀었다. 이어서 란돌에게 손을 내밀며 미안하다는 표정을 지었다.

"미안하게 됐어요, 소머리 아저씨. 앞으로 잘해 봅시다."

"그래, 나도 버릇없다고 한 말 취소하지."

분명 공포감을 준 상대임에도 불구하고 미워할 수 없었다. 실수한 아이를 심하게 다그칠 수 없는 것처럼. 란돌은 이전의 일을 깨끗이 잊고 손을 내밀었다.

"자, 하이 파이브!"

"음?"

악수를 위해 내민 란돌의 손은 주인의 의지와는 달리 지크의 손과 마주쳤다. 신나게 다른 사람들과 인사를 나누는 지크와 달리 란돌은 자신의 손을 묵묵히 바라보았다.

가이라스 해방전선의 독립부대와 합류한 지크와 슈렌. 지금까지 그리 큰일은 없었지만 정규군과 해방군의 전쟁터에 발을 들여놓은 이상, 그들 역시 전쟁의 폭풍을 피할 수는 없었다. 슈렌은 그것을 알고 독립부대의 부대장들과 인사를 나누며 전력을 파악하기 위해 노력했다. 반면 지크는 복잡한 걸 싫어하는 성격대로 인간관계를 쌓는 데 여념이 없었다.

4

에르파라스 고원

남자가 갈림길 중앙에서 머리를 긁적이며, 멀찌감치에서 따라오고 있는 붉은색 베레모를 쓴 여성에게 물었다.

"자, 어디로 가면 될까요?"

리오는 교회를 떠난 지 사흘 만에 키세레에게 의견을 구했다. 그녀가 자신에게 이상할 정도로 거리를 두고 있다는 느낌에, 리오는 지금까지 중요하지 않은 말은 하지도 묻지도 않고 묵묵히 걷기만 했다. 하지만 그녀의 어투는 변함없이 쌀쌀했다.

"태고의 숲은 위험해요. 에르파라스 고원으로 가죠."

"음…… 알겠습니다. 자, 가자 애들아."

"알았어, 리오!"

리카는 활짝 웃으며 리오 옆에 찰싹 달라붙었다. 마족 사건 이후로 리오와 더욱 친밀해진 리카를 클루토는 걱정스러운 눈초리로 바라보았다.

"바이칼, 리카가 걱정돼요. 바이칼과 리오는 한곳에 오래 계시지 못하는 분들이신데…… 리오가 저번처럼 떠난다고 하면 충격이 이만저만이 아닐 거 같아요. 그때도 리카를 달래느라 저랑 아르반 영주님이 얼마나 고생했는데요."

"내가 알 바 아니지."

잠을 잘 때나 눈을 감고 있을 때는 한 명의 미소녀와도 같은 바이칼이지만 말투는 언제나 사람 가슴을 쿡쿡 찔렀다. 클루토 역시 그 말투를 처음 접했을 때는 거부감이 심했지만 지금은 어느 정도 면역이 됐는지 고개까지 끄덕였다.

"그래도 리카가 저렇게 행복해하는 모습은 정말 처음 보는 것 같아요. 영주의 딸이라는 자기 신분 때문에 늘 인상만 쓰던 애였는데 말이죠. 그래서 그런지 저도 즐겁네요."

바이칼은 아무 말도 없었다. 여느 때처럼 불만 어린 표정으로 자기가 왜 클루토의 얘기를 듣고 있어야 하나, 속으로 투덜대는 중이었다.

"그런데 왜 키세레 님은 리오만 차갑게 대하실까요?"

"그건 입술 빼앗긴 당사자만 알겠지. 너도 녀석에게 한번 뺏겨 봐. 그래야 그 기분을 알겠지."

"바이칼, 전 남자잖아요. 바이칼도 같은 남자에게 그런 일을 당한 적은 없을 거 아니에요."

마치 정곡을 찔린 듯 바이칼의 얇은 눈썹이 꿈틀댔다.

"모르면 가만있어."

"예?"

클루토는 바이칼이 갑자기 화를 내는 이유를 짐작할 수 없었다.

고원으로 들어갈수록 길의 경사는 점점 높아졌다. 흙길이 완전히 사라질 즈음 리카와 키세레, 클루토의 걸음이 느려지자 리오는 뒤를 보며 박수를 두어 번 쳤다.

"잠시 쉬어 갑시다."

리카는 잘됐다는 듯 즉시 바위에 걸터앉았다. 그녀 역시 지형이 험한 곳에서 태어났지만 바위가 대부분인 에르파라스 고원엔 적응하기 힘들었다. 다리를 두드리는 그녀의 모습에 리오는 부드러운 미소를 띠었다.

"힘드니, 리카?"

"응? 아냐. 그렇게 힘들진 않아."

"그래도 며칠 앓았으니 너무 무리하지 마. 힘들면 바로 얘기하고. 알았지?"

"응. 알았어."

원래 고맙다 말하려 했지만 쑥스러웠는지 그녀는 즉시 말을 바꿨다. 리오는 키세레에게도 안부를 물었다.

"키세레 님은 괜찮으십니까?"

"상관할 것 없어요."

그녀의 냉랭한 반응에 리오는 실소를 터뜨렸다.

바이칼을 제외한 다른 동료들은 안쓰러운 표정을 지었다.

"키세레 님, 리오를 너무 차갑게 대하시는 거 아니에요? 상관할 것 없다뇨."

당사자인 리오보다 더 흥분한 사람은 리카였다.

키세레는 그냥 고개를 돌렸다. 그런 행동을 보고 리카는 더욱 분노했다.

"이봐요! 아무리 상급 수녀지만 이건 너무한……."

"잠깐!"

리오의 짧고 강경한 말에 모든 대화가 중단됐다. 바람에 섞인 숨소리만이 일행의 귓가를 스쳤다. 클루토는 어리벙벙한 얼굴로 주위를 둘러보았다.

"무슨 일이에요, 리오. 어?"

클루토의 눈이 검은 그림자에 고정됐다. 그 그림자는 점점 커졌고, 공기를 가르는 소리와 함께 재빠르게 움직였다. 게다가 그림자는 하나가 아니고 둘이었다.

"바이칼! 클루토를 맡아!"

외침과 동시에 리오는 양팔로 리카와 키세레의 허리를 각각 안았다.

키세레는 깜짝 놀라며 저항하려 했지만 리오가 워낙 빨리 몸을 날린 탓에 그녀는 아무 말도 할 수 없었다.

"무슨 일이야! 뭐야, 리오!"

리오의 발이 지면에 닿자마자 리카가 비명 섞인 소리로 물었다. 그에 대한 대답은 폭음과 함께 일행이 있던 자리에 처박힌 물체가 대신했다.

바이칼에게 안겨 다른 곳으로 피신한 클루토는, 엄청난 높이로 솟아오른 흙먼지 속에서 몸을 일으키는 두 개의 거대한 존재를 본 순간 입이 벌어졌다.

"드, 드래곤?"

한 번 보는 것 자체가 행운이라는 최상위 생물 드래곤이, 그것도 한꺼번에 두 마리나 먼지를 뚫고 다시 날아올랐다. 현란하게 춤을 추듯 상승한 두 드래곤은 적당한 거리를 두고 서로를 노려봤다. 몸만큼이나 거대한 두 드래곤의 날갯짓은 지상에 있는 리카와 클루토 그리고 키세레의 넋을 빼앗기에 충분했다.

"하나는 블루 드래곤인데, 다른 하나는 뭐죠?"

정신이 없는 듯 키세레가 리오에게 물었다.

"마룡이죠. 저 블루 드래곤이 위험에 처해 있군요. 보통의 드래곤은 마룡을 이길 수 없어요. 이런! 엎드려요!"

블루 드래곤의 입에서 스파크를 동반한 브레스가 불기둥처럼 뿜어진 순간, 리오는 리카와 키세레의 몸을 회색 망토로 덮었다. 보통 드래곤의 브레스라 해도 파괴력과 그 여파는 가공할 정도였다. 눈에 보일 정도의 거리에서 브레스의 폭발 여파를 맞게 된다면, 보통 사람의 경우 십중팔구 사망이었다.

마룡은 즉시 자신의 브레스로 블루 드래곤의 브레스를 받아쳤다. 중간 지점에서 일어난 대폭발은 두 드래곤을 멀찌감치 밀어낼 정도로 강했다.

이 틈을 이용해, 날개로 몸을 감싼 마룡이 블루 드래곤의 가슴에 육탄 공격을 가했다. 상당한 충격을 받은 듯 블루 드래곤은 입에서 선혈을 뿜으며 비틀거렸다.

연이어 마룡은 후들대는 블루 드래곤의 몸을 방아로 내리찍듯 브레스로 강하게 내리쳤다. 브레스의 폭발로 치명타를 입은 블루 드래곤은 리오 근처의 바위산에 처박혔다.

거대한 몸이 떨어짐과 동시에 리오 일행에게 어마어마한 충격이 전해졌다.

리오의 망토 밑에서 보호를 받던 리카는 비명을 지르며 의식을 잃었다. 키세레 역시 마찬가지였다. 브레스가 가진 마력의 타격을 직접 받진 않았지만, 충격파에 온몸이 짓눌린 이상 무사하지 못할 건 당연했다.

물론 눈치채지 못하게 리오가 방어 마법을 쓴 덕에 의식을 잃는 것으로 끝났다.

"쳇, 하필이면……."

리오는 둘을 안고 바이칼 쪽으로 뛰었다. 바이칼과 함께 있던 클루토는 리오를 보자 안도의 한숨을 내쉬었다.

"리오! 다른 사람들은 괜찮아요?"

자연적으로 생긴 참호 뒤에 몸을 날린 리오는 리카와 키세레를 눕히며 고개를 끄덕였다.

"의식을 잃은 것뿐이야. 그런데 바이칼, 그냥 보고 있어야 하나?"

바이칼은 마룡에게 정신이 팔린 듯 아무 말도 하지 않았다. 마룡의 억센 손이 블루 드래곤의 머리를 잡아 들어 올리는 모습에 그의 두 주먹은 부르르 떨렸다. 블루 드래곤의 위기였다.

마룡은 마지막 일격을 가하려는 듯 입을 크게 벌린 채 브레스를 입속에 모았다.

"할 수 없군. 내가 어떻게 해보지."

리오는 몸을 일으켰다. 클루토의 눈은 황당한 말을 들은 사람처럼 크게 벌어졌다.

드래곤을 단독으로 상대하겠다는 사람치고 그의 행동은 너무나 자연스러웠다.

"리오! 제정신이세요? 저들은 날개 달린 도마뱀이 아니고 드래곤이에요, 드래곤! 리오가 아무리 강하다 해도 불가능하다고요!"

"클루토, 잘 들어라."

어느 때보다도 진지한 표정의 리오가 공중으로 살짝 떠올랐다.

"네가 지금부터 보게 될 모든 것에 대해 아무것도 묻지 말아 주렴. 세상엔 모르고 넘어가야 할 일도 많으니까. 그럼 나중에 얘기하자."

"아, 잠깐만요! 무슨 말씀이세요!"

그러나 리오는 아무 대답 없이 엄청난 속도로 공중을 날았고, 클루토의 말문은 막혀 버렸다.

고차원의 마법사들이 사용하는 비상 주문과는 달랐다. 순수한 기의 힘으로 공중을 나는 리오의 모습에 클루토는 얼이 빠졌다.

"바, 바이칼. 리오가 날고 있어요."

"내가 더 빨리 날 수 있어."

바이칼은 질문의 의도를 제대로 파악하지 못했다.

한편 초죽음이 된 블루 드래곤의 모습에 마룡은 희열감을 느끼는 듯 눈웃음을 지었다. 그는 승리감에 더욱 입을 크게 벌렸다.

「드래곤 주제에 감히 마룡족에 대항하다니, 그 용기만은 칭찬해 주마! 날 기분 좋게 만든 대가로, 네놈 가족은 노예로 만들어 잘 부리겠다! 하하하!」

「닥쳐라! 약속이 틀리지 않나!」

「후, 죽어 버려!」

마룡의 입속에 모인 에너지 덩어리가 크게 빛을 발했다. 발사 직전이란 것을 느낀 블루 드래곤은 어쩔 수 없다는 듯 눈을 질끈 감았다.

「으아악!」

순간 마룡의 비명 소리가 들렸다. 블루 드래곤은 엉겁결에 눈을 번쩍 떴다.

「아니?」

마룡의 브레스는 분명 발사되었다. 그러나 그 브레스는 목표와는 동떨어진 상공에 뿜어져, 그 강력한 브레스에 관통된 구름이 원을 그리며 멀리 퍼져 나가고 있었다.

주위를 둘러본 블루 드래곤은 믿을 수가 없었다. 붉은 장발의 인간이 어깨로 마룡의 턱에 있는 급소를 정확히 밀어 올리고 있었던 것이다.

"후, 겨우 시간을 맞췄군."

발사 직전 마룡의 턱을 쳐올린 리오는 안도의 한숨을 내쉬며 마룡에서 떨어져 나왔다. 급소를 당하고 고통스러운 듯, 마룡은 턱을 만지며 뒤로 물러섰다.

「고작 인간 따위가 어떻게 날······.」

"커미트!"

대답 대신, 리오의 손에서 강한 빛이 뿜어 나왔다. 빛의 속성 마법 중 4급의 커미트 주문이 마룡의 절반을 뒤덮을 정도의 굵기로 뻗어 나가는 것을 본 클루토는 입을 다물지 못했다.

"리오가 마법을? 그것도 고급 주문 커미트라니······."

커미트의 충격에 마룡은 멀찌감치 나가떨어졌다. 그리고 돌산에 처박힌 마룡 위로 무수한 돌이 굴러떨어졌고, 곧이어 마룡의 모습은 보이지 않게 되었다.

"괜찮소? 움직일 수 있소?"

블루 드래곤은 멍한 눈으로 고개를 끄덕였다.

「그렇소만, 당신은 도대체······.」

「이 자식!」

그때 마룡이 분노를 토하며 돌무더기를 뚫고 다시 날아올랐다. 리오도 예상은 하고 있었다.

보통의 드래곤에게도 3급 미만의 주문은 물리적 타격을 주는 것 외엔 소용이 없다. 그 드래곤의 외피가 가진 마법 무시 효과 때문인데, 마룡이 4급의 커미트에 밀려 나간 건 순전히 마법이 가진 압력 탓이었다.

「인간! 죽여 버리겠다! 마룡족의 이름을 걸고 널 죽이겠다!」

마룡의 말은 그냥 듣기엔 꿩음이지만 사실은 정신감응이 섞여 있었다. 그 사실을 모르는 클루토는 마룡이 리오를 향해 무슨 말을 하고 있구나, 하고 예측할 뿐이었다.

노기를 띤 마룡의 몸이 일순간 빛과 함께 줄어들었다. 인간의 모습으로 변한 마룡은 몸에 걸맞지 않는 거대한 대검을 움직이며 소리쳤다.

"내 검을 받아낼 수 있을지 모르겠구나, 빨간 머리! 내 이름은 슈타인메츠! 마룡족의 이름을 들은 걸 영광으로 알거라!"

"알았으니 지상에서 싸우는 게 어떤가. 공중에서 붙는 건 별로 취미 없어."

"소원대로!"

리오와 슈타인메츠는 동시에 착지했다.

둘은 서로를 쏘아보며 맹렬히 달려들었다. 디바이너와 슈타인메츠의 대검이 격돌한 순간, 서로의 후방 쪽으로 대폭발이 일어났다.

"제법이군, 인간!"

"너 역시 만만치 않군."

둘의 검이 다시 충돌했다. 검과 검의 대결이라고는 도저히 생각되지 않을 정도의 타격감이 느껴졌다.

충돌 때마다 주위의 바위들이 마치 모래처럼 휘날렸다.

"음......."

기절했던 리카와 키세레가 그 충돌음에 깨어났다.

바이칼의 어깨가 움찔거렸다. 곤란한 경우가 닥쳤을 때 무의식 중에 나오는 버릇이었다. 하지만 표정 관리를 잘한 탓인지 질문의 화살은 쏟아지지 않았다.

키세레는 머리를 감싸 쥔 채 클루토를 불렀다.

"클루토, 어떻게 된 일이니?"

"잘 모르겠어요."

그의 힘없는 대답에 키세레는 더욱 인상을 찌푸렸다. 그때 리카의 목소리가 들렸다.

"리오!"

키세레는 급히 시선을 먼 곳으로 돌렸다. 그리 가깝지도, 멀지도 않은 지점에서 리오가 어디선가 나타난 은회색 단발의 남자와 검투를 벌이는 모습이 그녀의 눈에 들어왔다.

"뭐지, 저 사람은? 블루 드래곤은? 또 마룡은 어디 간 거야?"

"저 사람이 마룡이에요."

클루토가 힘없이 대답했다. 키세레는 도저히 이해할 수 없었다. 그것은 리카도 마찬가지였다.

"죽어라!"

슈타인메츠의 일격이 수직으로 내리꽂혔다. 리오가 검을 눕혀 공격을 받아 냈지만 리오가 서 있는 지면이 해머를 맞은 것처럼 움푹 들어갔다. 그러나 리오의 얼굴에는 여전히 미소가 흘렀다.

"상대방이 큰 빈틈을 보였을 때나 죽으라는 말을 하는 게 좋아. 잘못하다간 네가 죽을 수도 있으니까!"

슈타인메츠의 대검을 밀친 리오가 등판으로 상대 몸을 치자, 슈타인메츠의 입에서 선혈이 터졌다.

"커헉."

마룡족의 몸이 크게 흔들렸다. 예상치 못한 충격에 그는 정신을 차리지 못했다.

거기에 리오가 다시 한 번 상대 얼굴을 팔꿈치로 세게 치자, 슈타인메츠는 멀찌감치 나가떨어졌다.

"차라리 드래곤 모습이었다면 이렇게 처참히 당하지도 않았을 텐데, 안타깝군. 어쨌든 아직 끝나지 않았으니 어서 일어나시지."

"네 녀석!"

슈타인메츠는 다시 일어났지만 무릎이 심하게 후들거렸다. 단두 번의 충격이 몸을 엉망으로 만든 것이다.

슈타인메츠가 필사적으로 왼손을 자신의 가슴에 가져가자 연두색 빛이 손에 흘렀다. 회복 주문이었다. 리오는 묵묵히 상대의 회복을 기다렸다.

다시 기운을 차린 슈타인메츠는 살기를 내뿜으며 상대에게 달려들었다.

"쉴 시간을 준 걸 저승에서 후회해라!"

순간, 두 줄기의 보라색 섬광이 슈타인메츠의 대검을 채찍처럼 휘감았다.

강한 진동과 함께 슈타인메츠의 대검이 세 조각으로 나뉘며 주인 손을 떠났다. 곧 리오의 큰 손이 그의 얼굴을 덮쳤다.

슈타인메츠는 자신이 패배했음을 인정한 듯 양팔을 늘어뜨렸다.

"후훗, 회복하면 도망칠 줄 알았는데 다시 덤비다니, 꼭 내 형제를 보는 것 같군."

"젠장, 죽여라! 루브레시아 공작께서도 싸우다 죽은 나를 용서해주실…… 으악!"

슈타인메츠는 말을 끝맺지 못했다. 리오의 손가락이 그의 머리를 조였다.

리오는 상대와 눈을 가까이했다.

"내가 한 말을 그대로 루브레시아에게 전해라. 그럼 상을 받을 수 있을 거다."

슈타인메츠는 상대 눈에서 뿜어지는 살기에 대답조차 할 수 없었다. 리오가 계속 말했다.

"리오 스나이퍼가 왔다고 전해. 이 말뿐이야."

"리, 리오 스나이퍼?"

리오가 손을 떼자 슈타인메츠는 그대로 엉덩방아를 찧었다.

마룡으로 태어난 이상 절대 피해야 할 존재가 눈앞에 서 있다는 공포감이 슈타인메츠의 몸을 짓눌렀다.

'이 녀석이 바로 가즈 나이트? 아버지와 할아버지께 강하다는 말은 들었지만 설마 이 정도일 줄은……'

공포의 주인공 리오는 여유 있게 검을 거두었다.

"자, 가 보도록. 부러진 검은 나중에 기회가 되면 변상하지."

슈타인메츠는 이를 갈며 드래곤으로 모습을 바꿨다. 죽더라도 전장에서 죽겠다고 다짐한 그였지만, 이기지도 못할 싸움을 하다 죽는 것은 무의미한 짓인 것 같았다.

분을 삭이지 못하겠는지 크게 포효하는 슈타인메츠를 뒤로하고, 리오는 쓰러져 있는 블루 드래곤에게 다가갔다.

일행은 블루 드래곤이 인간으로 변하는 모습을 말없이 지켜보았다.

일행은 폐허 속에 캠프를 만들었다. 일정엔 없었지만, 블루 드래곤이 회복할 곳이 필요했다.

키세레에게 치료를 받은 블루 드래곤은 감사 인사와 함께 자신을 소개했다.

"전 맥 버클리라고 합니다. 아시다시피 블루 드래곤이죠. 위험을 무릅쓰고 절 도와주셔서 정말 감사합니다."

맥은 일행에게 머리를 조아리며 바이칼을 흘끔 바라보았다. 바이칼은 컵에 담긴 따끈한 수프를 조용히 마실 뿐이었다.

"마룡과는 왜 싸우셨습니까? 보통 드래곤은 단독으로 마룡을 상대할 수 없다는 사실을 잘 아실 텐데."

리오가 단도직입적으로 묻자 맥은 시름 어린 한숨을 쉬었다.

"피할 수가 없었습니다. 제 아내와 아이들이 위험했으니까요. 그 마룡은 자신과 싸우면 제 가족은 살려 주겠다고 약속했답니다. 다른 드래곤들이 약속과는 상관없이 모두 당했다는 소문을 들었지만……."

맥은 말끝을 흐렸다. 리오는 고개를 끄덕였다.

"그랬군요. 그런데 다른 드래곤들이 당했다는 것은 무슨 말입니까?"

맥의 얘기로는, 약 반년 전부터 시작된 마룡족의 습격으로 가이라스 왕국 각지의 드래곤들이 점차 사라져 가고 있다고 했다. 이전에도 마룡족이 행패를 부리기는 했지만, 지금처럼 한꺼번에 날뛴 일은 없었기에 드래곤들은 불안에 떨고 있었다.

"어쩌면 좋을지 모르겠습니다. 아내와 아이들은 아예 밖에 나가는 것을 꺼리고, 이러다간 이 세계의 드래곤들이 모두 없어지는 것은 아닐지……."

"일단 오늘은 쉬십시오. 가족이 있는 곳을 알려 주시면, 제가 가서 그분들을 보호해 드리죠."

인간이 최강 생물인 드래곤에게 할 말은 아니었지만 맥은 웃으며 고개를 저었다.

"아닙니다. 가족에겐 근처 친척 집에 피신하라고 했으니 괜찮을 겁니다. 그 집엔 남자 형제들이 많거든요."

"다행이군요. 그럼 쉴 자리를 마련해 드리죠."

리오는 자신의 침낭을 맥에게 주었다. 어디서 잘 거냐는 리카의 물음에 그는 보초를 서겠다고 했다.

클루토의 눈엔 그날 밤 먼저 잠자리에 든 바이칼이 이상하게도 쓸쓸해 보였다. 그 옆에 있어야 할 리오가 없어서일까.

클루토는 혼자 밤샘 보초를 서겠다는 리오를 걱정하며 눈을 붙였다.

하늘을 밝히는 두 개의 달을 벗 삼아 캠프 주위를 돌던 리오는 잠시 쉬려고 바위에 기댔다. 눈은 지그시 감고 있었지만 머릿속은 타르자가 앞에 나타났을 때보다 복잡했다. 마룡족의 행동 범위가 생각 이상으로 큰 탓이었다.

"타르자에 마룡족이라…… 이번 일은 운이 너무 없군."

그의 쓴웃음엔 깊은 자조가 섞여 있었다.

"무슨 말씀인지 설명해 주시겠습니까."

다른 곳에 신경을 써서일까, 갑자기 들려온 질문에 리오는 아차 하며 고개를 돌렸다.

"키세레 님은 밤잠이 없으신가 보군요. 무슨 일이시죠?"

"제 질문에 먼저 답해 주십시오, 스나이퍼 님."

키세레의 태도는 단호했다. 말을 돌릴 상황이 아니라는 것을 깨달은 리오는 정색을 하며 말했다.

"실종된 테라트 왕세자의 신변을 확보하는 일을 말하는 것입니다. 낮에 마룡족과 충돌했으니 일이 더 어렵게 되겠죠. 잘못했다간 영영 해결 못 할 수도 있고요."

적당히 거짓말을 섞어 얼버무리자, 키세레는 눈을 가늘게 뜨고 다음 질문을 던졌다.

"당신은 도대체 어떤 분입니까? 당신은 보통 드래곤보다 강한 마룡을 가볍게 제압했습니다. 보통의 병사 1천 명이 달려들어도 드래곤 하나를 잡기 힘든데, 어떻게 단독으로 마룡을 이길 수 있었는지, 제 상식으로는 도저히 이해하기 힘듭니다."

리오가 충분히 예상한 질문이었다. 그는 흘러내린 머리를 가볍게 쓸어 넘겼다.

"키세레 님이 보시기에 전 어떤 사람 같습니까?"

키세레는 할 말을 잃었다. 수십의 동료를 끌고 다니며 죄없는 드래곤을 사냥하는 드래곤 킬러와는 전혀 달랐다. 그렇다고 용병이나 떠돌이 기사라고 하기에도 적당치 않았다.

리오는 우물쭈물하는 키세레를 보며 가볍게 한숨을 지었다. 일단 위기는 넘겼다는 판단에서였다.

"저는 저를 믿는 모두를 위해 싸웁니다. 제 힘도 그들을 위한 것이죠. 그것만은 확실합니다."

그러나 키세레는 차갑게 팔짱을 꼈다.

"전 당신을 믿지 않아요."

"단언하실 수 있습니까?"

키세레는 입을 다물었다. 리오는 여전히 웃고 있었다.

"이렇게 하죠. 제가 당신을 돕는 이유는, 당신을 굳게 믿기 때문이라고."

"그런 억지가 어디 있습니까!"

"좋은 꿈 꾸시길, 아름다운 수녀님."

리오는 절도 있게 인사하고 다른 곳으로 발길을 돌렸다.

키세레는 자신이 뭔가에 홀린 듯했다. 자신의 질문은 진지했고 상대방을 궁지로 몰아세우기에 충분했다. 하지만 상대의 비논리적인 방어 화술에 넘어가 도리어 그녀 자신이 궁지에 몰리고 말았다.

그것은 경험의 차이였다. 키세레가 남자와의 대화 경험이 적은 반면, 리오는 정반대였다. 그런 이유를 모르는 키세레는 애꿎은 입술만 잘근잘근 씹어 댔다.

"정말 마음에 안 드는 남자야."

"뭐라고? 리오 스나이퍼?"

"예."

힘없는 표정의 슈타인메츠는 그 반문에 고개를 끄덕였다. 가죽제인 듯 흑색으로 번쩍이는 롱코트 차림의 중년 루브레시아는 송곳니를 드러내며 미소를 지었다.

"결국 나타났구나, 가즈 나이트. 그래, 군청색 머리의 예쁘장한 녀석은 보지 못했느냐? 그 가즈 나이트를 애인처럼 따라다니는 녀석이 분명 있을 텐데……."

"전투가 너무 치열했던 탓에, 누가 있었는지 살펴볼 경황이 없었습니다. 죄송합니다."

루브레시아는 아깝다는 듯 눈썹을 움직였다.

"뭐, 나중에 알게 되겠지. 그럼 한번 확인을 해보자꾸나. 들어라, 슈타인메츠!"

"예!"

"발렌타인과 함께 녀석들의 예상 이동 지점으로 가거라. 만나게 되면 심각한 전투는 피해라. 그냥 녀석들 일행이 누구인지만 보고 오너라."

슈타인메츠는 반발하듯 몸을 일으켰다.

"공작님! 2대1이면 저희에게 승산이 있지 않습니까? 적의 전력만 탐색하라 하시다니, 저희를 믿지 못하십니까?"

루브레시아는 미소를 지으며 말했다.

"내 뜻을 이해 못 하는군. 난 머리 나쁜 부하는 필요 없다."

슈타인메츠의 표정이 단숨에 굳어졌다. 루브레시아는 깔끔히 넘긴 자신의 백발을 보물 다루듯 매만졌다.

"슈타인메츠, 넌 너무 어리다. 가즈 나이트가 어떤 존재인지 모른다. 가장 최근에 벌어진 용족 전쟁 당시, 녀석의 최종기술 데이브레이크에 동룡족 몇 명이 죽은 줄 아느냐?"

올해로 드래곤 퍼피의 티를 간신히 벗은 슈타인메츠가 3백 년 전 일어난 전쟁을 알 리 없었다.

루브레시아는 너털웃음을 터뜨렸다.

"으하하하핫, 2만이다. 2천도 아닌 2만이지. 그 대군이 일순간에 재로 변했다. 그런 괴물 단지를 어린 너와 발렌타인이 이길 수 있을 거라고 생각하나? 환상의 팀워크와 정신력? 훗, 그런 것은 실력이 비슷한 상대에게나 통한다. 압도적인 힘 앞에서 정신력이란 무의미하지. 내 말을 이해했으면 조용히 떠나라. 즉시."

"알겠습니다."

슈타인메츠는 인사하고 곧바로 방을 나섰다. 잠시 뒤 그와 같이 갈 발렌타인이 그를 따라 나왔다.

"자, 가자, 슈타인메츠. 오랜만에 같이 호흡을 맞춰 보네."

생기발랄한 그녀의 말에도 슈타인메츠는 말이 없었다.

발렌타인이 그의 어깨를 세게 쳤다.

"무슨 짓이야, 발렌타인!"

"정신 차려, 슈타인메츠. 죽으러 가는 것도 아닌데 왜 그리 힘이 없어? 그 가즈 나이트가 그렇게도 무서워?"

슈타인메츠는 고개를 숙였다. 발렌타인은 허리에 손을 얹었다.

"나 역시 무서워. 어릴 때 가즈 나이트 중 한 명을 본 적이 있거든."

"그래?"

"그때 우리 마을 사람 전부 목숨을 잃었어. 그 가즈 나이트의 공격에서 나만 겨우 살아남았지. 내가 만난 가즈 나이트는 휀 라디언트라는 자인데, 신계에선 광황(光皇)이라 불리는 냉혈한이야. 그는 여자나 어린아이 할 것 없이 무조건 베지. 우리 마을도 그렇게 사라졌고……. 하여튼 이번에 만난 가즈 나이트는 널 그냥 보내 줬으니, 우리가 싸울 의향을 밝히지 않으면 아마 싸우지 않을 거야. 걱정 마."

"가자, 발렌타인. 늦겠어."

슈타인메츠는 외부 통로를 향해 걸었다. 발렌타인은 피식 웃으며 그를 따라갔다.

"감사합니다. 정말 감사합니다, 여러분."

가족 품으로 돌아온 맥은 리오에게 진심으로 감사를 표했다.

맥에게 가즈 나이트와 용제에 대한 소개를 미리 들은 가족과 친척들은 다른 일행이 미안하게 생각할 정도로 더욱더 허리를 굽혔다.

맥과 헤어진 일행은 다시 길을 떠났다. 얼마 지나지 않아 키세레와 다른 일행과의 거리가 상당히 벌어졌다. 키세레는 뒤처져서 걷고 있었다. 리오는 어색한 미소를 지으며 홀로 떨어진 키세레에게 다가가 물었다.

"키세레 님. 감기라도 걸렸습니까?"

"상관할 것 없어요."

그녀의 반응은 불어오는 바람만큼이나 쌀쌀했다. 하지만 리오는 뭔가 알고 있는 사람처럼 가볍게 어깨를 으쓱였다.

"하지만 너무 떨어져 걸으면 위험합니다."

"상관하실 것 없다 말씀드렸습니다."

"뒤를 보십시오."

키세레는 살짝 인상을 찡그린 채 뒤를 돌아보았다. 클루토와 리카도 뒤쪽으로 시선을 돌렸다.

일행의 뒤쪽 양 절벽 위에 각각 한 마리씩 키라버스가 거대한 송곳니를 드러내고 있었다.

에르파라스 고원에서 서식하는 거대한 육식동물 키라버스. 친척뻘 되는 샤벨 타이거보다 훨씬 큰 몸과 강한 힘, 그리고 흉폭성을 지닌 그 동물은 에르파라스 고원에서만큼은 웬만한 마물보다 공포스러운 존재였다. 강철제 마차를 일격에 찌그러뜨리는 앞발, 수송용으로 기르는 그레이트 덤브의 두꺼운 가죽도 쉽게 뚫는 긴 송곳니. 특히 그 송곳니는 턱 아래까지 삐죽 나와 있어 인간과 같은 생물에겐 가히 위협적이었다.

그런 사실을 잘 알고 있는 키세레는 서서히 뒷걸음질을 쳤다.

하지만 키라버스의 눈동자에 그녀의 모습이 명확히 포착됐다. 클루토와 리카는 이미 리오 쪽으로 피신한 상태였다.

"쿠워어!"

키라버스 두 마리가 동시에 몸을 날린 순간, 키세레는 이미 늦었다는 듯 눈을 질끈 감았다.

"진작에 오셨다면 이런 일은 없었죠."

자신의 몸이 갑자기 붕 떠오르자, 키세레는 황급히 눈을 떴다. 목표를 놓친 키라버스들은 뛰어내리던 기세와는 달리 가볍게 착지한 후 다시 그녀에게 시선을 돌렸다.

한편 리오에게 안겨 클루토와 리카 쪽으로 온 키세레는, 리오가자신을 황급히 내려놓고 키라버스에게 다가가자 그에게 소리쳤다.

"키라버스들을 죽일 생각이십니까?"

"그 정도로 배고프진 않습니다만, 원하신다면 한 마리 잡아드리죠."

"스나이퍼 님!"

리오는 웃으며 키라버스들 앞에 섰다. 키라버스들은 몸을 잔뜩웅크린 채 울부짖었다.

상대가 얼마나 강한지 감지한 듯, 키라버스들은 두꺼운 다리를뒤로 뺐다.

리오는 좀더 가까이 다가가더니 자신의 머리만 한 키라버스의코를 부드럽게 쓰다듬었다.

"자, 가봐. 너희까지 괴롭히고 싶진 않으니까. 알았지?"

두 키라버스는 곧바로 몸을 일으켜 어디론가 사라졌다. 리오는다시 일행에게 돌아왔다.

"자, 갑시다. 고원 정상까지는 한참 남았으니까요."

키세레는 못 볼 것을 봤다는 듯 곧장 돌아섰다. 리카와 클루토는 서로 눈짓으로 키세레의 행동에 대해 물었지만 알 수 없었다.

쿠오오.

그때 키라버스의 포효가 하늘을 찢을 듯 울려 퍼졌다. 갑작스러운 반응에 리오마저 놀란 듯 급히 몸을 돌렸다.

"아니?"

뭔가에 휩싸인 키라버스 두 마리가 땅에 떨어졌다. 두 동물의 몸에 적갈색의 점액질이 달라붙어 있었고, 그것은 곧이어 숙주(宿主)의 코와 입, 귀 속으로 스며들었다. 점액질이 모두 들어가자 키라버스는 미친 듯이 울부짖으며 리오를 향해 달려들었다.

리오는 즉시 디바이너를 뽑았다. 키라버스는 마성의 살기를 뿜으며 육중한 앞발을 휘둘렀다. 리오가 디바이너를 쳐들자 보라색 섬광이 퍼지면서 키라버스의 앞발을 공중으로 날려 버렸다.

그러나 키라버스는 통증을 느끼지 못하는 듯 송곳니로 재공격을 했다. 가까스로 그 공격을 피한 리오는 자세를 잡고 키라버스를 쏘아보았다.

"젤 마리오네트인가? 누구 짓이지?"

그때 다른 한 마리의 키라버스가 리오를 지나쳐 일행에게 달려들었다. 그를 본 바이칼은 찰랑거리는 군청색의 머리칼을 가볍게 쓸어 올리며 키라버스를 향해 한 발을 내딛었다.

"이래저래 귀찮아."

키라버스는 그의 미모가 마음에 들지 않는 듯 앞발을 들어 올렸다. 리카는 눈을 가리며 비명을 질렀다.

"위험해요!"

그러나 키라버스의 앞발은 더 이상 움직이지 않았다. 앞발뿐만 아니라 몸 전체가 보이지 않는 손에 잡힌 듯 미동조차 하지 못했다.

리카와 클루토의 눈에는 보이지 않았지만 신성 마법에 대한 수련을 상당히 쌓은 키세레의 눈에는 바이칼의 작은 몸에서 뿜어져 나오는 형상이 뚜렷이 보였다.

"저럴 수가?"

키세레의 눈에 비친 키라버스는 드래곤 형상의 기에 물려 꼼짝도 못하고 있었다. 그런 모습은 본 일이 없는 키세레는 자신의 다리가 심하게 후들거리는 것을 느꼈다.

바이칼의 눈동자가 왼쪽으로 움직이자, 키라버스의 몸도 따라 움직이더니 옆쪽 절벽에 처박혔다. 눈동자가 이번엔 오른쪽으로 움직이자, 키라버스 역시 그에 따라 반대편 절벽에 충돌했다. 그렇게 수차례 당한 키라버스의 육신은 망가질 대로 망가졌다. 황색 털가죽 사이로 뼈가 드러났고, 입과 코에선 선혈이 흘러내렸다. 말 그대로 목숨을 부지하기 힘든 상태였다.

바이칼은 고개를 가로저으며 몸을 돌렸다. 키라버스의 귀에선 아까 보았던 갈색 점액질이 다시 흘러나왔다. 그것은 곧바로 끓더니 공중으로 흩어졌다.

리오 쪽도 상황은 마찬가지였다. 일격에 허리가 동강 난 키라버스의 몸에서도 갈색 점액질이 흘러나왔다. 리오는 검 끝으로 기화하는 점액질을 찔렀다.

"누구지? 이 오버와처 블러드는 구하기 힘든 건데?"

"이유를 설명해 주지, 리오 스나이퍼."

자신의 이름을 부른 목소리에 리오는 고개를 들었다. 어제 자신에게 패했던 슈타인메츠와 다른 마룡족 여성이 눈에 들어왔다. 리오는 씁쓸히 입꼬리를 추켜올렸다.

"데이트 중에 심심하면 젤 마리오네트를 쓰는 게 마룡족의 습관인가 보군. 재미있는데?"

그 말에 옆에 선 동료 마룡 발렌타인이 킥 웃은 것과는 달리 슈타인메츠의 표정은 굳어 있었다.

"네 일행은 그 네 명이 전부인가?"

리오는 디바이너로 어깨를 두드렸다.

"그렇지. 한 명이 좀 반발을 하긴 하지만 별 문제는 없어."

그 순간 키세레의 얼굴이 일그러진 것은 아무도 보지 못했다. 리오의 일행을 둘러본 슈타인메츠는 그제야 웃음을 터뜨렸다.

"푸하하하핫. 동료라고 데리고 다니는 게 여자 셋에 남자 하나라니, 취미가 고상하구나, 리오 스나이퍼. 그렇게 여자가 좋은가? 난 하나 데리고 다니는 것도 벅찬데 대단하구나."

리오는 머리를 긁적이며 일행을 돌아봤다. 그와 리카, 클루토, 키세레의 시선은 모두 바이칼에게 향했다. 잠시 후 리오는 크게 웃음을 터뜨렸다.

"하하하, 오해의 소지가 좀 있긴 하지만…… 하하핫!"

리카와 클루토는 억지로 웃음을 참느라 고개를 깊숙이 숙였다. 키세레 역시 웃음이 터져 나오려 했지만, 자신의 웃는 모습을 누군가에게 보이기 싫어서인지 가까스로 무표정을 유지했다.

"건방진 녀석!"

자존심이 상할 대로 상한 바이칼은 이를 갈며 자신의 오른손에 기를 불어넣었다.

그때 리오가 그의 머리를 가볍게 비볐다.

"참아, 바이칼. 그럴 수도 있지, 뭘."

그러자 바이칼은 슈타인메츠를 아예 보지 않으려는 듯 눈을 질끈 감았다. 리오는 슈타인메츠를 바라보았다.

"자, 용건은 끝났나? 끝났으면 우린 가 보지. 다음엔 유감스러운 일로 만나지 않길."

리오는 가볍게 손을 흔들며 일행과 함께 다시 발걸음을 옮겼다.

임무를 완수한 슈타인메츠는 귀환을 위해 발렌타인을 돌아봤다.

"넌 뭘 하려고?"

발렌타인은 혀끝을 내민 채 오른손 검지를 뻗었다. 그 끝에 작은 공만 한 기가 서렸다. 그 방향은 물론 리오 일행 쪽을 가리켰다.

"이대로 보내긴 좀 억울하잖아. 한 발 쏴서 머리를 날린 다음 도망치는 거지, 뭐. 제아무리 가즈 나이트라고 해도 공중에서 우릴 뒤쫓진 못할 테니까."

"정신 차려, 발렌타인. 가즈 나이트를 너무 우습게 보는 것 아냐? 관두고 어서 돌아……."

그러나 발렌타인은 슈타인메츠의 충고가 끝나기도 전에 기탄을 날렸다. 기탄은 붉은 섬광을 남기며 키세레의 머리를 향해 일직선으로 날았다. 하지만 키세레는 위험을 모른 채 계속 걷기만 했다.

"좋아, 맞아라!"

순간 리오의 손이 번개처럼 기탄을 낚아챘다. 갑작스러운 소리에 놀란 일행은 움찔하며 리오를 바라보았다.

"뭐야, 리오?"

리카의 물음에 리오는 아무 대답도 하지 않았다.

키세레는 기탄이 잡힌 위치와 자신의 시선이 일치한 것을 보고 식은땀을 주르르 흘렸다. 리오가 그 기탄을 막지 않았다면 그녀의 머리는 산산조각이 나거나 관통당했을 것이다.

손에 힘을 주어 기탄을 제거한 리오는 기탄을 쏜 발렌타인을 묵묵히 쏘아보았다.

「다른 일행이 없었다면 너희는 진작에 끝났다. 애교로 봐주는 것도 한계가 있다는 사실을 명심하도록.」

머릿속에 들려온 리오의 정신감응에 발렌타인은 자신도 모르게 바닥에 주저앉았다. 생각 이상의 압박감이 그녀의 몸을 짓눌렀다.

"뭐야? 고작 정신감응 한 번 받은 것뿐인데……."

슈타인메츠는 그것 보라는 듯 코웃음을 쳤다.

"무슨 말을 들었는지 모르겠지만 하여튼 천하의 발렌타인도 한 방 먹은 것 같군. 자, 더 이상 저 괴물과 상대하지 말고 어서 가자. 여기서 친구 장례식 치르고 싶은 생각은 없으니까."

발렌타인은 슈타인메츠의 도움을 받아 겨우 일어섰다. 그동안 리오와 일행은 벌써 멀리 가고 있었다.

"리오 스나이퍼가…… 에르파라스 고원에……."

루브레시아에게 리오 얘기를 들은 요우시크의 하얀 눈동자가 기묘할 정도로 일그러졌다.

"그렇소. 당신과 타르자가 그렇게 저주하던 그 가즈 나이트가 지금 그곳을 지나가고 있다 하오. 그런데 당신답지 않게 놀라는 것 같소이다만……."

"예상보다…… 빨라서 그렇소. 하긴…… 녀석의 행동은…… 1백 년 전에도 빨랐지. 쿠쿠쿡."

요우시크의 손에 들린 찻잔이 힘없이 부서졌다. 그의 거친 숨소리가 귀에 거슬렸지만 루브레시아는 내색하지 않았다. 보기 싫은 존재라 해도 요우시크의 이용 가치는 충분했다. 그가 가진 무력은 물론이고, 리오에게 향한 타르자 이상의 증오심이 그의 활용도를 넓혀 주었다.

"요우시크 님은 녀석을 어떻게 할 생각이십니까? 귀찮은 존재라는 사실은 명확하니, 처리는 빠를수록 좋겠습니다만……."

그러나 요우시크는 의외의 대답을 했다.

"지금…… 급한 것은…… 녀석이 아니오. 가이라스 왕국…… 곳곳에서…… 자라고…… 있는…… 카오스…… 에메랄드를…… 찾는…… 것이…… 급선무요."

"그렇소? 그럼 녀석은 언제 처리하실 겁니까? 계속 설치게 놔두면 오히려 당신들이 뒤통수를 맞을 수도 있소."

그러자 요우시크가 가늘게 눈웃음을 지었다.

"쿠쿠쿡. 녀석은…… 타르자의…… 각본대로…… 훌륭한…… 연기를…… 펼치고…… 있소. 걱정할…… 필요는…… 없소."

"각본?"

각본이라는 말에 루브레시아의 표정이 흐려졌다. 뭔가 기분 나쁜 말이었다. 혹시나 자신들마저 그 각본 속의 조연이 아닐까 하는 생각이 들었다. 게다가 요우시크는 기묘하게 웃을 뿐, 아무런 대답도 하지 않았다.

"미리 알면…… 재미가…… 없는 것이…… 각본 아니오? 쿠쿠쿡…… 오랜만에…… 마룡족의…… 술이나…… 먹어 봅시다……."

"그럽시다."

루브레시아는 요우시크와 함께 별관으로 향했다. 그러나 그의 마음속엔 여전히 각본이라는 단어가 남아 있었다.

그렇게 사흘이 흘러갔다. 고원 중턱을 지난 직후, 리카가 주저앉아 푸념을 늘어놓았다.

"언제까지 계속 갈 거야, 꺽다리! 좀 쉬다 가자고!"

클루토와 키세레도 말은 안 했지만 지친 얼굴이었다. 하지만 리오는 방금 전과 같은 말만 했다.

"조금만 더 가자, 리카. 땀 흘린 상태에서 가만히 앉아 바람을 맞으면 건강에도 좋지 않아."

"쳇, 10분 전에도 그랬잖아! 거기서부터 15분 거리에 드워프 마을이 있다고!"

리오는 웃으며 리카의 어깨를 두드렸다.

"아직 5분 정도 남았잖아."

"싫어! 감기에 걸린다 해도 난 못 가!"

"리카, 여기까지 와서 이러면 어떡해."

"닥쳐!"

클루토가 부축해 일으키려 했지만 리카는 막무가내였다.

"버리고 가자니까."

바이칼 말대로 버리고 갈 수도 없었다. 리오는 리카를 향해 등을 돌렸다. 리카는 순간 움찔했지만 그의 의도는 그녀 생각과 달랐다.

"업혀, 리카. 감기 걸린 아이만큼 데리고 다니기 힘든 친구는 없으니까."

"진짜? 와, 역시 리오가 최고야!"

리카는 언제 주저앉았냐는 듯 리오의 등이 매달렸다. 리오의 검에 다리를 부딪히긴 했지만 그녀는 아프지 않았다. 옛날 아버지의 등에 업힌 것보다 훨씬 따뜻하고 편했다. 리오의 등이 넓어서 그런 것만은 아니었다. 아버지에게서는 느끼지 못했던 무언가가 리오에게서 느껴졌다. 볼을 간지럽히는 붉은 장발의 감촉은 어느 베개보다 포근했다.

"그런데 리오, 지도도 없으면서 드워프 마을이 어디 있는지 어떻게 알아?"

리오는 멀리 보이는 산의 눈 덮인 정상을 손가락으로 가리켰다.

"고원의 중턱을 넘으면 저 멀리 있는 바든토스 산의 끝이 보이지. 정상이 보이는 지점으로부터 드워프 마을 뉴파사까지의 거리는 몇 년이 지나도 변함없대. 이곳 출신의 드워프 친구가 있어서 잘 알지."

"그렇구나."

리오는 하얀 입김을 뿜으며 말을 이었다.

"바든토스 산은 드워프에게는 희망의 상징이야. 저 산이 보이면 다른 어느 곳보다도 따뜻하고 편안한 장소, 집에 다 왔다는 것을 알 수 있기 때문이지. 난 집에 있던 시간보다 세계를 떠돈 시간이 더 많아. 그래서 그런지 이곳에 사는 드워프의 기분을 더 잘 알 것 같군. 후훗."

"그렇게 말하니까 집에 가고 싶잖아, 바보……."

리카는 리오의 망토에 얼굴을 묻었다. 둘의 대화를 듣던 다른 일행들 역시 숙연해졌다. 클루토와 키세레도 집을 떠나온 지 오래였다. 집을 떠난 이유나 시간은 각기 달랐지만, 리카 말대로 집이 그리운 것은 마찬가지였다. 그러나 바이칼은 예외였다.

"자, 다 왔다, 리카. 여기가 가이라스 왕국 최대의 드워프 마을 뉴 파사야."

일행의 눈앞에 거대한 동굴이 입을 벌리고 있었다. 웬만한 성문보다도 큰 동굴 입구의 규모에 일행은 입을 다물지 못했다.

그러나 그런 감상도 잠시, 입구에서 보초를 서던 드워프 예닐곱 명이 성난 얼굴로 일행에게 달려왔다. 표정만이 아니었다. 날이 시퍼런 도끼와 우람한 전투 해머도 손에 들려 있었다.

"나가시오! 우리는 이방인을 받지 않소!"

"더 이상 가까이 다가오면 용서하지 않겠소!"

드워프들의 문전박대에 일행은 의아해했다. 더욱 놀란 것은 리오였다.

"아니, 왜 그러십니까? 무슨 문제라도 있습니까?"

"시끄럽소! 어서 물러가시오!"

"이유를 얘기해 주세요, 아저씨들! 다짜고짜 사람을 내몰면 어떡
해요!"

리카가 따졌지만 드워프들은 묵묵부답이었다. 그들의 험악한 반
응에 이상하다고 느낀 키세레도 이유를 알아보려 했지만 어떤 말
도 먹히지 않았다.

기가 막힌 일이었다. 그러나 드워프들의 두 눈에 서린 증오심
의 이유를 알아내지 못하는 한 어떻게 해 볼 방법이 없었다.

드워프들에게 억지로 떠밀린 리오는 어쩔 도리 없다는 듯 고개
를 떨구며 물었다.

"아, 알았습니다. 갈 테니 한 가지만 대답해 주십시오."

"뭐요?"

드워프들은 무기를 내렸다.

"버틀렌 크라이브라는 분이 계실 텐데, 건강하십니까? 그것만
가르쳐 주십시오."

"뭐라고요?"

드워프들의 눈이 순식간에 크게 떠졌다. 리오는 옛 동료의 안부
를 물은 것뿐이었지만 그 질문은 상황을 순식간에 반전시켰다. 드
워프들은 도저히 믿을 수 없다는 표정으로 서로의 털북숭이 얼굴
을 바라봤다.

"아니, 장로님 말씀이 사실이었다니⋯⋯?"

"20년 넘게 들은 말이라 노인네 입버릇이겠거니 했는데, 세상
에⋯⋯."

"아, 이럴 때가 아니지. 귀한 손님을 쫓을 뻔했군. 자, 어서 들어
오시오. 뉴파사에 오신 걸 환영하오."

리오 일행은 드워프들의 태도가 돌변하자 어리둥절했다. 그러나

안내를 하던 드워프에게 이유를 듣고는, 리오와 바이칼을 제외한 일행은 상당히 놀라워했다.

"거 참 신기하구려. 장로님께서 하신 말씀이 진짜인 줄은 몰랐소. 붉은 장발에 회색 망토를 걸친 잘생긴 남자가 찾아올 것이고, 그는 분명 장로님 이름을 말할 것이라고 입버릇처럼 말씀하셨소. 20년이 지나도록 그런 남자는커녕 장로님 존함을 아는 손님조차 없었는데, 오늘 진짜로 이런 일이 일어나다니, 참 나."

드워프는 아직도 믿지 못하겠다는 듯 고개를 몇 번이고 흔들었다. 일행 역시 믿기 힘들었다.

동굴이라 하기엔 매우 큰 뉴파사의 안쪽은 놀랍게도 대낮처럼 밝았다. 그것은 라이트 스톤이라는 황금 합금을 이용한 드워프 마을만의 특별한 등불이 있었기 때문이다.

드워프들은 오랜만에 맞아들인 손님들을 신기한 눈으로 바라보았다.

리오는 추억에 잠긴 눈으로 주위를 둘러보았다.

리오와 한 노파의 시선이 마주쳤다. 흔들의자에 앉아 있던 그 드워프 노파는 읽던 책을 떨어뜨릴 정도로 깜짝 놀랐다. 리오는 일행에게 양해를 구한 뒤 곧장 그녀에게 다가갔다.

"올리브? 올리브 맞지?"

"리오 스나이퍼! 돌아오셨군요!"

"역시! 살아 있었구나, 올리브!"

리오는 주름진 노파의 손을 잡으며 반가워했다. 반가움에 겨워 흘린 그녀의 눈물이 얼굴 주름을 타고 턱 아래로 흘러내렸다.

"버틀렌의 집은 알아서 찾도록."

바이칼은 그 말을 남기며 일행을 데리고 길을 계속 걸었다. 일행은 영문을 몰라 어리둥절했지만 바이칼이 리오와 그 할멈을 위해 최대한 배려를 해준 것이었다.

"당신은 하나도 변한 게 없군요. 전 이렇게나 늙었는데…… 그래도 한 번에 절 알아보시다니 다행이네요. 버틀렌이 매일같이 성화를 해서 저 역시 당신이 올 거라고 생각은 하고 있었지만, 혹시나 당신이 저를 못 알아보실까 봐 얼마나 걱정했는지……."

"어릴 때 모습이 그대로 남아 있는걸. 책 읽는 모습까지 말이야."

리오는 옅은 미소를 띠었다. 올리브란 이름의 할멈도 눈물을 훔치며 웃었다.

"당신이 절 알아보실 수 있도록, 수십 년 동안 이 흔들의자에서 책을 읽었답니다. 당신께서 절 처음 봤을 때의 모습만은 기억하실 거라고 생각했지요. 후후…… 며느리에게 감기 걸린다며 혼도 많이 났답니다."

꼭 온다는 보장도 없는 그를, 그 노인은 도대체 무엇을 바라고 1백 년 동안이나 기다린 것일까.

"1백 년 만에 온 날 이렇게 맞아 주는 것만도 고마워. 그럼 나중에 더 얘기하지, 올리브. 버틀렌도 날 기다릴 테니까."

"예, 그러세요, 리오 님."

리오는 노인의 이마에 살짝 입맞춤을 하고 일행이 간 곳을 향해 달려갔다. 그의 뒷모습을 보던 올리브는 읽던 책을 천천히 덮었다. 점점 잠이 밀려왔다. 책 위에 두 손을 다소곳이 올린 그녀의 얼굴은 평온하기 그지없었다.

얼마나 지났을까. 장바구니를 든 중년의 드워프 여성이 헐레벌떡 그녀의 집으로 달려왔다.

"죄송해요, 어머니. 제가 좀 늦었죠?"

317

"……"

시장에서 늦게 돌아온 며느리의 사과에 노인은 아무 대답도 없었다.

1백 년 전, 고신 부르크레서를 없앤 가즈 나이트와 동료였다고 전해지는 드워프족의 전설적 영웅 버틀렌. 하지만 그는 누구에게도 가즈 나이트에 대한 얘기를 단 한 마디도 꺼내지 않았다. 특히 가즈 나이트에 대해 가이라스 국왕이 질문했을 때도 대답하지 않은 일화는 유명했다.

노인이 되었어도 영웅의 모습은 그대로 남아 있었다. 버틀렌은 노인치고는 날카로운 눈매로 자신을 찾아온 손님들을 찬찬히 뜯어보았다. 바이칼은 머리가 아프다며 어디론가 가버려서 그 자리엔 리카와 클루토, 키세레만이 있었다.

노인은 유독 키세레를 유심히 보았다.

"음? 블레이크 가의 장녀가 아닌가? 몇 년 전 집을 나갔다는 말은 조나단에게 들었지만 설마 리오와 함께 다니는 줄은 몰랐는걸?"

"뭐라고요!"

리카와 클루토의 얼굴이 다시 변했다. 물론 블레이크 가문이 가이라스 왕국에서 어떤 존재인지를 알았다면 그 놀라움은 배가 됐을 것이다. 키세레의 침착한 얼굴이 하얗게 질리자 버틀렌은 낮게 웃음을 터뜨렸다.

"하하핫, 자네는 날 기억 못할 게야. 내가 자네를 본 건 조나단이 노바로드를 수리하기 위해 왔을 때니까, 18년 전인 것 같군. 어릴 때 모습이 여전히 남아 있군. 어쨌든 좋은 사람과 함께 다니니 조나단에겐 안심하라고 할 수 있겠군. 이상한 길로 빠진 건 아닐까 걱정했는데 말이야."

키세레는 아무 말도 하지 않았다. 리카와 클루토는 그녀의 침착
함 뒤에 숨겨진 사정이 궁금했지만 질문할 상황이 아니기에 애꿎
은 시선만 그녀에게 던졌다. 그때 버틀렌의 아들이 다가왔다.

"아버님, 리오라는 분이 찾아오셨습니다."

"오, 그래? 그럼 그분을 별관으로 모시거라. 난 조금 있다가 가도
록 하마."

아들을 내보낸 버틀렌은 담담히 차를 비우고 한숨을 내쉬었다.
키세레는 도무지 이해할 수 없었다. 드워프의 전설이라 불리는 남
자가 이토록 기다릴 만한 가치가 리오에게 있는 것일까. 만약 있다
하더라도 버틀렌이 리오에게 느낀 카리스마를 그녀가 이해하기엔
상당한 시간이 필요했다.

"자, 난 가 보겠소. 궁금한 것이 있으면 우리 장남에게 물어보시오."

그가 나간 후, 클루토는 버틀렌의 장남에게 드워프들이 왜 외지
사람을 싫어하는지 그 이유를 물었다. 장남 헌들은 쾌히 대답했다.

"몇 달 전 마룡족이 뉴파사를 찾아온 일이 있었단다. 그들은 드
워프 최고의 장인인 아버님과 나, 그리고 내 아들 브렌던에게 무기
를 만들라며 협박을 했지. 만들지 않으면 이 근처에 오버와처를 풀
어 뉴파사 전체를 날려 버리겠다고 말이야. 그래서 어쩔 수 없이
난 그들에게 무기를 만들어 주었지. 하지만 사실은 불량품을 만들
었어. 협박을 받은 이상 멋진 무기를 줄 수는 없었지. 결국 속임수
를 눈치챈 마룡족은 우리 마을 근처에 오버와처를 풀었고, 말스 왕
국에서 무역을 끝내고 돌아오던 내 아들 브렌던과 다른 젊은이들
이 그 괴물의 습격을 받았단다. 안타깝게도 젊은이 몇이 살해당했
지. 내 아들은 다행히 살아 돌아왔지만……."

키세레는 인상을 찌푸렸다. 오버와처는 여행자가 상대하기 귀찮은 괴물 중 최고로 꼽힐 정도로 강력했다. 5급 이하의 마법을 무시하는 자체적 결계와 중력을 무시하는 빠른 몸놀림, 그리고 영악한 두뇌는 검술가와 마법사 모두에게 두려움을 주기 충분했다.

그것 말고도 사실 키세레는 오버와처라는 괴물에게 개인적인 원한이 있었다.

"오버와처의 첫 습격 땐 우수한 무기로 밀어붙여 겨우 쫓아냈지만 두 번째 습격은 달랐단다. 녀석이 멀리서 마법을 한 번 쏘고 도망가는 거야. 그렇게 계속 습격을 당한 탓에 우리 인심도 삭막해졌지. 오버와처 때문에 우리가 고립된 건 물론이고, 외부 손님들도 뉴파사에 접근하지 못했단다. 이런 상황에서 손님이 온다면 의심받기 딱 좋지."

"음, 그랬군요. 아, 그런데 버틀렌 장로님과 리오는 어떤 사이인가요? 두 분이 서로 잘 아시는 것 같던데."

클루토가 물었다. 헌들은 빙긋 웃었다.

"아주 오래전에 아버님과 리오 님은 같이 여행한 적이 있었단다. 나도 거기까지밖에 모르지만 그때 두 분이 매우 친해지신 것 같더구나."

리카와 클루토는 고개를 끄덕였다. 그러나 그 대답에 담긴 오류를 잡아내지 못할 정도로 키세레는 우둔하지 않았다.

"잠깐만요. 제가 듣기로 장로님은 20년 전부터 스나이퍼 님에 대한 말씀을 하신 걸로 압니다. 하지만 스나이퍼 님의 나이는 제가 알기로 스물넷밖에 안 되는데, 그렇게 되면 장로님께서 말도 제대로 안 통하는 네 살짜리 어린아이와 함께 다니시며 친분을 쌓으셨다는 말씀입니까?"

"그, 그건……."

그녀의 날카로운 지적에 헌들의 얼굴은 흙빛이 되었다. 키세레는 이제야 리오의 정체를 알 것 같다는 생각에 마음속으로 미소를 지었다.

"버틀렌!"

"오, 리오 님!"

둘은 서로를 강하게 부둥켜안았다. 실로 1백 년 만의 재회였다. 버틀렌은 그 긴 기다림의 시간을 회고하듯 참았던 눈물을 한꺼번에 터뜨렸다. 그는 한편으로 두렵기까지 했다. 다시 자신의 영웅이 떠나면 이젠 기다릴 수도 없는 탓이었다.

그러나 버틀렌은 리오의 모습을 재확인하며 그런 불안감을 말끔히 잊었다.

"질투가 나는군요."

"음? 무슨 소린가, 버틀렌?"

"당신은 변한 게 아무것도 없어요. 예전에 그러셨죠? 그런 점은 절대 부러워할 것이 못 된다고 말입니다. 하지만 지금은 부럽기 그지없군요."

"그런가."

리오는 쓸쓸히 웃었다.

"말스 왕국에서 제 손자가 디바이너라는 보라색 검의 소유자를 만났다고 하더군요. 혹시나 했는데, 역시 이 세계에 위기가 닥쳤을 때 돌아오셨군요. 다음에 위기가 닥쳤을 때는 제가 살아 있을지 모르겠습니다."

"그런 말은 하지 말게. 누가 들으면 혼란이 일어나길 바라는 사람으로 오해하겠네."

리오는 편하게 얘기하려는 듯 망토를 벗었다. 그때 버틀렌의 눈에 파라그레이드가 띄었다.

"아니, 그건 파라그레이드! 그걸 리오 님께서 어떻게 가지고 계십니까?"

"음? 설마 이 검, 자네가 만든 건가?"

"예, 그렇습니다만…… 그 검은 분명 제가 말스 2세께 선물로 드린 것인데……?"

"나도 선물로 받았지. 좋은 검이더군. 오리하르콘의 기 증폭 기능을 이용한 반물질 검이라 나도 놀랐네."

잠시 파라그레이드를 바라보던 버틀렌은 실소를 터뜨렸다. 자신이 작업을 끝낼 때 바라던 것이 자연스레 이루어진 것이다.

"놀랍군요. 그 검은 원래 리오 님만큼 기를 잘 사용하는 사람이 아니면 다룰 수 없는 검이라 리오 님께 드리려 했는데, 그게 리오 님의 손에 들어가다니……."

"아, 그랬나? 하하핫."

둘은 크게 웃었다. 그러나 그 웃음도 잠시, 리오의 얼굴에서 미소가 사라졌다.

"레나의 무덤, 잘 있나?"

"물론이죠. 제 집보다도 훨씬 잘 꾸며 놓았답니다. 지금은 레나 님의 혼령이 나타나지 않아 사람들의 발길이 뜸하지만, 그래도 대를 이어 그 묘지를 지킬 생각입니다. 사정을 아는 제 자식들도 굳게 다짐했죠."

혼령이란 말에 리오의 얼굴이 꿈틀댔다.

"혼령이라니? 무슨 소린가?"

1백 년 전, 고신전쟁이 끝난 직후 완성된 레나의 무덤에선 놀랍게도 그녀의 영혼이 나타났다. 드워프들은 두려움에 떨며 레나의 무덤을 없애자는 말까지 했지만, 시간이 지날수록 드워프들은 그녀의 영혼이 가진 상냥함에 마음이 끌려 축제를 열어 주기도 했다. 하지만 20여 년 전 그녀의 영혼이 갑자기 사라졌고, 그 이후 그녀의 무덤은 버틀렌 일가만이 지키게 되었다.

"제 생각엔 아무래도 레나 님이 환생하신 듯한데……."

버틀렌은 말끝을 흐리며 무언가를 원하는 눈빛으로 리오를 바라보았다. 리오는 쓸쓸히 고개를 저었다.

"아냐. 지금 와서 환생한 레나를 다시 찾고 싶은 생각은 없네. 아무리 환생했다 하더라도, 1백 년 전 내가 알던 레나 슈리케이트가 아닌 다른 사람이야. 날 기억하냐고 직접 물어본다 해도 긍정적인 대답을 얻는 건 불가능해."

버틀렌은 안타깝다는 듯 고개를 끄덕였다. 잠시 눈을 감고 있던 리오는 웃으며 벽에 걸린 그림 앞으로 다가갔다.

"기억나나? 올리브가 이 그림을 그려 줬을 때 말이야."

"그럼요, 리오 님. 기억나고말고요. 바이칼 님이 자리를 피하신 것까지 뚜렷이 기억한답니다."

그 그림에는 소년과 소녀, 그리고 에메랄드 빛 머리칼의 여자와 붉은 머리칼의 남자가 드워프 젊은이의 양쪽에서 웃고 있었다. 리오는 그림의 여성을 손으로 살며시 쓰다듬었다.

"레나는 말이지. 식물인지 동물인지 모르지만 예쁜 모습으로 다시 태어났을 거야. 그렇지 않나? 후훗."

버틀렌은 아무런 말도 하지 않았다. 1백 년 전, 그림 속의 남녀가 서로에게 가졌던 감정과 슬픔을 누구보다도 잘 아는 그였다.

"그만하시오! 이런다고 해서 달라지는 건 없소!"

갑자기 문밖에서 시끄러운 소리가 들렸다. 버틀렌은 고개를 갸웃거리며 문을 열었다.

"무슨 일이냐, 헌들. 왜 이리 시끄러운 게냐."

"여쭙고 싶은 게 있습니다, 장로님. 그리고 스나이퍼 님."

헌들의 만류를 뿌리치고 키세레가 다짜고짜 별관으로 들어왔다. 아들의 안색에서 불길함을 느낀 버틀렌이 급히 그녀의 앞을 막아섰다.

"무슨 짓인가, 자네! 이런 실례가 어디 있나!"

"한 가지만 알고 싶을 뿐입니다, 장로님."

키세레는 단호했다. 그런 그녀를 묵묵히 바라보던 리오는 짧게 한숨을 지으며 의자에 앉았다.

"버틀렌, 괜찮네."

"리오 님! 하지만……."

"영원히 숨길 순 없겠지. 리카, 클루토, 너희도 들어오너라."

별관 밖에 멍하니 서 있던 아이들은 이때까지 보지 못한 리오의 분위기에 긴장했다. 별관으로 조심스레 들어선 둘의 눈에 맨 처음 띈 것은 리오 뒤에 걸린 그림이었다.

"리오! 레나 공주님?"

빛바랜 그림 속 주인공들은 환히 웃고 있었다. 그림 속의 처음 보는 소년과 소녀는 그렇다 쳐도, 리오와 레나의 그림은 리오의 머리가 산발이라는 점만 빼면 실제와 너무도 비슷했다.

"자, 얘길 해 볼까."

리오는 설명을 해 주려고 자리에서 일어났다. 버틀렌은 고개를 돌렸다.

키세레는 리오와 버틀렌, 그리고 그림을 번갈아 보며 마른침을 삼켰다. 분명 별관에 들어서기 전까지 이제는 비밀을 알게 될 거라는 희열감이 가득했지만, 지금은 판도라의 상자를 여는 것 같은 불안감이 그녀를 지배했다.

"먼저, 키세레 님."

키세레는 깜짝 놀라며 리오를 바라보았다. 그의 표정은 그 어느 때보다 쓸쓸했기에 그녀의 불안은 점점 더해 갔다.

"왜 그리 놀라시죠? 궁금하신 것이 있으면 질문하십시오."

"예, 그러니까…… 스나이퍼 님, 당신은……."

리오는 침착함을 잃은 키세레를 보며 미간을 좁혔다. 그녀는 자신의 궁금증 때문에 모두 상처 받을 것 같아 도저히 질문을 할 수가 없었다. 아니, 그 이상의 일이 벌어질지도 모른다는 불안감에 입술이 떨렸다.

"뭘 망설이십니까?"

"그, 그건……."

"예전처럼 말을 돌릴 생각은 없습니다. 제가 누구고, 이 그림은 무슨 뜻을 담았으며, 지금 이 세계에 무슨 일이 벌어지고 있는지 솔직히 말씀드리겠습니다. 모든 것을."

키세레의 이마에 땀이 맺혔다. 그냥 별관 밖으로 나가 버리고만 싶었다. 그런 모습을 안타깝게 바라보던 리카가 그녀의 손을 따뜻하게 감쌌다.

"키세레 님, 됐어요. 계속 이러시면 키세레 님뿐 아니라 모두가 상처 입게 될 것 같아 무섭다고요."

클루토가 고개를 끄덕였다.

"키세레 님도 비밀 하나쯤은 가지고 계시잖아요. 저나 리카도 그렇고, 리오도 그래요. 꼭 그 사람에 대해 다 알아야만 그를 믿는 건 아니잖아요. 그런 소중한 비밀 정도는 지켜 줘야 하지 않을까요?"

"우린 리오가 어디서 뭘 했든, 정체가 뭐든 상관하지 않아요. 정말로 중요한 건 현재의 리오니까요."

리오를 비롯한 모두는 잠시 동안 아무 말도 하지 않았다. 키세레는 긴 한숨과 함께 굳게 쥔 손을 풀었다. 그녀의 손바닥에는 어느새 땀이 맺혀 있었다.

"그래도 궁금한 건 알아야겠습니다, 스나이퍼 님."

리오가 고개를 끄덕이자, 키세레는 어색하게 미소 지었다.

"이런 제가 싫으십니까?"

아주 엉뚱한 질문이었다. 리오는 중압감에서 벗어난 듯 어깨를 으쓱했다.

"나이에 어울리지 않을 뿐이죠."

별관 분위기는 이내 가벼워졌다. 그러나 잠시였다.

"할아버님, 아버님! 큰일 났습니다!"

별관으로 헐레벌떡 달려온 브렌던이 울먹이며 버틀렌에게 다가갔다.

"브렌던, 무슨 일이냐? 오버와처가 또 습격했느냐?"

"그게 아니라…… 흑……."

브렌던은 눈물을 흘리며 말을 이었다

"올리브 할머니께서 돌아가셨습니다."

리오는 팔짱을 낀 채 언덕 아래에서 행해지는 장례식을 묵묵히 바라보았다. 바이칼은 고개를 푹 숙이고 친구와 등을 맞대고 있었다.

"기억나, 바이칼? 올리브가 우리 그림을 그려 주겠다고 했을 때 말이야."

"……."

"넌 올리브의 실력으론 자신의 미모를 표현하지 못할 거라며 거절했지. 후훗, 올리브는 그때도 착하게 웃기만 했어. 아마 올리브는 지금 네 사과를 들을 수 있을 거야. 그러니 울지 마."

"울긴 누가 울어, 건방진 녀석."

바이칼의 어깨가 가늘게 떨렸다.

둘은 장례식이 끝난 뒤에야 비로소 올리브의 묘로 향했다.

주민들 대부분이 장례식에 참석한 동안 키세레는 기분 전환을 할 겸 뉴파사를 둘러보았다. 헌들의 부인에게서 레나의 묘를 꼭 들러 보라는 말을 들은 그녀는 안내판을 따라 그곳으로 향했다.

형형색색의 꽃으로 장식된 입구를 따라 안쪽으로 들어서자, 대리석으로 만들어진 커다란 묘가 눈에 띄었다. 한 줄기 빛이 수직으로 내려와 묘 전체를 감싸고 있었다. 드워프의 세공 능력이 돋보이는 석조의 표면이 그 빛을 받아 우윳빛을 띠었다. 키세레는 묘의 주인이 누구일까 궁금해하면서, 드워프 언어로 쓰인 묘비 앞으로 다가갔다.

"레나 슈리케이트, 이곳에 잠들다. 가이라스 왕국력 85년?"

현재 가이라스 왕국력은 187년. 1백여 년 전에 만들어진 묘지였다. 그녀는 이 묘의 주인인 레나가 도대체 누구이기에 드워프들이 이런 화려한 묘지를 만들었을까 궁금했다.

"먼저 온 손님이 있었군."

"아, 장로님!"

장례를 마치고 묘에 들른 버틀렌은 키세레를 보고 놀랐다. 키세레는 뒤로 물러서며 허리를 굽혔다.

"갑자기 예를 갖출 필요는 없네. 편히 있게나. 어이구, 어디서 이런 잡초가······."

버틀렌은 묘지 주위의 잡초를 하나하나 뽑았다. 보기 미안했는지 키세레도 노인 드워프의 일을 도왔다. 버틀렌은 허리를 펴고, 힘겹게 잡초를 뽑는 키세레를 보며 빙긋 미소를 지었다.

"자네가 왜 집을 나갔는지 말해 줄 수 있겠나?"

키세레는 고개를 숙였다. 버틀렌은 그녀가 뽑은 잡초를 받아 들며 말을 돌렸다.

"이 묘지의 주인이 궁금하지 않나?"

잡초를 한데 모은 버틀렌은 묘지 주위 벤치에 앉았다. 키세레 역시 그 옆에 자리를 잡았다.

"자네, 가즈 나이트를 알고 있나?"

"잘 알진 못하지만 들어 보긴 했습니다."

"그런가. 가즈 나이트는 신 중의 신, 주신께서 직접 만드신 최고의 전사들을 말하네. 불로불사의 운명을 지닌 강력한 존재들이지. 그중 한 명과 난, 1백 년 전 같이 적과 싸웠네. 이 묘의 주인인 레나 님도 우리의 동료였네. 그 가즈 나이트와는 동료 이상의 관계였지. 사랑하는 사이였다고 보면 될까······."

키세레는 묵묵히 얘기를 들었다. 드워프 노인의 얘기는 계속됐다.

"생물이라면 누구나 불로불사를 꿈꾸네. 하지만 그 가즈 나이트를 만난 이후 불로불사가 결코 좋은 것만이 아니라는 사실을 알았지. 죽지 않고 영원히 사는 이상, 보통 사람이 느끼는 슬픔과 좌절역시 영원히 느끼고 살아야 하니 말일세. 그러나 그 가즈 나이트는 자신의 슬픔을 동료에게 드러내는 법이 없다네. 정신력이 강한 분이었지. 아마 레나 님도 그의 그런 점에 반하셨을 게야. 그런데 나중에 레나 님은 사악한 마녀에게 정신을 조종당해 사람들을 무차별로 학살하게 되었지. 그래서 어쩔 수 없이 가즈 나이트가 자신의 손으로 직접 레나 님을 죽였다네. 그 이후로 그는 이루 말할 수 없는 슬픔에 빠졌네. 하지만 우리 앞에선 눈물 한 방울 보이지 않았어. 오히려 우릴 위로했지."

"그랬군요."

키세레는 묘를 바라보았다. 자리에서 일어난 버틀렌은 비석을 쓸쓸히 어루만졌다.

"이 묘는 나 혼자서 직접 만들었네. 이렇게라도 해야 가즈 나이트를 위로해 줄 수 있을 거라고 생각했지. 레나 님의 미모처럼 아름답고 신비로운 묘를 만들고 싶었는데…… 어떤가, 맘에 드나?"

키세레는 빙긋 웃었다.

"예, 아주 멋있고 아름답습니다."

그녀는 자신의 궁금증과 버틀렌이 말한 가즈 나이트의 얘기가 밀접한 관련이 있지 않을까 생각했다. 그러나 그녀는 더 이상 알려고 하지 않았다. 자신이 생각했던 것 이상의 숭고함이 그 이야기 속에 서려 있다는 느낌에서였다.

"오늘 돌아가셨다는 분은 어떤 분이십니까? 많은 분들이 슬퍼하시던데요."

"올리브라는 할멈이지. 그녀가 떠났으니 가즈 나이트를 실제로 본 드워프는 이제 나 혼자가 되었네. 그림을 아주 잘 그리는 할멈이었는데……."

키세레의 머릿속에는, 뉴파사에 들어왔을 때 본 드워프 노파와 그녀를 상당히 반가워했던 리오의 모습이 스쳐 지나갔다. 하지만 그녀는 아무 말도 하지 않았다.

버틀렌과 함께 레나의 묘를 나선 키세레는 그들 쪽을 향해 오는 리오와 바이칼을 보았다.

"키세레 님도 여기 오셨군요. 뉴파사의 명소 중 하나인데, 정말 멋진 장소 아닙니까?"

리오는 여느 때처럼 미소를 지으며 말했다. 잠시 그를 바라보던 키세레는 고개를 살며시 끄덕였다.

"그럼 먼저 들어가십시오. 전 바이칼과 함께 더 둘러보겠습니다."

"당신은 역시 맘에 안 드는 남자예요."

그녀의 갑작스러운 말에 모두의 시선이 쏠렸다. 하지만 키세레는 이전에 리오를 대하던 것과 달리 활짝 웃어 보였다.

"절 슬프게 만드셨으니까요. 그럼 이만……."

리오는 묵묵히 키세레와 버틀렌의 뒷모습을 바라보았다. 바이칼이 퉁명스레 중얼댔다.

"버틀렌 녀석, 쓸데없는 말을 지껄인 게 아닐까."

"괜찮아……."

리오는 웃으며 레나의 묘로 향했다.

키세레와 함께 집으로 향하던 버틀렌은 뭔가 이상하다는 생각을 했다. 정문 쪽이 너무 조용했다. 망루도 초소도 적막감이 감돌았다.

"아니, 정문에 한 사람도 안 남아 있으면 어쩌자는 게야. 오버와 처라도 나타나면 큰일인데…… 쯧쯧."

버틀렌은 정문 쪽으로 발길을 돌렸다. 키세레도 그를 따랐다. 한참 걷던 버틀렌의 눈에 망루에 기대어 있는 드워프의 모습이 들어왔다. 고개 숙인 그의 모습에 드워프 장로는 혀를 찼다.

"이런, 이런. 여보게, 도대체 뭘 하는……."

순간 그 드워프의 한쪽 팔이 바닥에 떨어졌다. 누군가 시체를 교

묘히 세워 뒀음을 깨달은 버틀렌과 키세레는 숨을 죽였다.

"이런! 당했군!"

"장로님, 위험해요!"

키세레는 버틀렌을 힘껏 안고 바닥에 엎드렸다. 면도날이 종이를 자르는 것 같은 날카로운 소리가 둘의 귓가를 스쳤다. 그건 공기를 가르는 소리였다. 위기에 빠진 둘은 사력을 다해 주위를 살펴보았다. 이윽고, 중형의 둥근 물체 하나가 그들 앞에 내려왔다.

"오버와처!"

커다란 공 모양의 몸에 눈과 입이 달린 오버와처. 한 쌍의 팔과 다리가 달린 것으로 보아 지금 나타난 것은 오버와처 중에서도 강한 축에 드는 오버와처 나이트였다.

"키키키키……."

오버와처는 연푸른색의 혀로 자신의 두꺼운 입술을 핥았다. 괴물이 들고 있는 짧은 낫에 피가 묻은 것으로 보아 보초를 살해한 장본인이 확실했다. 키세레와 버틀렌은 슬슬 뒤로 물러났다. 지금 그들이 가진 능력으로 오버와처를 상대하기는 불가능했다. 물론 키세레는 4급 이상의 신성 주문을 알고 있었다. 하지만 그런 고차원의 마법은 주문 시 틈이 생기기 때문에 어지간한 수련 없이는 급한 상황에 대처할 수 없었다.

오버와처의 짧은 다리가 천천히 움직였다. 상황은 최악으로 치달았다.

"버닝!"

"끄아악."

순간 거대한 화염탄이 오버와처 옆을 때렸다. 5급이어서 오버와처는 물리적 충격만 입었다. 그래도 방심한 괴물을 쓰러뜨리기엔 충분했다. 급히 몸을 일으킨 키세레와 버틀렌은 화염탄이 날아온 방향으로 뛰었다. 그곳엔 숨을 헐떡이는 소년 마법사와 소녀 검객이 있었다.

"리카! 클루토!"

"괜찮으세요, 두 분? 어서 이리 오세요!"

클루토는 손에 주문을 응축했다. 5급까지밖에 모르므로 여전히 버닝이었지만, 키세레에게 주문을 외울 시간을 주기엔 충분했다.

"여기서 기다리게! 난 젊은이들을 데려오지."

"부탁드립니다, 장로님!"

버틀렌이 나이를 잊고 뛰는 동안 키세레는 급히 주문을 외웠다. 정신을 차린 오버와처는 재빨리 몸을 일으켜 일행을 향해 눈알을 굴렸다.

"키이이이."

분노한 오버와처의 몸이 매우 빨리 움직였다. 클루토는 급히 주문을 개방했다.

"맞아라!"

그러나 중력을 무시한 오버와처의 움직임을 느리기로 유명한 화염계 주문인 버닝이 따라갈 수는 없었다. 오버와처의 낫은 엄청난 속도로 클루토의 머리를 향해 움직였다.

"딴 걸 쓰랬잖아, 멍청아!"

금속성과 검을 든 리카의 잔소리가 동시에 터졌다. 가까스로 오버와처의 공격을 막은 리카는 그 충격으로 클루토와 함께 땅 위를 굴렀다. 오버와처의 공격이 재개되는 순간, 키세레의 주문이 폭발했다.

"헤르메스 애로!"

신성 주문 3급의 섬광들이 키세레의 몸 전체에서 뿜어졌다. 그 섬광들은 먹이를 찾는 곤충처럼 오버와처를 추격했다.

"키아악!"

그때 예상치 못한 일이 벌어지고 말았다. 어디선가 날아온 수십 개의 화염탄이 키세레의 주문을 상쇄시켜 버렸다. 키세레와 아이들의 얼굴이 하얗게 질렸다.

"오버와처가 두 마리?"

입구에 대기하고 있던 또 다른 오버와처가 천천히 다가왔다. 두 오버와처의 입술에는 승리를 예감한 듯한 미소가 감돌았다. 괴물들의 눈동자가 키세레에게 향하자, 그녀는 두 눈을 질끈 감았다.

"레호아스 신이시여! 티퍼!"

"키세레 님!"

오버와처들의 낫이 바람을 갈랐다. 목표는 키세레의 가는 목과 허리였다. 이제 눈앞에 펼쳐질 피의 향연이 기대되는 듯 괴물의 눈동자가 붉은빛을 발했다.

그때였다.

"오, 큰일 날 뻔했는데?"

갑작스런 목소리에 키세레는 눈을 떴다. 그녀의 눈에 보인 것은 사람이 아닌 보랏빛과 우윳빛 검광이었다.

"키에에!"

결계에 큰 충격을 입은 오버와처 둘은 발에 차인 공처럼 튕겨 나갔다. 키세레의 눈앞에 회색 망토가 내려왔다. 떠돌이 기사는 미소와 함께 몸을 일으켰다. 리카와 클루토의 얼굴에 화색이 돌았다.

"리오!"

"오버와처라…… 싫은 느낌이 든다 했더니 너희였군. 키세레 님

괜찮으십니까?"

"예, 괜찮습니다만…… 아, 조심하세요!"

리오가 키세레를 보는 동안 오버와처의 반격이 이어졌다. 리오의 입꼬리가 치켜 올라갔다.

"난 양파를 싫어하지!"

리오의 양손에 들린 검이 제각기 흔들렸다. 초음속의 공격 앞에서는 두꺼운 결계도 소용없었다. 마지막 일격으로 붕 떠오른 오버와처의 몸은 토막 난 양파처럼 수십 조각으로 나뉘며 바닥에 떨어졌다. 각 조각들은 제각기 꿈틀대다 멈췄다. 리오는 갑자기 밀려오는 비릿한 냄새에 고개를 저었다.

"지독하군. 차라리 양파가 나을 뻔했나?"

리오의 시선이 남은 한 마리 오버와처에게 향했다. 뒷걸음질치는 괴물의 눈은 겁에 질려 있었다. 그러나 보초를 살해한 괴물을 그냥 놔줄 리오가 아니었다. 그는 보랏빛 검과 우윳빛 검을 머리 위로 추켜올렸다.

"왜 나타났는지 모르겠지만 대가는 치르도록!"

두 검이 낙뢰처럼 지면을 때렸다. 충격에 의해 지면이 오버와처를 향해 터져 나갔다. 괴물은 특유의 빠른 몸짓으로 피하려 했지만, 지면에서 거대한 폭발이 솟아 괴물의 둥근 몸을 집어삼켰다.

"키익!"

형체를 알아볼 수 없을 정도로 산산조각 난 오버와처의 육체가 바닥에 흩어졌다. 뒤늦게 도착한 드워프들은 눈엣가시를 뺀 듯 환호성을 질렀다.

"이제 끝인가? 자, 일어날 수 있습니까, 키세레 님?"

"아뇨."

다리 힘이 갑자기 빠진 듯 키세레는 움직이지 못했다. 리오는 씁쓸히 웃으며 그녀를 안아 올렸다.

"다시 실례하죠. 이번만 참아 주시길."

키세레는 고개를 끄덕였다. 아침까지만 해도 리오를 상대하지 않으려 했던 그녀지만 지금은 달랐다. 리오는 이제야 키세레가 스물셋의 여성으로 보였다.

"리오, 나도 다쳤는데……."

리카가 바닥에 주저앉은 채 손가락으로 자신을 가리켰다. 그녀의 미소는 리오의 손길을 갈망하고 있었다.

"아, 그래? 그럼 클루토, 리카를 부탁해."

"네, 걱정 마세요, 리오."

클루토는 리카에게 덤덤히 손을 내밀었다.

"자, 리카. 내가 부축해 줄게."

"필요 없어!"

클루토의 손등을 친 리카는 이를 갈며 키세레를 안고 가는 리오의 뒷모습을 쏘아봤다.

"리오 녀석은 어린아이에겐 관심이 없지."

"시끄러워요!"

옆에서 지켜보던 바이칼의 나지막한 한마디가 리카의 분노를 더욱 돋웠다.

늦은 저녁, 리오는 자신이 가이라스 왕국에 온 이유를 버틀렌에게 대강 설명했다. 버틀렌은 파라그레이드를 리오에게 맞게 조정하며 고개를 끄덕였다.

"음, 타르자와 요우시크가 더 강해졌다니, 리오 님이 힘드시겠군요."

"그래. 내 형제들이라도 지원을 해 주면 좋겠는데 아직 소식이 없는 걸로 봐서 기대하긴 힘들 것 같아. 뭐, 그래도 어떻게 되겠지."

"역시 변하신 게 없군요. 자, 파라그레이드는 리오 님에게 맞게 잘 조정했습니다."

사실 버틀렌은 리오의 대답에서 불안감을 느꼈다. 하지만 리오라면 해낼 것이라는 그의 믿음은 변함이 없었다.

키세레와 한 방에서 자게 된 리카는 잠들기 전, 그녀에게 한 가지 궁금한 점을 물었다. 아까 리오에 대해서 물어볼 수 있는 절호의 기회를 잡고서도 왜 다른 질문을 했냐는 것이었다. 키세레는 잠시 생각하더니 답했다.

"갑자기 그의 정체에 대해 물어보면 안 될 것 같은 생각이 들더구나. 장로님께서 간직하고 계신 소중한 추억을 내가 감히 깨는 것 같았지. 너희의 믿음도 한몫했고. 그리고 언젠가는 그가 자신의 정체를 밝힐 거라는 생각이 들었어."

"그래요? 그럼 이제 리오가 좋아졌겠네요?"

리카는 별 생각 없이 물었다. 그러나 키세레는 정색을 했다.

"무슨 소리니, 리카? 이상한 생각 하지 말고 잠이나 자렴."

리카의 표정은 금세 짓궂게 변했다.

"키세레 님이 어떻게 생각하시든, 전 리오가 좋아요. 클루토도 좋긴 하지만 리오에게 느끼는 감정하고는 좀 다른 것 같아요."

키세레는 농담 섞인 말을 던졌다.

"그래? 하지만 스나이퍼 님과 넌 나이 차가 많이 날 텐데?"

"우리 아빠랑 엄마도 여덟 살 차이를 극복하신걸요. 앗, 지금 한 말 리오에겐 하지 마세요!"

리카는 붉어진 얼굴을 이불로 덮으며 부탁조로 말했다. 키세레는 아이의 예민한 반응이 의아했다.

'이 아이…… 진심인가?'

다음 날 리오 일행은 드워프들의 송별을 받으며 뉴파사를 떠났다. 리오는 버틀렌에게 언제 돌아오겠다는 기약을 하지 않았다. 앞으로 어떻게 될지 모를 일이었고, 만약 온다고 해도 그때까지 버틀렌이 살아 있으리라고 확신할 수도 없었기 때문이다. 하지만 버틀렌은 확신했다. 자신이든 자신의 후손들이든 어느 쪽이 절체절명의 위기에 처했을 때 그가 반드시 와줄 것이라고…….

"안 된다면 안 되는 줄 알거라! 그렇게 죽고 싶다면 마음대로 해!"

슈타인메츠가 리오를 제거하자고 건의했지만 루브레시아는 허락하지 않았다. 다른 동료들과 함께 행동하겠다고 해도 먹히지 않자, 슈타인메츠는 조용히 방을 나섰다.

"젠장!"

그는 벽을 치며 분개했다. 자신에게 처음으로 패배의 굴욕감을 안겨 준 존재를 내버려둔다는 것은 도저히 참을 수 없었다.

"5대1도 불가능하단 말인가! 도대체 녀석의 힘이 어느 정도이기에 공작님이 저러시지? 녀석이 무슨 투신이라도 된단 말이야!"

"왜 그리 화가 났니, 슈타인메츠?"

발렌타인이 그의 어깨를 두드렸다. 슈타인메츠는 가까스로 흥분을 가라앉히며 그녀를 바라봤다.

"번스타인과 던하르트, 쿠스카는 어디 있지?"

"응? 그 애들은 뭐하게?"

"그 가즈 나이트를 없앨 거야. 설마 녀석 혼자 마룡족 다섯을 상대할 순 없겠지."

발렌타인은 크게 놀랐다.

"무슨 소리야, 슈타인메츠! 공작님께 허락받은 거야?"

"녀석을 없애면 용서해 주실 거야! 난 녀석을 도저히 용서할 수 없어! 감히 이 슈타인메츠를 어린애 취급하다니!"

발렌타인은 걱정스러운 표정을 지었다. 지기 싫어하는 친구의 성격을 누구보다 잘 아는 그녀였지만 이번만큼은 그녀도 반대하고 싶었다. 그녀 역시 가즈 나이트가 얼마나 강한지 알지 못했다. 하지만 정신감응 한 번으로 마룡족의 기세를 꺾은 존재를, 과연 5대1로 덤빈다 해서 이길 수 있을지 의문이었다.

"발렌타인, 너도 함께 가 줄 거지?"

슈타인메츠의 결심은 단호했다. 발렌타인은 졌다는 듯 고개를 끄덕이며 말했다.

"그 셋은 자기 방에 있을 거야. 자, 가자."

리오 일행은 어느덧 고원의 정상을 넘어 중턱을 내려가고 있었다. 이제 하루면 고원을 완전히 통과할 수 있다는 기대에 리카와 클루토의 마음이 설렜다.

그런데 중턱을 지나면서 클루토는 이상한 느낌을 받았다. 마력이 집중되지 않았다.

"리오, 제가 이상해 보이나요?"

"무슨 소리니, 클루토?"

"이상해요. 마력이 집중되지 않고 사방으로 흩어져요. 몇 번이나 시도해 봤지만 잘……."

리오도 일찌감치 느끼고는 있었다. 그러나 그도 이유는 잘 몰랐다.

"드워프들의 전설에 나오는 신의 전차 때문이에요. 에르파라스 고원의 전설이기도 하죠."

일행의 시선이 키세레에게 집중됐다.

"수천 년 전 하늘에서, 온통 은으로 만들어진 신의 전차가 사막에 떨어졌죠. 떨어질 때의 충격으로 주위의 땅이 갈라져 튀어 올랐고, 신의 전차는 그 땅속에 묻혀 거의 보이지 않게 되었대요. 사람들은 도대체 그 속에 무엇이 들었을까 궁금해, 틈 사이로 들어갔죠. 그때 신의 전차를 지키던 에르파라스라는 거인이 나타나 몹시 분노하며 사람들을 마구 죽이기 시작했어요. 사람들을 가엽게 여긴 신이 한 용사에게 신검 라이세네프를 주었고, 용사는 그 검으로 거인 에르파라스를 봉인했대요. 봉인된 에르파라스는 돌로 변했는데, 그것이 바로 저 최고봉 바든토스래요. 그 때문인지 이 부근에선 마력이 원래의 3분의 1로 떨어지죠. 저도 지금 마찬가지입니다."

"음…… 그렇군요."

리오 또한 그 전설을 듣자 확실히 기억나는 것이 있었다. 바로 스스로 의지를 가진 신계 최강의 검 라이세네프에 관한 것이었다.

그러나 그런 것을 생각할 겨를이 없었다. 다섯 개의 기가 빠른 속도로 일행을 향해 다가왔다.

"여기 있었구나, 리오 스나이퍼! 넌 절대 이 고원을 빠져나가지 못한다!"

낯익은 얼굴 둘이 보였다. 오랜만에 슈타인메츠를 본 리오는 지겹다는 듯 손으로 얼굴을 감쌌다.

"오늘은 별로 싸울 기분이 아닌데. 고원을 빠져나가든 여기서 금을 캐든 내 맘 아닌가?"

"시끄럽다! 저번과 같은 실수는 없다. 여기서 영원히 잠들게 해 주마!"

다섯 마룡은 제각기 드래곤 모습으로 변했다. 리오는 할 수 없다는 듯, 손바닥을 펴 보이며 일행을 불렀다.

"잠깐 여길 봐주겠어요?"

한쪽에 서 있던 바이칼은 뭔지 짐작했는지 조용히 다른 곳으로 시선을 돌렸다. 그를 제외한 일행은 하나같이 리오의 손을 바라보았다. 순간 손에서 강한 섬광이 일었고, 일행은 의식을 잃으며 바닥에 쓰러졌다.

「아니 무슨……?」

젊은 마룡들은 리오의 행동을 이해할 수 없었다. 리오는 바위에 걸터앉으며 바이칼에게 엄지손가락을 펴 보였다.

"자, 마룡족 일이니 네가 처리해야지?"

바이칼은 천천히 팔짱을 풀었다.

"이럴 때만 찾는군. 나쁜 녀석."

바이칼의 몸이 서서히 떠오르는가 싶더니 순식간에 마룡들이 있는 위치까지 올라갔다. 자신들이 무시당하고 있다는 느낌을 받은 슈타인메츠는 화가 치밀었다.

「무슨 짓이냐, 리오 스나이퍼! 가즈 나이트 주제에 우리가 두려운 거냐!」

"귀찮아서 그런 거다, 멍청이."

바이칼이 퉁명스레 말했다. 마룡들의 시선은 그에게 집중됐다.

"드래곤 퍼피를 겨우 벗어난 꼬맹이 주제에 하늘 높은 줄 모르다니, 건방진 것들. 이 몸이 상대해 주는 것을 영광으로 알아라."

바이칼의 몸이 빛에 휩싸였다. 그 빛은 서서히 커졌고, 이내 거대한 드래곤의 형상을 갖추기 시작했다. 보통의 드래곤보다 세 배는 더 커 보이는 몸집에 마룡들은 형용할 수 없는 위압감을 느꼈다.

곧 빛이 사라지면서 그 자리에 갑옷과 같은 대형 비늘로 뒤덮인 초대형 드래곤이 나타났다. 거대한 블루블랙의 비늘과 육중한 몸, 하늘을 뒤덮을 듯한 날개는 마룡들에게 더할 나위 없는 공포였다. 기세등등하던 마룡들은 서서히 뒤로 물러섰다.

"쿠오오!"

드래곤의 모습으로 완전히 변한 바이칼은 고원 전체를 뒤흔들듯 크게 포효했다.

「뭐야, 이 녀석은?」

「드래곤 로드다. 용제야!」

흑색 마룡이 소리쳤다. 슈타인메츠를 비롯한 다른 마룡들의 안색이 하얗게 변했다. 서룡족의 제왕이자 서룡족 최강의 드래곤 로드. 그 강대한 힘은 행성을 태울 정도이며 중급 이하의 신을 꼼짝 못 하게 한다고 알려져 있다.

「도망치자, 얘들아! 이길 수 없어, 이길 수 없다고!」

바이칼의 정체를 확인한 흑색 마룡이 급히 방향을 바꿨다. 순간 바이칼의 입에서 푸른 섬광이 뿜어져 나왔다. 용족 최강의 브레스라 불리는 '기가 피니셔'였다 위력은 원래의 10분의 1에도 못 미쳤지만 그 브레스에 휩싸인 흑색 마룡은 비명도 지르지 못한 채 재로 변했다.

「쿠, 쿠스카!」

동료들의 절규가 이어졌다. 그들의 친구는 영영 사라졌다.

「여기가 꼬마들의 무덤이다. 죽어라!」

바이칼의 등 비늘이 열리면서 그 사이에서 반짝이는 물체가 올라왔다. 지면에 앉아 그 광경을 지켜보던 리오는 가볍게 미소를 지었다.

"프로톤 드라이버. 신났군, 바이칼 녀석."

말이 끝나기 무섭게, 바이칼의 등에서 수십 덩이의 빛이 솟았다. 그 빛은 제각기 의지를 지닌 것처럼 마룡을 향해 날았고 마룡들은 그 빛의 연속 공격에 처절히 유린당했다.

「아아악!」

힘을 잃은 마룡들은 지상에 떨어졌다. 프로톤 드라이버의 빛은 비처럼 끝없이 내리꽂혔다.

「이 정도면 혼이 났겠지.」

바이칼의 등 비늘이 정상으로 돌아오자 프로톤 드라이버도 멈췄다.

마룡들은 가쁜 숨을 헐떡였다. 처참한 그 모습에서 더 이상 전의는 찾아볼 수 없었다. 폐허 속에 얼굴을 처박고 있던 슈타인메츠가 고개를 들었다.

「발렌타인…… 번스타인…… 던하르트…… 무사해……?」

「저승사자를 본 것 같아, 슈타인메츠…….」

발렌타인이 힘겹게 몸을 일으켰다. 네 마룡은 체력 소모를 줄이기 위해 인간 모습으로 변했다. 그때 누군가 슈타인메츠의 머리카락을 잡아 올렸다. 슈타인메츠의 눈에 붉은 장발이 희미하게 보였다.

"아직까지는 임무에 방해가 안 됐기에 살려 주는 것이다. 왜 내 경고를 또 무시했지, 슈타인메츠?"

"리오 스나이퍼……."

"애꿎은 친구를 희생해 가면서까지 날 이기고 싶나? 미안하지만 어린 드래곤에게 눌리고 싶은 마음은 없다. 난 이런 재롱을 쉽게 받아 줄 사람이 아니거든."

슈타인메츠는 분한 듯 이를 갈았다. 그러나 반항은커녕 빌 힘도 없었다. 리오의 눈동자 속에서 붉은빛이 번뜩였다.

"이번이 마지막 경고다. 한 번만 더 사적인 일로 내 앞에 나타나면 그땐 지옥을 보여 주지."

리오가 잡고 있던 머리카락을 놓자, 슈타인메츠는 힘없이 바닥에 쓰러졌다. 네 명의 젊은 마룡들은 끝났다는 안도감에 긴장이 풀린 듯 의식을 잃었다.

기절한 일행에게 돌아온 리오는 누군가를 찾는 듯 슬쩍 주위를 둘러보았다. 다시 인간의 모습으로 돌아온 바이칼도 두리번거렸다. 어느 한 지점에 눈길을 멈춘 리오는 피식 웃으며 소리쳤다.

"잔인하지 않나? 애들이 당하는데 어른이 가만히 있다니 말이야."

"후후, 난 머리 나쁜 부하는 필요 없거든."

바위 뒤에서 누군가 나타났다. 리오는 디바이너 자루를 서서히 매만졌다.

"오랜만이군, 루브레시아 공작."

흑색 가죽 코트의 중년, 마룡공 루브레시아는 살짝 웃음을 지었다.

"그렇군, 리오 스나이퍼. 아, 우리 용제님께도 인사가 늦었군. 후후훗."

"네 더러운 인사는 필요 없다."

바이칼은 고개를 돌렸다. 리오가 물었다.

"왜 왔지? 당신에게 부하들이 당하는 모습을 즐기는 악취미가 있는 줄 몰랐는데?"

"여전히 입이 거친걸, 리오 스나이퍼. 난 그냥 내 부하들이 널 없앤다 하기에 구경 왔지."

"그런가? 난 당신을 처리하려고 일부러 쉬었는데, 이거 보람이 없군. 후훗, 이제 어떻게 할 건가?"

루브레시아는 천천히 슈타인메츠에게 다가갔다.

"이 녀석들을 데리고 돌아갈 생각이다. 너와 용제에게 모르고 덤 볐으니 나도 봐줘야겠지. 아, 요우시크가 너에게 안부를 전해 달라 더군."

리오는 아무 말도 하지 않았다. 루브레시아의 몸에서 푸른빛이 감돌자, 의식을 잃은 젊은 마룡들의 몸이 둥실 떠올랐다.

"그럼 나중에 보세. 둘 다."

루브레시아와 다른 마룡들의 모습이 곧 사라졌다. 남은 것은 워프 마법이 남긴 잔광뿐이었다.

요우시크라는 이름을 들은 직후 리오의 얼굴엔 그늘이 드리웠다. 하지만 타르자를 처음 만났을 때처럼 동요하진 않았다. 언젠가 요우시크와 맞닥뜨릴 것임을 짐작하고 있었다.

일행이 깨어난 뒤, 적당히 사정을 둘러댄 리오는 다시 길을 떠났다. 말스 왕국의 왕세자 테라트가 기다리는 가이라스 해방군 사령 부를 향해.

한 달 후, 버틀렌은 레나의 묘 안에 마련된 벤치에 앉아 희미한 미소를 짓고 있었다.

레나의 비석 위에는 놀랍게도 한 송이 꽃이 피어 있었다. 돌 속 에서만 핀다는 희귀한 꽃, 화이트 블루였다.

"대리석 속에 씨앗을 박을 수 있는 사람은 내가 아는 한 한 사람 밖에 없지. 허허헛."

버틀렌은 화이트 블루 잎사귀의 흰색과 파란색 그러데이션을 보 며 살며시 눈을 감았다. 붉은색과 회색의 섬광 속에서 보라색 검광이 빛나고 있었다.

환상이었지만 버틀렌은 죽기 전에 한 번만이라도 그 모습을 다시 보고 싶었다.

"요즘 꿈에 올리브가 자주 보이오. 아무래도 나에게 시간이 얼마 남지 않았나 보오. 그래서 1백 년 동안 가슴속에 꽁꽁 묻어 두었던 이야기를 아이들에게 해주고 있소. 그 아이들이나, 아이들의 후손 앞에 당신이 다시 나타났을 때, 당신을 아는 드워프가 아무도 없으면 내가 저승에서 미안하지 않겠소."

고신과 고신의 부하를 상대로 용감히 싸운 전설의 영웅 버틀렌의 얼굴엔 회한이 가득했지만 조금의 후회도 찾아볼 수 없었다.

버틀렌은 묘 밖으로 터벅터벅 걸어 나갔다. 그를 보고 아이들이 몰려들었다. 노인은 자신이 알고 있는, 하지만 끝나지 않을 이야기를 다시 시작했다.

4장
악몽의 재현 Ⅰ

1

어둠의 가즈 나이트

수도에서 가장 가까운 요새 야룬다. 사령관실에서 두 남자가 술을 마시고 있었다. 한 사람은 크리스털 글라스로, 또 한 사람은 오크 통째로 술을 즐겼다.

"맛이 어떻소, 바이론 님. 로하가스 제국에서 공수해 온 고급 증류주인데……."

오크 통째로 술을 마시던 거한이 쿵 소리가 나도록 오크 통을 바닥에 내려놓았다. 그 회색 피부의 거한에겐 술이 부족한 모양이었다. 거한은 터질 듯한 근육질의 팔로 다른 술통을 잡았다.

"무리하지 마시오."

보석이 박힌 안대를 착용한 사령관 바레로그의 가리지 않은 한쪽 눈이 걱정 반 놀라움 반으로 일그러졌다. 하지만 거구의 사나이 얼굴에선 취기를 느낄 수 없었다.

장정 둘이 낑낑대며 옮겨 놓았던 오크 통을 그 거구의 사나이는 한 팔로 가볍게 들어 올렸다.

그는 이로 뚜껑을 뜯어내더니 갈색 투명한 술을 벌컥벌컥 들이
켰다. 탄탄한 회색 피부 위로 술이 흘러내렸다. 통의 술이 반쯤 비
워지자, 사나이는 만족한 듯 팔 토시로 입을 닦았다.

"아주 좋소, 사령관. 오늘 없앤 해방군 녀석들의 수를 열로 나눠
술로 달라 했더니 이런 멋진 술을 주는구려."

"40통을 준비한다는 게 얼마나 힘든지 아시오? 그래도 그만큼의
일을 해주니 나로선 기쁘기 그지없소. 아마 왕비 마마도 바이론 당
신 활약에 상당히 기뻐하실 거요."

순간 바이론의 광기 어린 눈이 바레로그를 향했다. 사령관은 자
신의 몸을 휘감은 기운에 움찔했지만 아무렇지도 않은 듯 웃음을
지었다.

"난 그저 죽이기 위해 당신들과 손을 잡은 거요. 정부가 어찌 되
든, 해방군이 어찌 되든 난 상관없소. 해방군보다 당신들 쪽에 죽
일 만한 사람이 더 많으면 난 곧바로 해방군 편이 되겠지. 잘난 왕
비의 얼굴 가죽으로 만든 풍선을 당신에게 선물하면 어떨까. 크하
하핫!"

바레로그의 상처투성이 얼굴은 어느새 식은땀으로 범벅이 되었
다. 미친 듯이 웃어대는 바이론의 강함을 누구보다도 잘 아는 그였
다. 마치 악귀처럼 사람을 부수고 베는 광기 앞에 해방군은 속수무
책이었다.

어떠한 마법도, 어떠한 무기도 소용없었다. 그의 검과 광기 앞에
서 해방군 병사들은 신을 부르짖었지만 그들의 신은 아무 도움도
되지 못했다. 해방군에서 가장 용맹하다는 기마대 대장 조니 프레
드와 그의 애마를 함께 검으로 두 동강 낸 전적을 포함해 그는 그

야말로 공포 그 자체였다.

"난 이만 잘까 하오. 그럼 잘 쉬시오, 바이론 님."

바레로그는 급히 자신의 집무실을 나섰다. 혹시라도 바이론이 술에 취해 자신에게 검을 휘두를까 두려워서였다.

"슈렌, 바이론이란 녀석 말야."

"음."

"얼마나 강한 거야? 리오만큼?"

지크는 심하게 흔들거리는 마차 위에서 한 팔로 물구나무를 선 채 몸의 중심을 잡고 있었고, 슈렌은 마차 안에서 편안히 기대어 있었다.

"의견 충돌로 둘이 딱 한 번 붙은 적이 있는데 무승부였지. 바이론이 약간 봐준 면도 있었지만……."

봐줬다는 말에 지크의 눈이 휘둥그레졌다.

"봐줘? 리오 녀석을 봐주며 싸울 수 있는 자가 있단 말이야?"

"정확히 둘이지. 바이론과, 우리 중 최강이라 불리는 빛의 가즈나이트, 휀 라디언트라는 자. 그들만이 리오를 제대로 상대할 수 있을 거야."

지크는 공중에서 가볍게 자세를 바로잡았다. 정좌한 채로 떨어진 그가 다시 물었다.

"휀 라디언트는 또 누구야? 얼마나 강하기에 우리 중 최강이라는 말이야?"

슈렌은 마차 커튼을 슬쩍 젖히고 밖을 바라보았다.

"임무라면 여자든 아이든 가리지 않고 죽이는 냉혈한이야. 공사의 구분이 칼과 같지. 어떠한 상황에서도 냉정하고 침착해. 어쨌든 말로는 설명 못해. 그를 직접 만나 봐야 진짜 어떤 자인지 알 수 있어."

지크는 뚱한 표정을 지었다. 그는 자신이 리오를 처음 만났던 때를 떠올려 보았다. 처음이자 마지막으로 리오와 대결한 그때, 지크는 자신이 왜 당했는지도 모른 채 차디찬 바닥에 쓰러져야만 했다. 그런데 리오보다 더 강한 상대라니, 아무리 전투를 즐기는 지크라 해도 혀를 내두를 수밖에 없었다.

"나보다 훨씬 강한 녀석이라면 싫은데……."

슈렌은 말없이 눈을 감았다.

식사 시간을 알리는 종소리가 멀리서 들려왔다. 마차가 멈추자 기다렸다는 듯 누군가 마차 커튼을 세게 젖혔다.

"너희들, 도대체 뭘 하려고 가이라스 해방전선에 들어왔느냐! 마차에서 휴식을 취하는 것도 정도가 있지, 사흘 내내 먹기만 하는 건 무슨 경우냐!"

이자록스 공주의 짙은 눈썹이 분노로 꿈틀댔다. 하지만 지크는 신경 쓰지 않는다는 듯한 반응을 보였다.

이자록스의 얼굴이 더욱 일그러졌다. 슈렌은 즉시 지크를 끌고 마차에서 내렸다.

"죄송합니다, 공주님."

그러나 그의 정중한 사과에도 불구하고 이자록스는 탐탁지 않다는 표정이었다.

"그대들이 아무리 강하면 뭘 하겠소. 지금까지는 식량만 축냈을 뿐 별다른 활약이 없지 않았소. 계속 이런 상황이 이어진다면 나로서도 안타까운 결정을 내리지 않을 수 없소."

"결정이면 결정이지, 웬 안타까운…… 윽!"

슈렌 팔꿈치에 명치를 맞은 지크는 순간적으로 몸을 숙였다.

"방금 뭐라고 했소, 지크?"

"아, 아니에요, 공주님."

신음과도 같은 지크의 대답에 이자룩스는 고개를 갸웃거렸다.

"하여튼 활약을 기대하겠소. 점심 식사 시간이니 어서 오시오."

그녀는 곧 다른 곳으로 발길을 돌렸다. 지크는 천천히 형제의 어깨에 손을 올렸다.

"그렇다고 급소를 치면 어떡해, 바보야!"

"식사나 하러 가지."

지크의 투덜거림은 식사를 시작하기 전까지 계속됐다.

식사를 마친 지크는 혼자 독립부대 이곳저곳을 돌아다녔다. 며칠간 그들의 기량을 펼칠 만한 일이 일어나지 않은 것뿐, 지크나 슈렌이 일부러 활약하지 않은 건 아니었다.

이자룩스보다 더 안달이 난 것은 사실 지크였다. 전투라고 해 봤자 처음 합류했을 때 란돌과 붙을 뻔한 싸움이 전부였기에 그의 전투에 대한 갈증은 극에 달해 있었다.

"지크, 오늘은 컨디션이 어떤가?"

"그저 그래요, 소머리 아저씨."

지크가 한 가지 건진 것이 있다면 란돌과 상당히 친해졌다는 것이었다. 불미스러운 테스트 이후 많은 대화를 나눈 둘은 급속히 친해졌다. 지크가 건방지게 소머리 아저씨라고 불러도 란돌이 거부감을 일으키지 않을 정도였다.

"이봐, 어지간하면 이름을 불러 주는 게 어때. 요즘 다른 병사들까지 날 소머리 아저씨라고 부른다니까."

"어때요, 아저씨. 그런데 그 공주님인가 하는 아가씨 말이에요. 도대체 몇 살이에요? 그렇게 나이가 많은 것 같진 않은데 화나면 반말을 찍찍 해대고."

며칠째 듣는 불평이었다. 란돌은 걱정된다는 듯 주위를 둘러보았다.

"이보게, 그러다 누가 들으면 어쩌려고……."

"일러바치면 그 자리에서 박살내 버리죠. 고자질하는 어린이는 여러분도 싫죠?"

주위에 있던 병사들은 하나같이 기침을 하며 몸을 돌렸다. 란돌은 미소를 지으며 고개를 저었다.

"협박은 하지 마. 공주님은 아마 올해로 열아홉 되셨을 거야. 아직은 어리지만, 장차 이 나라를 이끌어 갈 여왕이 되실 테니 우리가 잘 보좌해야지. 공주님이 빠지면 해방전선의 단결력도 절반 이하가 된다네."

"왜요?"

"그래야 우리 해방전선의 정당성이 성립되는 것 아닌가. 무턱대고 정부에 대항하는 불순분자가 아니라, 옳은 일을 위해 일어섰다는 명분을 위해 공주님은 꼭 필요하지."

지크는 탐탁지 않은 표정을 지었다.

"아니, 그런 이유로 전력에 하나 도움 안 되는 여자애를 전쟁터에 데리고 다닌단 말이에요? 그럴 바에야 차라리 과일 깎는 법을 가르쳐 주는 게 낫지 않아요! 이러다가 죽으면 어떡해요!"

"그렇지만 사실 우린…… 아, 아닐세. 별말 아니니 그냥 넘어가세."

"쳇, 싱거운 아저씨."

지크는 이내 웃으며 란돌의 육중한 가슴을 살짝 쳤다.

란돌이 말하고자 했던 것은 독립부대의 진짜 역할이었다. 독립부대가 올린 전과는 대단했다. 그러나 그 모든 것은 공격에서 얻어진 결과가 아닌 방어에서 얻은 결과였다. 이름만 독립부대일 뿐, 사실은 공주의 호위부대나 마찬가지였다. 지금 독립부대가 방향을 바꿔 총사령부로 향하는 것은 전적으로 지크와 슈렌을 그쪽에 데려다 주기 위함이었다.

"그런데 자네가 가진 칼 말일세. 독특하게 생겼던데, 뭐에 쓰는 칼인가?"

란돌은 지크의 허리에 매달린 무명도를 가리켰다.

"당연히 적을 베는 데 쓰는 칼이죠. 뭘로 보셨어요?"

"칼이라는 건 알겠는데 너무 얇고 가벼워 보여서 말이야. 그걸로 과연 새나 잡을 수 있을까 의심이 들더군."

"쳇, 말이 안 통한다니까."

지크는 두리번거리더니 주변에 있던 장작 하나를 집어 들었다. 이어서 무명도가 지크의 손에서 춤을 췄고 장작은 순식간에 잘게 잘려 란돌의 머리 위로 뿌려졌다.

"면도날보다 날카롭다고요."

"생각보다 좋은 칼이군."

확실히 지크의 실력은 란돌의 상상 이상이었다.

그가 싸우는 모습을 실제로 본 적은 없지만, 자신이 경험한 것이나 포르테에게 간접적으로 들은 것만 해도 상상해 본 적 없는 괴력이었다. 게다가 그런 지크를 말 한마디로 제어하는 슈렌이라는 자는 더욱 강해 보였다.

"자네 형제 말이네. 슈렌이라고 했나? 그 청년은 특기가 뭔가? 자네처럼 육탄전을 주로 하는 것 같진 않던데."

"슈렌요? 녀석은 육탄전 빼고 못하는 게 없어요. 거의 모든 무기를 다룰 줄 알죠. 특히 창을 가졌을 땐 저도 입을 다물어요. 마상무

예도 일가견이 있고…… 하여튼 별거 다 해요.”

“그래? 재주가 많군. 얼굴도 자네와는 달리 잘생긴 것 같고…….”

“뭐라고요?”

란돌은 황급히 손을 내저었다.

“아닐세. 자네와 종류가 다른 미남이란 소리지. 하하핫.”

“역시 아저씨는 사람 보는 눈이 있네요.”

하지만 란돌의 미소엔 억지가 담겨 있었다.

심심함을 달래려는 듯 지크는 마차 위로 올라갔다. 언제 뽑았는지, 그의 손가락 사이엔 풀잎이 끼워져 있었다.

“한번 불어 볼까?”

풀피리였다. 보통 풀피리 소리 하면 애절하거나 감상적인 것이 보통이지만 지크가 잡으면 달랐다. 트럼펫 소리 같은 경쾌함이 란돌과 병사들의 찌든 마음을 시원하게 뚫어 주었다.

“란돌 님, 저 녀석 확실히 물건 아닙니까?”

한 병사가 리듬을 맞추듯 고개를 끄덕이며 물었다. 란돌의 두툼한 입술이 실룩거렸다.

“물건인지 뭔지는 모르겠지만, 녀석은 테라트 님과 정반대야. 매사에 꼼꼼하고 냉정하며 언제나 계획적인 그분과는 달리, 버릇없고 덜렁대며 무계획이 계획이지. 하지만 분명…… 테라트 님과 함께 우리 해방전선에 꼭 필요한 녀석이 될 거야. 묘하게도 사람을 끄는 매력을 지닌 녀석이거든.”

삐익!

풀피리 소리가 멈췄다. 란돌과 병사들의 호흡도 일시에 멎었다. 동시에 지크의 한쪽 입술이 치켜 올라갔다.

“적이다! 앞으로 20분 거리! 보병대! 준비해, 준비!”

정찰대의 외침이 들렸다.

란돌은 두툼한 손으로 해머를 감싸 놓았던 헝겊을 벗긴 다음, 그 육중한 무기를 한 손으로 번쩍 들어 올렸다.

"다들 들었나! 자, 정신 똑바로 차려!"

휴식을 취하던 독립부대는 운이 없게도 정부군으로 보이는 적과 마주치게 됐다. 하지만 어릴 때부터 군사학과 전술학을 익혀 온 이자록스는 자신감을 보였다. 그 자신감엔 또 다른 이유가 있었다.

독립부대는 해방군 사이에서도 불패의 부대로 유명했다. 이자록스의 전술은 상당한 수준이었고, 그를 뒷받침하는 병사들 역시 정예부대에 버금갈 정도로 실력을 갖추고 있었다. 이 두 가지 요소가 완벽하게 조화를 이룬다면 승리를 자신해도 될 터였다.

진두에 선 이자록스는 오색으로 빛나는 자신의 보검을 빼들며 1진에 선 기마대와 2진에 선 보병대를 향해 외쳤다.

"예상되는 적의 수는 약 8백. 하지만 나의 전술과 그대들의 용맹이 함께한다면 수만의 적이 와도 우린 물리칠 수 있다! 가이라스 왕국의 영광을 위해!"

"좋아! 놀아 볼까, 친구들!"

지크가 그 말을 무시하듯 앞으로 걸어가더니, 심지어는 기마대 앞까지 나갔다. 이자록스의 짙은 눈썹이 순식간에 일그러졌다.

"뭘 하는 게냐! 내 작전을 망칠 셈이냐!"

지크는 웃음을 띤 채, 들리지 않는다는 듯이 손바닥을 귀 뒤에 붙였다. 이자록스의 분노는 머리끝까지 치솟았다.

"건방진 녀석! 왜 내 말을 듣지 않는 거냐! 난 엄연히 이 나라의 공주이자 독립부대의 총대장이다!"

"그런데 어쩌란 말이야, 눈썹 공주. 난 이 나라 사람도, 이 부대의 군인도 아니니, 공주의 말을 들어야 할 이유가 없다고."

"뭐라고?"

이자록스의 얼굴은 납처럼 굳어졌다. 그건 다른 사람들도 마찬가지였다. 지크는 멀리 보이는 흙먼지를 손가락으로 가리켰다.

"공주는 저 먼지구름이 적으로 보이오?"

이자록스는 눈을 꿈틀댈 뿐이었다.

"정찰병도 아마 저걸 보고 적이라고 했을 거요. 예상되는 적의 수가 8백이라……. 물론 고리타분한 전술학으로 봤을 때 8백이겠지. 하지만 뭐 이상한 거 없소?"

갑작스런 질문에 이자록스를 비롯한 모두의 눈이 궁금증으로 가득했다. 지크는 웃음을 터뜨렸다.

"8백 명으로 이루어진 부대가 저런 먼지와 소리를 내며 오는데 지면은 왜 안 흔들릴까? 너무 멀어서? 중간에 뭐가 있어서? 아니면 솜뭉치를 말발굽에 끼고 있어서?"

이자록스와 란돌, 포르테는 순간 움찔했다. 지크의 말대로 대부대에 어울리는 진동은 전혀 느껴지지 않았다. 당당하던 이자록스의 얼굴은 순식간에 굳어졌다.

"그럼 적이 아니란 말이오?"

"그렇진 않아요, 눈썹 공주. 저건 그냥 속임수일 뿐, 진짜 적은 10분 전 우리 발밑을 지나갔죠. 소식이 올 때가 됐는데."

그때였다. 강한 진동이 부대 진형의 뒤쪽에서 일어났다. 그 갑작스러운 상황에 말들이 놀라 펄쩍펄쩍 뛰기 시작했다. 보병들은 중심을 잃지 않기 위해 몸을 잔뜩 웅크렸다.

잠시 후 토사가 분수처럼 공중으로 뿜어졌다. 그 분수 속에서 곧 수많은 다리가 달린 거대 괴물이 모습을 드러냈다.

"발키드! 토룡 발키드다!"

외형을 보면 언뜻 지네를 연상케 하는 발키드. 그리 호전적이지 않지만 한번 화가 나면 어스 웜도 집어삼킨다는 무서운 마수였다. 보통 독립적으로 행동하는 것이 특징이지만 지금은 습성을 무시한 채 단체로 독립부대를 위협하고 있었다.

"후퇴하라! 지금 전력으로는 상대할 수 없다! 긴급 후퇴!"

마수와 싸워 본 경험이 없는 공주로선 최선의 지시였다. 그러나 병사들은 따를 수 없는 지시였다.

"젠장, 어디로 후퇴하란 말이야! 대장님, 확실히 지시를!"

모두 우왕좌왕하는 사이에 발키드는 차근차근 접근해 왔다. 발키드를 막기 위해선 발리스타와 같은, 성을 공격할 때 쓰는 전용 병기가 필요했지만 독립부대는 그런 무기가 없었다. 이런 최악의 상황 앞에 이자룩스는 결국 지휘력을 잃고 말았다.

"그대로 전진! 방향은 흙먼지가 일었던 쪽이다!"

누군가의 우렁찬 함성이 들려왔다. 병사들은 일단 그 목소리를 믿고 자신들을 속였던 흙먼지 쪽으로 달리기 시작했다. 이자룩스 역시 그쪽으로 후퇴하며 자신 대신 병사들에게 지시를 내린 사람을 바라봤다.

"슈렌?"

말에 탄 푸른 장발의 슈렌이 자신의 적갈색 장창을 돌리며 발키드를 향해 돌진하고 있었다. 그 곁에서 지크도 발키드 서넛을 고기 조각으로 만들고 있었다.

"큰 지네일수록 보약으로서 값어치가 높지만, 차라리 너희는 보약보다 식량으로 쓰는 게 낫겠다! 하하하핫!"

지크는 신들린 듯 움직였다. 발키드의 외골격을 질풍처럼 타고 올라가 그의 얇고 가벼운 칼로 발키드를 산산조각 냈다. 그의 움직임은 인간보다는 싸움에 굶주린 야수에 가까웠다.

지크의 몸에 일순간 스파크가 일었다. 멀찌감치 후퇴해 구경하고 있던 병사들은 그 모습에 눈이 휘둥그레졌다.

"지금, 사람 몸에서 번개가?"

처음엔 환각인가 했지만 그것은 현실이었다. 스파크가 실린 지크의 주먹이 머리에 내리꽂히자 발키드는 길게 체액을 뿜으며 바닥에 쓰러졌다.

드워프가 특수 제작한 발리스타가 아니면 거의 뚫리지 않는 발키드의 외골격이 주먹 한 방에 뚫리는 모습을 보고 이자록스를 비롯한 병사들은 도무지 믿기지 않는 듯한 표정을 지었다.

"저건 거짓말이야……."

슈렌 쪽 상황도 만만치 않았다. 그룬가르드에서 크게 피어난 화염의 날은 발키드의 몸을 사정없이 자르고 찢었다. 발키드 열여섯 마리가 둘에게 순식간에 당했다.

독립부대는 별다른 희생자 없이 위험에서 벗어났다. 하지만 달라진 것이 있었다. 그들을 바라보는 병사들의 시선 속에 거부감이 서린 것이다.

그것을 모르는 지크는 운동을 마친 사람처럼 상쾌한 표정을 지었다.

"하하! 오랜만에 몸을 푸니 날아갈 것 같은데! 슈렌은 어때?"

슈렌은 대답 대신 병사들 쪽을 보라는 시선을 던졌다. 지크의 얼굴은 곧 일그러졌다.

"뭐야? 이겼는데 왜 다들 뭐 씹은 표정이야? 어이, 눈썹 공주, 도대체 왜 그래요?"

"이유를 묻기 전에 너희 정체나 밝히시지. 발키드 10여 마리를 단둘이 없앤 자들을 우리가 어떻게 믿지?"

지크와 슈렌은 무슨 말을 해야 할지 몰라 가만있었다. 공주와 함께 있던 포르테 역시 자신이 데려온 구원군의 힘이 이 정도일 줄은 몰랐기에 함부로 변호할 수 없었다.

슈렌은 어찌할까 내심 고민했다. 하지만 지크의 사전에 고민이란 단어는 없었다.

"이거 물에 빠진 놈 건져 놓으니 봇짐 내놓으라는 격이네? 좋아, 우리의 정체를 알고 나면 어쩔 건데? 환영한다며 꽃가루라도 뿌릴 거야, 아니면 십자가에 매달아 구워 버릴 거야? 그거나 확실히 말해 주죠, 공주님. 그럼 우리도 대답해 줄 테니까."

이자록스는 아무 대답도 하지 못했다.

"우리가 괴물이든 아니든, 당신들이 며칠간 알고 지내던 지크와 슈렌은 변함없으니 된 거 아뇨. 우리는 당신들 속인 거 없어요. 정작 속인 건 당신들이잖아요. 안 그래요, 포르테 아줌마?"

포르테는 움찔했다. 지크는 더욱 기세등등했다.

"리오를 안다고? 까놓고 말해 알긴 뭘 알아. 포르테 아줌마나 눈썹 공주가 녀석을 조금이라도 안다면 우리가 무슨 짓을 하건 별말 못 해요. 내가 아는 한, 목석이 아닌 이상 어지간한 여자들은 녀석의 상관과 사탕발림, 실력에 절반 이상은 넘어가죠. 그런데 여자들 입에서 나온 말이 고작 출중한 무예를 가진 분? 웃기지 마죠. 2주일 넘게 속아 주고 목숨까지 구해 준 사람들에게 고마움은커녕 미안하다는 말도 없이 정체가 뭐냐고 물어요? 이건 무슨 경우요?"

이자록스 공주와 포르테는 꿀 먹은 벙어리처럼 잠자코 있었다.

그때 팔짱을 끼고 지크와 슈렌을 바라보던 란돌이 지크에게 가까이 다가갔다.

"자, 오늘은 이겼다, 제군들!"

란돌은 육중한 팔을 추켜올렸다. 서로의 눈치를 조금씩 살피던 병사들은 곧 일제히 함성을 지르며 승리를 자축했다. 그들에게 둘러싸인 지크는 함께 뒤섞여 즐거워했지만, 슈렌은 고개 숙인 이자록스 공주의 모습을 묵묵히 바라보았다.

한편 멀리서 한 남자가 망원경으로 독립부대의 환희를 지켜보고 있었다. 광대와 같은 복장을 한 그 남자는 보통 사람보다 더 날카로운 송곳니를 드러낸 채 분노를 터뜨렸다.

"젠장! 발키드 열여섯 마리가 저토록 허무하게 깨질 줄은 몰랐는데? 도대체 저 괴물 녀석들은 누구지? 마법으로 만든 흙먼지를 간파하다니."

그는 왕비 일파에 소속된 마수사 그란벨이었다. 마족과 인간 사이에서 태어난 마인으로 마수들을 조종할 수 있는 특별한 능력을 가지고 있었다. 그는 망원경을 거칠게 접었다.

"이번만큼은 공주를 없앨 수 있다고 왕비에게 장담했는데! 좋아, 상황을 더 지켜보도록 하지. 두고 봐라!"

그가 사라짐과 동시에 멀리서 일던 흙먼지도 사라졌다.

그날 저녁 숙소에서 포르테와 같은 침대에 나란히 누워 있던 이자록스는 도저히 잠을 이룰 수 없었다. 순식간에 다른 사람에게 병사를 빼앗긴 것 같은 기분에, 이상한 패배감이 그녀를 괴롭혔다.

"포르테, 듣고 있어?"

"아, 예. 말씀하세요, 공주님."

거짓말이 밝혀진 것 때문에 역시 잠 못 이루고 있던 포르테가 시선을 돌렸다. 어두웠기에 서로의 얼굴은 보이지 않았지만 서로의 표정은 대충 상상할 수 있었다.

"난, 여왕으로서 자질이 부족한 걸까? 테라트 왕자님께 나라의 운명을 맡긴 것도 부족해서, 이젠 부하 6백 명조차 간수를 못하고 있어. 내게 부족한 것이 도대체 뭘까? 그대는 대답해 줄 수 있겠나?"

포르테의 입에서 나지막한 한숨이 터져 나왔다.

"공주님, 전 공주님보다 부족하답니다. 눈에 보이는 거짓말을 하고서 그 남자들을 속였다며 기뻐했죠. 우리 해방군 사정을 보고 일부러 속아 준 그들에게 실례를 범했답니다."

그녀는 다시 눈을 감았다.

"공주님은 오늘, 그 남자들에게 패하신 것이 아닙니다. 언젠가 테라트 님께서 말씀하셨죠? 자신은 가이라스 왕국의 운명을 맡은 것이 아니라 고통받는 가이라스 왕국의 국민을 위해 옳은 일을 하는 것뿐이라고요. 오늘 일도 그와 비슷합니다. 그 남자들은, 공주님을 이기거나 병사들을 지배하기 위해 힘을 쓴 것이 아니라, 공주님을 비롯한 병사들을 구하기 위해 힘을 쓴 것입니다. 공주님께선 부담을 가지실 필요가 없답니다."

"그래?"

공주가 안도의 한숨을 쉬었다. 포르테는 그제야 안심했다.

"그럼 난 이제 어떻게 해야 할까? 그들을 대하기가 더 힘들 것 같은데……."

"그냥 친구처럼 지내면 되지요."

"누구냐!"

마차 천장 위에서 갑자기 들려온 목소리에 공주와 포르테는 벌떡 몸을 일으켰다. 천장에서 노크 소리가 들려왔다.

"소머리 아저씨 부탁으로 보초 서는 거예요. 잠이나 주무쇼, 아
가씨들."

포르테가 베개로 천장을 때렸다. 이어서 지크의 장난기 어린 웃
음소리가 들려왔다.

"먼지 떨어질걸요. 자, 그럼 소원대로 다른 곳에서 보초를 서 드
리죠. 잘 자요."

"저런 무례한 녀석! 거기 서라!"

지크가 진짜 갔는지 아닌지 당장 확인할 길이 없었다.

하지만 그녀들은 지크가 보초 선다는 말에 불안에 떨기는커녕
다른 날보다 깊이 잠에 빠져들었다.

다음 날 아침, 기마대 병사들은 곤란에 빠졌다. 말 한 마리가 두
더지굴에 빠져 다리가 부러진 것이다. 뭐든 하나라도 아쉬운 해방
군에게 그것은 큰 손실이었지만 어떻게 해볼 방법이 없었다.

"젠장, 무슨 놈의 두더지굴이 길 한가운데 파인 거야! 멀쩡한 말
하나를 괜히 죽여야 하잖아!"

기마대 대장 카이트의 한탄에는 명마를 잃는다는 아쉬움보다 명
마를 죽여야 한다는 안타까움이 섞여 있었다.

"저, 접골을 한 다음 마법으로 치료하면 안 될까요?"

"시끄러워!"

한 병사의 의견은 일리가 있었지만 카이트는 고함을 질렀다. 말
의 다리를 접골할 정도의 힘을 가진 사람은 란돌뿐이었다. 하지만
란돌은 수의사가 아니었고 성공적으로 접골을 한다 해도 말의 상
처를 마법으로 치료할 수 있는 사람은 독립부대에 단 한 사람도 없

었다. 결국 말을 죽일 수밖에 없었다.

"닥치고 란돌 대장이나 모셔 와! 해머로 대가리 한 대 갈기면 끝 날 일 가지고 왜 이리 소란을 피워! 각자 가서 자기 할 일이나 해!"

병사들은 묵묵히 물러갔다. 물론 그들은 자신의 대장이 왜 화를 내는지 잘 알고 있었다. 군소리 없이 떠난 것도 모두 자신들의 대장을 이해하기 때문이었다.

카이트는 누운 채 숨을 헐떡대는 말을 묵묵히 바라보았다. 몹시 고통스러운 듯 말의 눈은 점점 흐려졌다. 그는 말의 갈기를 천천히 쓰다듬었다.

"란돌 님이라면 널 한 번에 편히 보내 주실 거다. 아무 걱정 말고 쉬렴."

말의 눈에서 눈물이 흘렀다. 단순히 고통 때문일까, 아니면 카이트의 말을 알아들어서일까. 카이트는 자기 감정을 억제하기 위해 혼신의 노력을 기울였다.

"말이 다쳤군요. 무슨 일인가 했습니다."

누군가가 카이트의 어깨를 두드렸다. 슈렌이었다.

"두더지굴에 빠져 다리가 부러졌소. 젠장, 재수가 없으려니…… 어? 슈렌, 뭘 하는 거요?"

슈렌이 말의 부러진 다리에 손을 가져가자 말이 꿈틀댔다. 그는 다시 카이트를 바라보았다.

"말의 눈을 가려 주십시오. 접골할 때의 공포를 줄여야 합니다."

카이트는 기가 막혔다.

"이보시오. 접골을 한다 해도 치유 마법을 사용할 줄 아는 사람이 없어 아무 소용이……."

"……."

"아, 알았소. 기다리시오."

카이트는 침을 삼키며 말의 눈을 가렸다. 순간 슈렌의 손이 소리 없이 빠르게 움직였다. 말이 살짝 꿈틀댔다. 그리고 잠시 후 부러진 다리가 어느새 정상으로 돌아가 있었다.

"접골한 거요?"

"치료는 아직입니다."

슈렌의 손이 붉게 빛났다. 마법에 대한 지식이 전무한 카이트는 치유 마법이겠거니 생각했다. 슈렌은 말의 다리에 붉은빛을 비추더니, 잠시 뒤 무릎을 털며 일어났다.

"끝났습니다."

놀랍게도 말은 언제 다쳤냐는 듯 벌떡 일어나더니, 부러졌던 다리를 몇 번 굴러 보았다. 카이트는 입을 다물지 못했다.

"아, 아니 어떻게……?"

슈렌은 자신에게 머리를 비비는 말을 토닥이며 대답했다.

"치유 마법은 골절 시에는 사용하지 않는 게 정석입니다. 근육과 인대가 늘어난 채 회복되기 때문입니다. 자생 능력을 돕는 것이 더 좋습니다."

카이트가 원한 대답은 아니었지만 그는 즉시 감사를 표했다.

"어쨌든 고맙소, 슈렌. 이 은혜를 어떻게 갚아야 할지 모르겠소."

"이 말을 제게 주십시오."

슈렌은 마치 기다렸다는 듯이 말했다. 갑작스러운 부탁에 카이트는 눈을 동그랗게 떴다. 하지만 들어주지 못할 것도 없었다.

"좋소. 어차피 죽이려고 했던 녀석이고, 녀석도 좋아하는 것 같으니 거절할 이유가 없소."

"감사합니다."

슈렌은 안장을 바로잡고 곧바로 올라탔다.

말 목을 토닥이는 그의 모습에 카이트는 잠시 넋을 잃었다. 지금 껏 자신이 본, 말과 사람 커플 중 가장 멋진 커플이 눈앞에 있었다. 그는 슈렌이 왜 이 말을 달라고 했는지 어렴풋이 알 것 같았다.

"오호, 저번에도 말을 탄 모습을 보긴 했는데, 오늘은 정말 멋져 보이는군요. 승마를 좋아하오?"

"즐기는 편입니다. 그럼 잠시 다녀오겠습니다."

슈렌이 옆쪽 들판으로 방향을 틀자 말은 힘차게 달렸다. 카이트 는 자신도 모르게 웃으며 그 모습을 지켜보았다.

"다리가 부러진 말이 있다 해서 왔는데 말은커녕 머리 깨진 두더 지도 없잖아? 어떻게 된 거야?"

"그러게나 말입니다, 란돌 님."

해머를 든 란돌은 묵묵히 병사를 쏘아봤다.

"어이, 카이트! 다리 부러진 말은 어디 있나? 구워 먹었나?"

"저기 달리고 있지 않나, 란돌."

"무슨 소리야?"

란돌은 머리를 긁적였다. 카이트의 시선은 여전히 슈렌을 좇고 있 었다. 다리가 나은 말은 어느 때보다 신나게 바람을 가르며 달렸다.

"저 젊은이, 같은 남자가 보기에도 멋지지 않나?"

"자네에게 그런 취향이 있는 줄 몰랐는데."

카이트와 란돌은 크게 웃었다. 병사 대부분은 그 웃음의 이유를 알지 못했다.

슈렌이 갑자기 말을 멈추자, 란돌과 카이트도 웃음을 거뒀다. 가만 히 진두를 바라보던 슈렌은 곧바로 그쪽을 향해 달리기 시작했다.

"슈렌! 무슨 일인가!"

그러나 슈렌은 대답이 없었다. 그때 카이트와 란돌의 머리 위로 무언가 날아갔다. 헝겊에 둘러싸인 긴 물체가 날아가는 것을 확인한 둘의 표정은 일순간 굳어졌다.

"저건 슈렌의 창 아닌가?"

"신기루가 아닌 건 확실하지."

불안감을 느낀 둘은 앞쪽을 바라보았다. 마치 신기루처럼, 네발 달린 거대한 짐승이 공중으로 솟았다. 둘의 얼굴은 하얗게 질렸다.

"차라리 신기루라고 믿고 싶은데, 제기랄!"

란돌은 카이트와 함께 급히 병사를 모으기 시작했다.

"포르테 님! 위험합니다!"

"알았으니 어서 화살이나 쏴요! 공주님을 구해야 해요!"

포르테를 비롯한 병사들은 열심히 화살을 날렸지만, 괴물이 날개로 일으킨 돌풍 때문에 화살은 중간에도 못 미쳐 맥없이 떨어졌다.

그 괴물은 양과 사자의 머리, 사자의 몸과 박쥐 날개, 꼬리가 뱀인 복합동물로 키마이라라고 불리는 괴물이었다. 키마이라는 지능이 낮아 마수사들이 다루기에는 쉬웠지만 힘만큼은 드래곤 못지않게 강했다.

독립부대를 기습한 괴물 뒤에 선 광대 옷의 남자, 그란벨은 납치한 이자록스 공주를 보며 크게 웃었다.

"그런 걸로 키마이라를 이길 수 있다고 생각하나? 가소롭구나, 아하하핫. 공주 마마는 내가 모셔 가겠다!"

그란벨의 손에서 워프 서클이 떠올랐다. 포르테는 안타까운 마음에 더 빨리 화살을 날려 보았지만 아무 소득도 없었다. 실신한 공주를 안아 올린 그란벨은 더욱 크게 웃었다.

"하하하, 이 전쟁은 우리의 승리다!"

순간, 어디선가 날아온 돌이 워프 서클에 명중했다. 빛과 함께 돌이 사라지자, 그란벨의 얼굴이 파랗게 변했다. 갑작스러운 상황에 얼이 빠져 있던 그의 눈에서 곧 노기 어린 빛이 폭사됐다.

"어떤 녀석이냐! 누가 감히 내 일을 방해하느냐!"

멀리서 누군가 말을 타고 달려오는 모습이 보였다. 발키드를 쓸어 버린 두 남자 중 한 명이었다.

"슈렌 님! 잠깐 기다리세요!"

포르테가 불렀지만 슈렌은 막무가내였다. 그의 손엔 무기조차 없었기에 그녀는 거의 찾지 않던 신을 마음속으로 불렀다.

"키마이라라, 넌 마수사인가?"

키마이라 앞에 선 슈렌이 당당히 질문을 던지자 그란벨은 기가 막혔다. 자신도 가끔 키마이라를 통제 못해 곤경에 빠지는데 푸른 장발의 남자는 전혀 두려워하지 않았다.

"그렇다! 난 명예로운 가이라스 왕국의 마수사 그란벨이다! 키마이라를 상대하러 온 것 같은데, 어째서 무기 하나 없이 맨손으로 왔느냐? 자폭이라도 할 심산이냐?"

"그럴 리가."

슈렌은 오른팔을 올렸다. 공중으로 날아오던 그룬가르드를 그가 잡자 그것을 싸고 있던 헝겊이 벗겨졌다.

그란벨의 안색이 하얗게 질렸다. 적갈색 창이 주인 손에 들렸다. 슈렌은 창을 두어 번 돌린 뒤 곧장 마상전 자세를 취했다.

"오!"

병사들 사이에서 탄성이 터졌다. 그란벨 역시 감탄하고 싶을 정도로 슈렌의 자세는 깔끔했다. 포르테는 자신도 모르게 홍조까지 띠었다.

바람이 불었다. 슈렌의 장발과 키마이라의 갈기가 너울거렸다. 양과 사자 머리, 그리고 꼬리 부분에 달린 뱀 머리까지 합해 세 개의 머리를 지닌 마수는 상대가 강하다는 것을 본능적으로 느낀 듯 지면에 내려와 몸을 잔뜩 웅크렸다. 슈렌은 눈을 똑바로 뜨고 키마이라를 쏘아보았다.

"어이, 슈렌! 그 야생 고양이 따위 화끈하게 구워 버려!"

어느새 온 지크가 응원하듯 팔을 흔들어 댔다.

그의 생기발랄함과는 달리 병사들은 긴장감에 사로잡혀 있었다.

마수 키마이라와 어제 나타났던 발키드는 비교할 수 없는 존재였다. 세 개의 머리에서 나오는 전방향 시점은 공격과 수비의 사각을 없앤다. 입에서 내뿜는 화염은 3급 마법에 가까운 파괴력과 열을 가졌다. 물리적 힘은 드래곤에게 지지 않을 정도였다. 그야말로 전설상의 마수라 불릴 만했다.

하지만 슈렌도 보통 인간은 아니었다.

"쿠오."

양과 사자의 입에서 폭염이 뿜어져 나왔다. 슈렌이 고삐를 당기자 말은 앞발을 들어 그 화염을 피했다. 그리고 곧 슈렌이 박차를 가하자 용감하게도 마수를 향해 달리기 시작했다.

동물은 본능적으로 불을 무서워하지만, 진정으로 주인을 믿을 때 그 본능을 이기고 불 속으로 뛰어든다.

그룬가르드의 날이 붉게 빛났다. 발키드를 상대했을 때처럼 화염의 날이 길게 솟았다. 말은 키마이라를 향해 돌진했다.

"헙!"

슈렌의 입에서 짧은 기합이 터졌다. 그룬가르드에서 솟은 화염의 날이 반달 모양이 되었다. 눈 깜짝할 사이에 키마이라의 머리 중 하나가 피를 내뿜었다.

"키아악."

사자 입에서 포효가 터짐과 동시에 양 머리가 바닥에 떨어졌다. 뱀의 형상을 한 꼬리가 반격하듯 독기를 내뿜었다. 그러나 슈렌은 여유 있게 말에서 뛰어올라 창을 휘둘렀다.

"나왔다! 플레임 사인."

지크가 주먹을 불끈 쥐었다.

키마이라의 머리가 모조리 동강 나 버리고, 몸도 산산조각 났다.

"이런 제기랄!"

그란벨의 입에서 거친 말이 쏟아졌다. 자신이 가장 아끼던 마수가 순식간에 고깃덩이로 변한 광경에 피가 거꾸로 솟았다.

다시 가볍게 말에 내려앉은 슈렌이 키마이라 사체 근처에 그룬 가르드를 박자, 피로 흥건한 땅에서 폭음을 동반한 화염 기둥이 크게 솟아올랐다. 그 화염 기둥에 의해 키마이라의 사체는 소각장의 쓰레기처럼 타 버렸다.

병사들은 일제히 환성을 지르며 승리를 자축했다. 그 무리 속에는 뒤늦게 도착한 란돌과 카이트도 끼어 있었다.

하지만 아직 끝난 건 아니었다. 기절한 이자록스 공주를 안은 그란벨은 슈렌과 키마이라가 싸우는 동안 모은 마력으로 다시 한 번 워프 서클을 만들었다.

"그래도 마지막은 나의 승리다! 으하핫."

그란벨은 워프 서클을 향해 몸을 날렸다. 그 모습에 포르테가 비명을 지르려는 순간, 그란벨 머리 위에 무언가 나타났다. 지크였다.

"이만 떨어져!"

지크는 무명도를 들어 그란벨의 뒷머리를 내리쳤다. 순식간의 일이었기에 그란벨은 비명을 지를 틈도 없었다. 몸에서 떨어져 나간 마수사의 머리는 워프 서클에 부딪혀 어디론가 사라졌다. 목에서 피가 솟구치는 그란벨로부터 이자록스를 빼낸 지크는 피식 웃으며 병사들을 향해 손을 흔들었다.

"자, 성공이야, 친구들! 하하하."

잠시 역겨운 장면을 연출하긴 했지만 지크의 마무리는 최고였기에 병사들은 다시금 환호했다. 한편 긴장이 풀린 포르테는 그만 자리에 주저앉고 말았다.

"흑…… 공주님!"

포르테는 눈물을 펑펑 쏟았다. 그러나 주위 병사들은 그것도 모른 채 계속 승리를 만끽했다.

지크와 슈렌은 혹시 일어날지도 모르는 사태에 대비해 이자록스의 숙소인 마차를 경호했다. 마차 안에는 포르테와 의식을 잃은 이자록스가 있었다.

지크는 마차 위에 올라가 꾸벅꾸벅 졸았지만 그것이 그의 준비 자세였기에 슈렌은 별말 하지 않았다. 슈렌은 말을 타고 마차를 호위했다.

얼마나 시간이 지났을까. 해가 떨어지고 별이 하나둘 보일 무렵 독립부대는 행군을 멈추었다. 슈렌이 말고삐를 잡아당겨 말을 멈추고 입을 열었다.

"지크, 느껴지는 게 없나?"

"……."

"어둠의 힘이다. 저 고개를 넘으면 바이론과 만날 수 있을 거야.

너무 이른 감은 있지만."

"뭐라고?"

아예 엎어져 자던 지크가 고개를 살짝 들었다. 슈렌은 한숨을 내쉬었다.

"아냐."

"쳇, 싱거운 녀석."

지크는 다시 잠에 빠졌다. 슈렌은 차라리 그가 모르는 게 나을지도 모른다고 생각했다.

지크와 바이론의 힘은 너무도 차이가 컸다. 바람과 불은 정령계의 규칙으로 볼 때 상위 속성인 빛과 어둠을 절대 이길 수 없었다. 속성이란 개념이 그리 크게 작용하지 않는 가즈 나이트들에겐 그리 큰 문제가 아니었지만, 슈렌이 생각하는 지크의 힘은 정령계의 규칙과 비슷했다. 채 개발되지 않은 지크의 바람으로는 바이론의 강대한 어둠을 당해 낼 수 없었다.

"꼭 싸운다는 보장은 없겠지."

슈렌은 안심했다. 일단 자신이 바이론에게 임무 하달에 대한 실수를 설명한다면 적어도 싸움만큼은 미연에 방지할 수 있기 때문이었다.

"그게 무슨 소리요, 슈렌?"

마차 커튼이 열렸다. 막 의식을 회복한 이자록스였다.

"아닙니다, 공주님. 몸은 어떠신지요."

이자록스는 미소를 보였다.

"그대들 덕분에 괜찮소. 그대들에게 그저 미안할 따름이오. 이제까지 그대들을 심하게 대한 점 사과하리다."

슈렌은 살짝 고개를 끄덕였다.

"괜찮습니다, 공주님. 포르테 님은 어떠십니까."

"일어나 보니 잠들어 있소. 그녀에게 용건이 있소?"

"아닙니다. 더 쉬십시오, 공주님."

슈렌의 말은 여느 때처럼 짧고 간결했다. 공주는 잠든 포르테를 돌아보며 말했다.

"포르테는 그대들에게 한 거짓말이 아직도 부담되는 모양이오. 그대들이 알면서도 속아 준 것 때문에 더한 듯하오. 그런데 도대체 왜 일부러 속아 주었소?"

"포르테 님의 거짓 속엔 진실이 담겨 있었습니다. 나라를 위해 정부군 병사들과 홀로 다투며 인재를 찾는 그분을 도와드려야 한다는 생각이 들었습니다. 저희가 찾는 형제도 사정을 들었다면 기꺼이 포르테 님을 따랐을 것입니다. 포르테 님이 부담을 가지실 필요는 없습니다. 그분은 스스로가 생각한 최선의 방법을 쓰셨습니다. 공주님께서 그분을 신뢰하는 만큼 저희도 그분을 신뢰하고 있습니다."

슈렌은 몰랐지만 포르테는 그때 깨어 있었다. 그녀의 붉게 상기된 볼에 다시금 눈물이 흘러내렸다. 그 모습을 잠시 바라보던 이자록스가 말을 돌렸다.

"그렇구려. 아, 그대들이 찾는 그 형제, 리오 스나이퍼는 어떤 사람이오?"

"저와 지크보다 훨씬 강한 사람입니다. 그야말로 해방전선의 사령부를 부순 회색 거한과 정면으로 맞서 싸울 수 있는 사람입니다. 저와 지크는 그를 당해 내지 못합니다."

"그대들보다 강한 사람이라…… 만나 보고 싶구려. 그대만큼 잘생겼소?"

"슈렌만큼은 아니지만 한 인물 하죠. 저만큼 잘생겼을걸요?"

자는 척하며 얘기를 듣고 있던 지크가 끼어들었다. 이자록스가 실망스러운 표정으로 말했다.

"그렇게 못생겼단 말이오?"

지크의 얼굴이 단숨에 굳어졌다.

"공주님, 눈썹을 조금 가늘게 다듬을 생각은 없나요?"

"또 눈썹 가지고 시비를 거는 거요!"

"먼저 시비 건 사람은 당신이에요! 공주님, 이러면 곤란해요!"

"닥치시오!"

둘의 말다툼 속에 그날 밤도 점차 저물어 갔다.

다음 날 합류 예정인 해방전선 본대에 대한 기대도 함께 부풀어 갔다.

에르파라스 고원을 벗어난 후 들른 첫 마을에서 리오 일행은 휴식을 취할 수 없었다. 마을 이름을 지도에서 확인해야 할 정도로 그 마을은 처참히 파괴되어 있었다.

"세상에, 이럴 수가!"

키세레는 곳곳에 널브러져 있는 시체에 도저히 눈을 뜰 수 없었다. 리카와 클루토 역시 마찬가지였다.

"도대체 어떻게 당한 거지? 얼마나 많은 군사가 쓸고 지나갔기에 이토록 처참한 거야?"

리카가 기가 막힌 표정으로 물었다. 파괴된 건물과 시체를 둘러보던 바이칼이 짧게 답했다.

"한 명에게 당했군."

"응? 바이칼, 뭐라고요?"

리오가 자세히 대답해 주었다.

"단 한 명에게 당했어. 건물의 파괴 정도와 각도를 보아, 여기 이 자리에서 마법탄 내지는 기탄을 날렸을 거야. 그리고 시체 중에 민간인은 없어. 모두 군인이지."

리오가 마법탄을 쏘는 듯한 자세를 취하며 설명했다.

"하지만 스나이퍼 님, 단 한 사람이 마을을 초토화하고 군인들을 살해하는 게 가능한가요?"

리오는 쓸쓸히 웃었다.

"저라면 가능하죠. 물론 저와 비슷한 힘을 가진 사람도 마찬가지입니다."

모두의 얼굴이 굳어졌다. 특히 클루토는 더했다.

"리오만큼 강한 사람이 또 있다고요? 설마요!"

"설마가 사람 잡는다는 걸 아직도 모르나."

바이칼의 퉁명스러운 말투에 클루토는 입을 다물었다. 리오는 근처 시체를 자세히 살펴보았다.

"이 시체를 보거라, 클루토. 이 사람은 상당한 무게를 지닌 검에 맞아 몸의 일부분이 날아갔어. 이런 무게의 검을 다룰 수 있는 사람은 보통 사람 중에선 없어."

클루토는 시체를 제대로 쳐다보지 못했다. 리오의 눈은 점차 가늘어졌다.

"하지만 왜 이런 짓을?"

"녀석은 미쳤어."

바이칼과 리오는 그 장본인을 아는 듯했다. 일행 얼굴에는 궁금증이 역력했지만 둘은 아무 대답도 해 주지 않았다.

그때 폐허가 된 집 중의 하나에서 사람 목소리가 들렸다.

"회색 거인이야."

일행들이 소리 난 쪽을 돌아보자 한 노파가 지팡이에 의지해 그들 쪽으로 다가왔다.

"할머니, 그를 보셨습니까?"

"당연히 봤지. 회색 피부에, 자네보다 훨씬 큰 키에…… 검은 구름에 휩싸인 대검을 든 미친 남자였는데 해방군만 죽였어. 또 해방군이 숨어든 집도 부숴 버렸지."

노파의 얘기는 계속되었다.

이 마을에는 해방군 사령부 중 하나가 있었는데, 약 한 달 전 한 남자가 나타나 해방군을 모조리 죽이고 마을을 폐허로 만들었다는 것이다. 생존한 민간인 대부분이 마을을 떠나 버려, 현재는 이 마을 토박이들만 남았고, 그들마저 밤마다 찾아오는 야수들과 진동하는 시체 냄새, 그리고 썩어 버린 물 때문에 하나둘씩 떠난다는 것이었다.

노파와 리오 일행의 주위에 다른 생존자들이 모여들었다. 일행이 가진 식량 때문이었다. 식량을 웬만큼 나눠 준 일행은 얼마 있다 마을을 떠났다.

"너무 잔인해요. 사람들을 죽이고도 모자라 마을까지 저렇게 만들다니!"

클루토가 목소리를 높였다. 곁에서 걷던 리카의 얼굴 역시 어두웠다.

"이번에 만날 상대는 저도 자신이 없군요, 키세레 님."

갑자기 리오가 얘기를 꺼냈다.

"네?"

"예전에 만난 마룡들과는 비교할 수 없을 만큼 월등히 강합니다.

저와 동등, 아니 그 이상입니다. 이제까지 만난 적 중 최강일 것입니다. 만약 적이라면 말이죠."

리오의 말에 일행은 깜짝 놀랐다. 그가 이렇게 자신 없어 하는 모습은 처음이었다. 키세레는 그렇다 해도 리카와 클루토에게는 충격 그 자체였다. 하지만 바이칼은 당연하다는 반응이었다.

"녀석과 저번에 대결했을 때 넌 초주검이 될 뻔했지. 녀석도 반죽음이었지만…… 이번엔 어떨 거라고 생각하나?"

리오는 씁쓸히 웃었다.

"적이 아니길 바라는 수밖에 없어."

리오가 말하는 최강의 적이란 누구일까, 하는 의문 속에서 일행은 계속 길을 걸었다. 일행은 아무 해답도 얻을 수 없었다. 아는 것은 리오만큼 강한 사람이 또 하나 존재한다는 것뿐이었다. 어쨌든 키세레가 아는 총사령부의 현재 주둔지 야룬다 요새 근방까지 멀지 않았다.

"큭!"

갑자기 리오 입에서 짧은 비명이 터졌다. 바이칼의 안색 역시 좋지 않았다.

"아니, 왜 그러세요, 리오?"

클루토가 물었다. 그러나 리오 귀에 소년의 목소리는 들리지 않았다.

"이런, 제기랄! 바이칼, 뒤를 부탁해!"

리오는 그 말을 남긴 채 어디론가 날아갔다. 바이칼은 팔짱을 끼며 나지막이 중얼거렸다.

"귀찮은 건 전부 나에게 맡기는군."

일행은 도저히 둘의 행동을 이해할 수 없었다.

아침 일찍 도착할 예정이었던 독립부대는 아직 합류하지 않았다. 그 상태에서 가이라스 해방전선 본대의 인원은 약 4천 9백 명. 야룬다 요새의 예상 인원 3천 명보다 훨씬 많았다. 하지만 총사령관 테라트의 표정은 어두웠다. 주위에 앉은 대장들 역시 마찬가지였다.

테라트가 일어섰다. 평범한 스타일의 머리가 살짝 흔들렸다.

"며칠 전 우리의 수는 약 5천 3백 명이었소. 그러나 단 한 사람에 의해 4천 9백 명으로 줄었소. 용맹을 떨치던 기마대 총대장 조니 프레드도 허무하게 잃었소. 그런데 적의 숫자는 변함이 없소."

회의에 참석한 대장들은 묵묵히 고개를 숙였다. 테라트의 시름은 더해 갔다.

"그 루나틱 나이트를 어떻게 처리할 방도가 없겠소?"

젊은 총사령관이 물었다. 하지만 대장들은 입을 열지 않았다. 오랜 침묵을 깬 사람은 작센이었다.

"테라트 님, 안타깝지만 저도 드릴 말씀이 없습니다. 어떤 작전으로도 그 루나틱 나이트의 강대한 힘 앞에선 소용없었습니다. 발리스타를 이용한 원거리 공격을 시도했을 때, 그 대가는 플레어였습니다. 숲의 거인을 동원했을 때도 우린 거인의 유골조차 건지지 못했습니다."

"그래서 결론이 뭐요?"

테라트의 목소리에 짜증이 섞였다. 아무리 이국의 왕세자라 해도 비참한 일을 듣고 있자니 견딜 수가 없었다. 작센은 얼굴을 들지 못했다.

"상식이 통하지 않는 상대입니다. 그가 우리 본진을 습격하지 않는다는 보장도 없습니다. 일단 후퇴를 해서 방법을 모색하는 수밖에⋯⋯."

"빌어먹을! 적의 마지막 보루를 눈앞에 두고 도망친단 말이오? 단 한 명 때문에?"

테라트는 주먹으로 탁자를 내리쳤다. 작센은 할 말을 잃었다. 테라트는 눈을 감고 이성을 되찾으려고 노력했다.

"미안하오. 내 불찰이오."

테라트는 다시 자리에 앉아 작전 지도를 접었다.

"작센의 말을 따르겠소. 독립부대가 합류하는 즉시 동부 메르톨 지방으로 이동합시다. 자세한 사항은 독립부대 합류 후 임시회의를 열어 결정하겠소. 이만."

회의가 끝난 후, 각 대장들은 고개를 설레설레 흔들며 막사를 나섰다. 남은 사람은 테라트와 작센, 둘뿐이었다.

잠시 후 테라트는 침통한 얼굴로 자기 책상을 정리하기 시작했다. 작센이 그를 위로했다.

"테라트 님, 너무 실망하지 마십시오. 처음 해방전선이 생길 땐 이보다 더한 어려움에 직면하지 않았습니까."

테라트는 자신을 위로하는 작센의 메마른 얼굴을 보며 힘없이 웃었다.

"알고 있소. 기회는 얼마든지 있을 거요. 누가 알겠소, 1백 년 전 이 세계를 구했던 가즈 나이트가 날 도와줄지."

확률이 적은 가능성이었다. 하지만 테라트는 내심 믿고 있었다. 그는 어릴 때 조부인 말스 2세에게 들은 얘기를 꺼냈다.

"최악의 상황이 닥쳤을 때, 우리 앞에 가즈 나이트가 나타날 거라고 하셨소. 조부이신 말스 2세께서 내가 힘겨워할 때마다 해 주신 말씀이오. 최악의 상황이 닥치지 않기만을 바라고 있지만, 만약 그런 사태가 닥치더라도 내심 기대는 하고 있소."

"하지만 가즈 나이트란 존재는 전설의……."

"버틀렌 님을 벌써 잊었소? 비록 전설이긴 하지만 가즈 나이트는 실제로 있소. 우리 목에 루나틱 나이트의 칼이 들어왔을 때, 신을 찾는 것보다 가즈 나이트를 찾는 게 더 빠를지도 모르오."

작센은 아무 말도 하지 않았다. 누가 뭐라고 해도 테라트가 지닌 가즈 나이트의 믿음은 깰 수 없다는 걸 그는 잘 알고 있었다.

"어쨌건 지금은 책상 정리나 도와주시오. 몇 달간 쌓인 게 많은 것 같소."

테라트는 그제야 보통 청년의 얼굴로 돌아왔다. 작센의 얼굴에도 미소가 흘렀다.

"예, 기꺼이."

각 대장들은 병사들에게 짐을 정리하라는 지시를 내렸다.

허무한 패배와 동료들의 죽음, 그리고 습격에 대한 공포로 병사들의 사기는 몹시 위축되어 있었다. 후퇴 소식을 접한 대부분의 병사들은 지옥에서 탈출하는 기분이 뭔지 알겠다는 얘기를 심심치 않게 나눴다. 그만큼 루나틱 나이트란 존재는 공포 그 자체였다.

"에휴, 죽은 친구들만 불쌍하게 됐군. 차라리 그 인원과 시간으로 다른 요새를 쳤으면 벌써 두세 개는 점령했을 텐데……."

"그러게나 말일세. 하지만 야룬다 요새는 전략적으로 가장 중요하다고 하지 않나. 비축된 물량과 무기도 많고…… 중요하지 않다면 그 루나틱 나이트가 있지도 않았겠지. 사실 그 녀석만 없었다면 점령하고도 남았을 게 아닌가."

병사들은 고개를 끄덕이며 짐을 정리했다. 그러나 그들이 한창

애기하는 동안 본진의 기마대 하나가 소리 없이 사라졌다는 사실을 아무도 눈치채지 못했다.

"자, 다 정리했으면 천막이나 거두세."

병사들은 짐을 진 채 천막 밖으로 나갔다. 그때 그들의 머리 위로 미지근한 액체가 떨어졌다. 한 병사가 입술에 떨어진 액체를 혀로 핥아 보았다. 찜찌름하고 비린내가 나는지 인상을 찡그렸다. 다른 병사도 손등에 묻은 액체를 무심코 바라보았다.

"헉! 피잖아!"

병사들은 새파랗게 질렸다. 동물의 것인지, 사람의 것인지 모르지만 하여튼 피였다. 잠시 후 그 피의 주인이 모습을 드러냈다.

"크크큭, 크하하핫. 죽어라!"

굵고 묵직한, 광기 어린 목소리가 나는 쪽으로 병사들의 시선이 집중됐다. 회색 근육의 남자가 한 손에, 뜯겨 나가 너덜너덜한 사람 머리와 척추를 들고 서 있었다.

"루나틱 나이트다! 도망쳐라!"

"도망쳐도 소용없다!"

회색 근육의 남자는 손에 쥔 사람의 조각을 내던지고 대신 거대한 대검을 꺼내 들었다. 흑색 구름이 검에서 뿜어져 나왔다. 암흑의 힘이 실린 투기였다. 루나틱 나이트, 바이론은 미친 듯이 본진을 질주하기 시작했다.

"미쳐라, 울부짖어라, 고통스러워해라! 그것이 이 바이론을 즐겁게 해 주는 거다! 크하하핫!"

"사, 사람 살려!"

비명을 지르며 도망가던 병사가 두 동강이 났다. 검을 한 번 휘두를 때마다 한 명씩 죽어 나갔다.

"테라트 님! 큰일 났습니다!"

테라트의 막사 안으로 한 병사가 뛰어들었다. 갑작스러운 상황에 테라트와 작센은 깜짝 놀랐다.

"무슨 일인가?"

"루나틱 나이트입니다! 벌써 3, 4보병대와 제2기마대가 전멸했습니다!"

"뭐라고!"

테라트의 손에 들려 있던 책이 한꺼번에 쏟아졌다. 작센의 안색이 단숨에 바뀌었다.

"게다가 이쪽을 향해 밀고 들어오고 있습니다. 어서 피하시지 않으면……."

순간 병사의 몸이 밖으로 날아갔다. 그 병사가 있던 자리엔 피 묻은 거대 팔시온을 든 회색 거한이 서 있었다.

"네가 총사령관 테라트인가? 크크큭."

굵고 낮은 음성이 들려왔다. 테라트는 온몸이 얼어붙는 것만 같았다. 멀리서 본 적은 있지만, 설마 이 정도의 위압감을 가진 존재일 줄은 몰랐다.

회색 거한, 바이론은 한 발짝씩 천천히 걸음을 옮겼다. 테라트의 손에 검이 들려 있었지만 그는 전혀 상관하지 않았다. 테라트가 무슨 공격을 하든 자신에게 통할 리 없다는 것을 잘 알고 있었다.

바이론의 몸에서 풍기는 광기와 살기에 작센은 주저앉고 말았다. 발악을 한다 해서 눈앞의 적을 이길 수는 없었다.

테라트는 눈을 질끈 감았다. 아버지 말스 3세를 비롯해 모국 사람들의 얼굴이 스쳐 지나갔다. 하지만 자기 행동이 옳았다는 신념은 변함이 없었다.

"잔말 말고 날 죽여라! 어차피 마지막 목표는 내가 아니었나!"

테라트는 눈을 부릅떴다. 그의 앞에 선 바이론은 재미있다는 듯 이를 드러냈다.

"눈이 살아 있군. 하지만 오해를 하고 있구나, 꼬마."

"오해?"

"난 살인 청부업자가 아니다. 그저 살육을 즐길 뿐이지. 좋아, 네가 맘에 들었다. 그 대가로 한 가지 제안을 하마."

테라트의 표정이 약간 풀어졌다. 바이론은 칼을 지면에 박았다. 얘기가 끝날 때까지 죽이지 않겠다는 뜻이었다.

"네 수명 10년을 내놔라. 그렇게 하면 이제부터 해방군 대신 정부군을 죽여 주지."

"내 수명 10년?"

"그렇다. 일종의 계약이라고 볼 수 있지. 하지만 악마들의 계약 조건보다는 훨씬 낫다. 녀석들은 건방지게도 영혼을 달라고 하지. 집에 쌓아 두기만 하는 주제에…… 크크큭. 자, 어떠냐. 나와 계약을 하겠냐, 아니면 죽음을 택하겠나. 난 어느 쪽이라도 좋아."

구미가 당기는 조건이었다. 결심 한 번으로 거한의 상상을 초월한 힘을 얻을 것이다. 자신들이 대적하지 못한 것처럼 정부군 역시 이 남자의 힘 앞에 무릎을 꿇을 것이 분명했다. 하지만 함부로 결정할 수는 없었다. 물론 그 자신의 수명 때문은 아니었다.

"거절하겠다!"

그 대답과 동시에 작센은 눈을 질끈 감았다. 바이론은 자신의 두툼한 턱을 쓰다듬었다.

"이유는?"

"만약 당신의 힘을 이용한다면 우리는 분명 승리할 수 있다. 하지만 그건 정부군이 한 행동과 전혀 다를 바 없지 않나! 난 가이라스 왕국을 괴멸시키기 위해 일어난 것이 아니다. 오직 핍박받는 이 나라의 국민을 위해 일어난 것이다! 자, 날 죽여라!"

테라트는 양팔을 크게 벌렸다. 바이론의 눈에서 붉은빛이 번뜩였다.

"좋아. 하지만 네 목숨은 나중에 받아 가마."

테라트와 작센은 의아했다. 사람을 죽이지 못해 안달이 난 것처럼 행동하던 회색 거한이 의외의 말을 한 것이다.

"처리해야 할 일이 생겼지. 크크큭."

검을 든 바이론은 막사를 나섰다. 테라트와 작센 역시 밖으로 나왔다. 그들 앞에는 생전 처음 보는 붉은 장발의 남자가 무서운 눈으로 바이론을 쏘아보고 있었다.

"저 사람은 누구지? 작센, 아는 사람이오?"

"글쎄 말입니다. 하지만 루나틱 나이트는 저자를 아는 듯하군요."

바이론은 천천히 그에게 다가갔다. 붉은 장발의 사내 역시 그가 다가올 때까지 기다리는 듯했다.

"오랜만이구나, 리오 스나이퍼. 여긴 웬일이지? 설마 내가 보고 싶어서? 크크크큭!"

"닥쳐라, 바이론."

둘은 가까이 마주 섰다. 리오보다 머리 하나는 더 큰 바이론이었지만 둘의 기세는 비슷했다. 테라트를 비롯한 병사들은 광기 어린 살인마와 수수께끼의 남자를 조심스레 지켜보았다.

"뭔가 착각하고 있구나, 리오. 난 임무를 수행하고 있을 뿐이다. 천하의 리오 스나이퍼가 월권행위라는 말도 모르나? 크크큭."

"미안하지만 난 너와 함께 임무를 수행하라는 말을 들은 일이 없다. 월권은 네가 하고 있지 않나! 이유도 모른 채 너에게 죽음을 당한 사람들은 무슨 죄냐?"

리오의 언성이 높아졌다. 잠시 흐려졌던 바이론의 얼굴에 광기가 번뜩였다.

"크큭, 난 생명을 맘대로 꺼뜨릴 특권을 가졌다. 그러니 실수라 해도 상관없다. 방해하지 말고 비켜라. 난 꼬마는 상대하기 싫으니까."

"결론은 실력 행사군."

리오는 오른손을 망토 속으로 넣었다. 바이론은 기다렸다는 듯 자신의 검을 혀로 핥았다.

"크큭, 그렇다. 너와의 대결은 즐겁거든."

파앙!

순간 금속성과 함께 사방으로 퍼진 큰 충격 때문에, 사람은 물론이고 말과 소, 심지어 막사까지 힘없이 날아가 쓰러졌다.

무너진 막사 속에 처박힌 테라트는 있는 힘을 다해 밖으로 빠져나왔다. 쓰러진 병사들도 정신을 가다듬고 일어섰다. 하지만 리오와 바이론의 모습은 어디에도 보이지 않았다.

"아니? 어디로 간 거지?"

"위쪽이다!"

한 병사가 소리 질렀다. 모두의 시선이 위로 쏠렸다.

"세상에……."

상공에서 펼쳐지는 일대 격전. 격전이라고 하지만 보통 사람의 눈에 보이는 것은 보라색과 흑색 검광뿐이었다. 그 모습에 모두 넋을 잃고 말았다.

"꽤 강해졌구나, 리오 스나이퍼! 크하하핫!"

"녹슬진 않았군, 바이론!"

둘의 검이 다시금 격돌했다. 그 순간 서로의 몸에 흐른 충격 때문에 두 사람 다 얼굴이 일그러졌다.

가즈 나이트 대 가즈 나이트의 대결은 거의 드문 일이었다. 두 명 이상을 필요로 하는 대형 임무의 경우, 성격이나 사상, 친밀도 등을 중시해 관계 성립 조건이 최적인 사람을 뽑는다. 그렇게 따졌을 때 리오와 바이론, 둘의 관계 성립 조건은 최악이었다.

"리오 스나이퍼! 우리의 처음이자 마지막 대결을 기억하나."

"즐겁진 않았지."

바이론이 자신의 검 다크 팔시온을 대각선으로 휘둘렀다. 그 공격을 가까스로 막은 리오의 몸이 급강하했다. 다른 것은 몰라도 힘에 있어서는 바이론이 리오보다 확실히 위였다. 바이론이 재차 강습했다. 리오는 급히 몸을 젖혀 공격을 피했다. 빗나간 바이론의 공격은 지면을 때렸고, 그 충격으로 근처에 있던 말과 소들이 쓰러졌다. 실로 가공할 파괴력이었다.

"그렇지 않아도 승부를 내고 싶었다, 바이론!"

리오는 팔꿈치로 상대의 넓은 등판을 내리찍었다. 폭음을 일으키며 떨어진 바이론의 몸은 수차례 지면을 굴렀다. 리오는 봐주지 않겠다는 듯 왼팔을 뻗었다.

"인페르노!"

리오의 손 앞에 적색의 거대 마법진이 생성됐다. 바이론이 비틀거리며 일어나는 동안 완성된 마법진에서 수백의 적색 광선이 뿜어 나왔다. 그 빛들은 수많은 직선과 곡선을 그리며 바이론에게 날아들었고, 곧이어 그가 있던 자리는 연속으로 폭발이 일어났다.

"가소롭다, 리오 스나이퍼!"

놀랍게도 바이론은 그 폭발 속에서 아무렇지도 않은 듯이 몸을 일으켰다. 그는 즉시 손을 뻗어 반격에 나섰다.

"플레어!"

적황색의 굵은 빛이 인페르노의 가는 빛을 순식간에 집어삼켰다. 미리 자리를 피한 리오의 머리 위를 아슬아슬하게 스친 플레어는 멀리 밀려오는 적란운에 적중됐다. 그리고 곧이어 일어난 대폭발에 거대한 구름은 흔적도 없이 기화되고 말았다.

"우리에겐 육탄전이 어울린다, 리오 스나이퍼!"

바이론이 근육질의 어깨로 리오의 가슴을 공격했다. 잠깐 정신을 판 사이 들어온 공격에, 리오는 속수무책이었다.

리오 입에서 선혈이 뿜어져 나왔다. 바이론은 그것을 즐기듯 상대를 계속 밀어붙였다.

리오가 암벽과 격돌하자, 암벽 일부가 그 충격에 아래로 떨어졌다.

"넌 나를 이길 수 없다, 리오! 강대한 어둠의 힘 앞에 네 자신이 얼마나 무력한 존재인지 뼈저리게 느끼거라."

"말이 많다, 바이론!"

리오는 팔꿈치로 상대 머리를 세게 한 번 치고 연속으로 수차례 더 쳤다. 바이론의 밀어붙이는 힘이 조금 약해진 틈을 타, 리오가 전신의 기를 강하게 방출하자, 바이론의 거구가 뒤로 밀려났다. 리오의 왼손이 다시 빛을 발했다.

"마법검, 플레어!"

바이론이 사용한 마법과 동일한 빛이 리오의 손에서 뿜어져 나왔다. 디바이너에서 적황색 빛이 뿜어 나오자, 비틀거리던 바이론의 눈이 번뜩였다.

"건방진 녀석!"

다크 팔시온에 흐르던 암흑 투기가 격렬해졌다. 사생결단을 하듯, 둘은 이를 악문 채 서로를 향해 돌진했다.

"없애 버리겠다!"

리오의 일갈과 동시에 둘의 충돌 지점에서 섬광이 뿜어 올랐다. 그리고 잠시 침묵이 흘렀다. 두 초인의 난투극을 지켜보던 테라트와 해방군은 숨을 죽였다.

"엎드려! 충격에 대비하라!"

마법에 대한 지식이 있는 작센이 본능적으로 외쳤다. 멀리 떨어진 병사들은 엄폐물 뒤로 몸을 날렸다.

잠시 후 거대한 충격파가 사방을 집어삼켰다. 미처 엎드리지 못한 병사들은 종이 인형처럼 날아갔고, 쌓아 둔 짐 역시 마찬가지였다. 리오와 바이론도 예외는 아니었다.

지크는 아까부터 이상한 느낌에 휩싸였다. 슈렌 역시 마찬가지였다. 뭔가 강력하면서도 알 수 없는 힘이 멀리서 느껴졌다. 하지만 확인할 길이 없었다.

지크의 얼굴이 굳어졌다. 슈렌은 멈춰 서려고 말고삐를 당겼다. 이자록스와 포르테는 갑작스러운 둘의 반응에 고개를 갸웃거렸다.

"무슨 일이오? 설마 적이라도 있는 거요?"

"젠장, 모두 엎드려!"

지크가 말 위의 이자록스를 덮쳤다. 슈렌 역시 포르테를 안고 바닥을 굴렀다. 다른 병사들은 지크의 목소리에 최면이 걸린 듯 바닥에 엎드렸다.

순간 어디선가 밀려온 충격파가 태풍처럼 독립부대를 강타했다. 병사들의 비명이 여기저기서 터졌지만 큰 부상자는 없었다. 상황이 진정된 후, 지크와 슈렌은 동시에 일어나 주위를 살폈다.

"뭐야? 핵폭발이라도 일어난 거야?"

"비슷해. 플레어와 또 다른 힘이 충돌한 것 같다."

그때 사람으로 보이는 물체가 둘의 머리를 지나 마차 지붕 위에 떨어졌다. 멍하니 서 있던 지크의 얼굴에 황당한 미소가 떠올랐다.

"지금 그거, 사람 아냐?"

"생각보다 큰 충격인 듯하군."

둘은 사람이 떨어진 마차 위를 살펴보았다. 식량 수송 마차에 떨어진 덕분에 그 사람은 큰 부상을 입지 않은 듯했다. 지크는 기절한 그 남자의 볼을 치기 시작했다.

"어이! 이봐, 아저씨. 정신 차려!"

밀가루를 뒤집어쓴 남자는 잠시 후 의식을 회복했다. 슈렌은 남자에게 자초지종을 물었다.

"어떻게 된 겁니까? 당신, 해방군 병사로 보이는데……."

"괴물이에요! 사람 모양새를 한 괴물 둘이 우리 머리 위에서 싸웠다고요. 마법이 터지고, 구름이 터지고, 말이 날아가고…… 아아."

그 병사는 공포감에 몸서리쳤다. 지크는 고개를 갸웃했다.

"아저씨, 그 괴물 중 하나 말이에요. 붉은 머리에 얼굴이 잘생기지 않았어요?"

밀가루 탓도 있었지만, 병사의 얼굴은 질려서 더더욱 하얗게 보였다.

"맞습니다! 다른 하나는 회색 피부에 은발이었고……."

"음, 역시 그렇군요. 사실, 그 빨간 머리 괴물은 여자를 유혹하는 게 취미인 나쁜…… 악!"

지크는 말을 맺지 못했다. 형제의 귀를 잡은 채 마차에서 내린 슈렌은 갑작스레 닥친 최악의 사태에 얼굴을 찡그렸다. 싸우지 말아야 할 존재 둘이 혈전을 벌이고 있다니, 어떤 상황이 벌어졌을지 불 보듯 뻔했다.

"지크, 큰일이다."

"알았으니 놓고 얘기해!"

잠시 티격태격하던 둘은 이자록스의 양해를 구한 후 충격파가 밀려온 곳을 향해 뛰어갔다. 조금이라도 늦으면 큰일이었다. 현재 싸우고 있는 둘의 힘으로 보아 하나가 죽을 때까지 싸울 게 분명했다.

"바이론과 리오가 싸운다고? 진짜 큰일인데!"

"음⋯⋯."

"좀처럼 보기 힘든 세기의 대결을 놓친다는 건 정말 큰일이지. 아무렴!"

슈렌은 더 이상 대꾸할 말이 없었다.

리오와 바이론은 한 치도 물러서지 않았다. 오직 투쟁 본능만이 그들을 지배했다. 마치 여기서 최강을 가리겠다는 듯, 둘은 온몸의 상처를 무시한 채 쉴 새 없이 검을 휘둘렀다.

얼마나 지났을까. 리오의 한쪽 무릎이 휘청거렸다. 검에 의지해 가까스로 선 그는 지친 얼굴로 상대를 바라보았다.

"체력이 좋구나, 바이론."

"크큭, 너야말로 예전의 꼬마가 아니군."

바이론은 여유를 부리고 있었지만 지친 건 마찬가지였다.

"즐거웠다, 리오 스나이퍼."

바이론의 얼굴에서 광기가 사라졌다. 리오는 마지막 힘을 내려는 듯 누더기가 된 망토를 벗어 던졌다. 그리고 여태껏 사용하지 않던 파라그레이드를 뽑아 들고 기를 불어넣었다. 오리하르콘의 몸체에서 우윳빛 반투명 칼날이 솟아났다.

"크큭…… 멋진 장난감이군. 두 개의 검을 쓰겠다 이건가?"

바이론의 두툼한 근육이 꿈틀댔다. 영영 사라진 것 같았던 암흑 투기가 다시 흘러나왔다. 리오 역시 마찬가지였다. 아지랑이처럼 흐르던 푸른색 기가 세차게 타올랐다.

"여어, 수고했소, 바이론. 역시 대단하구려. 해방군 본진을 혼자서 이렇게 초토화하다니, 정말 고맙기 그지없소."

"바레로그!"

서로에게 정신을 집중한 나머지 리오와 바이론은 정부군이 자신들에게 다가오는 것도 모르고 있었다. 훼방꾼 바레로그는 자신의 안대를 매만지며 고개를 흔들었다.

"그런데…… 이거 미안해서 차마 말을 할 수 없소. 당신에게 줄 술이 모두 떨어졌소. 아니, 정확히 말해 이젠 줄 생각이 없소."

바이론은 묵묵히 미소만 지었다. 리오는 잘됐다는 듯 그를 비웃었다.

"여기서도 술타령이었나? 멋지게 배반당했군, 바이론."

"난 그저 죽일 수만 있으면 끝이다. 오해는 금물이라고 몇 차례 말한 것 같은데? 크크큭……."

둘은 궁병들에게 포위되었다. 여차하면 고슴도치가 될 상황인데도 둘의 얼굴에는 미소가 사라지지 않았다. 바레로그는 둘의 여유에 불안감을 느꼈다.

"지칠 대로 지친 녀석들이 어디서 만용을 부리나!"

소리는 쳤지만 내심 불안했다. 잠시 그를 바라보던 리오가 슬그머니 바이론에게 등을 돌렸다. 바이론 역시 등을 돌렸다. 둘은 등을 마주한 채 말했다.

"너보다 더 맘에 안 드는 녀석이군, 바이론."

"동감이다. 크큭……."

"이런, 쏴라!"

당황스러운 표정으로 바레로그가 팔을 뻗었다. 병사들은 일제히 활시위를 놓았다.

"휴전이야."

둘의 말과 행동이 그 순간 일치했다. 보라색과 흑색, 흰색의 검광이 어지러이 춤을 추자 단번에 병사들의 머리와 화살이 두 동강 났다.

바닥으로 떨어지는 화살과 부하의 머리를 본 바레로그는 도망치려는 듯 뒤로 물러섰다. 리오와 바이론은 지쳤는지 미동도 하지 않았다. 바레로그는 잠시 상황을 살피다가, 언제 자신의 목이 날아갈지 알 수 없었기에 사력을 다해 요새 쪽으로 뛰었다.

"싸울 힘이 있나!"

리오가 물었다. 바이론은 대답 대신 바닥에 검을 꽂았다.

"그것까진 모르겠군. 너와 비슷한 정도겠지. 크크큭……."

그때 둘의 몸이 휘청거렸다. 누가 먼저랄 것도 없었다. 얼마 안 있어 둘은 의식을 잃고 바닥에 쓰러졌다. 그들의 상처에서 흘러나온 피가 서서히 땅을 적셨다.

온몸에 통증이 엄습했다. 승부를 가릴 수 없는 상대와의 싸움은 이토록 어려웠다. 겨우 눈을 뜬 리오는 주위를 둘러보았다.

그가 누운 곳은 허름한 막사에 마련된 간이침대 위였다. 일어나려 했지만 몸이 말을 듣지 않았다. 바이론과 검을 맞댈 때 받은 충격 때문이었다.

"꼴이 말이 아니군. 그런데 여긴 어디지?"

그는 해방군 쪽 막사일 것이라고 짐작했다. 정부군 쪽이었다면 온전히 눈을 뜰 수 없었을 것이다.

리오는 자신의 몸을 둘러보았다. 붕대로 맨 외상은 가즈 나이트 특유의 재생 능력 덕분에 거의 회복되었지만 장과 뼈를 비롯한 내상은 완전히 치유되지 않았다.

"정신이 드셨나요?"

반가운 목소리가 들려왔다. 키세레였다. 리오는 힘없이 웃었다.

"아, 제가 얼마나 오랫동안 의식을 잃었습니까?"

키세레는 손을 뻗어 리오의 상처를 살펴보았다. 얇고 긴 눈썹이 꿈틀댔다. 외상이 상상외로 빨리 나은 탓이었다. 하지만 그녀는 놀라움을 숨긴 채 담담히 대답했다.

"하루가 지났습니다."

쓰러진 리오와 바이론을 처음 발견한 것은 다행스럽게도 바이칼 일행이었다. 두 거한을 어떻게 옮길까 고민하던 일행에게 두 남자가 다가온 것은 얼마 지나지 않아서였다. 키세레는 리오에게 발견 당시 상황을 간략히 얘기했다.

"지크와 슈렌이라 하셨습니까?"

"예, 스나이퍼 님의 형제라고 하더군요."

"녀석들이 왜 여기에? 아, 같이 쓰러져 있던 남자는 어디 있습니까?"

"몇 시간 전, 해방군 보초의 눈을 피해 사라졌습니다."

키세레는 리오 이마에 올려진 물수건을 새것으로 갈았다. 리오는 말없이 눈을 감았다.

"그럼 더 쉬십시오. 전 이만……."

일어나던 키세레가 갑자기 비틀거렸다. 리오는 다시 눈을 떴다.

"괜찮으십니까?"

"예, 걱정 마십시오."

그녀가 막사를 나간 후, 리오는 고민에 빠졌다. 바이론은 어디로 갔을까. 지크와 슈렌은 왜 온 것일까. 하지만 그런 고민도 밀려오는 피로감 앞에서는 어쩔 수 없었다.

지크는 도저히 잠이 오지 않아 뒤척였다. 상처도 아물지 않은 몸을 이끌고 사라진 바이론에 대한 기억이 생생한 탓이었다.

"잠이 안 와?"

옆 침대에 누운 슈렌이 물었다.

"음. 왠지 모르게 그 바이론이란 녀석이 불쌍한 거 있지. 임무가 잘못 하달돼도 정도가 있지, 어떻게 파괴와 살육을 일삼으라는 임무를 전달할 수가 있어. 녀석은 나름대로 임무를 수행한다면서 무조건 죽이고 다닌 거 아냐."

슈렌은 말이 없었다. 자신이 바이론과 같은 상황에 처한다면, 자신 역시 앞뒤 가리지 않고 파괴와 살육을 자행할 수 있을까 의문이 들었다.

기침 소리가 들렸다. 티퍼였다. 지크는 옆에 누운 꼬마에게 이불을 다시 덮어 주었다.

"충격파가 덮쳤을 때 물을 뒤집어썼다고 하더라고. 이 녀석도 피해자인가? 헤헷."

"그럴지도."

슈렌은 옅은 미소를 지었다.

2

로하가스 제국의 그림자

"리오 스나이퍼가 야룬다까지 왔단 말입니까? 게다가 테라트를 만났고요?"

가이라스 왕궁 정원에서 조용히 차를 들던 적의의 마녀 타르자의 눈이 일그러졌다. 찻잔 옆에 놓인 수정구슬 속 남자는 면목없다는 표정을 지었다.

"예, 그렇습니다. 그리고 루나틱 나이트라는 자, 알고 보니 같은 가즈 나이트였습니다."

순간 찻잔이 풍선처럼 터졌다. 내용물의 반 이상이 수정구슬에 덮인 것으로 보아 의도적이었다. 수정구슬에 묻은 차가 피처럼 흘러내렸다.

"알겠습니다. 당신은 테라트와 리오 스나이퍼를 계속 감시하세요. 특별히 의심받을 행동은 하지 마시길. 알았나요?"

"걱정 마십시오, 타르자 님. 그럼 이만……."

수정구슬은 다시 투명해졌다. 타르자는 턱을 괸 채 부서진 찻잔 조각을 바라봤다. 찻잔 조각이 하나하나 떠오르더니 이내 원래 모양으로 합쳐졌다.

"타르자 님, 여기 계셨군요."

화려한 드레스 차림의 여자가 타르자에게 다가왔다. 순간 타르자의 눈이 빠른 속도로 움직였다.

다시 부서진 찻잔 조각이 여자의 머리를 스치며 벽에 박혔다. 여자는 겁에 질린 얼굴로 입을 열었다.

"왜 그러십니까, 타르자 님? 제가 무슨 잘못이라도…….."

"2년 전 네가 저지른 실수가 아직도 날 괴롭히는구나. 공주 앞에서 실수만 하지 않았더라도 일이 이렇게 꼬이진 않았을 텐데. 하필 왜 그때 입을 놀렸느냐, 왜!"

"용서해 주십시오, 타르자 님!"

그녀는 황급히 몸을 숙였다. 타르자는 짧은 한숨을 지었다.

"됐다. 넌 어서 로하가스 제국에 연락을 취해라. 가이라스 왕국에 지원이 필요하다고 말이야."

"제국의 지원까지 필요할 정도로 궁지에 몰렸단 말입니까?"

"시간을 벌어야 한다. 레나를 각성시키려면 더 많은 시간이 필요해. 네 왕국을 위해서라도 그들의 도움이 필요하니 어서 연락하거라."

"알겠습니다. 어느 정도나 요청할까요?"

"공중요새 두 척이다."

그녀는 말문이 막혔다. 타르자는 그런 그녀를 비웃듯 말을 이었다.

"놀랐느냐? 하지만 리오 스나이퍼와 용제를 막으려면 어쩔 수 없다. 그 허약한 마룡들보다 공중요새 두 척이 더 나을 테니까. 일

주일만 시간을 벌면 된다. 더 이상 말하고 싶지 않구나. 물러가라,
벨로폰 왕비."

"예, 그럼 즉시 연락을 취하겠습니다, 타르자 님."

현재 가이라스 왕국의 두 번째 왕비인, 왕국의 실질적인 최고 권
력자 벨로폰 왕비는 조심스레 물러갔다. 타르자는 피식 웃었다.

"훗, 생각보다 일이 어려워질 것 같군. 하지만 괜찮아. 어차피 예
상된 시나리오니까. 기다려라, 리오 스나이퍼. 일주일 후, 너에게
지옥을 보여 주겠다. 호호호홋."

세상 모르고 깊은 잠에 빠졌던 리오는 정오가 돼서야 눈을 떴다.
몸에 남은 충격은 거의 사그라들었다. 하지만 예전처럼 움직이기
는 아직 무리였다.

"일어났어, 리오?"

"일어나셨어요?"

눈을 뜬 리오를 제일 처음 반긴 것은 리카와 클루토였다. 둘은
병석에 누운 리오를 신기하다는 듯 바라보았다. 리오는 어색한 웃
음을 지었다.

"너희들 왜 그런 눈으로 바라보지?"

리카가 멋쩍은 듯 머리를 긁적였다.

"당연하지. 설마 리오가 이렇게 망가질 줄은 몰랐거든. 자주 볼
수 없는 장면 같아 이렇게 구경하는 거야."

"후, 악취미구나."

리오는 씩 웃으며 리카의 머리를 쓰다듬었다.

"이야, 바이칼, 애인 문병 온 거야? 생각보다 귀여운데?"

"흥, 닥쳐라, 머저리."

막사 밖에서 시끄러운 소리가 들려왔다. 모두의 시선은 입구 쪽으로 향했다. 바이칼과 그의 목을 팔로 감싼 지크, 그리고 슈렌이 안으로 들어왔다.

"여어, 이거 망나니 지크 님 아니신가? 슈렌도 잘 있었어?"

"음."

"헤헷, 당연하잖아, 바람둥이. 네 애인은 더 귀여워졌는걸?"

"닥치라고 했다."

억지로 지크에게서 벗어난 바이칼은 거칠게 투덜대며 리오 옆에 앉았다. 지크에게 죄어서인지 그의 하얀 목이 붉게 변해 있었다. 리오는 그의 머리를 부비며 짓궂은 표정을 지었다.

"우리 바이칼 양이야 여전하지. 안 그래?"

"영원히 눕고 싶으면 계속 떠벌려라."

리오와 지크는 크게 웃음을 터뜨렸다.

리카와 클루토는 지금의 리오가 어느 때보다 밝게 느껴졌다. 오랜만에 형제들을 만나서일까. 둘은 리오의 그런 모습이 보기 좋았다.

"그런데 이 꼬마들은 누구야? 남자애는 그렇다 치고, 여자애는 이번에 새로 꼬신 거야?"

리카의 표정이 단숨에 일그러졌다.

"이봐요, 처음 보는 사람에게 꼬마, 꼬마, 하지 말아요. 어쩜 형제라면서 이렇게 다를 수 있지?"

"이봐, 꼬마 아가씨. 난 정직하게 말했을 뿐이야. 또 모르지. 네가 바이칼보다 예뻤다면 꼬마 숙녀라고 급수를 높여 줬을지."

바이칼의 얼굴은 더욱더 굳어졌다. 리카는 반발하듯 몸을 일으켰다.

"뭐라고요! 내가 남자보다 덜 예쁘다는 거예요!"

"그럼."

지크의 대답은 짧고 간결했다. 지기 싫어하는 리카가 발끈했다.

"증거를 대 봐요, 증거를! 이봐, 리오, 내가 바이칼보다 덜 예뻐? 솔직히 말해 줘!"

"아, 당연히 리카가……"

막 대답하려던 리오는 뭔가 이상한 느낌에 친구를 바라보았다. 바이칼의 시선 속에 알 수 없는 뭔가가 꿈틀대고 있었다. 리오는 헛기침을 하며 기권을 선언했다.

"미안, 리카. 다른 사람에게 물어보렴."

"너무해!"

클루토는 슈렌과 자신에게 차례로 미모를 따지는 리카의 모습을 보며 묘한 행복감을 느꼈다. 가이라스 왕국을 여행하면서도 리카가 아버지 걱정으로 잠을 설치곤 한다는 걸 그는 잘 알고 있었다. 하지만 지금 리카는 평범한 열다섯 살 소녀의 모습으로 돌아와 있었다.

"클루토! 빨리 대답 안 해!"

"미안해, 리카. 그런데 뭘?"

"이 바보!"

클루토는 리카에게 머리를 세게 얻어맞았다. 하지만 그는 기분이 좋았다. 그렇게 맞는 것도 정말 오랜만이었다.

"그래, 그럼 몸조리 잘하고 있어라, 바람둥이. 경비는 우리한테 맡기고 푹 쉬셔. 헤헤헷."

"더 걱정되는데!"

리오와 지크는 손을 마주쳤다.

지크와 슈렌이 막사를 나갈 무렵, 키세레가 그들을 지나쳐 안으로 들어왔다. 그때 지크가 특유의 장난기가 발동했는지 길게 휘파람을 불었다.

"휘익, 스리 사이즈 35-23-35의 미인 언니! 하지만 리오에게 이미 꼬심을 당한 상태로 보임! 아, 안타깝습니…… 윽!"

키세레가 돌아보기 무섭게 슈렌은 지크의 귀를 잡고 슬며시 사라졌다. 그녀는 미간을 찌푸렸다.

키세레는 별말 없이 리오를 진찰하기 시작했다. 상태가 어제보다 훨씬 더 좋아졌기에 그녀는 살짝 고개를 끄덕였다. 이제는 황당한 일이 생기면 그러려니 하고 넘기는 버릇이 생겼다.

"상태는 매우 좋아졌습니다. 내일까지 푹 쉬십시오."

간단한 진찰만 마친 그녀는 곧바로 막사를 떠났다. 리오는 뭐가 그리 급할까 궁금했다. 그는 키세레가 다른 환자들도 돌봐야 하기에 얘기를 나눌 시간조차 없다는 것을 몰랐다.

"별다른 일은 없었습니까?"

"벌써 돌아오셨어요? 감기 환자가 있긴 합니다만……."

"그렇습니까? 그럼 환자를 저에게 보내 주세요."

금세 임시 병동으로 돌아온 그녀를 보고 의무병들은 혀를 내둘렀다. 다행히 찾아온 환자는 단 한 명뿐이기에 그녀도 쉴 시간을 가질 수 있었다.

커튼 뒤로 돌아 들어간 키세레는 모자를 벗은 뒤 이마를 눌렀다. 피곤한 탓인지 머리가 아팠다.

잠시 후 감기 환자가 조심스레 커튼 안으로 들어왔다. 환자의 목소리는 생각보다 어렸다.

"안녕하세요. 감기 때문에 왔는데요."

여전히 이마를 누르던 키세레는 해방군에 이런 어린아이도 있었나 생각하며 쓸쓸한 미소를 지었다.

"진찰해야 하니, 옷을 걷고…… 음?"

"앗!"

시선을 마주친 둘의 표정은 단숨에 굳어졌다. 특히 키세레는 유령을 만난 사람처럼 뒤로 주춤거렸다.

"티, 티퍼?"

"키세레 누나!"

둘 사이에 잠시 정적이 흘렀다. 수년 만에 만난 동생을 앞에 둔 키세레는 아무 말도 할 수 없었다. 아니, 말할 면목이 없다는 게 더 정확했다. 티퍼가 한 발짝 다가가자, 그녀는 뒤로 물러섰다. 그녀는 동생을 뒤로한 채 막사를 뛰쳐나갔다.

"누나! 가지 마!"

동생의 안타까운 목소리가 키세레의 가슴을 찔렀다. 하지만 돌아보지 않았다. 그녀는 그대로 세상 끝까지 도망치고 싶었다.

그날 저녁, 다시 잠에서 깨어난 리오가 처음으로 본 것은 의자에 기대어 자고 있는 바이칼의 모습이었다. 친구의 간호 아닌 간호가 고맙기 그지없었다.

"너도 잠을 못 잤겠지. 이번 기회에 푹 자라, 바이칼."

침대에 친구를 대신 눕힌 그는 가볍게 몸을 풀고 옷을 입었다. 바이론과의 사투로 넝마가 된 리오의 망토는 어느새 깨끗이 고쳐져 있었다. 물론 누가 고쳐 준 것은 아니다. 거친 전투를 매번 해야 하는 가즈 나이트들에게 자체 재생 능력과 정화 능력이 갖춰진 옷은 필수품이었다.

리오는 조용히 막사를 나섰다. 그때 옆쪽에서 인기척이 들렸다.

"누구요?"

막사 그늘 속에 누군가 웅크리고 있는 모습이 보였다. 리오는 혹시나 하고 이름을 불렀다.

"키세레 님?"

리오는 키세레와 함께 막사 안으로 다시 들어왔다. 리오가 건넨 찻잔을 양손에 든 그녀에게서 아침의 그 침착함과 냉철함은 찾아볼 수 없었다.

"스나이퍼 님은 가족이 있으십니까?"

그녀가 먼저 말을 꺼냈다. 리오는 고개를 끄덕였다.

"예, 아침에 보셨던 형제 둘과 여동생 하나가 있습니다. 물론 전부 의형제죠."

키세레는 한숨을 쉬었다. 리오는 그녀가 무슨 말을 하려는지 알수 없었다.

"제 친구 중에 아버지 때문에 집을 나간 아이가 있답니다. 그 친구 아버지는 너무 엄격하셨죠. 친구는 그저 보통 사람처럼 자라고 싶었지만, 친구 아버지는 딸의 희망보다 가문의 명예를 더 중요시하셨답니다. 결국 친구는 남자 친구와 함께 집을 떠났습니다."

말을 마친 그녀는 고개를 숙였다. 손수 끓인 차를 덤덤히 마시던 리오가 입을 열었다.

"그 친구분 말입니다. 자신의 희망을 아버지에게 당당히 밝힌 적이 있습니까?"

그녀의 어깨가 움찔거렸다.

"아뇨."

"그렇군요. 그럼 그 친구분이 왜 수녀가 되셨는지 이유를 들어볼수 있을까요?"

키세레는 당황한 눈으로 리오를 바라보았다. 리오는 찻잔에 입을 대고 있었다.

"그 남자 친구는 여행 중에 만난 오버와처에게 죽고 말았답니다. 친구 역시 큰 상처를 입었죠. 상처를 입은 채 떠돌던 친구는 어느 교회 사람들에게 구조되었습니다. 그리고 수녀가 되었죠. 자신의 모든 것을 부정하기 위해."

그녀의 몸이 파르르 떨렸다. 리오의 두툼한 손이 그녀의 어깨를 감쌌다.

"아마 그 친구분은 가족에게 너무나 미안한 나머지 수녀가 되셨을 겁니다."

리오는 입가에 미소를 머금고 말을 이었다.

"자신의 모든 것을 부정할 수 있는 사람은 많지 않습니다. 그리고 그 친구분은 사실 그렇게 차가운 분은 아닌 것 같군요. 아, 맘에 안 드는 남자에게 일부러 인상을 쓰긴 하지만요."

그녀의 얼굴이 환해졌다가, 차츰 눈에 눈물이 그렁그렁했다.

"전 오늘 동생에게서 또다시 도망쳤습니다. 그 애가 가지 말라고 소리쳤지만…… 전 왜 이리 겁이 많을까요? 어째서 동생에게 용서를 빌지 못했을까요? 지은 죄가 너무 많아서일까요?"

리오는 잠시 말이 없었다. 그는 조용히 찻잔을 들어 보였다.

"이 차는 방금 전까지 매우 뜨거웠습니다. 처음에는 너무 뜨거워서 아예 입도 대지 못했죠. 하지만 시간이 지날수록 점점 식어, 결국 알맞게 따뜻해졌습니다. 지금은 너무 식었군요."

키세레는 리오의 말을 도무지 이해할 수 없었다. 그는 웃으며 말을 이었다.

"키세레 님뿐만 아니라 모두가 아는 자연의 섭리죠. 인간이 가진 갈등도 비슷합니다. 처음에는 너무 뜨거운 차처럼 받아들이기 힘든 고통도, 시간이 지날수록 받아들이기 쉬워지죠. 모든 건 추억으로 변합니다. 키세레 님의 경우도 마찬가지입니다. 처음 자신의 행동에 후회했을 때와 지금 상황은 매우 다를 겁니다. 그것은 당신의 동생과 아버님도 마찬가지죠."

"……."

"처음엔 키세레 님의 행동에 너무 큰 실망을 했겠지만, 지금은 당신을 걱정하시겠죠. 키세레 님 역시 가족에게 돌아가고 싶으시죠? 하지만 너무 미안한 나머지 그렇게 만나고 싶어 한 동생을 피한 거겠죠. 물론 제 예상이 틀릴 수도 있겠지만요."

키세레는 소리 내어 울었다. 리오는 키세레를 따뜻이 안아 주었다. 리오의 품에서 그녀는 더더욱 소리 높여 울었다.

"죄송합니다. 리오 님. 저는 당신에게 너무 큰 고통을 드렸답니다. 당신의 비밀과 추억을 들추려고, 당신을 비롯한 다른 사람들에게까지 상처를 주었습니다. 당신은 아무 말 없이 웃으셨지만 전 계속……."

"그만하십시오."

그때 리오의 입술이 키세레의 검은 머리에 닿았다. 그의 갑작스러운 행동에 그녀는 움찔했다.

"그렇게 자학하지 마십시오. 이미 지난 일이고, 또 당신의 행동에 악의가 있다고 생각한 적은 없습니다. 당신이 그러시면 제 마음도 편치 않습니다."

"리오 님……."

"이제 편히 쉬십시오. 지금까지 충분히 힘드셨으니……."

키세레는 눈을 감았다. 이마에 느껴지는 남자의 체온이 너무도 따뜻했다. 집을 떠난 순간부터 닫았던 마음의 문이 풀린 탓인지 그녀는 그대로 잠들었다.

다음 날 일찌감치 눈을 뜬 키세레는 자신을 따뜻이 안은 채 자고 있는 리오의 얼굴을 보았다. 그녀는 수줍게 미소 지었다.

"저를 계속 지켜 주셨군요. 고마워요."

아버지에게 안긴 딸처럼, 그녀는 행복해하며 얼굴을 그의 품에 묻었다.

"장소나 가리시지."

"바, 바이칼 님?"

키세레의 얼굴은 단숨에 굳어졌다. 빵을 든 채 옆 침대에 앉아 있던 미청년과 눈이 마주친 그녀는 아차 하며 몸을 일으켰다. 그러나 바이칼의 떫은 표정은 변하지 않았다.

"뭐, 나하고는 상관없으니까. 계속 안고 있으시오."

그 말에 키세레의 얼굴은 더욱 붉어졌다. 그녀는 급히 막사를 나서며 말했다.

"리오 님께 감사한다고 전해 주세요. 그럼 이만……."

바이칼은 묵묵히 리오를 쏘아보았다.

"바람둥이 녀석."

"밤새 안녕히 주무셨습니까, 이자록스 공주님."

"예, 테라트 왕자님. 덕분에 편히 잘 수 있었습니다."

작전 회의 직전, 둘은 서로에게 아침 인사를 정중히 건넸다. 그 사이에 지크가 끼여들었다.

"오? 눈썹이 얇아지는 꿈이라도 꿨어요, 공주님?"

"닥치시오."

이자록스의 눈이 날카로워졌다. 그녀는 다시 테라트에게 시선을 돌렸다.

"자, 앉으시죠. 왕자님."

"아, 미안합니다, 이자록스 공주. 먼저 앉으시죠."

테라트는 터져 나오려는 웃음을 간신히 참았다. 하지만 그 모습은 이자록스에게 있어서 충격 그 자체였다.

"지크, 두고 봅시다!"

협박 아닌 협박에도 지크는 굴하지 않겠다는 듯 혀끝을 살짝 내밀었다. 슈렌과 지크까지 참석한 야룬다 요새 공략 작전 회의는 그렇게 시작되었다. 하지만 그 자리에 리오의 모습은 보이지 않았다.

작전 회의는 예상보다 빨리 끝났다. 최대의 방해꾼 바이론이 사라진 이상 요새를 점령하는 것은 사실 시간문제였다.

란돌과 지크를 중심으로 한 돌격부대가 선봉에 서기로 했다. 그들의 목적은 간단하면서도 중요했다. 바로 성문 돌파였다.

"그럼 지휘를 맡을 란돌과 지크에게 묻겠소. 이번 전투, 자신 있소?"

"예, 맡겨만 주십시오, 사령관님."

"혼자서도 가능하니 걱정 마십쇼. 그런데 요새 바깥의 적은 어쩔 거예요?"

테라트도 그 말을 하려던 참이었다.

"아, 좋은 질문이오. 일단 돌격부대의 진입로를 확보하기 위해서는 요새 외부의 적을 적당히 없애거나 막아야 하오. 나와 슈렌, 그리고 다른 기마 대장들이 그들을 맡을 것이오. 그럼 세부 사항에 대해 논해 보겠소."

지크와 슈렌은 테라트에게 상당한 신임을 받았다. 물론 행동을 앞세우는 지크는 전략이나 전술에 별 도움을 주지 못했지만, 슈렌은 작센과 테라트의 작전의 보완책까지 낼 정도로 많은 도움을 주었다.

이런 중요한 작전에 리오가 빠진 이유는 무엇일까. 그는 테라트의 히든카드였다. 만약 작전이 실패했을 시, 그에 대한 충격을 조금이라도 완화하기 위한 최후의 방패로서 리오를 본진에 남기겠다는 것이 테라트의 생각이었다. 게다가 그가 남아 있다면 작전 중 적의 지원군이 본진을 습격한다 해도 치명적인 타격은 피할 수 있을 거라는 생각도 들어 있었다.

회의가 끝난 후, 주요 멤버들은 내일 작전에 대비해 각자 나름대로 준비를 시작했다. 병사를 지휘하지 않는 지크와 슈렌에겐 휴식이 주어졌다. 모두 나간 후 막사에 남은 테라트와 이자룩스는 차를 마시며 얘기를 나눴다.

"공주님은 정말 운이 좋으신 듯합니다. 저런 용장을 둘이나 만나셨으니 말입니다."

"그런 말씀 마십시오. 저보다는 포르테가 더 고생했지요."

"그렇군요. 그런데 지크라는 남자 말입니다. 상당히 통제하기 힘든 것 같던데."

그 말에 찻잔 뒤로 가려진 얼굴이 살짝 일그러졌다.

"말도 마십시오, 왕자님. 그자에겐 무술 실력만 있을 뿐, 예의범절이나 생각 따위는 전혀 없습니다. 심지어 두뇌까지 근육으로 뭉쳐진 게 아닌가 하는 생각이 들 정도지요. 한 나라 공주마저 희롱하는 자를 도대체 누가 통제하겠습니까."

"하지만 병사들에게 인기가 상당한 것은 사실이지 않습니까. 병사들이 그러더군요. 행동이 짓궂긴 해도 그의 말을 듣고 있으면 자신들까지 덩달아 즐거워진다고 말이죠."

"그건 병사들도 경우가 없는 사람들이라……."

"그럴 수도 있지만, 전 이렇게 생각합니다. 바람이란 것은 누가 어느 쪽으로 불라고 해서 부는 것이 아닙니다. 제멋대로 움직이죠. 지크라는 남자는 바람에 비할 수 있습니다. 아무에게도 통제받지 않고 자유롭게 행동하는 것이 그에게 가장 어울린다고 생각되지 않습니까?"

듣고 보니 이자록스도 그런 생각이 들었다. 지크의 행동이 맘에 안 드는 것은 사실이지만 도저히 지켜볼 수 없을 정도로 경우가 없는 건 아니었다. 그의 합류 이후 긴장감이 많이 사라졌다는 생각도 들었다.

"그래도 버릇없는 것은 사실이죠."

이자록스는 다시 인상을 쓰며 차를 비웠다.

"아, 리오 스나이퍼라는 자는 어떻습니까? 아침 식사 때 그를 슬쩍 보기는 했습니다만……."

이자록스의 질문에 테라트는 잠시 말이 없었다. 그의 얼굴이 굳어진 것을 보고 이자록스는 이상한 느낌을 받았다. 그가 입을 연 것은 빈 찻잔이 채워진 후였다.

"루나틱 나이트와 막상막하의 실력을 갖춘 남자입니다. 공주님께선 보지 못하셔서 믿기 어렵겠지만, 그와 루나틱 나이트의 전투는 인간의 상상을 초월하더군요. 마법사도 쓰기 힘든 1급의 마법에 대기가 뒤흔들렸고, 검과 검이 충돌할 때는 대지마저 흔들렸습니다. 그 모든 것을 생각할 때, 그는 절대 우리와 같은 인간이 아닙니다."

이자록스가 들고 있던 찻잔이 크게 흔들렸다.

"예? 인간이 아니라니요?"

테라트의 입술이 가늘게 떨렸다.

"1백 년 전의 전설을 기억하십니까? 고신 부르크레서와 맞서 싸운 가즈 나이트의 전설 말입니다."

이자록스는 아무 대답도 하지 않았다. 하지만 그녀의 눈은 크게 벌어져 있었다.

"제 선조이신 말스 1세께선 그 가즈 나이트의 도움으로 흩어진 나라를 통일해 말스 왕국을 이루셨습니다. 그렇기에 우리 나라의 왕족들은 다른 누구보다도 그 가즈 나이트의 외모를 잘 알고 있지요. 저 역시……."

"그렇다면 설마?"

이자록스는 머릿속이 복잡했다. 리오가 가즈 나이트라면 그와 형제라는 지크와 슈렌의 정체는 무엇이란 말인가. 그리고 포르테에겐 어떻게 설명해야 할까.

"아, 됐습니다, 왕자님. 나중에 듣지요."

"예?"

테라트는 의아한 표정을 지었다. 이자록스는 씩 웃었다.

"왕자님 말씀을 들을 시간은 앞으로도 충분합니다. 중요한 건 그들의 정체가 아니라 그들이 우리 편이란 사실 아닐까요?"

그녀는 지크의 말을 인용했다. 테라트 역시 그 말은 인정하지 않을 수 없었다.

"그렇군요. 아, 그런데 포르테 님의 안색이 안 좋아 보이더군요. 무슨 일이라도 있는 겁니까?"

"포르테 말인가요?"

이자록스의 얼굴에 쓰린 웃음이 떠올랐다. 그녀가 더 이상 대답하지 않았기에 테라트는 더욱 궁금했다.

포르테는 올해 나이 29세, 보통 여성 같으면 노처녀 소리를 들을 만한 나이였다. 그러나 그녀에게서 평범한 여성의 이미지를 발견하기는 어려웠다. 20세의 어린 나이에 근위대 대장이 된 이후 7년 동안 그녀의 모습은 화려함 그 자체였다. 그러던 어느 날, 갑작스러운 왕비 일파의 등장과 함께 그녀는 관복을 벗고 이자록스와 테라트를 따라나섰다. 그 후부터 지금까지 2년 동안 둘을 보좌하느라 정신없던 그녀였는데 최근 이상한 모습을 보이기 시작했다. 멍하니 하늘을 바라보는 것은 예사였고 식사조차 자주 거르기 일쑤였다.

　"포르테 님이 요즘 이상하지 않나? 무슨 고민을 하시는 것 같기도 하고……."

　막사 창을 통해 그녀를 보던 란돌이 걱정스레 입을 열었다. 카이트는 피식 웃었다.

　"내 눈엔 자신이 노처녀라는 사실을 이제야 깨달은 여자처럼 보이는군."

　부인이 있는 사람이라 그런지 카이트의 대답은 거침없었다.

　"그런가? 그런데 왜 하필이면 지금과 같은 시기에 깨달으셨지? 아직 중요한 일이 많이 남아 있는데 말일세."

　카이트는 옥스족 친구의 머리를 의심하지 않을 수 없었다.

　"자네도 참. 저기 그 이유가 오니 잘 보게나, 친구."

　란돌의 시선이 다시 막사 밖으로 향했다. 그의 눈에 멀리서 다가오는 슈렌의 모습이 들어왔다.

　"걱정이라도 있으십니까?"

　슈렌은 리오에게 할 말이 있어 근처를 지나가던 길이었다. 한숨을 푹푹 쉬던 포르테가 고개를 들었다.

　"슈렌 님은 나이가 몇이세요?"

"음…… 스물다섯입니다."

약간의 머뭇거림이 섞인 대답이었다. 포르테는 다시 한숨을 내쉬었다.

"아니에요. 가 보세요, 슈렌 님."

"네."

슈렌이 가려고 하자 포르테는 당황했다.

"아, 잠시만요! 사실 여쭤 볼 게 있어요!"

슈렌은 묵묵히 그녀 옆에 앉았다.

그녀는 잠시 망설였다. 자신이 과연 눈앞의 남자와 어울릴 수 있을까. 흥분하면 사람이 달라지는 자신의 성격과 슈렌의 차분함은 도저히 화합될 수 없을 것만 같았다. 외모도 그랬다. 자신의 평범한 얼굴과 슈렌의 조각상 같은 얼굴은 전혀 어울리지 않았다.

하지만 그녀에게는 용기가 있었다. 그녀는 눈을 감고 가슴에 품었던 말을 꺼냈다.

"저는 슈렌 님을 좋아해요. 슈렌 님은 저를 어떻게 생각하세요?"

포르테는 자기 일생에서 가장 어려운 일을 해낸 기분이 들었다.

슈렌의 대답은 기대 이상으로 빨랐다.

"저도 포르테 님을 좋아합니다."

"그러세요?"

그녀는 뛸 듯이 기뻤다. 그러나 안타깝게도 슈렌의 말은 끝난 게 아니었다.

"빠른 판단력과 호방한 성격, 그리고 뛰어난 무예 등은 현재 가이라스 해방전선의 참모 중에서도 으뜸이십니다. 저는 당신의 그런 모습을 존경합니다."

순간 포르테는 하늘이 무너지는 듯한 충격을 받았다. 진심이 전

412

달되지 않은 것일까. 하지만 그녀는 다시 말할 의욕을 잃었다.

"그렇군요. 고마워요, 슈렌 님. 그럼 전 바쁜 일로 이만."

포르테는 비틀거리며 일어났다. 슈렌은 어디론가 걸어가는 그녀의 뒷모습을 보며 나지막이 말을 흘렸다.

"죄송합니다."

걸으면서 포르테는 울고 또 울었다. 이대로 지칠 때까지 걷고 싶었다.

한참을 걸어 숙소까지 온 포르테는 멀리 보이는 마름모꼴 그림자에 발길을 멈췄다. 그 그림자는 점점 다가오고 있었다. 게다가 그 그림자는 그녀의 눈물을 멎게 할 만큼 점점 커졌다. 그 그림자 속에서 포르테는 천천히 위를 올려다봤다.

아주 거대한 물체가 공중에 떠 있었다. 마치 거대한 섬이 지상으로 내려오는 듯했다. 어느 순간 그 물체가 멈추었다. 잠시 후 그곳에서 작은 물체들이 뿌려졌다.

"뭐지, 저건?"

이상한 물체에 대한 궁금증은 포르테만 가진 게 아니었다. 병사들의 대부분이 포르테와 같은 곳을 보고 있었다.

멀리 평원에 떨어진 작은 물체들이 먼지를 일으키며 빠르게 전진해 왔다. 그들이 가까워질수록 포르테의 표정이 변해 갔다.

"어디선가 본 적이…… 그래, 3년 전, 로하가스 제국과의 협정식 때 봤던 제국의 신병기, 어절트 슈츠야! 세상에 이럴 수가!"

포르테는 테라트와 이자록스가 있는 막사 쪽으로 뛰기 시작했다. 지금 본 것이 실제라면 그것만큼 큰 일이 없었다. 가이라스 해방전선의 그 누구도 상상하지 못했던 일이 지금 벌어지려 하고 있었다.

"여기 있어, 티퍼. 얘기하고 금방 나올게. 알았지?"

"응, 알았어, 누나."

키세레는 동생의 손을 놓기 무섭게 막사 안으로 들어갔다. 안에 있던 리오가 움찔하며 그녀를 바라봤다.

"키세레 님, 무슨 일이시죠?"

"리오 님, 큰일이에요! 로하가스 제국의 공중요새가 여기를 습격했어요!"

"예?"

검을 닦는 데 너무 열중한 나머지 무언가 다가오는 것도 모르고 있던 리오는 손을 멈추고 막사 밖으로 뛰어나갔다. 주위는 어느새 일식 때처럼 어두웠다.

본진의 상공 전체를 뒤덮은 거대 물체. 리오는 자신도 모르게 입을 벌렸다. 뒤따라 나온 키세레가 설명하기 시작했다.

"저게 바로 로하가스 제국의 공중요새예요. 최근 수십 년 사이 마법 과학을 급속히 발전시킨 제국의 산물이죠."

무엇을 이용해 움직이는지, 정확한 규모는 어느 정도인지, 부대를 내부에 얼마나 배치할 수 있는지 밝혀진 바는 없었다. 그러나 그 규모만큼은 대단했기에 가이라스와 말스, 두 왕국의 상부는 언제나 긴장을 늦추지 않았다.

"그런데 저게 왜 여기 있는 거죠?"

"거기까진 모르겠어요. 하지만 우호적인 분위기가 아닌 것은 확실하네요."

리오는 시선을 옮겼다. 멀리서 밀려오는 불길한 예감이 그의 전신을 긴장시켰다.

제국군 주력 장비인 어절트 슈츠. 거대한 통에 팔과 다리가 달린 것 같은 외형이었지만 그 기계를 보고 웃는 해방군 병사는 아무도 없었다. 그 두꺼운 몸체엔 보통 칼과 화살은 들어갈 것 같지 않았다. 양팔에 붙은 날카로운 물체들은 어떠한 생물의 목숨이라도 단번에 빼앗을 것만 같았다.

해방군 병사들 얼굴에 식은땀이 맺혔다. 이길 수 있을까 하는 두려움과 긴장감이 감돌았다.

"쳇, 움직이지도 않잖아, 저 깡통은. 하품하는 거 보려고 왔나?"

지크는 엄폐물에 기댄 채 투덜댔다. 병사들은 대체 지크의 몸 어디에서 저런 여유가 나올까 내심 궁금했다.

"테라트 총사령관을 뵈러 왔다. 난 로하가스 제국의 장군 크리스 프라이드다."

맨 앞에 위치한 흑색 어절트 슈츠에서 목소리가 들렸다. 지크는 이유 모를 미소를 지었다.

"테라트 왕자님 보면 어쩔 건데? 죽일 거야, 살릴 거야? 그거나 먼저 말하시지."

"당돌한 녀석이군. 우린 가이라스 왕국 정부군과 해방군의 휴전을 위해 왔다. 다른 이유는 없다."

지크는 약지로 자신의 귀를 후벼 파며 빈정거렸다.

"내 귀는 기계음이 안 들리거든. 오직 생물 목소리만 들리니 직접 나와서 말해."

병사들은 눈을 질끈 감았다. 이젠 싸우는 수밖에 없을 거라는 생각이 그들을 괴롭혔다. 그러나 제국 측 대장은 의외로 관대했다.

"못할 건 없겠지."

어설트 슈츠의 덮개가 열렸다. 그곳에서 나온 제국의 대장은 큰 키에 얼굴을 철제 마스크로 철저히 가리고 있어, 남자인지 여자인지 알 수가 없었다.

"대신 비싼 대가를 치를 것이다. 특히 네 녀석."

그는 손가락으로 지크를 가리키며 의미심장한 말을 던졌다. 하지만 지크에게 겁을 주기에는 너무도 가벼웠다.

"차라리 잡아먹으시지. 어이, 아저씨 중 한 명! 가서 왕자님 좀 모셔 오세요."

"자네가 가지 왜!"

지적당한 병사가 외쳤다. 지크는 어서 가라는 손짓을 했다.

"나는 저 철가면 녀석을 감시할게요, 아저씨. 아저씨는 지금 나보다 더 위대한 일을 하시는 거예요."

"쳇, 알았네, 알았어."

병사는 급히 본진 안쪽으로 향했다. 지크의 자세가 기다림에 지쳐 점점 흐트러질 즈음 테라트가 굳은 얼굴로 걸어 나왔다.

"날 찾아왔다고 했소? 제국에서 왜 날 찾는 거요?"

"정확히 우리 제국에서 찾는 건 아니오. 우린 가이라스 왕국의 부탁을 받고 당신들과 정부군의 휴전을 위해 온 것이오."

테라트의 얼굴은 단숨에 일그러졌다.

생각지도 못한 휴전 제의였다. 하지만 반가울 수는 없었다. 정부군 측에서 직접 휴전을 제의해 왔다 해도 거절할 판인데, 로하가스 제국이 개입한 이상 수락할 수 없었다.

"거절하겠소! 가이라스 왕국의 일에 당신들이 개입할 이유는 없지 않소!"

그러자 크리스 장군의 가면 속에서 조소가 터졌다.

"그럼 당신은 가이라스 사람인 모양이구려."

"······."

"말스 왕국의 왕세자인 당신이 도대체 무얼 바라는지 모르겠소. 가이라스 왕국의 영웅이 되어 그대로 이 왕국을 집어삼키겠다? 좋은 계획이오, 테라트. 당신 부하들이 매우 기뻐하겠소."

그 말에 병사들이 술렁거렸다. 설마 하는 반응이었지만 듣고 보니 일리가 있었다. 갑작스런 상황에 테라트는 기가 막힌 듯 말을 잇지 못했다.

그때 탁 하고 철과 돌이 부딪치는 소리가 들렸다. 아주 작은 소리였는데도 병사들은 놀란 쥐처럼 숨을 죽였다.

"아무 악의도 없는 상대에게 이게 무슨 짓인가? 이건 분명 제국을 도발하는 행위다!"

지크가 돌로 크리스 장군의 가면을 맞춘 것이었다. 장군은 노발대발했다. 지크는 손가락을 휘휘 저었다.

"오, 이러면 곤란하지. 우리 대장은 분명 요구를 거절했어. 그런데도 사신이란 작자가 잘못 알아듣다니, 한심하군. 그리고 난 분명 실수를 했거든? 화친을 요구하러 온 제국의 일개 장군이 그런 실수는 눈감아 줄 수 있지 않나?"

"무슨 소리냐! 일부러 돌을 던져 놓고 헛소리를 하다니!"

"이런! 제국은 이렇게 인내심 없는 사람을 휴전 제의 같은 큰일에 쓰나 보지? 그토록 인재가 없나, 제국엔?"

"뭐라고! 이 녀석!"

허리춤으로 옮겨 간 크리스의 손에서 뭔가 반짝였다. 지크의 손도 동시에 움직였다. 바람을 가르는 소리가 둘의 손에서 들려왔다.

"손도 헛나가는 걸 보니, 오늘 자네 몸이 영 안 좋은가 보구먼."

지크는 킥킥 웃으며 자신의 손을 폈다. 웬만한 사람의 중지만 한 수리검이 어느새 그의 손에 들려 있었다. 잠시 그를 바라보던 크리스의 눈이 가늘어졌다.

'무서운 녀석 하나가 능청을 떨고 있었군.'

해방군과 해방군 총사령관을 거짓으로 떠보려 한 제국의 계획은 그렇게 끝났다. 크리스는 떠나기 전 한마디 남겼다.

"로하가스 제국은 이 시간 이후로 가이라스 정부군과 함께 움직입니다. 그럼 즐거운 시간 되시길……."

테라트는 임시회의를 열었다. 적의 공중요새는 야룬다 요새 상공에 여전히 떠 있었다. 최대, 최악의 위기였다.

"알았소. 의견은 잘 들었으니 나에게 생각할 시간을 주시오!"

다시 고개를 든 후퇴론과 강경론 사이에서 테라트는 심한 갈등을 느꼈다. 하지만 그 갈등은 잠시였다.

"상황을 공중요새가 나타나기 이전으로 되돌릴 방법이 있습니다."

막사 안에 있던 모두의 시선이 리오에게 향했다. 상황이 상황이니만큼 그도 빠질 수는 없었다. 테라트는 활짝 웃으며 물었다.

"무슨 방법이오? 부담 없이 말씀하시오."

리오는 옆에 앉은 군청색 머리카락의 친구, 바이칼을 흘끔 보며 말했다.

"드래곤을 이용한 직접 공격을 적의 요새에 가하는 겁니다."

"뭐라고요?"

막사 안이 다시 술렁거렸다. 말도 안 되는 소리라며 크게 소리치는 사람도 있었다. 하지만 테라트는 리오의 의견을 끝까지 들어 보기로 했다. 리오는 말을 이었다.

"마법을 이용한 공격도 좋긴 하지만 사실 무리가 따릅니다. 바로 마법의 사정거리 때문이죠. 최소한 2급의 마법이 아니면 닿지도 않을 겁니다. 하지만 드래곤들은 다르죠. 브레스 한 방이 3급 마법 이상의 파괴력을 지닌다는 건 잘 아시겠죠? 그리고 공중을 날기 때문에, 우리가 아래에서 위로 공격하는 것보다 훨씬 효율적인, 위에서 아래로의 공격이 가능합니다. 요새가 상당히 크긴 해도 얼마나 강한지는 밝혀진 바 없습니다. 확인해 볼 겸 허락해 주십시오."

테라트는 고개를 숙였다. 희망적인 의견이지만 가능성은 희박했다. 아무리 리오가 인간을 초월한 존재라 해도 드래곤들에게 도움을 요청하긴 어려울 거라는 생각에서였다.

하지만 리오의 얼굴에는 자신감이 넘쳤다.

"내일 아침, 아니, 정오까지 저 공중요새를 떨어뜨려 놓겠습니다. 드래곤들이 요청을 들어주지 않는다면 저 혼자서라도 하겠습니다. 허락해 주십시오, 사령관님."

막사에 침묵이 감돌았다. 지크와 슈렌, 바이칼을 제외한 모두는 긴장감에 얼굴이 굳어져 있었다. 결국 테라트는 고개를 끄덕였다.

"좋소. 내일 정오까지만 당신의 작전을 허락하겠소."

"젠장!"

바이칼은 지겹다는 얼굴로 탁자 위에 엎어졌다. 그러자 리오는 웃으며 그의 머리를 매만져 주었다.

다음 날 아침, 리오는 먼저 일어나 잠에 빠진 친구를 깨웠다.

"자, 일어나, 바이칼. 다 부수진 말고 절반만 날려, 알았지?"

하지만 바이칼은 꿈쩍도 하지 않았다. 리오는 안타깝다는 얼굴로 중얼댔다.

"흠, 지크나 불러 올까."

"망힐 지식."

잠에서 덜 깬 바이칼을 구슬리는 데 성공한 리오는 여유롭게 검을 닦으며 오전 시간을 보냈다.

약속한 정오가 다 되었을 때, 상황에 변화가 없음을 확인한 테라트는 실망감이 가득한 얼굴로 리오의 막사를 찾았다. 막사에 들어섰을 때 그는 더욱 기가 막힌 광경을 보았다. 리오와 지크, 슈렌 셋이 모여 차를 마시며 담소를 나누고 있는 것이었다.

"리오 님! 이게 도대체 어떻게 된 일이오? 정오까지 드래곤들을 불러 모아 적의 공중요새를 부수겠다며 장담했던 사람이 지금 이래도 되는 거요!"

지크는 흥분한 테라트를 보며, 리오에게 타이르듯 말했다.

"이런, 어쩜 이럴 수 있어, 리오. 왕자님도 불렀어야지. 자, 제 자리에 앉으세요, 왕자님. 제가 차를 새로 가져오죠."

테라트는 지크의 행동과 말에 황당했다. 자신이 이들을 믿고 야룬다는 물론, 한 번도 떨어진 적 없는 제국의 공중요새를 공격하려 했다는 사실이 너무나 기가 막혔다. 그가 정신적 충격으로 비틀거리자, 지크가 급히 그를 부축했다.

"아니, 왜 그러세요, 왕자님. 무슨 일 있어요?"

"……"

테라트는 아무 말도 하지 않았다. 그는 답답한 심정을 토로하지도 못하고 힘없이 창문 쪽으로 시선을 돌렸다. 순간 검은 그림자 하나가 빠른 속도로 막사 위를 스쳐 갔다. 테라트의 눈이 번쩍 떠졌다. 리오와 슈렌은 단숨에 차를 비웠다.

"자, 최고의 장면을 감상하러 가자, 슈렌. 왕자님도 나오십시오."

모두 막사 밖으로 나왔을 때, 병사들과 말들의 시선은 하나같이 공중을 향해 있었다. 수십에 달하는 그림자들이 빠르게 그들의 머리 위를 스치고 지나갔다.

"드래곤! 리오 님, 정말로 해내신 겁니까?"

적어도 2백, 3백 정도는 되어 보이는 어마어마한 드래곤의 무리가 형형색색의 도형을 이룬 채 본진 상공에서 춤을 추고 있었다. 맨 앞 열은 레드·블랙 드래곤, 다음 열은 블루 드래곤, 마지막 열은 그린·핑크를 비롯한 기타 드래곤들로 이루어져 있었다. 리오는 그 모습을 올려다보며 답했다.

"저들이 생각보다 부탁을 잘 들어줬군요."

리오는 손가락을 들어 빙글빙글 원을 그렸다. 진두의 드래곤이 대답하듯 크게 포효하자 다른 드래곤들도 연이어 소리를 냈다. 이윽고 드래곤들은 빠른 속도로 상승해 구름 위로 올라갔다.

그날따라 얇은 구름이 하늘을 덮고 있었다. 그 덕분에 드래곤들은 공중요새의 대공망에 걸리지 않고 가까이 접근했다. 해방군 본진에서도 드래곤의 무리는 보이지 않았다. 진두에 위치한 드래곤 바이칼은 보통 드래곤의 모습을 버리고 제왕의 모습을 갖췄다.

'아침부터 가이라스 왕국 전체를 돌아다니느라 피곤해 죽겠군. 난 이것만 쏘고 말아야지.'

바이칼은 입을 벌렸다. 그의 육중한 몸이 크게 꿈틀댔다. 곧이어 그의 입 앞에 작은 구체, 기가 피니셔가 만들어지기 시작했다. 바이칼은 공중요새에만 피해를 입히기 위해 힘을 조절해 나갔다.

"해방군 본진은 어떤가?"

사령실에 앉은 크리스는 따분한 얼굴로 해방군의 상황을 물었다.

"하나같이 요새 쪽을 바라보고 있습니다."

"뭐라고? 화면에 띄워 봐"

이어서 유리창과 같은 화면에 해방군의 모습이 들어왔다. 거의 모든 해방군들이 요새를 바라보고 있는 모습을 보고, 크리스는 뭔가 이상한 느낌을 받았다.

"주위에 특별한 물체라도 있나?"

"요새 주위엔 새 한 마리도 없습니다."

하지만 해방군 병사들의 시선은 여전히 요새 쪽에 고정되어 있었다. 가면 속에 감춰진 크리스의 표정이 점점 더 일그러졌다.

"요새가 너무 두려워서? 하지만 명령이라도 받은 것처럼 저렇게 행동하는 것 자체가 이상하지 않나?"

"이상하긴 합니다만…… 모르겠습니다."

크리스는 조용히 턱을 괴었다.

"아, 상공에 이상 에너지 반응 검출!"

"에너지량과 위치를 정확히 보고하라!"

병사의 비명과 계기판의 바늘이 동시에 튀어 오른 건 그때였다.

"뭐냐!"

"에너지량 측정 불가! 우리의 요새가 가진 동력의 양을 훨씬 뛰어넘는 수치입니다!"

크리스의 얼굴은 이내 새파랗게 변했다.

"뭐라고! 그럴 리 없다! 그런 괴물 같은 에너지량을 가질 수 있는 존재는 이 세상에……."

순간 요새 중앙에 시퍼런 빛의 기둥이 내리꽂힘과 동시에 요새가 폭음에 뒤흔들렸다. 잠깐의 혼란이 지난 뒤 맨 먼저 정신을 차린 건 일등 항해사였다.

"기괴한 에너지 광선이 요새를 직격, 아니, 관통했습니다!"

"뭐라고! 그럴 리 없다! 요새 자체를 관통할 수 있는 무기가 있다는 게 말이 되나!"

"죄송하지만 사실입니다! 주 엔진 출력 40퍼센트 감소! 보조 엔진 출력…… 두 번째 보조 엔진이 폭발해 방금 기능을 상실했습니다. 전 대공 포대 사용 불가! 고도가 내려갑니다."

크리스는 정신을 차릴 수가 없었다. 공중요새 미그바 레이크가 이렇게 간단히 관통될 줄은 그 누구도 상상 못한 일이었다. 눈앞이 깜깜했다. 황제에겐 뭐라고 설명해야 하나. 그리고 동료 장군들에겐 또 뭐라고 변명해야 하나. 한참 뒤에야 정신을 차린 크리스는 급히 지시를 내렸다.

"긴급 사태! 모든 전원을 중력 제어기에 밀어 넣어라. 추락하면 끝장이다!"

"동력 루트 변경! 출력 60퍼센트까지 회복 가능!"

요새는 다시 부력을 얻게 되었다. 하지만 위기에서 벗어난 것은 아니었다.

"장군님! 드래곤 무리가 요새 쪽으로 하강해 옵니다! 아무래도 구름 속에 숨어 있었던 것 같습니다!"

산 넘어 산이었다. 크리스는 이제 지겹다는 투로 물었다.

"추정 숫자는!"

"최소 2백입니다!"

"바이칼 녀석, 잘할까 모르겠네. 기가 피니셔를 잘못 쏴서 요새라도 뚫어 버리면 정말 큰일이잖아. 밑에 있는 사람들 다 죽을 텐데……."

지크는 최악의 상황을 우려하고 있었다. 하지만 리오는 그리 걱정하시 않았다. 지크가 말하기 전까진…….

"오, 이런!"

구름 속에서 뿜어져 나온 빛이 공중요새를 관통해 야룬다 요새까지 떨어진 순간 리오는 손으로 얼굴을 덮고 말았다. 슈렌이 고개를 저으며 말했다.

"억지로 깨우지 말라고 했잖아. 저 애는 아직 힘 조절이 부족해."

"그렇군. 요새가 흔들리는데? 드래곤들이 공격을 시작했군. 더이상 타격을 입힐 이유가 없을 텐데……."

술에 취해 비틀대는 거인처럼, 공중요새는 이곳저곳에서 일어나는 폭발로 인해 심하게 흔들렸다. 그러나 드래곤들은 사정을 봐주지 않고 계속 브레스를 뿜어 댔다. 그들을 섭외, 통제한 바이칼이 도대체 무슨 명령을 내렸을지 궁금할 정도였다. 원한 맺힌 망령이 달라붙은 것처럼, 드래곤들은 매서운 공격을 펼치며 도망치는 요새를 계속 따라다녔다.

"자, 공중요새는 이렇게 끝났습니다. 이제 야룬다 요새 차례입니다, 왕자님."

"알았소."

잠시 넋이 나가 있던 테라트는 머리를 흔들며 요새 공격을 준비했다.

편히 늦잠을 즐기던 요새 사령관 바레로그는 요새의 남쪽이 날아감과 동시에 그날 하루 가장 바쁜 사람이 되었다. 대충 옷을 차려입고 나왔을 때, 그는 연기에 뒤덮인 채 멀어지는 공중요새를 보았다.

"아니, 저럴 수가! 저 요새를 막아라! 다시 이쪽으로 불러와!"

그러나 요새 주둔군 중에 공중요새를 잡을 수 있는 병사는 없었다. 바레로그는 하늘이 노래지는 것만 같았다.

"사령관님! 해방군이 몰려오고 있습니다!"

"뭐라고!"

바레로그는 검을 뽑아 들며 외쳤다.

"좋다! 어차피 제국군 따위는 믿지도 않았으니까! 무기고에서 발리스타를 꺼내 와! 무기란 무기는 다 꺼내 와! 이대로 순순히 요새를 넘겨줄 수 없다!"

그러나 그 지시를 들은 병사의 얼굴은 참담하기 그지없었다.

"아까 일어난 폭발로 요새의 절반은 물론 무기고까지 날아가 버렸습니다."

"뭐라고! 그럼 도대체 뭐가 남아 있단 말이냐!"

"수맥까지 파괴되었으니 오늘 하루도 넘기기 힘듭니다. 식량은 남아 있지만 물이 없으니……."

"닥쳐라!"

바레로그의 주먹이 병사의 얼굴에 꽂혔다. 구석에 몰린 야수의 몸부림과 다를 바 없었다. 그는 이성을 잃은 듯 필사적으로 병사들에게 외쳤다.

"수맥을 뚫어라! 죽을 각오로 뚫어! 나머지 녀석들은 나를 따르라! 목숨이 붙어 있는 한 이 요새를 지키겠다!"

그의 의지와 애국심은 아무에게도 호응을 얻지 못하고 있었다. 병사들은 그가 미쳤다고 생각할 뿐이었다. 병사들은 조금씩 뒤로 물러섰다. 막무가내로 고함을 지르는 사령관을 따르는 이는 아무도 없었다.

"더러운 녀석들! 너희가 그러고도 가이라스 왕국의 녹을 먹는 병사란 말이냐! 이 구질구질한 배신자들!"

병사들의 거부감은 점점 분노로 바뀌었다. 자신들이 왜 이런 말까지 들어가며 바레로그 밑에 있어야 하는지 이해할 수 없었다.

그때였다. 하늘에서 회색 망토 차림의 남자가 쏜살같이 내려왔다. 병사들과 바레로그 사이에 내려앉은 그는 천천히 일어나며 미소 지었다.

"부하 관리를 못하는군. 후훗."

"네 녀석은!"

바레로그는 자신도 모르게 주춤거렸다. 며칠 전, 지칠 대로 지친 바이론과 더불어 자신의 부하 수십의 목을 일격에 날린 괴물 같은 검객이었다.

"날 기억하는군. 하긴, 그때 조금만 더 힘이 있었다면 나와 바이론, 둘 중 한 명이 당신의 목을 베어 버렸겠지. 어쨌든 승부는 끝났다. 더 이상 부하들을 희생시키고 싶지 않다면 패배를 인정해라."

"닥쳐라! 난 군인의 도리를 다해 반역자들과 끝까지 싸울 거다! 너희같이 고용된 개와는 달라! 난 야룬다 요새 사령관 바레로그…… 읍!"

디바이너의 끝이 바레로그의 턱과 코밑을 스치자, 그의 수염들이 바닥으로 흩어졌다.

"아무리 멋지게 떠들어 봤자 패배자는 패배자다. 죽음으로서 군인의 도리를 다하겠다? 좋은 말이지만 부하들의 존경이나 경외감이 없으면 군인으로선 개죽음이지. 여기 있는 당신의 부하들 중에 당신의 죽음을 숭고하게 여길 사람이 몇이나 있을까? 착각을 해도 단단히 하고 있군."

정문 쪽에서 굉음이 들려왔다. 문이 부서진 것이다. 현재 야룬다 요새를 수비하는 사람은 아무도 없었다. 바레로그와 부하들은 우두커니 서 있었다.

"자, 놀이 시간은 끝났어. 친구들 항복하지 않으면 다친다!"

문을 부순 장본인이 기세 좋게 요새 안으로 들어왔다. 그 뒤를 따라 테라트와 이자록스, 슈렌, 그리고 참모진과 해방군 병사들이 들어왔다.

"젠장, 끝났네."

"저 사령관 녀석 때문에 싸워 보지도 못하고 졌잖아."

"쳇, 군인의 도리 찾는 녀석이 늦잠이나 자고 있어? 웃기는군."

정규군 병사들은 각자 투덜대며 무기를 바닥에 내던졌다. 그들이 바레로그에게 보내는 시선에는 배신감으로 원망이 가득했다.

처음에 죽음을 각오한 쪽은 오히려 병사들 쪽이었다. 해방군이 요새 앞으로 몰려오는 모습에 병사들은 서로를 다독거리며 이길 수 있다는 자신감을 북돋웠고 난공불락이라는 야룬다 요새의 명예를 지키기 위해 스스로 마음을 가다듬고 있었다. 하지만 사령관이 자고 있다는 말에 그들의 의지는 급격히 무너지기 시작했고 이성을 잃고 윽박지르자 완전히 꺾여 버렸다.

"이럴 수가! 이 바레로그가 패하다니……."

바레로그는 힘없이 무릎을 꿇었다. 리오는 조용히 검을 거뒀다.

"당신이 자초한 일이야. 감옥에서 잘 생각해 보도록."

"……."

바레로그는 리오가 뒤돌아서길 기다렸다. 붉은 머리카락의 검객이 서서히 몸을 돌리자 전직 요새 사령관은 품에서 단도를 꺼냈다. 리오가 완전히 돌아선 순간, 바레로그는 칼을 세우고 몸을 날렸다.

"네놈만큼은 없애 주마!"

"과연?"

427

리오가 빠르게 회전하자, 원심력에 망토 끝이 붕 떠올랐다. 가죽 망토 끝에 걸린 단도는 금속성을 일으키며 부러졌다. 바레로그의 얼굴에서 핏기가 사라졌다.

"수맥이 부서진 듯하니 뚫어 보는 게 좋겠군."

리오의 오른손이 바레로그의 목을 감쌌다. 이윽고 바레로그의 몸 뒤로 거대 마법진이 떠올랐다. 살기가 서린 상대의 눈빛에 바레로그는 몸을 떨었다.

"사, 살려 줘."

"커미트."

바레로그의 목을 잡은 손에서 거대한 빛이 뿜어졌다. 그 영향권 안에 든 바레로그의 몸은 그 빛 속에서 형체를 잃어 갔다. 그 빛은 남쪽 폐허로 날아갔다. 그 빛이 어느 한 지점에 충돌한 순간, 막혔던 물줄기가 뚫리면서 잠시 동안 거대한 분수가 솟아올랐다.

테라트는 그 분수의 물방울을 더 많이 맞으려는 듯 양팔을 크게 벌렸다. 그리고 눈을 감았다. 여태까지 이 요새 하나를 위해 희생된 병사와 참모들의 얼굴이 하나하나 스쳐 갔다. 야룬다 요새의 바닥과 바닥에 떨어진 무기를 적시는 물소리가 그에겐 마치 진혼곡처럼 들렸다.

그날 저녁, 해방군들은 야룬다 요새 점령을 기념한 자축 파티로 정신이 없었다. 테라트와 이자록스는 병사들 잔을 일일이 받느라 진땀을 흘렸다. 한편 리오는 뒤늦게 돌아온 바이칼에게 정오의 전투 상황을 물었다.

"힘 조절을 하려는데 재채기가 나더군. 그것뿐이야…… 드래곤들에게 뭐라고 했냐고? 공중요새 안에 마룡족이 있다고 하니까 눈이 뒤집히던데."

"그렇군."

리오는 그것 외에 마땅히 해줄 말이 없었다. 바이칼은 묵묵히 손을 내밀었다.

"내놔."

"음? 아, 기다려. 지크가 가지고 있을 거야."

친구의 하얀 손바닥을 묵묵히 바라보던 그는 병사들과 어울려 술을 마시고 있는 지크에게 바이칼과 약속한 대가를 물었다.

"그거? 하도 안 오기에 내가 가지고 있었지. 한 시간만 늦었다면 내가 이미 안주로 먹었을 거야. 헤헤헷."

지크의 재킷 주머니에서 나온 대가는 다름 아닌 커다란 막대 사탕이었다. 어떻게 보관했는지는 몰라도 상태는 매우 양호했다. 바이칼은 들리지 않을 정도의 한숨으로 안도감을 표했다. 리오는 즉시 그것을 받아 친구에게 넘겨주었다.

"자, 됐지? 정말 크긴 크구나. 사탕 마니아라면 먹고 싶을 만하겠어."

바이칼은 즉시 겉봉을 뜯어 그 큰 사탕을 입안 가득 물었다. 그는 그 상태로 말했다.

"이걸로 대가를 모두 치렀다고 생각하면 큰 오산이다."

"달라고 안 할 테니 좀 빼고 말해."

리오는 웃으며 친구의 입가를 닦아 주었다.

바이칼과 드래곤 무리에게 공격을 받은 공중요새 미그바 레이크는 가까스로 가이라스 왕국 수도 근방에 다다를 수 있었다. 다행히 중간에 드래곤들의 힘이 빠져 공중 격침까진 당하지 않았지만 수리는 불가능했다. 게다가 연속적으로 받은 충격 때문에 주동력이 새어 나가 언제 터질지 몰랐다.

크리스를 비롯한 제국군은 어절트 슈츠를 이용해 겨우 요새를 빠져나갔다. 잠시 뒤 공중요새는 산에 추락함과 동시에 거대한 폭발에 휩싸여 운명을 마감했다.

"이런 젠장! 빌어먹을! 드래곤이 떼로 덤비는 경우가 세상에 어디 있어! 게다가 요새를 일격에 꿰뚫는 브레스라니⋯⋯."

크리스는 요새의 마지막 모습처럼 터지는 분을 도저히 삭일 수 없었다. 하지만 마땅히 분풀이할 곳이 없었다.

"공중요새 하나가 결국엔 당했군. 시간과 노력을 투자해서 뭘 얻은 거지?"

미그바 레이크의 최후를 수정구슬로 지켜보던 타르자의 얼굴은 흙빛으로 변했다. 그녀조차 제국 마법 과학의 결정체인 공중요새가, 바이칼의 강력한 브레스와 그를 따른 드래곤에게 당할 줄은 미처 예상치 못했다.

"내가 작업을 빨리 끝내는 게 나을 것 같군. 여기까지 올 줄은 충분히 예상하고 있었다. 리오 스나이퍼. 그 전에 죽거나 하면 그거야말로 예상 밖의 일이겠지."

타르자는 수정구슬을 들고 어디론가 걷기 시작했다.

가이라스 왕궁 지하에 마련된 비밀 장소, 그곳으로 통하는 복도는 원령의 목소리 같은 이상한 소리와 축축한 습기로 가득했다.

"레나 공주님은 뭘 하실까? 붉은 머리의 기사님이 자신을 구해주는 꿈을 아직도 꾸고 있을까? 오호호홋."

복도 끝에는 문이 하나 있었다. 화장기 짙은 타르자의 눈을 따라 그 문도 움직였다.

방 안에 위치한 재단 위에는 곤히 잠든 레나가 있었다. 그리고 그 옆에 놓인 의자에는 칠흑의 갑옷을 걸친 남자가 앉아 무언가를 골똘히 생각하고 있었다. 그를 본 타르자는 의아한 표정을 지었다.

"요우시크? 언제 여기에 왔지?"

"방금…… 전……."

그의 거칠고 가쁜 목소리는 밀폐된 공간에서 더욱 공포스러웠다.

"그래, 카오스 에메랄드는 모두 찾았나?"

타르자가 요우시크의 갑옷을 스치듯 만지며 지나갔다. 그의 투구가 움직였다.

"물론이다. 마룡족도…… 모두…… 성에…… 데려왔다. 리오…… 녀석이…… 분명…… 최후의 싸움을…… 걸어…… 올 것이…… 뻔하니까……."

"후훗, 준비성 하나는 역시 최고군, 요우시크."

타르자가 만족스러운 듯이 말했다. 투구 속의 흰색 눈동자가 천천히 레나 쪽으로 향했다.

"놀랍도록…… 닮았군……."

"얼굴만 닮은 게 아니라 레나 슈리케이트의 피까지 이어받았지. 성격은 좀 다르지만 일단 내 방식대로 각성시키면 아주 멋질 거야."

"피까지…… 이어받았나?"

"그렇다. 어떤 사연이 있는지 궁금하지 않나?"

"조금은……."

타르자는 설명을 시작했다.

"레나 슈리케이트의 동생의 후손은 운명에 이끌려 말스 3세와 혼인했지. 둘 사이에서 두 명의 아이가 태어났다. 그중 한 아이는 선조의 모든 것을 그대로 물려받았지. 얼굴과 목소리, 그리고 핏속에 잠재된 무한의 마력까지. 이제 알겠나, 요우시크?"

"대강……."

타르자의 손이 재단에 닿자 붉은빛이 돌 전체에서 뿜어졌다. 요우시크의 눈이 가늘어졌다.

"1백 년 전…… 추억을…… 되살릴…… 셈인가……?"

"물론이고말고. 추억이란 건 사람을 언제나 즐겁게 해 주거든. 리오 스나이퍼가 말한 것처럼…… 오호호홋!"

타르자의 손이 레나 이마에 닿자, 얼굴 전체에 괴이한 문양이 떠올랐다. 그와 동시에 레나의 표정이 일그러졌다.

"요우시크, 너도 봤어야 했는데…… 여기 계신 레나 공주를 내가 데려올 때 리오 스나이퍼가 보인 그 멋진 표정을 말이야. 얼마나 기분이 좋았는지 아나? 쾌감을 느꼈지!"

요우시크는 내심 걱정 어린 목소리로 말했다.

"복수하려는…… 열망이…… 너무 뜨거우면…… 일을…… 그르친다. 타르자, 그것을…… 명심하도록……."

그러나 타르자는 그 충고를 듣지 않았다.

타르자의 마력을 능가할 수준의 마력이 레나의 몸에서 서서히 뿜어 나오기 시작했다.

3

또다시 찾아온 위기

지크는 아직도 물에 젖은 요새의 남쪽 폐허를 둘러보았다. 좋은 물건을 건질 수 있을지도 모른다는 기대는 얼마 가지 않아 시들해졌다. 건물 파편과 식기, 무기 부품들만이 전부인 폐허에서 그가 원하는 물건은 나오지 않았다.

"젠장, 괜한 짓 한 거 아냐? ……엉?"

사람 머리 둘은 들어갈 것 같은 원형 철고리가 눈에 띄었다. 고개를 갸웃거리며 그 고리를 바라보던 그의 입술에 장난기가 가득했다.

"헤헷, 사람은 스포츠로 스트레스를 풀어야지."

그는 적당한 크기의 나무판과 철제 봉 등을 구해 해방군 캠프로 달려갔다.

티퍼는 링과 나무판, 그물, 소가죽 공 등으로 무엇을 할 수 있을까 곰곰이 생각해 봤으나 답이 나오지 않았다. 그 재료들로 한참 작업 중인 지크 역시 대답해 주지 않았기에 그의 궁금함은 더했다.

"지크 형, 도대체 뭘 하는 건지 제발 가르쳐 주세요."

티퍼의 콧소리 섞인 부탁에도 지크는 묵묵부답이었다. 궁금한 것은 다른 병사들도 마찬가지였다. 무기를 닦던 란돌과 카이트의 신경도 붉은 재킷의 건달이 만들고 있는 물건에 쏠렸다.

이윽고 지크가 땀을 닦으며 일어났다.

"어이, 소머리 아저씨! 잠깐 좀 도와줘요."

"음? 어떻게?"

"이걸 저기에 세우고 있으면 돼요. 자, 빨리빨리."

란돌은 그의 부탁에 따라 공작물을 벽 가까이 세웠다. 지크는 뒤로 물러서며 살짝 윙크했다.

"살짝 잡고 있어요. 꽉 잡으면 다쳐요."

그렇게 경고한 다음, 공중으로 몸을 솟구친 지크는 발로 공작물의 철제 기둥을 내리쳤다. 자신의 작품이 땅에 단단히 박힌 것을 확인한 그는 만족스러운 미소를 지으며 미리 마련한 소가죽 공을 잡았다.

"자, 여러분, 잘 봐요."

지크는 철 기둥에 단단히 매달린 나무판을 바라보았다. 그 나무판 밑에 그물이 달린 링이 설치되어 있었다. 티퍼를 비롯한 병사들은 관심 어린 눈으로 지크를 바라보았다.

지크는 천천히 공을 바닥에 퉁겼다. 바람이 잔뜩 든 가죽 공은 바닥과 소유자의 양손을 탄력 있게 오갔다.

"이 게임은 반드시 이렇게 드리블을 해야 돼요. 공을 들고 세 걸음 이상 걸어가면 반칙이에요. 이게 중요해요."

무슨 소린지 확실히 알 수는 없었지만 병사들은 고개를 끄덕였다.

지크는 곧 살짝 뛰며 링을 향해 공을 던졌다. 포물선을 그린 갈색 공은 정확히 그물이 달린 링을 통과했다. 그 광경에 병사들은 하나같이 탄성을 내뱉었다.

다시 공을 집어 든 지크는 씩 웃으며 주위를 둘러보았다.

"자, 나랑 같이 해볼 사람?"

테라트는 차를 들며, 보고서를 읽고 있었다. 그는 야룬다 요새의 남은 물자와 무기, 투항한 정부군 병사 수를 확인했다. 정부군 병사 중 대다수가 항복했고, 또 그들 대부분이 해방군에 들어오기를 원했다. 테라트가 최근 읽은 것 중 가장 기분 좋은 보고서였다.

"흠, 하지만 병사들이 늘어난 만큼 식량이 부족해지는 게 문제군. 이 식량들을 어디서 조달한다지? 지금 있는 식량으로는 잘해야 한 달을 버틸 텐데……."

젊은 총사령관은 한탄하며 창가로 향했다. 그때 유리창 밖으로 수많은 병사들의 모습이 들어왔다. 자세히 보니 그들이 둘러싼 안쪽에서 사람들이 열심히 움직이고 있었다.

"저건 또 뭐지?"

그는 창문을 열었다. 작게만 들리던 병사들의 함성이 크게 들려왔다. 생전 듣지도, 보지도 못한 희한한 경기가 그의 눈앞에서 펼쳐졌다.

경기에 뛰고 있는 병사들 눈은 오로지 그물 달린 링과 가죽 공에 쏠려 있었다. 응원하는 병사들도 마찬가지였다. 전쟁의 공포나 피로는 전혀 찾아볼 수 없었다. 음악을 할 줄 아는 병사의 슬픈 노랫가락에 피로를 풀던 때와는 달랐다. 그 어느 때보다 활기 넘쳤고 즐거워 보였다.

그때 노크 소리와 함께 리오가 붉은 장발을 흔들며 들어왔다.

"부르셨습니까, 테라트 님."

"아, 리오 스나이퍼. 어서 오시오."

그러나 테라트의 시선은 여전히 창밖에 머물러 있었다. 리오는 창밖으로 슬쩍 시선을 돌렸다.

"아, 농구군요. 하긴, 지크 녀석이 농구광이긴 하죠."

"농구? 그게 도대체 뭐요?"

"아, 일종의 운동경기입니다. 지크의 고향에선 인기가 좋죠. 그런데 저를 부르신 이유는……."

"아, 미안하오. 저기 앉으시오."

테라트는 급히 자리에 앉았다. 리오 역시 자리에 앉았다.

"말스 왕국에서 날 찾으러 왔다 들었소. 본국에 무슨 일이라도 생긴 거요? 2년 동안 본국 소식을 듣지 못해 그대를 불렀소……."

리오는 어디서부터 얘기해야 할까 고민했다. 모든 것을 솔직히 털어놔야 할 것인가, 아니면 말스 왕국에 대한 이야기만 해야 할 것인가. 일단 그는 왕국의 현재 사정을 얘기했다.

"현재 말스 왕국은 권력을 노린 영주들이 일으킨 내전으로 상당히 혼란스럽습니다."

"음."

테라트의 표정은 의외로 담담했다. 리오는 말을 이었다.

"전하께서 계시지 않은 2년 동안 코른발트는 반정을 계획했습니다. 후계자가 없는 틈을 노려 왕국을 자기 것으로 하려 했죠. 가까스로 레나 공주님을 찾아 후계자 문제를 막긴 했지만……."

"레나라고!"

테라트는 믿을 수 없었다. 그에게 레나에 대한 기억은 갓난아이 때 모습뿐이었다. 왕실 반란 이후 생사를 확인할 수 없었던 동생이 살아서 나타났다는 얘기는 충격 그 자체였다.

"레나 공주님에 대한 것은 차후에 자세히 말씀드리겠습니다. 공주님께서 납치되신 이후, 전 공주님과 전하를 찾기 위해 이곳 가이라스로 왔습니다. 그사이 코른발트 세력이 반란을 일으켰죠. 국왕 폐하께서는 현재 7호장과 아르반 영주 일파의 보호를 받고 계시다 합니다. 아직까지는 큰 문제 없는 것 같습니다만……."

테라트는 아무 말 하지 않았다. 자신만 본국에 있었더라도 사태가 이렇게까지 악화되진 않았을 거란 생각이 그의 마음을 흔들었다. 그는 눈을 질끈 감았다.

"레나를 직접 만난 적 있소?"

"예. 전 7호장 파르하 님께서 저에게 공주님을 맡기셨습니다."

"파르하? 그럼 그때까지 파르하가 레나를 맡고 있었단 말이오?"

"그렇습니다."

리오는 레나 얘기를 대강 전했다. 수도에 도착할 때까지 자신이 공주라는 사실조차 몰랐다는 얘기가 나왔을 때 테라트는 얼굴을 두 손으로 덮었다.

"내 불찰이오. 내가 가이라스 왕국에 유학 오지 않았어도 아바마마께서 그렇게 고통받지 않으셨을 거고, 레나 역시 갑작스러운 환경 변화로 심적 부담을 가지지 않았을 것이오. 왜 하필 내가……."

테라트는 차마 말을 맺지 못했다. 그 모습을 보고 리오는 위로하듯 말했다.

"하지만 전하의 결단이 없었다면 가이라스 왕국은 지금쯤 백성들의 피로 물들었을 겁니다. 그리고 이자록스 공주님 혼자 힘겹게 싸우고 계셨을 테고요."

리오는 말을 이었다.

"전하께서는 지금 국적을 초월한 가이라스의 영웅이십니다. 본국에 계신 국왕 폐하께서도 전하에게 말스 왕국의 희망을 걸고 계십니다. 힘을 내십시오. 그리고 레나 공주님에 대해선 아무 걱정 마십시오. 그분은 제가 반드시 구해 낼 것입니다."

테라트는 슬며시 미소 지으며 말했다.

"건국자이신 말스 1세께서 남기신 말씀이 있소. 그분은 당시 어린 나이에도 통합 왕국의 지도자가 되겠다 하셨소. 그분을 모시던 사람들이 어려울 거라며 말렸지만 그분은 당당히 말씀하셨소. '나는 옳은 일을 하고 있다. 만약 잘못된다 해도 후회는 없다. 나에게 용기가 무엇인지 가르쳐 준 사람에게 반드시 나의 왕국을 보여 주겠다' 하셨소."

리오의 눈이 꿈틀댔다. 테라트는 그 눈을 보며 말을 맺었다.

"잠시 가족과 본국의 일을 걱정한 것뿐이오. 나 역시 내 행동에 후회는 없소. 난 옳은 일을 하고 있소."

"알겠습니다. 저와 제 형제들이 최선을 다해 전하를 돕겠습니다."

리오는 웃었다. 1백 년 전, 자신이 이 세계에서 도운 소년에 대한 추억이 떠올라서였다.

다시 대화가 오가는 사령실 밖에선 농구에 심취한 병사들의 함성이 울려 퍼졌다. 그 함성은 해가 질 때까지 계속되었다.

그로부터 며칠 후, 야룬다 요새엔 수많은 해방군 병사들이 모여들었다. 군량 문제를 감안한 테라트의 계획에 따라 소집된 병사들은 해방전선 최고 정예였다. 그야말로 단기간에 결판을 내겠다는 각오였다.

요새에 모인 병사들의 시선을 끈 것은 야룬다 요새의 폐허도, 바이칼이나 키세레의 미모도, 리오의 붉은 장발도 아니었다. 바로 총사령부 병사들이 신나게 즐기고 있는 새로운 운동경기였다.

병사들을 인솔해 온 부대 대장들이 테라트를 만나자마자 한 말은 인사보다 '무리가 아닙니까?'라는 말이었다. 총사령관은 웃을 뿐, 설명은커녕 변명도 하지 않았다.

이번 작전이 무리라고 생각하지 않는 사람은 유감스럽게도 테라트와 리오 형제들뿐이었다. 란돌 등의 총사령부 소속 대장들도 이번 작전이 약간은 무리라고 생각했다. 수도에는 정부군 최고 정예부대인 템플러를 위시한 각 기사단이 아직 남아 있었다. 각개격파로 한 부대씩 부숴도 이길까 말까 한 그들을 한꺼번에 상대한다는 건 상식적으로도 무리였다.

그러나 테라트는 다른 어느 작전 때보다도 강한 자신감에 차 있었다.

동이 트고 있었다. 드디어 야룬다 요새를 떠나는 날이었다.

키세레는 전날 밤 도저히 잠을 이룰 수 없었다. 아버지 조나단에 대한 얘기를 동생에게 들은 탓이었다.

"하……."

그녀는 길게 한숨을 내쉬었다. 그녀 옆에 티퍼가 잠들어 있었다. 침대에서 내려온 그녀는 옷을 갈아입었다. 동이 완전히 트려면 좀 더 있어야 했지만 키세레는 더 이상 자고 싶지 않았다.

"……음?"

바람을 쐬기 위해 창가로 다가간 그녀의 눈에 일찌감치 광장에 나온 두 남자의 모습이 들어왔다. 키세레는 그들의 모습을 더 자세히 보기 위해 창밖으로 몸을 내밀었다.

리오와 슈렌은 이른 새벽부터 리오의 검술에 관한 연구를 하고 있었다. 디바이너와 파라그레이드, 두 검을 동시에 사용해 공격과 방어의 극대화를 이루겠다는 것이 리오의 생각이었다.

바이론과의 대결 때도 그는 두 개의 검을 사용하려 했지만 그때는 거의 도박에 가까웠다. 보통 상대도 아닌 바이론에게 제대로 연습조차 하지 않은 검술을 펼친다는 건 자살행위였다. 그러나 상대적으로 밀리는 힘을 메우기 위해선 어쩔 수 없었기에 리오는 하루빨리 새로운 검술을 익히려 노력했다.

한참 리오와 머리를 맞대고 고민하던 슈렌이 말했다.

"바이론과 네가 다시 붙을 일은 거의 없을 텐데."

리오는 반쯤 지친 웃음을 지었다.

"알아. 하지만 부르크레서가 완전히 부활한다면 바이론 이상의 상대가 될 게 분명해. 그때는 디바이너만의 지하드로는 상대하기 어렵겠지."

"지금 너도 공격 능력만으로는 가즈 나이트 중 최고야. 더 강해진다는 것은 과욕일지도……."

리오는 땅에 박아 둔 두 개의 검을 뽑으며 고개를 저었다.

"그래도 휀 라디언트나 바이론을 능가한다는 말은 듣지 못했어. 자, 다시 해보자, 슈렌."

"그래."

'휀과 바이론을 능가하진 못해도 둘을 이길 수 있는 건 너뿐이다.'

슈렌은 이 말을 하지 않았다. 자신의 의형제가 그런 말을 듣고 좋아할 성격이 아니란 것을 누구보다 잘 아는 그였다.

보라색과 흰색의 검광이 적갈색 창에 박혔다. 새벽 공기 속에서 두 남자의 장발이 가볍게 흔들렸다.

그 모습을 지켜보던 키세레는 들킬세라 조용히 창문을 닫았다. 그녀는 흔들리는 붉은 장발을 매만지듯 창문 위에 손가락을 댔다.

"참 이상해요. 옛날 남자 친구와는 옆에 같이 있을 때만 행복했는데, 당신은 곁에 없어도 절 행복하게 만드니까요. 그냥 바라만 봐도 가슴이 벅차올라요."

키세레는 잔잔한 미소를 지었다.

"우웅…… 누나, 뭐라고 했어?"

"응? 아, 아냐. 계속 자, 티퍼."

반쯤 깬 티퍼의 눈이 다시 감겼다. 키세레는 입을 가리고 씻으러 나갔다.

해방군은 그날 정오가 돼서야 출발했다. 출발이 늦어진 이유는 의외로 단순했다. 지크가 설치한 농구대를 가져가느냐, 남겨 두느냐 하는 문제로 병사 측과 대장 측 사이에 의견 충돌이 벌어진 것이다. 결국 뽑아 가자는 쪽으로 결정되고서야 해방군 병사들은 역사적인 발걸음을 내디뎠다.

키세레를 비롯한 2진은 1진이 떠나고 두 시간 뒤에 출발할 예정이었기에, 리오는 출발 전 그들을 만나려고 2진 쪽으로 향했다. 그가 일행이 있는 막사에 도착하자마자 들은 것은 리카의 불평이었다.

"우리도 싸울 수 있다, 이거야! 도대체 왜 우리를 비전투 요원으로 분류하는 거야!"

"리카, 우리가 리오 같은 사람들보다 싸움을 못하는 건 사실이잖아."

"시끄러워!"

리카가 흥분한 이유는 다른 데 있었다. 리오는 그 마음을 아는지

441

그녀의 어깨를 살며시 두드렸다.

"하지만 너희가 덜 위험한 2진에 있으면 내가 안심하고 싸울 수 있지 않겠니?"

"리오……."

리카는 멋쩍은 듯 머리를 긁적였다. 리오는 빙긋 웃으며 그녀를 번쩍 안아 올렸다.

"너희가 날 걱정하는 만큼 나도 너희가 걱정돼. 내가 속한 1진과 싸울 적들은 지금까지 싸운 어떤 적보다 강하단다. 그런데 너희가 1진에 있다면 아마 난 걱정돼서 제대로 싸울 수 없을 거야. 그러면 안 좋겠지?"

리오의 입술이 리카의 볼에 살짝 닿았다. 리카의 얼굴은 금세 붉게 물들었다.

"나, 나이 찬 숙녀한테 이게 무슨 짓이야. 이러면…… 곤란해."

"그런가? 후훗."

리카의 볼을 톡톡 두드린 리오는, 짐 위에 앉아 있는 키세레를 돌아보며 클루토의 어깨를 굳게 잡았다. 클루토는 빙긋 웃었다. 이제 느낌만으로도 그는 리오가 무엇을 말하는지 알 수 있었다.

"키세레 님, 병동 쪽을 잘 부탁드립니다. 신참 위생병들이 아직 미숙하다는 말을 들었거든요."

"걱정 마세요, 리오 씨. 확실히 하겠습니다."

언제인가부터 다른 호칭을 사용하기 시작한 그녀. 리오는 그것을 의식했는지 한숨을 쉬며 물었다.

"흠, 여쭤 볼 게 있습니다, 키세레 님. 정확한 성함을……."

"키세레 블레이크입니다. 이젠 존칭을 붙이지 마세요. 전 더 이상 수녀가 아니니까요. 물론 정식 수녀도 아니었지만요."

"예?"

그녀의 뜻밖의 대답에 리오는 멍한 표정을 지었다. 정식 수녀가 아니었다는 그녀의 말에 리오뿐만 아니라 리카와 클루토까지 놀랐다. 하지만 일행의 반응에 키세레는 웃을 따름이었다.

"리오 씨의 현재 모습이 우리에게 중요한 것과 마찬가지 아닌가요?"

일행 모두 웃었다. 그러던 중 지크가 막사 문을 열고 들어왔다.

"어이 리오, 안 갈 거야? 이 천막도 거둬야 하니 다른 사람들도 나와요. 거기, 꼬마 둘도 빨리 나와."

즐거운 분위기가 깨진 것에 리카의 얼굴은 단숨에 굳어졌다.

"아니, 이봐요, 당신. 분위기 파악 못하고 말을 막 하는 것 같다고 생각하지 않아요? 너무하잖아요!"

그러자 지크는 피식 웃으며 자기 엉덩이를 두드렸다.

"불만 있으면 법대로 해, 꼬마. 자, 가자, 리오."

"그래. 그럼 모두 나중에 봐요."

리오는 기가 막힌 표정을 짓고 있는 리카의 머리를 쓰다듬은 후 막사 밖으로 나섰다. 리카는 이를 갈며 짐을 들었다.

"강적이야."

막사 밖으로 나온 리오와 지크의 눈에 말을 몰고 가는 슈렌이 보였다. 물론 형제들만 그를 보고 있는 건 아니었다.

"슈렌 님! 여길 봐 주세요!"

"음?"

슈렌은 가볍게 머리를 쓸며 신참 위생병들에게 시선을 돌렸다. 대부분 여성으로 이루어진 위생병들은 슈렌의 근사한 모습에 눈을 반짝이며 쳐다보았다.

"슈렌의 인기가 내단하군."

리오가 머리를 긁적였다. 지크는 당연하다는 듯 어깨를 으쓱였다.

"언젠 안 그랬어."

그때 2진 총책임자 포르테가 인상을 쓰며 위생병들에게 다가와 소리쳤다.

"출발 준비 안 하고 뭘 하는 건가! 그렇게 시간이 남아돌면 무기 나 한 번 더 챙겨!"

위생병들은 불평하면서도 급히 다른 곳으로 뛰어갔다. 포르테는 불만스러운 얼굴로 2진의 준비 상황을 둘러보았다. 준비라고 해봤자 짐을 챙기는 것뿐이지만, 전 부대의 식량과 예비 무기, 그리고 의료 문제가 달린 중요한 사항이어서, 남자 이상으로 털털한 성격인 포르테라 해도 눈꼬리가 치켜 올라갈 수밖에 없었다.

"총대장을 맡으셔서 힘드시겠습니다."

슈렌이 물었다. 언제 화를 냈냐는 듯, 포르테는 활짝 웃으며 고개를 저었다.

"아니에요, 할 만한걸요. 슈렌 님께서 호위까지 하시는데 제가 약한 모습을 보일 순 없잖아요."

"그렇군요."

슈렌은 옅은 미소를 띠었다. 한편 그들을 지켜보던 지크는 결국 고개를 다른 곳으로 돌렸다.

"가자, 리오. 아무것도 아닌 걸 계속 보고 있었다니, 참 나."

"아, 그런데 바이칼은 어디 있지? 아침부터 보이지 않던데……."

"바이칼? 글쎄?"

리오와 지크는 고개를 갸웃거리며 막 출발하려는 1진 쪽으로 걸음을 옮겼다.

"크리스 프라이드."

거대한 화면 속 노인이 입을 움직였다. 그 앞에 무릎을 꿇은 크리스의 눈은 일그러질 대로 일그러졌다. 얼굴에 쓴 강철 가면이 없었다면 그의 감정은 대번에 드러났으리라.

"예…… 황제 폐하……."

성별이 불분명한 목소리는 공포로 떨렸다. 당연했다. 귀하디귀한 공중요새 하나를 날려 버린 이상, 장군의 직위를 박탈당해도 할 말이 없었다. 사실 크리스는 자결까지 생각 중이었다.

"귀관은 로하가스 제국 최고 병기인 공중요새를 잃었다."

웅크린 크리스의 몸이 꿈틀댔다.

"물론 격침 이유는 귀관의 자세한 보고를 들어 잘 알고 있다. 아무리 중형 요새 미그바 레이크라도 드래곤 2백 마리의 브레스를 견딜 순 없었겠지. 책임을 크게 묻진 않을 테니 표정을 풀거라."

"예? 화, 황공하옵니다. 폐하!"

지옥과 천국을 오간다는 말을 절감하는 순간이었다. 그러나 로하가스 제국 황제의 말은 아직 끝나지 않았다.

"내가 해방군이라면 분명 가이라스 왕국의 수도로 진격해 올 것이다. 어절트 슈츠 부대로 그들을 막아라. 같이 파견된 공중요새 킬리로바크가 신형 어절트 슈츠와 병사들을 너에게 지원할 것이다."

"알겠습니다. 폐하! 목숨을 바쳐 명을 받들겠습니다!"

크리스는 더욱 몸을 숙였다. 화면 속 황제는 빙긋 웃음을 지었다.

"이번에도 실패한다면 정말로 목숨을 바쳐야 할 것이다. 미그바 레이크를 잃은 책임까지 한꺼번에 물을 테니까."

"예, 예!"

"귀관의 능력을 믿겠다. 그럼, 수고하도록."

화면은 이내 어두워졌다. 크리스는 길게 한숨을 내쉬며 통신용 방을 나섰다. 새로 맡겨진 임무가 부담스럽긴 해도 자결 명령보다는 나았기에 안도의 한숨이 절로 나온 것이었다.

그가 현재 있는 곳은, 파괴된 미그바 레이크와 같이 파견된 요새 킬리로바크 안이었다. 지도상 위치는 가이라스 왕국의 수도 상공이었다.

"황제 폐하와의 면담은 어땠습니까, 크리스 장군. 호호훗."

복도를 걷는 그의 뒤에서 귀에 익은 목소리가 들려왔다. 타르자였다. 크리스는 눈살을 찌푸리며 시선을 돌렸다.

"과히 좋진 않았소, 타르자. 용서를 받는 대신 막중한 임무를 맡았으니까."

"그렇습니까? 그럼 수도를 향해 오는 해방군을 처리하는 것이겠군요. 공격의 귀재라 불리는 당신에게 어울리는 임무는 그것뿐일 테니까요. 오호훗."

그녀가 자기 일을 속속들이 알고 있는 것에 크리스는 코웃음 쳤다.

"그렇소. 잘 알면 해방군이 어느 방향으로 오는지 가르쳐 주시오. 난 죽기 싫으니까."

타르자가 한쪽 입꼬리를 추켜올렸다.

"여기서 이틀 거리입니다. 위치는 그리 중요치 않죠. 야룬다 요새에서 수도까지는 일직선이니까요. 하지만 당신이 염려되는군요."

그 말에 크리스의 눈동자가 떨렸다.

"무슨 말이오, 타르자?"

"해방군은 부대를 두 개로 나누어 진격해 오고 있습니다. 1진은 전투부대, 2진은 보급부대의 성격을 띠고 있죠. 2진을 치면 간단하겠지, 하고 생각하시면 오산입니다. 1진이든 2진이든, 우리 제국의 어절트 슈츠를 언제든지 고철로 만들 수 있는 괴물이 같이 있으니까요."

"어절트 슈츠를? 그게 무슨 망발이오, 타르자! 감히 제국의 어절트 슈츠를 욕되게 하다니!"

그때 긴 손톱이 크리스의 철가면에 와 닿았다. 마치 애무하듯, 타르자가 천천히 손가락을 움직이며 말했다.

"저의 마법으로도 어절트 슈츠 한 부대쯤은 손쉽게 날려 버릴 수 있지요. 해방군엔 무력으로 저와 맞먹는, 아니 그 이상의 힘을 가진 남자가 넷이나 있습니다. 당신에겐 목숨이 달린 일인데 제가 너무 가볍게 말하는 것 같군요. 제 말은 그냥 참고 삼으시길. 호호호홋."

"쳇!"

크리스는 상대의 팔을 거세게 뿌리쳤다. 타르자는 그래도 웃음을 그치지 않았다.

"무훈을 빌지요, 크리스 장군. 아, 오해하진 마세요. 전 적을 응원할 정도로 당신을 싫어하진 않으니까요."

"필요 없소! 어떤 괴물이 있든 난 쳐부술 것이오! 황제 폐하를 위해서, 그리고 나 크리스 프라이드의 명예를 위해서!"

타르자는 천천히 고개를 끄덕였다.

"좋습니다. 당신이 그런 각오로 임한다면 황제 폐하께서 감격하실 겁니다. 이걸 받으십시오."

그녀의 손에서 붉은빛이 솟았다. 그 빛은 곧 흑색 벨트의 모습으로 바뀌었다. 크리스는 움찔하며 물었다.

"뭐요, 그건?"

"최근에 개발한 특수 벨트입니다. 압도적인 힘이 필요할 때 이 벨트 버클의 봉인을 뜯고 단추를 누르십시오. 다량의 근육강화제가 당신의 몸속으로 들어갈 것입니다. 부작용은 없으니 안심하세요."

"알겠소."

벨트를 받아 든 크리스는 성큼성큼 격납고로 향했다. 그의 뒷모습을 바라보는 타르자의 눈에 알 수 없는 요기가 떠올랐다.

"그들 앞에서 오줌이나 지리지 말도록. 황제께선 널 좀 더 괴롭히기 위해 그런 임무를 주셨으니까. 그 벨트를 쓴다 해서 과연 몇 분이나 버틸 수 있을까? 5분? 10분? 후후후후훗."

타르자의 조소는 끊이지 않았다. 그것을 아는지 모르는지, 자신의 전용 어절트 슈츠에 탑승한 크리스는 이를 갈며 자신의 부대를 향해 소리쳤다.

"목표는 해방전선 제1진이다. 목숨을 걸고 임무를 수행하라! 로하가스 제국 만세!"

"만세!"

크리스를 비롯한 어절트 슈츠 부대는 급속히 공중요새에서 출격해 지상으로 내려왔다. 무슨 일이 벌어졌는지 소식을 모르는 가이라스 왕국 수도의 주민들은 야윈 눈으로 그 광경을 보며 고개를 절레절레 흔들었다. 해방전선이든 누구든 그들은 믿지 않았다. 대신 수도의 절반을 뒤덮은 거대 요새 아래서 누구도 살아남지 못할 거라는 생각뿐이었다.

테라트를 위시한 1진이 요새를 떠난 지 어느덧 하루가 지났다. 아무런 충돌도, 아무런 전투도 일어나지 않았다. 하지만 수도가 가까워질수록 병사들의 불안은 커져만 갔다. 과연 수도에서 자신들을 기다리고 있을 정부군 정예 기사단을 이길 수 있을까 하는 걱정이 앞섰다.

그러나 테라트와 이자록스, 리오 형제들에게서 불안감이란 찾아볼 수 없었다. 테라트와 이자록스는 이번 전투로 가이라스 왕국의 국민들이 평화를 되찾을 수 있다는 기대감에 차 있었다. 리오와 지크 역시 패배를 생각지도 않았다. 승리에 대한 자신감은 상당했다.

리오는 약간의 불안감을 가지긴 했다. 타르자가 말한 모든 조건이 충족된 상태였던 것이다. 테라트도 찾았고 그와 함께 수도로 향하는 중이었다. 이제 남은 건 타르자가 말했던 파티뿐, 다른 건 없었다. 그녀의 파티가 결코 즐겁지 않으리라는 것은 불을 보듯 뻔했다. 하지만 납치된 레나를 구하기 위해서는 다른 방도가 없었기에 리오는 심호흡을 하며 마음을 진정시켰다.

"참 나, 땅 꺼지겠네. 그만 좀 내쉬어."

"어? 아…… 미안."

형제의 걱정스러운 얼굴에 리오는 자조 섞인 미소로 답했다. 지크가 씩 웃으며 그의 어깨를 두드렸다.

"무슨 걱정이 그리 커? 다른 사람에게 돈이라도 꾼 거야?"

"돈은 아니지만, 나한테 뭔가를 빌려 간 사람이 있긴 하지. 수도에 도착하면 그 사람이 파티를 화려하게 열어 준다고 했거든. 그게 좀 걱정되긴 해."

"오호, 그래? 그런데 꿔준 걸 확실히 받을 순 있는 거야?"

"모르지. 하지만 빌려 간 데 대한 이자는 크게 받을 생각이야. 정말 맘에 안 드는 채무자거든. 후훗."

"어련하시겠어."

지크는 실소를 터뜨리며 마차 지붕 위에 누웠다. 구름이 펼쳐진 파란 하늘이 그의 눈에 들어왔다. 마음이 복잡하면, 지크는 하늘을 쳐다보곤 했다.

"하, 좋다. 난 한 번쯤 이런 시골을 돌아다니는 게 소원이었어. 얼마나 좋아. 맑은 공기에 파란 하늘, 거기에 떠 있는 건 구름하고 떨어지는 깡통들뿐…… 엇!"

지크의 놀란 목소리에 리오도 하늘을 올려다보았다. 무언가 자신들이 있는 방향으로 급강하하고 있었다. 지크는 그 물체를 본 적이 있었다. 다름 아닌 야룬다 요새 공략 전, 제국 군인들이 타고 왔던 기계 병기 어절트 슈츠였다.

"모두 피해! 습격이다!"

둘은 크게 외치며 몸을 날렸다. 그 직후, 둘이 있던 마차는 대폭발에 휘말렸다. 엉겁결에 엎드린 병사들 위로 마차와 말의 파편이 떨어져 내렸다.

"뭐지? 마법인가!"

갑작스런 습격에 놀란 테라트가 달려왔다. 리오는 앞쪽을 가리켰다.

"제국군입니다! 테라트 님, 뒤로 피하십시오!"

차례차례 착지하는 제국군 어절트 슈츠의 모습이 테라트의 눈에 들어왔다. 맨 앞에 위치한 흑색 어절트 슈츠에서 사람의 목소리가 들려왔다.

"반란군 전원은 무장을 해제하고 투항하라! 그러지 않으면 우리 로하가스 제국에 대한 도전으로 알겠다!"

지크의 얼굴에 장난기가 번졌다.

"오호, 이제 보니 저번에 왔던 깡통 대가리 아냐? 그 요새에서 용케 살아남았네? 헤헤헷."

"닥쳐라!"

"아아, 기분은 이해한다고, 친구. 하여튼 이거나 먹고 떨어져!"

지크가 주먹만 한 돌을 던졌다. 돌은 흑색 어절트 슈츠 옆을 살짝 스쳤다. 그 어절트 슈츠는 가볍게 흠이 났지만, 정통으로 맞은 뒤쪽의 어절트 슈츠는 몸체가 뚫리면서 곧바로 폭발했다.

"네, 네 녀석!"

크리스가 타고 있는 어절트 슈츠가 황급히 방향을 바꿨다. 크리스는 이를 악물며 분노를 터뜨렸다.

"감히 제국군에 도전을 하다니, 용서치 않겠…… 엉?"

그 순간 밖을 비추는 모니터에 시꺼먼 물체가 날아들었다.

"뭐야!"

큰 충격이 어절트 슈츠 전제를 뒤흔들었다. 기체가 뒤로 쏠리는가 싶더니 다시 충격이 전해졌다.

"이런, 기체가……!"

조종간을 아무리 움직여도 크리스의 어절트 슈츠는 다시 일어나지 않았다. 결국 크리스는 탈출 장치를 당겼으나 그것마저 작동하지 않았다.

"빌어먹을!"

마지막으로 기판을 쳐 봤지만 헛수고였다. 크리스는 눈을 질끈 감은 채 밖에서 들려오는 소리에 귀를 내맡겼다.

"감히 이 지크 님 앞에서 재롱을 떨다니, 가소롭구나!"

지크의 주먹이 한 어절트 슈츠 중앙에 박혔다. 조종석에서 비명이 터졌다. 어절트 슈츠 각 부위에서도 동작용 실린더의 오일이 밖으로 뿜어져 나왔다.

"아, 악마 같은 녀석!"

하나씩 쓰러지는 동료 모습에 제국군 병사들은 복수심을 불태웠다. 그러나 어절트 슈츠의 마법 조준장치는 초음속의 야수와도 같은 상대의 움직임을 전혀 잡지 못했다.

제국군 병사들은 혼신의 힘을 다했다. 그러나 해방군 병사들의 눈에는 제국군이 공격 한 번 못하고 상대를 따라다니다 바보같이 부서지는 것으로만 보였다.

어절트 슈츠 스물네 대가 격파된 건 그야말로 순식간. 반면 해방군의 피해는 말 한 마리와 마차 하나를 잃은 것뿐이었다.

겨우 살아남아 기체 밖으로 기어 나온 제국군 병사들은 가뿐히 주먹을 매만지는 지크를 보고 경악을 금치 못했다. 지크는 그들의 갖은 욕설과 비방을 들으며, 일부러 남겨둔 크리스의 어절트 슈츠에 다가갔다.

"자, 나와 봐, 깡통 대가리. 상판이나 제대로 보자, 이거야!"

덮개로 보이는 강철판을 억지로 뜯어내자 크리스의 살기 어린 눈이 보였다. 지크는 씩 웃으며 손가락을 움직였다.

"답답했나 보군, 친구. 자, 빨리 나오…… 윽!"

순간 흑색 검광이 그의 얼굴을 스쳤다. 지크는 어절트 슈츠 밖으로 몸을 날린 크리스를 의외라는 듯 바라봤다.

"오? 무기도 있었구나? 멋진 칼인데?"

그 말대로 크리스는 양손에 흑색 검 두 개를 들고 있었다. 지면에 가볍게 착지한 그는 눈을 질끈 감으며 벨트 버클의 봉인을 뜯고 안에 있던 단추를 눌렀다.

"흐윽!"

순간 크리스의 몸이 크게 움직였다. 팔짱을 낀 채 형제의 활약을 구경하던 리오의 눈썹이 꿈틀댔다.

"저 녀석…… 미쳤군."

짧게 내뱉은 그는 천천히 앞으로 나섰다. 테라트를 비롯한 해방군 병사들은 그 광경을 지켜볼 뿐이었다.

"지크, 이제부터는 내가 맡을게."

리오의 갑작스러운 주문에 지크는 인상을 찡그렸다.

"뭐라? 이봐, 왜 너나 슈렌은 한참 재미있어지려고 하면 번번이 날 쏙 빼는 거야? 이러면 곤란하다고!"

지크는 불만을 터뜨리면서도 순순히 물러섰다.

크리스가 누른 것은 벨트에 장치된 약물 주사 장치였다. 약물의 급속 침투로 일어난 경련이 끝나자, 크리스는 이전과 다른 살기를 뿜으며 괴성을 질렀다.

"크아아아!"

크리스는 분노에 찬 눈으로 자신의 부대를 부순 지크를 쏘아봤다.

"각오해라! 내가 죽거나, 네가 죽거나 둘 중 하나다! 난 더 이상 물러설 곳이 없어! 어서 덤벼라!"

"쳇."

지크는 머리를 긁적이며 옆쪽을 가리켰다. 크리스의 시선에 손목을 풀며 다가오는 리오의 모습이 들어왔다.

"넌 또 뭐냐! 너에겐 볼일 없어!"

"미안하지만 난 너에게 볼일이 있지. 방금 사용한 약…… 미안하지만 누구에게 받았나?"

"알 것 없다!"

크리스가 번개같이 몸을 날렸다. 가면 뒤로 늘어진 금빛 장발이 바람에 날리며 살기를 흩날렸다. 크리스가 쌍검을 휘두른 순간, 리오의 몸이 튕기듯 뒤로 날았다. 맞은 것은 아니었다.

"난 알아야겠어."

리오의 망토가 펄럭이면서 디바이너가 모습을 드러냈다.

"죽어!"

크리스의 쌍검이 마치 두 마리 뱀처럼 리오의 품으로 파고들었다. 그러나 리오는 가볍게 옆으로 피할 뿐 방어조차 하지 않았다. 제국 장군은 약물 효과 덕분인지 위력적인 파상 공격을 오랫동안 시도했다. 그러나 그 모든 공격은 리오의 회색 망토를 스치지 못했다.

"아니, 저걸 다 피하다니?"

검술에 일가견이 있는 테라트도 입을 다물지 못했다. 엄청난 스피드로 들어오는 크리스의 공격을 리오가 철저히 피하고 있다는 것 자체를 도저히 이해할 수 없었다.

"이런, 이런. 리오가 피하는 게 아니라 저 철가면이 못 맞히는 거라고요, 왕자님."

어느새 돌아온 지크가 한마디 했다. 테라트의 얼굴이 더욱 굳어졌다.

"맞히지 못한다고?"

"바람둥이의 동작을 잘 봐요. 녀석이 어느 쪽으로 움직일지 예측할 수 있으면 당신은 천재라니까."

지크는 쉽게 말했지만 테라트에겐 어려운 문제처럼 느껴졌다.

도저히 알 수 없었다. 왼쪽으로 움직일 것이다 생각했으나 리오는 오른쪽 하단으로 움직였다. 또 다음엔 위쪽으로 움직일 거라는 예상을 깨고 후방으로 돌아 들어갔다. 이후도 마찬가지였다. 지크는 리오의 행동을 한 번도 맞추지 못한 테라트의 어깨를 두드렸다.

"나도 다섯 번에 두 번밖엔 녀석의 행동을 예측하지 못해요. 몸의 전 부분, 심지어 호흡까지도 눈속임이 들어가죠. 철가면도 거기에 속아서 다른 곳을 찔러 대는 거예요. 아마 보통 수준의 검객 같으면 녀석의 눈속임 때문에 그 자리에 얼어붙을걸요?"

테라트는 침을 삼켰다. 리오의 행동을 본 것만으로 자신의 몸이 굳은 것을 아는 그였다.

　리오는 여유 있게 몸을 움직이며 상대 눈을 주시했다. 크리스의 눈동자 속에서 어렴풋이 떠오르던 붉은빛이 차츰 강렬해졌다. 게다가 몸의 속도도 점점 빨라졌다. 지금이 바로 그가 계산하고 있던 '적당한' 때였다.

　"자, 시작해 볼까?"

　리오의 입꼬리가 치켜 올라갔다. 그는 디바이너로 자세가 흐트러진 크리스의 복부를 찔렀다.

　"커헉!"

　급소를 맞은 크리스의 몸이 석상처럼 굳어졌다. 곧바로 리오는 자세를 바꿔 디바이너로 상대의 몸을 군데군데 찔렀다.

　"으아아악!"

　크리스의 비명은 거의 야수의 울부짖음과도 같았다. 그러나 그는 혈을 찔렀을 뿐 치명상은 입지 않았다. 디바이너 끝이 마지막으로 그의 이마를 찔렀다. 그와 동시에 크리스의 가면이 두 동강 났다.

　"흠, 아가씨였군."

　리오는 씁쓸히 웃으며 검을 거두었다. 순간 디바이너에 찔린 크리스의 혈에서 푸른색 액체가 뿜어져 나왔다.

　"저럴 수가!"

　해방군 병사들의 탄성과 함께 크리스는 바닥에 쓰러졌다. 크리스의 몸에서 뿜어진 푸른 액체는 지면 위에서 지글지글 끓기 시작했다.

　"버서커 피를 농축해 만든 주사는 타르자만이 만들 수 있지. 후훗, 이게 축제의 시작인가, 타르자."

알 수 없는 미소를 지은 채 액체를 내려다보던 리오가 테라트를 향해 엄지손가락을 펴 보였다. 테라트는 그제야 안도의 한숨을 쉬며 총사령관으로서 지시를 내렸다.

"공병대! 어절트 슈츠의 잔해를 처리하라!"

빈 마차 안에 크리스를 눕힌 리오는 묵묵히 그, 아니 그녀의 얼굴을 바라보았다. 여자치고는 상당한 근육질을 가졌지만 얼굴은 단아한 편이었다. 지크가 근육질 여자까지 꼬시냐며 비아냥댔지만 리오는 어깨만 으쓱할 뿐이었다.

"죽이진 않을 테니 일어나시지. 기절한 척해도 소용없어."

얼마나 지났을까. 마차 안에서 기대어 앉아 있던 리오가 말했다. 크리스는 길고 날카로운 눈을 뜨며 상반신을 일으켰다.

"포로 예우인가? 그딴 건 필요 없으니 어서 죽이시지. 난 알고 있는 정보도 없다."

"정보는 바라지도 않아. 알고 싶은 게 있다면 당신의 첫사랑 이야기 정도? 후훗."

"큭!"

크리스의 눈썹이 일그러졌다. 리오는 가볍게 웃어 넘겼다.

"오해하지 마. 해방군 병사들 중 제국군 소리만 들어도 이를 가는 자들이 있어. 난 만약의 사태에 대비하는 것뿐이야. 아, 그러고 보니 당신, 배가 고프겠군."

리오는 미리 준비한 빵과 우유를 그녀에게 건넸다. 크리스는 인상을 찡그린 채 킁킁거리며 빵 냄새를 맡았다. 그 모습에 리오는 황당한 표정을 지었다.

"첫사랑 이야기 때문에 자백제를 사용할 정도의 편집증은 없어.

안심하고 먹어도 좋아."

"……."

크리스는 잠시 머뭇거리다 이내 빵을 먹기 시작했다. 보통 남자의 팔뚝만 한 빵을 순식간에 먹어치우는 그녀의 모습에 리오는 슬며시 고개를 저었다.

"아까 스스로 주사한 그 액체 말이야. 무슨 액체인지 알고 주사했나?"

크리스가 빵을 우물거리며 씹다 동작을 멈추었다. 리오는 한숨을 내쉬었다.

"그 액체는 버서커 피를 농축해서 만든 일종의 사념체야. 주사로 투여하면 체내에서 증식해 또 하나의 버서커를 만들지. 이름이 크리스라고 했던가? 당신은 하마터면 광(狂)전사가 될 뻔했어."

"……!"

크리스는 힘들게 천천히 빵을 삼켰다. 그녀의 얼굴은 완전히 일그러졌다. 리오는 측은한 듯 다시 입을 열었다.

"가이라스 왕국의 전쟁이 끝나면 집으로 돌려보내 주지. 당신 가족까지 걱정시킬 필요는 없을 테니까. 그리고……."

"가족 따윈 없어."

크리스는 세운 무릎에 얼굴을 묻으며 말을 이었다.

"나를 포함한, 제국의 상위 클래스 장군 다섯은 액체가 가득한 유리 상자 속에서 태어났지. 보통 인간 이상의 힘과 마력을 태아 때부터 지니는 그 아이들은, 어머니 몸속 대신 기계 속에서 자라. 아니, 배양된다는 게 맞겠지. 후훗, 그런 나에게 가족? 웃기는군."

"그럼 이제 어떻게 할 생각이지?"

크리스는 붉은 장발의 남자가 갑자기 바보처럼 보였다. 어떤 대답을 해야 비웃을 수 있을지 의문이었다. 잠시 고개를 숙인 채 웃음을 참던 그녀가 다시 고개를 들었다.

"죽어도 난 제국에서 죽을 거다. 일단은 내 고향이니까. 짐승도 죽을 땐 태어난 곳을 향해 머리를 돌리는데, 인공적인 인간이라 해서 고향을 찾지 말라는 법은 없지 않나."

"꼭 죽을 필요가 있나?"

"아까부터 계속 우스운 질문을 하는군. 난 임무에 실패한 제국의 장군이다. 크리스 프라이드라는 이름이 붙기 전부터 임무 실패는 용서되지 않는 존재지. 자, 난 가겠다. 워프 마법으로 갈 테니 걱정 마."

그녀는 곧 정좌하고 주문을 외우기 시작했다. 리오는 안타까운 듯 고개를 저으며 마차 밖으로 몸을 움직였다.

"아, 이름을 들을 수 있겠나, 빨간 머리? 난 내 이름을 밝혔으니 들을 권리가 있어."

마지막까지 그녀다운 말투에 리오는 웃으며 마차 문을 열어젖혔다. 쏟아져 들어오는 석양 빛과 함께 리오의 목소리가 그녀에게 들려왔다.

"리오, 리오 스나이퍼."

리오가 밖으로 나온 직후, 마차 안에서는 오색의 섬광이 번뜩였다. 크리스가 사라진 것을 확인한 리오는 쓸쓸한 표정을 지우지 못했다. 이상하게도 크리스의 말이 마음에 남았다.

"또 혼자 분위기 잡고 있나."

마차 밖에서 기대고 있던 누군가가 그에게 물었다. 잠시 사라졌던 바이칼이었다.

"같이 분위기 맞춰 주려고?"

"루브레시아를 비롯한 마룡족이 수도로 향했다더군."

리오가 진지하게 물었다.

"그게 언제지?"

"그 공중요새가 부서진 직후."

리오는 묵묵히 턱을 매만졌다. 마룡족이 개입하리라는 것은 예상했지만 타르자와 요우시크를 비롯한 그 모두와 싸운다는 건, 아무리 자신과 슈렌, 지크가 있다 하더라도 무리였다.

"바이론이라도 있으면 차라리 나을 텐데. 어쨌든 상당히 피곤해지겠어."

친구의 한탄을 들으며 바이칼은 묵묵히 팔짱을 꼈다. 그들의 고민을 방해하지 않으려는 듯, 지평선에 걸려 있던 태양이 서서히 사라져 갔다.

〈계속〉

외전 1
붉은 머리 청년의 기억

말끔한 장발 소년 리오는 안개가 자욱이 깔린 버킹스 거리를 돌아보았다. 수많은 사람들이 분주히 오가고 있었지만 정작 그가 기다리는 사람은 보이지 않았다.

"휴, 하여튼 알아줘야 한다니까."

그는 푸념하며 자신의 붉은 머리를 긁적였다.

"젊은이, 한 가지 물어볼 게 있는데……."

노인의 목소리가 들려왔다. 리오는 구걸하는 노인인가 하고 뒤돌아보았다.

"엇?"

그의 예상은 여지없이 빗나갔다. 또래 소년들과 비교해도 자신의 키가 상당히 큰 편인데, 노인은 자신보다 더 컸다. 노인치고는 곧은 등에 거대한 봇짐을 지고 있었는데, 특히 리오 눈에 띈 것은 회색 헝겊에 싸인 긴 물체였다.

노인은 리오의 놀란 얼굴을 보며 웃음을 터뜨렸다.

"하핫, 왜 그리 놀라나? 죄 지은 거라도 있나?"

"아, 아닙니다. 말씀하십시오."

"음, 다름이 아니라 탄광을 찾고 있네. 쿠스코 탄광이라 하는데, 자네 혹시 알고 있나?"

리오는 고개를 끄덕였다.

"예, 잘 알고 있습니다. 하지만 그곳은 폐광이 된 지 오래인데요."

"괜찮네. 탄광 자체가 중요한 건 아니니까. 그럼 고맙네."

큰 키의 노인은 안개 속으로 서서히 사라졌다. 리오는 알 수 없는 노인이라고 생각하며 고개를 갸웃거렸다.

"아, 미안, 미안. 내가 너무 늦었지, 리오."

한 여성이 그에게 달려오며 외쳤다. 하지만 늦은 사람치고는 너무나 밝은 표정이었기에 리오는 웃으며 고개를 저었다.

"한 번만 더 늦으면 2백 번째야, 베니카 누나."

하프엘인 베니카는 자신의 긴 귀를 쫑긋거리며 멋쩍은 미소를 띠었다. 보통 엘프처럼 동화적인 아름다움은 지니지 못했지만, 그녀의 미모는 몬스터 헌터라는 험한 직업과는 어울리지 않았다. 게다가 그녀는 상급 헌터였다.

그녀는 리오의 어깨를 세게 두드렸다.

"알았다니까. 자, 어서 가자, 리오! 의뢰인이 기다리시겠다."

"알았어."

리오는 가볍게 대답하며 걸음을 옮겼다.

베니카는 어느새 자신보다 커 버린 리오를 보며 담담히 미소 지었다.

그녀는 폴스라 왕국의 신무기 공격으로 폐허가 되어 버린 마을에서 열 살짜리 리오를 구해 냈던 때를 떠올렸다. 아바타 왕국의 기사가 되어 폴스라 왕국에게 복수하겠다고 소리치던 소년은 7년이 흐른 지금, 중급 헌터로서 전국의 헌터 길드에 명성을 날리고 있었다.

복수심 때문인지, 아니면 무사로서의 재능 때문인지 리오는 급격히 성장했다. 그를 가르친 여러 상급 헌터들도 리오의 성장 속도에 혀를 내둘렀다. 마법을 모르기 때문에 중급일 뿐, 마법까지 익히면 충분히 상급 헌터가 될 수 있다는 말도 빼먹지 않았다.

하지만 리오 자신은 그런 것에 얽매이지 않았다. 그는 그저 돈을 벌기 위해 헌터를 하고 있었다.

"지금까지 얼마나 모았니?"

베니카가 물었다.

"음? 뭐가?"

"돈 말이야. 90만 골드는 모았을 것 같은데?"

"글쎄, 이번 일을 마치고 1만 골드 이상 받는다면 충분할 거야."

베니카는 천천히 고개를 끄덕였다.

90만 골드라는 것은 아바타 왕국의 젊은이들에게 있어서 상당히 중요한 개념이었다.

왕국 기사가 되기 위해서는 시험 자금 90만 골드가 필요했다. 하지만 네 명의 가족이 편하게 살 정도로 큰 집을 마련하고도 남을 돈이었기에, 기사가 되는 사람은 거의 부유층의 자제들이었다.

리오의 가슴은, 빨리 기사가 되어 폴스라 왕국에 복수하고픈 일념으로 가득했다. 하지만 베니카는 알고 있었다. 90만 골드를 모은다 해도 정식 기사가 될 수 없다는 것과 설령 기사가 된다 하더라도 폴스라 왕국이 무너질 리 없다는 사실을…….

그들을 찾은 사람은 다름 아닌 쿠스코 탄광의 주인이었다. 그가 제시한 금액은 2만 골드, 그리고 의뢰한 일은 탄광 안에 있는 어스 웜들을 없애 달라는 것이다.

"아니, 어스 웜을 없애는 데 무슨 2만 골드씩이나?"

베니카는 이해할 수 없었다. 샌드 웜이라면 모를까, 고작 어스 웜 몇 마리를 없애는 데 2만 골드라는 것은 일에 비해 큰 액수였다.

하지만 탄광 주인의 얼굴에는 여유가 넘쳤다.

"후후, 초를 치는 얘기로 들리겠지만 지금까지 이 일에 도전한 헌터 중 살아서 2만 골드를 받은 헌터는 없소이다. 그 유명한 상급 헌터 빌리 더 키드도 우리 탄광에서 나오지 못했지, 아마."

리오의 표정은 심각해졌다. 그의 표정을 힐끔 본 베니카는 거절해야겠다고 생각하고 있는데, 리오가 선뜻 결정했다.

"빌리 형이 요즘 그래서 안 보인 거군요. 어쨌든 하겠습니다."

자신 없는 목소리였지만 리오는 결심을 굳힌 듯 의뢰를 허락했다. 탄광 주인은 의외라는 표정을 지으며 계약서를 내밀었다.

계약서와 착수금 1천 골드를 들고 나온 리오는 착수금이 든 돈 주머니를 베니카에게 넘겨주었다. 그러나 돈을 받은 베니카의 얼굴에는 짙은 그늘이 드리웠다.

"리오, 괜찮겠어? 빌리 님도 실패한 일을 너와 내가 해낼 수 있을까?"

"성공하면 헌터 생활은 끝이야. 곧바로 기사 시험을 볼 수 있어."

리오는 담담히 말했다. 베니카는 살짝 인상을 찌푸렸다.

"실패하면 헌터 생활뿐만 아니라 인생도 끝이야. 그걸 알기나 해?"

그러자 리오가 웃으며 말했다.

"베니카 파스칼이라는 상급 헌터가 같이 있는데 무슨 걱정이야? 마법 면에선 빌리 형보다 누나가 더 뛰어나잖아. 게다가 어스 웜 정도는 간단해. 맨티스 크루저라면 모를까……."

그는 자신만만했다. 베니카는 허탈한 웃음을 터뜨렸다.

"그래, 죽을힘을 다해 싸워 보자, 리오. 하지만 혼자 도망치면 그냥 안 둘 거야. 알았지?"

리오는 어깨를 으쓱했다.

리오와 베니카는 탄광에 도착하기 무섭게 장비를 점검했다. 상대가 어스 웜이긴 해도 빌리 더 키드라는 상급 헌터가 당했다는 사실은 그들을 바짝 긴장시키기에 충분했다.

장검만 쓰는 리오였지만 이번만큼은 대검 한 자루를 더 준비했다. 베니카 역시 평소에는 쓰지 않던 약초와 각종 치료약을 주머니에 잔뜩 집어넣었다.

"자, 들어가자, 누나."

리오는 거금을 들여 구입한 하프 플레이트 메일을 두드리며 말했다. 베니카는 고개를 끄덕였다.

"너, 죽으면 돈은 다 내 차지라는 사실을 기억해."

"한 번만 더 들으면 198번째야."

탄광 안으로 들어갈수록 공기가 점점 탁했다. 이런 곳에서 싸우면 상당히 숨이 찰 거라는 생각이 들었지만 리오와 베니카는 걸음을 멈추지 않았다.

20분 정도 흐른 후, 리오와 베니카는 탄광 벽에 기대어 휴식을 취했다. 공기가 탁한 탓도 있지만 그들의 장비는 평상시와 비교해 너무나 무거웠다.

베니카는 다리를 두드리며 불평을 늘어놓았다.

"어스 웜은 도대체 언제 나타나는 거야? 20분 정도 들어왔으면 웜 홀이라도 있어야 하잖아. 설마 없는 거 아냐?"

"있으니까 빌리 형이 당했겠지. 자, 계속 가자, 누나."

리오는 힘겹게 횃불을 들어 올렸다.

그로부터 5분, 리오와 베니카는 탄광 천지에 깔린 웜 홀을 보며 실소를 터뜨렸다. 어지간한 머릿수가 아니면 천장엔 뚫리지 않는 게 웜 홀이었다.

예상되는 어스 웜의 숫자는 백 단위가 넘었다. 베니카는 서서히 뒷걸음질을 치며 말했다.

"계, 계약, 파기하자. 착수금도 안 썼으니 괜찮아."

"싫어."

리오는 단호했다. 베니카는 자신도 모르게 언성을 높였다.

"이 바보야! 여기 있는 어스 웜들을 다 죽이려면 탄광 전체를 날려야 해! 그게 우리 둘의 힘으로 가능할 거라고 생각해? 죽고 싶으면 너 혼자 죽어!"

"한번 계약을 파기하면 다음번 의뢰에도 영향을 미치잖아! 2만 골드 벌기가 쉬운 줄 알아!"

리오가 같이 언성을 높이자, 베니카는 너무 화가 나 그의 뺨을 후려쳤다. 그녀는 눈을 부릅뜨고 외쳤다.

"돈만 모아 시험을 치렀다고 기사가 되는 줄 알아! 실력으로 기사가 된 녀석들은 열 명 중 한두 명 정도야! 집안도 좋아야 하고, 시험을 치른 후 들어가는 돈도 수십만 골드야!"

리오는 베니카에게 맞은 뺨을 어루만지며 고개를 숙였다. 베니카는 계속 외쳤다.

"네가 지금 입고 있는 하프 플레이트 메일 가격이 얼마인지는 네가 더 잘 알 거야. 정식으로 기사가 될 때 입는 풀 플레이트 메일은 얼마인지 아니? 10만 골드야! 네가 실력으로만 기사가 된다 해도

1백만 골드가 필요해! 오늘 2만 골드 벌어서 90만 골드를 채운다 해도 10만 골드가 더 필요하다고! 그렇게 돈을 들이붓고도 시험에서 떨어지면 어떻게 할래! 다 포기해, 포기하란 말이야! 기사가 되면 네 부모님과 형제, 그리고 마을 사람을 죽인 폴스라 왕국 녀석들에게 쉽게 복수할 수 있을 것 같아?"

"도대체 나한테 왜 이러는 거야! 기사가 되면 한턱내라고 한 게 어제면서!"

"이건 죽느냐 사느냐 문제잖아, 멍청아! 그렇게 내 말을 몰라!"

리오의 눈이 꿈틀댔다. 베니카는 숨을 크게 몰아쉬다가 이내 고개를 돌렸다.

"난 죽기 싫어. 그리고 네가 죽는 걸 보기도 싫어. 지금까지 내가 모은 돈을 너에게 주었다면 넌 벌써 기사가 되고도 남았어. 하지만 난 그러기 싫었어. 가족을 잃었을 때의 심정을 너도 알 거 아냐. 기사가 되어 복수하겠다는 네 말을 들을 때마다 내가 얼마나 슬펐는지 알기나 해? 그 7년 동안 넌 날 누나라고밖에 생각 안 했겠지만 난 그렇지 않았어. 계약, 파기하자. 네 자신을 위해서라도. 또 날 위해서라도."

"알았어. 미안해, 누나."

리오는 고개를 떨궜다. 베니카는 그제야 웃으며 리오의 어깨를 토닥였다.

"음? 누가 있나?"

동굴 저편에서 사람의 목소리가 들려왔다. 리오와 베니카는 흠칫 놀라며 각자 무기를 잡았다. 동굴 벽에 비친 거대한 실루엣……. 불행 중 다행인지 그 그림자는 사람 형상을 하고 있었다.

그림자가 움직였다. 이윽고 한 노인이 둘 앞에 모습을 드러냈다.

"아, 헌터들이군. 허헛, 어스 웜들을 처리하러 왔나?"

횃불 때문에 얼굴이 잘 보이진 않았지만 덩치가 매우 큰 노인인 것만은 확실했다. 눈을 찡그린 채 노인의 모습을 확인하려 애쓰던 리오가 답했다.

"예, 그렇습니다만……."

"하하핫, 자네들 큰일 날 뻔했군. 잘못했으면 영원히 햇빛을 못 볼 뻔했네. 음? 자넨 아침에 만난 그 젊은이 아닌가?"

가까이 다가온 노인을 뚫어지게 바라보던 리오는, 그가 아침에 마주친 노인이란 사실을 알았다.

"아니, 할아버지께서 여기 왜 계시는 겁니까?"

노인이 웃으며 답했다.

"프리 나이트의 일을 하기 위해 이곳에 왔지."

"프리 나이트요?"

처음 듣는 말이었기에 베니카와 리오는 서로를 멀뚱멀뚱 쳐다보기만 했다. 노인이 말을 이었다.

"그건 나가서 설명해 주지. 조금 있으면 플레어 스크롤이 발동되니까."

플레어 스크롤이란 말에 리오와 베니카의 안색은 순식간에 바뀌었다. 둘은 노인과 함께 급히 탄광을 나섰다.

"저, 어르신, 어스 웜이 얼마나 많기에 플레어로 탄광을 날리려 하시죠?"

베니카의 질문에 노인은 간단히 답했다.

"자네들이 본 웜 홀은 땅 밖으로 나온 나무뿌리에 불과하네. 이 탄광엔 마더 어스 웜까지 있어."

노인의 말은 충격을 던져 주기에 충분했다.

"마, 마더 어스 웜요? 폐광된 지 얼마나 됐다고 번식을……."

"이 탄광 속에 묻힌 이상한 광석 때문이지. 폴스라 왕국에서 뉴클리어라는 마법 폭탄을 만들 때 사용하는 광석이네. 그 광석이 밀수를 통해 아바타 왕국에서 폴스라 왕국으로 빠져나간다는 말은 들었지만…… 어쨌거나, 그 광석 때문에 어스 웜들이 비정상적으로 성장, 번식한 거네. 탄광 주인이 헌터들을 고용해 어스 웜들을 잡으려는 이유도 그 광석 때문이지. 어서 탄광을 빠져나가세. 플레어의 폭발력에 광석의 폭발이 더해지면 지진은 비할 바가 아니지."

"아, 예."

노인과 리오, 베니카는 급히 탄광을 빠져나갔다.

그렇게 탄광을 벗어난 지 한 시간, 쿠스코 탄광과 근처 유령 마을의 존재는 지도에서 사라졌다.

며칠 후 리오와 베니카가 계약금을 받기 위해 탄광 주인을 찾아갔을 때 그는 이미 자살한 후였다.

리오는, 자신을 하이볼크라고 밝힌 그 노인과 함께 먼 길을 떠나게 되었다. 그에게 아바타 왕국 기사에 대한 진실을 들은 후, 리오는 아바타 왕국의 기사가 되겠다는 꿈을 접고 프리 나이트, 즉 자유 기사가 되겠다는 결심을 굳혔다. 실력이 아닌 거금에 좌우되는 기사보다는 정의를 실현할 수 있는 프리 나이트에 더 끌린 듯했다.

하지만 그가 마음을 바꾼 진짜 이유는 하이볼크의 검술이나 지식이 아니라 베니카였다. 프리 나이트가 되어 그녀와 영원히 함께하겠다는 희망이 생긴 것이다.

"반드시 돌아올게, 누나. 꼭 프리 나이트가 돼서 이곳에 돌아올 테니 그때까지…… 죽지 마."

떠나기 직전 리오가 한 말이었다. 베니카가 처음 보는 리오의 심

약한 모습이었다. 그녀는 웃으며, 떠나가는 견습 프리 나이트의 등
을 토닥였다.

"난 널 믿어. 알았지?"

그 후 리오의 수련은 시작되었다. 스승 하이볼크의 엄청난 검술
과 다양한 지식에 리오는 절로 감탄사를 터트렸다.

하이볼크가 가르쳐 준 검술은 지금껏 리오가 접해 본 어떠한 검
술보다도 강력했다. 공격 위주의 검술이긴 해도 그 호쾌함은 방어
에 대한 걱정을 덜어 주었다.

비록 하이볼크에게 마법까지 전수받지는 못했지만 리오는 2년
이 지난 뒤 급성장해서, 일대일로 그와 검술을 겨룰 수 있는 사람
은 거의 없게 되었다. 자신이 점점 강해져 가는 것에 만족감을 느
낀 리오는 더 많은 것을 하이볼크에게 가르쳐 달라고 했지만 그는
고개를 저으며 말했다.

"너에게 시간은 아직 많단다. 내가 가르쳐 준 그 이상의 것은 네
스스로 깨우치거라. 물론 내 말이 무슨 뜻인지 지금은 알 수 없을 것
이다. 하지만 시간이 모든 것을 해결해 준단다. 네 자신을 믿어라."

리오는 스승의 말을 이해할 수 없었지만 가슴 깊이 간직했다.

그리고 3년이란 세월이 흘렀다.

스무 살 건장한 청년이 된 리오는 3년 전과 상당히 달라 보였다.
가는 팔과 다리는 두꺼운 근육질로 바뀌었고, 몸도 마찬가지였다.
다른 사람에 비해 유난히 붉은 피부도 더욱 붉고 팽팽했다. 원래
컸던 키도 머리 하나 정도 더 자랐고, 머리카락도 그동안 자르지
않은 탓에 더욱 길었다.

어느 날 밤, 하이볼크는 그와 작별의 잔을 나누었다. 이제 리오
가 프리 나이트로서 살아갈 수 있을 거라는 뜻이 담긴 잔이었다.

리오도 그 뜻을 알고 있었기에 스승의 잔을 경건히 받았다.

"자, 너에게 주는 선물이다."

하이볼크는 언제나 등에 지고 다니던 길고 거대한 짐을 제자에게 건네주었다. 그것을 받은 리오는 고개를 갸웃거리며 회색 헝겊을 풀어 보려 했다.

"아, 잠깐. 아직 풀지 말거라."

"예? 아니, 어째서……."

리오는 스승을 멀뚱히 바라보았다. 하이볼크는 어느 때보다 진지한 얼굴로 이유를 설명해 주었다.

"그 짐을 풀게 되면 넌 지금과는 비교도 할 수 없을 정도로 강해진다. 그러나 많은 것을 잃게 될 것이다. 강해진 것에 대한 대가라고나 할까……. 자칫 잘못하면 싸움만 아는 기계가 될지도 모르지."

"……."

"어쨌든 네 스스로 위험에 빠졌을 때 그 짐을 열어 보아라. 그러면 모든 것을 알게 된다. 아니, 알아야 할 것이 더 많아질지도……."

하이볼크의 말끝에 묘한 여운이 감돌았다.

그다음 날부터 하이볼크의 모습은 볼 수 없었다. 리오는 스승이 남긴 선물을 들고 곳곳을 애타게 돌아다녔지만 결국 스승의 모습은 찾을 수 없었다.

리오는 쓸쓸히 웃었다. 어느 순간부터 그런 웃음을 지었는지 그도 몰랐지만 이제는 버릇처럼 되어 버렸다.

"감사합니다, 스승님. 반드시 멋진 프리 나이트가 되어 스승님을 다시 뵙겠습니다. 반드시……."

리오는 스승의 선물을 불끈 쥐며 몇 번이고 다짐했다.

버킹스 외곽에 위치한 숲. 그곳에선 수명의 헌터들이 그날 잡은 브롤의 머리를 들고 귀환을 서둘렀다. 잡은 브롤의 수는 여섯. 한 마리에 2백 골드로, 헌터들에게는 그저 그런 수입이었다.

　"젠장, 잔뜩 나타났다고 해서 가보니 술값만 나올 정도였잖아. 1천 2백 골드라…… 길드에선 분명 싸게 부르려 할 텐데, 어떡하지?"

　"쩝, 어쩔 수 없지. 오늘 받은 돈으로 베니카네 가게에서 술이나 먹자고. 부인한테는 혼나겠지만…… 하하핫."

　"그래, 그게 베니카에게도 도움을 주는 거겠지. 그런데 정말 의외 아닌가? 베니카 정도의 상급 헌터가 왜 하필 주점을 차렸을까?"

　"저번에 듣기로는, 3년 전 헌터를 그만둔 리오 녀석을 기다린다고 하던데? 프리 나이트인가, 떠돌이 기사인가 한다고 떠난 녀석인데…… 과연 돌아올지 모르겠네. 하여간 3년이나 녀석을 기다린 베니카도 참 대단해."

　"대단하고말고. 자기가 키우다시피 한 남자를 그토록 사랑하다니, 그보다 더 대단한 게 어디 있나. 하하하핫."

　헌터들은 크게 웃었다. 그들이 웃을 때마다 브롤의 머리에서 떨어지는 핏물이 더욱 크게 흔들렸다.

　사사삭.

　"음?"

　이상한 소리가 들려왔다. 헌터들은 그 즉시 웃음을 멈추었다. 대롱대롱 매달려 있던 브롤들의 머리가 땅에 떨어져 굴렀다.

　"설마, 아니겠지?"

　한 헌터가 잔뜩 긴장해서 물었다. 하지만 동료들은 대답 대신 무서운 눈초리로 주위를 살폈다.

　"잔말 말고 주위나 확인해. 녀석이 하나이기만을 빌…… 컥!"

제일 연장자인 헌터가 피를 내뿜고 즉사했다. 다른 헌터들은 혼비백산하여 주위를 둘러보았다. 두리번거리는 사이 그들의 생명 역시 순식간에 날아갔다.

"젠장, 맨티스 크루저…… 아악!"

검을 휘두르려던 마지막 남은 헌터의 머리에 거대한 사마귀의 입이 꽂혔다. 낫과 같은 두 개의 다리로 그의 몸을 고정시킨 맨티스 크루저는 쩝쩝 소리를 내며 그 부드러운 머릿속을 파먹었다. 다른 시체들도 들어 올려졌다. 죽은 브롤의 머리는 그대로 남았다. 죽은 지 오래된 시체는 건들지 않는 게 맨티스 크루저의 습성이었다.

"키키키키……."

숲은 어느새 맨티스 크루저들로 가득 찼다. 간식 시간을 마친 그들은 더 많은 먹을거리가 있는 버킹스를 향해 시선을 돌렸다.

"휴, 여기도 많이 변했군."

버킹스에 들어선 리오는 산발에 가까운 자신의 붉은 장발을 긁적이며 웃었다. 근처를 지나던 행인들은 그런 그를 몇 번이고 흘끔거렸다. 리오가 악한처럼 보여서 그런 것이 아니라, 그의 등에 매여 있는 거대한 회색 등짐 때문이었다.

3년 만에 버킹스에 돌아온 리오가 처음 찾은 곳은 헌터 길드였다. 그는 하나도 변한 것이 없는 헌터 길드의 건물을 보며 안도의 한숨을 쉬었다. 베니카 역시 이 건물처럼 변함이 없을 거란 막연한 기대감 때문이었다.

"실례합니다. 그동안 별일 없으셨죠?"

사무실에 들어선 리오는 안에 있는 헌터들을 향해 반갑게 인사를 했다. 갑자기 들어온 거한의 모습에 헌터들은 하던 일을 멈췄

475

다. 헌터 길드의 마스터가 굳은 표정으로 물었다.

"무슨 일로 오셨습니까?"

길드 마스터가 묻자, 리오는 자신도 모르게 실소를 터뜨렸다. 3년 전까지만 해도 자신을 허물없이 대해 주던 마스터가 지금은 존댓말을 하는 것이 너무도 이상했다.

"아니, 마스터, 저 모르시겠습니까? 리오입니다, 리오. 리오 스나이퍼요."

"예?"

"3년 전 여길 떠난 리오라고요. 베니카 누님과 함께 일하던 헌터 말입니다."

"그 리오? 아니, 세상에…… 하하하핫!"

길드 마스터의 얼굴은 금세 밝아졌다. 리오를 아는 몇몇 헌터들의 표정이 놀라움으로 바뀌었다.

마스터는 자신보다 크게 성장한 리오의 두꺼운 어깨를 두드리며 반가움을 표시했다.

"이야, 이거 몰라보겠는걸! 그 비쩍 마른 꼬마가 이렇게 되다니 말이야! 베니카가 보면 정말 기뻐하겠군!"

"하핫, 별말씀을요. 그런데 베니카 누님은 어디 계시죠? 아직도 헌터 일을 하십니까?"

그가 베니카에 대해 묻자, 마스터의 표정이 약간 흐려졌다. 그는 아쉬움이 섞인 한숨을 내쉬며 답했다.

"2년 전에 헌터를 그만뒀지. 지금은 주점을 하고 있어."

"예?"

리오의 얼굴이 단숨에 굳어졌다.

"이유는 그녀에게 직접 듣는 게 좋겠지. 자, 위치를 가르쳐 줄 테니 가 봐."

마스터에게 주점의 위치를 들은 리오는 곧바로 길드 건물을 빠져나왔다. 나오는 도중 급히 들어오는 누군가와 부딪치긴 했지만 그는 사과도 하지 않은 채 주점으로 뛰어갔다.

간판을 보니 간단한 주류와 식사를 파는 주점이었지만 리오는 아연실색하고 말았다. 그는 베니카의 생각을 도저히 이해할 수 없었다.

문을 열고 주점에 들어선 그의 눈에 즐겁게 술을 마시는 몇 명의 사내들이 보였다. 주위를 둘러본 그는 어렵지 않게 베니카를 발견했다.

"누나?"

앞치마를 두른 채 카운터에서 꾸벅꾸벅 졸고 있는 하프엘프의 모습에 리오는 침을 꿀꺽 삼켰다. 그는 천천히 다가가 그녀의 이름을 불렀다.

"베니카 누나."

그의 낮은 목소리를 들은 베니카는 움찔하며 고개를 들었다.

"아! 죄송합니다, 손님. 주문은 무엇으로…… 음?"

그녀의 얼굴이 하얗게 변했다. 놀란 나머지 그녀는 말을 더듬었다.

"리, 리오? 리오, 맞니?"

"응, 돌아왔어, 누나. 하지만 어째서……."

리오는 말을 잇지 못했다. 베니카가 말할 틈을 주지 않고 리오를 껴안았다.

"돌아왔구나! 돌아왔구나, 리오! 흑…… 영영 돌아오지 않을 줄 알았는데……."

"누, 누나……."

리오는 베니카의 등을 어색하게 두드려 주었다. 그녀에게서 지금까지의 사정 얘기를 들은 것은 한참 후였다.

같은 시각, 버킹스 성벽 근처는 시민들의 피로 얼룩지고 있었다. 맨티스 크루저의 습격 때문이었다. 마치 훈련을 받은 듯한 거대 사마귀들의 치밀한 공격에 시민들과 아바타 왕국 병사, 그리고 헌터들은 속수무책으로 쓰러졌다.

집 안에 숨은 사람도 맨티스 크루저의 초감각을 피할 수 없었다. 억지로 끌려 나온 사람들은 사마귀의 낫에 갈가리 찢겨 사망했다. 맨티스 크루저는 남녀노소를 가리지 않았다. 그 사마귀들의 눈에는 모두가 살기 위해 뛰어다니는 하찮은 동물일 뿐이었다.

방어전에 나선 헌터들은 자신들의 눈을 믿고 싶지 않았다. 본능적으로 움직이는 맨티스 크루저가 포위까지 하며 자신들을 농락하는 것에 그들은 절망감을 느꼈다.

"젠장, 후퇴! 후퇴하라! 빨리 도망쳐!"

헌터들은 결국 도시 뒷문을 향해 뛰었다. 그러나 그들의 머리 위로 검은 그림자가 쫓아왔다.

"으윽!"

후퇴하는 헌터들을 막아선 맨티스 크루저들은 사정없이 앞다리를 휘둘렀다. 살아남은 헌터들은 다른 곳으로 도망치려 했지만 이미 포위된 뒤였다.

"빌어먹을!"

헌터들을 둘러싼 맨티스 크루저들은 제각기 괴성을 지르며 앞다리를 휘둘렀다. 사람들의 몸이 마구 찢겨 나가면서 피가 솟구쳤다. 그렇게 해체된 사람은 단백질에 불과했다. 피를 뒤집어쓴 맨티스 크루저들은 미친 듯이 거리를 질주하며 인간의 냄새를 찾아 헤맸다.

"······죽기 싫었어. 네가 돌아왔을 때 나 대신 내 무덤이 널 반겨 주면 어떡하나 싶어서 헌터를 그만둔 거야. 후훗, 잘했니?"

베니카는 리오의 두툼한 손을 굳게 잡았다. 그런 사정을 들은 리오의 눈에 눈물이 고였다.

"그렇구나. 미안해. 잠시라도 누나를 오해해서······. 이제 누나 곁을 떠나지 않을 거야. 누나도 그럴 거지?"

베니카는 웃으며 고개를 끄덕였다.

"그럼."

그녀는 리오의 입술에 자신의 작은 입술을 가져갔다. 리오 역시 행복한 얼굴로 그녀를 안아 주었다. 손님들이 쳐다보는 것도 상관하지 않았다. 그들의 시선이 리오와 베니카의 미래를 방해할 수는 없었다.

키이이익.

그때 문이 부서지는 소리와 함께 괴성이 들려왔다. 리오와 베니카, 그리고 주점 안에 있던 손님들의 시선이 한곳을 향했다.

"맨티스 크루저?"

주점 안으로 난입한 맨티스 크루저는 멍하니 술잔을 들고 있는 남자들의 머리를 앞발로 세게 쳤다. 남자의 머리는 눈 깜짝할 새 바닥에 떨어졌다.

"누나, 피해!"

리오는 즉시 검을 빼들었다. 그러나 3년 동안 수련을 쌓은 그의 몸짓도 맨티스 크루저의 동물적인 움직임을 따라갈 수는 없었다.

"크윽!"

일격에 검을 놓친 리오는 카운터 뒤로 몸을 돌렸다. 그 바람에 등에 지고 있던 회색 짐이 떨어졌지만 목숨이 왔다 갔다 하는 상황에 그런 것이 눈에 들어올 리 없었다.

"이걸 써, 리오!"

베니카는 카운터 안에 숨겨 두었던 검을 리오에게 건네줬다. 리오는 검을 받은 즉시 솟구쳐 올랐다.

"하아앗!"

두 가닥의 섬광이 맨티스 크루저의 머리를 가로질렀다. 머리를 잃은 맨티스 크루저는 몸을 떨며 바닥에 쓰러졌으나 리오는 숨을 돌릴 겨를이 없었다. 다른 맨티스 크루저들이 동료의 시체를 밟고 들어온 것이다.

"뭐야! 도대체 몇 마리나 있는 거야!"

"위험해!"

그때 베니카가 혼신의 힘을 다해 리오를 밀쳤다. 중심을 잃은 리오의 눈에 베니카의 허리를 향해 내려오는 녹색의 낫이 보였다.

"안 돼!"

리오의 비명과도 같은 외침에도 불구하고, 베니카의 가는 허리에서 피가 뿜어져 나왔다. 하체를 잃은 그녀의 몸이 카운터 위로 떨어졌다.

"누나! 으아아앗!"

리오는 미친 듯이 검을 휘둘렀다. 모두를 죽이면 베니카가 살아날 것만 같았다.

"죽지 마…… 리오……."

베니카는 점점 흐려지는 눈을 감으며 힘겹게 말을 맺었다.

그녀의 말을 들은 것일까. 리오는 허망한 얼굴로 베니카를 바라보았다.

"누나……."

그 틈을 놓칠 맨티스 크루저가 아니었다. 등에 깊은 일격을 당한 리오는 바닥을 뒹굴었다.

그때였다.

맨티스 크루저의 마지막 일격이 리오의 머리에 떨어지기 직전, 알 수 없는 호른 소리가 버킹스 시내에 울려 퍼졌다. 그 소리에 움찔한 맨티스 크루저들은 거짓말처럼 살육을 멈추고 어디론가 사라졌다.

리오는 혼신의 힘을 다해 바닥을 기었다. 그의 피와 베니카의 피가 하나가 되어 바닥을 적셨다. 몸을 움직일 때마다 내장이 뒤틀렸다. 장은 괴사한 지 오래였지만 이상하게도 숨은 끊어지지 않았다.

피범벅이 된 리오의 손이 닿은 것은 주점 구석까지 밀려간 회색 짐이었다.

「네 자신이 위험한 상황에 처했을 때, 이 짐을 풀어 보거라.」

스승 하이볼크의 목소리가 환청처럼 그의 머릿속에 울렸다. 짐을 푸는 리오의 손이 빨라졌다.

「자칫 잘못하면 싸움만 아는 기계가 될지도 모르지.」

"상관없어!"

스승의 경고에 대한 반항일까. 리오의 목소리가 거칠게 울렸다.

그는 회색 짐을 풀었다.

그 안에 있는 것은 영혼을 빨아들이는 듯한, 짙은 보라색 검이었다.

우우웅.

그 검이 소리를 내며 공중으로 떠올랐다. 리오의 몸에 이상한 생기를 불어넣어 주던 그 소리는 조금 후 사람의 목소리로 바뀌었다.

「네 번째 가즈 나이트…… 무(無)의 리오 스나이퍼. 모든 것을 잃고 슬퍼할 너에게 여(余)의 단두대를 내리나니, 그 이름 디바이너라…….」

"가즈 나이트? 디바이너?"

리오는 도무지 알 수 없는 말이었다.

스승이 물려준 짐을 푼 것뿐인데, 그는 이미 상처를 잊고 바로 서 있었다.

「앞에 있는 검을 잡거라. 그리고 네 앞에 있는 망토를 두르거라. 가즈 나이트 리오 스나이퍼여! 무한의 힘은 너의 것이니라.」

리오는 마치 최면에 걸린 사람처럼 검을 쥐었다. 주인을 잃은 주점의 창밖으로 회색 빛이 뿜어져 나온 것은 그 직후였다.

폴스라 왕국군은 여유롭게 버킹스로 입성했다. 맨티스 크루저가 남긴 흔적이 처참하긴 했지만 결과는 상당히 좋았다.

"야생 맨티스 크루저를 훈련시킨 것뿐인데 결과가 좋군. 아바타 왕국 녀석들, 이제 울부짖을 일이 더 많을 거다. 하하핫."

폴스라 왕국군 대장은 크게 웃으며 승리감을 만끽했다. 그러나 그 웃음은 오래가지 못했다.

"그런데 그 사마귀 녀석들은 어디로 사라진 거지? 어디서 잠이라도 자는 건가?"

"후후훗…… 아니야."

웃음소리가 들렸다. 폴스라 왕국군의 시선은 거리 쪽으로 향했다.

"저 녀석은 또 뭐지?"

거리 한복판에 한 청년이 붉은 장발을 흩날리며 서 있었다. 그는 입가에 야릇한 미소를 띠고 있었다. 그의 손에 들린 보라색 검은 소름이 돋을 정도로 붉은 기운을 뿜어 냈다.

"폴스라 왕국…… 또 너희로군…… 10년 전 우리 마을에 신무기 뉴클리어를 시험해서 사람들을 모두 죽이더니, 이젠 나에게 남은 한 사람마저 빼앗았구나. 쿠쿡…… 하하하하핫."

청년은 미친 듯이 어깨를 흔들며 웃어댔다. 극도의 허무감과 광기가 섞인 웃음이었다. 폴스라 왕국군 대장은 예기치 못한 상황에 어떻게 대처해야 할지 고민했다.

그것도 잠시, 청년의 웃음소리가 멎었다. 붉은 산발에 가린 청년의 눈에선 시뻘건 섬광이 번뜩였다.

"박살내 주마, 폴스라 왕국을……. 우선 너희부터!"

"으아악."

다시금 벌어진 살육의 뒤편엔 산산조각 난 맨티스 크루저들의 외골격들이 바람에 뒹굴 뿐이었다.

그로부터 3개월 후.

폴스라 왕국이란 이름은 아바타 왕국의 지도에서 완전히 사라졌다. 굳건하기로 소문난 폴스라 왕국의 수도 방위시설이 부서지는 데 걸린 시간은 단 하루, 정확히 세 시간이었다. 왕궁이 있던 자리엔 왕과 왕비, 그리고 일곱 살짜리 왕자의 시체가 처참하게 나뒹굴었다.

그 현장을 목격한 사람들은 붉은 머리 마족의 소행이라고 강력히 주장했지만, 다른 왕국 사람들에겐 현실성도 없었고, 알 바도 아니었다. 그들에게 중요한 것은 폴스라 왕국이 멸망했다는 사실 하나였다.

"난 그렇게 가즈 나이트가 됐어. 재미없지?"

리오는 옆에 누워 있는 친구를 바라보았다. 바이칼은 그의 굵은 팔을 베개 삼아 잠이 들어 있었다. 리오는 고개를 저으며 친구를 제대로 눕혀 주었다.

달도 저문 깊은 밤이었다. 리오는 아름다운 밤하늘을 보며 긴 한숨을 지었다.

"7백 년이 넘게 흘렀어요, 베니카 누나. 아니, 레나…… 다시는 환생하지 말아요. 또 저 때문에 당신이 죽으면 전 더 이상 견디지 못할 테니까요."

리오는 이제 쉬고 싶었다. 잠든 그의 몸 위로 차가운 이슬이 내렸다. 누군가의 눈물처럼…….

〈외전1 끝〉

᎒᠍ 용어 해설 ᠍᎒

◆ **종족**

동룡족

용족. 신계의 동쪽에서 시초가 태어났다. 솔 스톤(Soul stone)이란 분신 물체를 항상 들고 다닌다. 솔 스톤에서 뿜어 나오는 마력은 서룡족의 마력을 훨씬 능가한다. 그러나 육체적으로는 그리 강하지 않다. 브레스(Breath)도 내뿜지만 서룡족이 뿜는 것처럼 파괴적이진 않다. 서룡족과 마찬가지로 보통 때는 인간의 모습을 유지한다. 서룡족과 적대적이긴 하지만, 각 세계에 흩어져 있는 동룡족과 서룡족은 만나면 서로 상대하지 않고 지나친다. 브리간트를 모시며, 최고 권력자는 주룡(主龍)이다.

드워프(Dwarf)

작은 키에 수염이 나 있는 종족으로 힘이 매우 세다. 세공이나 무기 제작 등에 상당한 일가견이 있다. 라이트 스톤(Light Stone: 황금 합금)을 이용한 등불이 그들의 발명품이다.

마룡족

원래는 서룡족의 일파였지만 브리간트의 노여움을 사서 따로 떨어져 나간 소수 종족. 여성이 귀하지만, 용병으로 인한 남성들의 감소 때문에 성비례는 자연스럽게 맞춰진다. 브리간트를 모시지 않으며 다른 용족들, 특히 서룡족과 아주 적대적이다. 개개인의 능력은 모든 용족 중 최고다. 최고 권력자는 없지만 드래곤 듀크 급의 힘을 가진 마룡공 루브레시아가 대표적 강자 중 하나다.

마족

인간과 악마의 중간 단계에 위치한 존재. 고위 마족의 경우, 흑마술의 주체가 될 정도로 막강한 힘을 가지고 있다. 때로는 악마 이상의 사악함을 보이기도 한다.

바바리안(Barbarian)

가이라스 왕국, 말스 왕국 북방 산지에 사는 야만인들의 통칭. 옷을 입거나 치장하는 것보다 얼굴이나 신체에 채색하는 것을 더 중요시하고 즐긴다. 각 왕국에선 그들을 인간으로, 그리고 국민으로 인정하고 자치령까지 주고 있다. 야만적인 힘을 가진 그들을 무시하고 적으로 돌려 봤자 득 될 것이 없기 때문이다.

서룡족

용족. 신계의 서쪽에서 시초가 태어났다. 3급 마법까지 끄떡없는 피부와 강인한 생명력, 지혜 등은 인간의 상상을 불허한다. 동룡족과 마룡족에 비해 특히 과학기술이 뛰어나다. 보통의 서룡족은 인간의 모습으로 인간세계에서 살아가지만, 일부 서룡족은 그들의 성전 드래고니스(Dragonees)에 거주한다. 최고 권력자는 드래곤 로드(용제). 동룡족과 함께 신룡 브리간트를 모시며, 브리간트에게 제사를 지낼 땐 두 종족의 모든 전쟁은 휴전 상태가 된다. 만약 이 법칙을 어길 경우 브리간트의 노여움을 사게 된다.

엘프(Elf)

귀가 뾰족하며, 아름다운 미모에 무한에 가까운 생명을 지니고 있다. 자연을 벗 삼아 살아가며, 시와 노래를 즐긴다. 일반적으로 숲의 정령이라 불린다.

하프엘프(Half-Elf)

엘프와 인간 사이에서 태어난 혼혈 인종. 수명은 인간과 비슷하며, 엘프에는 못 미치지만 미모가 빼어나다. 체력은 인간과 엘프의 중간 정도다.

옥스족(Ox)

미노타우로스와 마찬가지로 사람의 몸에 소머리로, 인간보다 고위 생물에 속하는 종족이다. 지능과 힘이 뛰어나다. 미노타우로스와는 외양만 비슷할 뿐 근본적으로 다르다.

◆ 직업

길드(Guild)

'집단', '조합'이라는 의미다. 상인 길드나 선원 길드 같은 평화적인 길드도 있지만, 아사신 길드와 같은 암살자 길드도 존재한다. 그중 가이라스 왕국의 상인 길드와 말스 왕국의 아사신 길드는 역사적으로도 유명하다.

나이트(Knight)

고급 무사의 통칭. 프리 나이트를 제외한 기사직은 왕이나 영주, 군주가 내린다. 숭고한 정신을 지닌 최고 실력의 기사는 '패러딘'이라 하여 따로 분류한다. 가이라스 왕국의 템플러는 레호아스교의 신탁을 받는 성직 기사다.

노예 상인

사람들을 납치 혹은 유혹하여 경매로 파는 자들을 말한다. 말스 왕국이나 가이라스 왕국에서는 법으로 금지하고 있지만 로하가스 제국에서는 금지하고 있지 않다. 단, 로하가스 제국에서는 제국 국민을 거래하다 발각되면 무조건 사형에 처해진다.

아사신(Assassin)

말스 왕국 창건 이전부터 존재한 암살자들의 통칭. 사막 부족에서 유래되었기에 터번과 로브(Robe)를 착용하며, 무기 역시 시미터를 주로 사용한다. 주로 길드를 이루어 행동한다. 암살에 관한 모든 기술을 통달하고 있으며, 개개인의 무술 실력은 왕국의 웬만한 정예 대원보다 뛰어나다. 나름

의 역사와 전통도 가지고 있기에 아사신이란 직업은 그리 나쁘게 인식되
지는 않는다.

용병

일정한 대가를 받고 싸우는 전사들로, 개개인의 실력은 기사와 비교해도
손색이 없다. 철저한 실전 무술로 무장하고 아류(亞流)의 무기를 사용하는
보통 병사들은 그들을 가장 두려워한다.
용병의 철칙은 다음과 같다.

　1항 ― 대가를 받은 만큼만 검을 휘두른다.
　2항 ― 아이와 여자를 가장 먼저 찾아라. 그들은 살상 횟수를 높이는 데
　　　　요긴하다.
　3항 ― 2항에 대한 양심의 가책이 느껴질 경우, 집으로 돌아가라. 그것
　　　　이 정신 건강에 이롭다.
　4항 ― 상대가 더 많은 돈을 주면 그 즉시 이전의 계약을 파기한다. 당신
　　　　은 업자다.
　5항 ― 동료 용병을 신임하라. 그들은 동업자다.
　6항 ― 냉정, 침착하라.
　7항 ― 건강을 소중히 하라.

7호장

말스 왕국 내 최고 무관을 뜻한다. 그들의 선발 기준은 엄격하기 이를 데
없다. 최고의 무술 실력을 갖춰야 함은 물론이고, 선대 7호장들에게 인정
받아야 다음 대의 7호장이 될 수 있다. 그러나 가이라스 왕국의 최고 무관
마스터 템플러에 비하면 발언권 등이 떨어지는 편이다.

템플러(Templer)

가이라스 왕국 최고, 최강의 정예부대로 오랜 전통을 지니고 있다. 레호아
스 신의 신탁을 받은 전사만이 템플러의 자격을 얻는다. 일정 수준의 무술
과 마법 실력을 지니지 못하면 신탁을 받지 못한다. 국왕조차 템플러를 마
음대로 임명하지 못한다.

프리 나이트(Free Knight)

나라나 왕에게 얽매이지 않는 기사를 말한다. 프리 나이트의 전승은 스승이 제자에게 물려주는 식으로 이어진다. 대체로 용병 생활을 하지만, 그들의 실력은 실전에서 비롯된 검술과 마법으로 인해 웬만한 왕국의 고급 실력을 갖춘 기사보다 높다.

마수사

마수를 조종하는 능력을 지닌 사람을 일컫는다. 흉폭한 마수를 애완동물처럼 부리는 그들의 능력은 전투 시 발휘된다. 데리고 다니던 마수가 죽으면 그들을 정성껏 제사 지낸다. 그렇게 하지 않으면 다른 마수들이 따르지 않기 때문이다.

마스터 템플러(Master templer)

템플러의 총지휘자. 가이라스 왕국 내의 최고 무관이다. 가이라스 왕국에서는 군사적인 발언권이 상당히 강하지만 정치에는 절대 관여할 수 없다. 마스터 템플러에게는 마법검 노바로드가 주어진다.

◆ 신

고신(古神)

'신계 혁명' 이전의 신을 일컫는 총칭. 신계 혁명이란 현재의 주신이 이전의 주신 '오딘'에게 신의 자리를 빼앗으면서 발생한 일종의 세대교체를 말한다. 오딘을 비롯한 다수의 고신은 평화적으로 현재의 신들에게 자리를 넘겨주었지만, 거기에 반발하여 고신 전쟁을 일으킨 소수의 고신은 신으로서의 위치를 완전히 박탈당한 채 여러 차원계로 뿔뿔이 흩어졌다. 쫓겨난 고신들은 대개 영혼만이 구천을 떠돌지만, 일정 기준 이상의 '힘'을 가지게 되면 다시 육체를 얻을 수 있다.

레브라(Revra)

선신 계열의 신으로, 영광과 충성을 상징한다. 말스 왕국에서 주로 신봉한다.

레호아스

레브라와 같은 선신 계열의 신으로, 탐구와 진취를 상징한다. 가이라스 왕국의 템플러들은 이 신의 신탁을 받아야만 정식 템플러로 활동할 수 있다.

오딘(Odin)

현재의 주신에게 항복한 고대의 주신. 현재는 신계 구석에서 조용히 시간을 보내고 있다. 리오에게 각종 검술과 성전(聖戰)이라는 이름의 파괴 검술 지하드(Jihard)를 가르쳐 준 장본인.

셰이드(Shade)

어둠의 정령. 공포와 혼돈뿐 아니라 안식의 힘도 주관한다. 주위에 셰이드가 없으면 잠을 잘 수 없다.

윌 오 위스프

빛의 정령. 청백색의 빛이 나는 공 모양으로, 둥실둥실 하늘에 떠서 이동한다. 횃불과 같은 밝기로 주위를 비춘다.

◆ 생물

드래곤(Dragon)

신에 가장 근접한 존재이면서 때론 능가하기까지 하는 모든 생물의 정점이다. 크게 서룡족, 동룡족, 마룡족으로 나누어진다.

드래곤 퍼피(Dragon Puppy)

드래곤의 유생. 아이라고는 하지만 강하기는 두말할 나위 없다. 그러나 성장한 드래곤에 비해 약하기 때문에 드래곤 킬러들의 첫 번째 표적이 되기도 한다.

리자드맨(Lizardman)
신장은 2~2.3미터에 파충류의 모습을 한 인간형 몬스터로 몸이 비늘로 둘러싸여 있다. 턱과 입술이 고정되어 있어 인간처럼 말을 하지는 못하지만 울음소리로 의사 소통을 한다. 생고기를 즐겨 먹으며, 전투가 끝난 후 전리품을 모으는 습성이 있다. 주로 습지에 서식한다. 단, 고위 종족인 로얄 리자드맨은 인간의 언어를 할 줄 알며, 호전적이지도 않다.

리치(Lich)
일반적인 언데드 몬스터와는 다르다. 태양빛 아래서도 움직일 수 있으며 강한 힘을 지닌다. 사마법에 의해 강제로 리치화(化)되거나 자기 자신이 리치로 변하는 것, 두 가지 방법을 통해 리치가 된다. 공통점은 두 가지 경우 모두 피술자의 정신력이 기준치 이상으로 높아야만 한다는 것이다.

맨티스 크루저(Mantis cruiser)
초대형 사마귀. 사람과 비교해 1.5배 정도의 신장을 지닌다. 두뇌는 그리 뛰어나지 않지만 감각과 힘, 속도가 뛰어나 헌터들 사이에서는 가장 상대하기 힘든 종으로 알려져 있다.

미노타우로스(Minotaurs)
사람의 몸에 소의 머리를 가진 거인. 지능이 낮고 육식을 하는 광폭한 종족으로 괴력을 자랑한다. 커다란 곤봉이나 배틀 액스(Battle axe: 전투 도끼)를 지니고 있기도 하다. 고위 종족인 '옥스족'은 미노타우로스와 외양만 비슷할 뿐 근본적으로 다르다.

브롤(Brol)
지능이 뛰어나다. 인간과 비슷한 신장에 두상과 팔다리가 길다. 몸은 왜소하지만 단단한 편이다. 종족의 상징은 반월형 검이다. 동료애는 깊지만 지휘 능력이 별로 없어 주로 외인부대처럼 몰려다닌다. 투지가 뛰어나 용병으로 자주 활약한다.

샌드 웜(Sand worm)

어스 웜과는 달리 각 개체가 생식능력을 가지고 있으며, 몸집도 비교할 수 없을 정도로 크고 힘도 세다. 오로지 모래 속에서만 살며 인간의 마을을 자주 급습한다.

어스 웜(Earth worm)

외양은 큰 지렁이와 비슷하다. 땅속에서 살며, 작은 동물이나 인간을 습격해 살아간다. 보통의 어스 웜은 생식능력이 없지만 마더 어스 웜은 분열법으로 생식한다. 마더 어스 웜을 중심으로, 광범위한 지역에 걸쳐 산다.

투르바(Toorba)

언뜻 보면 브롤과 외양이 비슷하지만 두상이 작아 구별이 쉽다. 드워프와 맞먹을 정도로 손재주가 뛰어나고, 집중력 역시 인간을 능가한다. 그들이 만든 저격용 루비 렌즈 고글과 크리스털 포인트 화살을 그들 자신이 사용했을 때 1킬로미터 밖의 상대를 가볍게 넘어뜨릴 수 있다.

그레이트 덤브(Great Dumb)

온몸에 털이 난 거대 생물. 몸의 형체와 크기가 코끼리와 비슷하지만, 두상은 소와 비슷하다. 초식동물이며 매우 온순하다. 울음소리를 내지 않는다.

발키드(Valkid)

토룡이라고도 불리지만 드래곤과는 무관하다. 오히려 지네에 가까운 용모를 지녔다. 수십 미터에 달하는 대형 종이지만 성격은 그리 호전적이지 않다. 그러나 화가 나면 이것만큼 두려운 마수도 없다. 입에서 내뿜는 산성 체액은 바위를 녹일 수도 있다.

버서커(Berserker)

분노의 정령 '퓨리'에게 혼을 지배당하는 광(狂)전사. 자연적으로 버서커가 되는 경우는 거의 없고 대부분 사마법에 의해 만들어진다.

오버와처(Overwatcher)

공 모양의 몸에 커다란 눈이 박힌 마물. 몸에 다른 작은 눈들이 버섯처럼 솟아나기도 한다. 눈이 많을수록 강하다. 낫과 다리가 달린 종은 오버와처 나이트라 불리는 상위 종으로 강한 마법을 사용하며 영악하다.

스켈레톤(Skeleton)

움직이는 해골. 사악한 마법사나 마족, 악마에 의해 움직인다. 자기 의지가 없으며 명령대로만 임무를 수행한다. 몸이 완전히 부서지거나 재가 될 때까지 목표를 공격한다. 의식이 없는 탓에 상대가 드래곤이어도 공격한다. 용병들이 제일 싫어하는 상대다.

키라버스

원시 생물인 샤벨 타이거와 외형이 흡사하다. 항상 두 마리가 짝을 지어 다닌다는 점이 특징. 상아를 연상케 하는 거대한 어금니와 두툼한 앞발이 주무기. 집채만 한 몸집에도 불구하고 야수의 몸놀림을 지닌 무서운 거대 야수다.

키마이라(Kimaira)

양과 사자의 머리, 사자의 몸, 박쥐의 날개, 꼬리가 뱀으로 이루어진 복합 괴물. 드래곤만큼이나 강하지만 지능은 상당히 낮다. 마수사들이 가장 다루기 쉽다.

히드라(Hydra)

머리가 여러 개 달린 마수. 머리는 여러 개지만 사고 능력을 지닌 머리는 단 하나이며, 다른 머리들은 눈과 입의 역할만 할 뿐이다. 각각의 입에서 뿜어내는 브레스는 드래곤보다 위력이 약하다. 머리가 많을수록 강하다.

◆ 마법

마력

마나(Mana)라고 부르기도 한다. 마력은 쉽게 말하자면 초자연적인 힘이나 정신 그 자체에서 뿜어 나오는 힘을 뜻한다. 상당한 수준의 마법사는 마력만으로도 물건을 움직일 수 있다.

사념 증폭술

대상자의 정신적인 사념을 극대화해서 피술자를 괴물로 만들어 버린다. 사념이 크고 강할수록 피술자는 점점 강한 괴물로 변한다. 사마법의 하나다.

사마법(邪魔法)

저주나 감염, 또는 피술자의 영혼과 육체를 마음대로 조종하는 마법이 주를 이룬다. 사마법은 주로 마족이나 악마, 사악한 마법사들이 사용한다.

석화 마법

대상자를 돌로 만들어 버리는 마법으로, 마법을 푸는 것도 상당히 까다로울 뿐 아니라, 영원히 풀 수 없기도 해서 위험하다. 마법사가 만든 금바늘이나 디스펠 등의 주문으로 해제할 수 있다. 단, 해제하는 마법사의 수준이 석화 마법을 건 마법사의 수준보다 높아야 한다.

신성 마법

신의 힘을 빌리는 마법. 대부분의 치유 주문이 이 계열에 속한다. 신성 마법을 쓰는 사람은 주로 신관이나 수녀다.

치유 마법

치유 마법은 말 그대로, 마력으로 상처나 병을 치유하는 마법이다.

파이어 볼(Fire ball)

마력으로 만든 화염을 공 모양으로 뭉쳐 목표에 쏘는 마법. 거의 직선으로 날아가지만 마법사의 수준에 따라 유도성을 띠기도 한다. 파괴력이 상당하다.

파이어 솔(Fire Soul)
파이어 볼과 비슷한 모양을 하고 있지만 사용 방법은 다르다. 파이어 볼과는 달리 사용자의 의지에 따라 자유자재로 상대를 공격할 수 있다. 위력은 강하지 않다.

파이어 크레이브(Fire Crave)
마법검 전용 마법. 고급 마법인 탓에 보통의 검에 걸면 검이 녹아 버린다. 화염의 속성과 거대한 폭발력을 검에 심어 준다.

플레어(Flare)
범용 마법. 1급의 이 마법을 쓰는 자는 극히 적다. 과학적으로 이 마법을 설명하자면, 핵융합이란 말이 적합하다. 공기 중에 떠도는 입자를 가속, 융합해서 얻은 순수한 파괴 에너지로 상대나 물체를 공격한다. 그 파괴력은 상상을 불허한다.

항마성(降魔性)
마법 등에 대항하는 힘을 뜻한다.

버닝(Burning)
자체적인 유도성이 전혀 없는 화염계 마법. 그러나 같은 급수의 공격 마법 중에서는 물리적 파괴력이 가장 뛰어나다.

워프(Warp)
마법을 이용한 순간이동. 워프 서클을 떠올린 다음 원하는 곳으로 이동한다. 그러나 이동을 원하는 곳에도 워프 서클이 생성될 수 있어야 한다. 공간을 뒤틀기 때문에 웬만한 1급의 마법보다 마력 소모가 크다.

인페르노(Inferno)

2급 마법. 적색 광선을 띠고 있으며, 한 번 사용 시 수백 발의 광선이 마법진에서 뿜어져 나온다. 광선 하나하나의 파괴력은 파이어 볼보다 훨씬 강력하다. 유도성이 높고, 광범위한 살상 능력을 지닌 마법이다.

커미트(Comet)

4급 광(光) 계열 마법. 주위에 떠도는 광입자를 일순간 가속시켜 기둥처럼 뿜어낸다. 광자력에 의한 충격이 대단하다.

헤르메스 애로

수십 개의 광탄(光彈)으로 상대나 물체를 공격하는 마법인 라이트 스플래시(Light Splash)와 비슷하지만 마법탄의 수가 더 적다. 그러나 목표를 찾는 힘은 확실하다. 각각의 마법탄은 사용자의 의지로 빚어내는 정신과 덩어리다.

◆ 무기

그룬가르드(Groonghard)

전체적으로 적갈색을 띤 장창. 염창 '이그니스'와 쌍벽을 이루는 화염계 창이다. 사용자의 정신을 흐트러뜨리는 흉기인 수라도를 봉인하기 위한 칼집에 불과하지만 성능은 뛰어나다.

노바로드(Novarod)

화염의 마검. 사용자의 기가 높아질수록 날에서 뿜어져 나오는 불꽃이 강해지는 장검이다.

디바이너(Diviner)

주신이 만든 5대 신검 중 하나. 락토레리움으로 만들어져 있으며, 검이 가진 자체적 속성은 없다. 기술, 마법검의 위력을 100퍼센트 소화할 수 있는 유일한 검이다. 하지만 강도는 다른 5대 신검에 비해 상당히 떨어진다. 검 자체는 보라색을 띠며, 외형상의 특징은 없다.

레이피어(Rapier)

날의 폭이 좁은, 얇고 긴 양날 검. 이 검은 탄력이 있으며, 베기보다는 찌르기 기술에 중점을 두고 설계되었다. 무게는 여성도 사용할 수 있을 만큼 가볍다.

무명도(无冥刀)

얇고 매끈한 곡선의 외형을 지닌 도검. 그 예리함과 강도는 가즈 나이트들이 가진 무기 중 최고다. 반사광은 푸르스름하지만 사용자가 분노하면 적색을 띤다. 명계(冥界)의 도공이 혼의 불꽃으로 제련했기 때문에 주인이 아닌 자가 느끼는 도의 무게는 상상을 초월한다.

바스타드 소드(Bastard Sword)

보통 한 손으로 사용하지만, 상황에 따라 양손 모두 사용할 수 있도록 손잡이를 길게 만든 검이다. 디바이너는 바스타드 소드 계열의 검이다.

시미터(Scimitar)

형태상 특징은, 초승달같이 유연하게 휘어지는 몸체와 날과는 반대로 휘어져 있는 손잡이다. 검의 날이 휘어질수록 베는 위력이 강해진다. 파도 모양의 특수한 형태로 된 것도 있다.

파라그레이드(Pharagrayd)

리오의 옛 동료 버틀렌이 자신의 아버지와 대를 이어 만든 오리하르콘제 검. 사용자가 검에 기를 불어넣으면 그 기가 절삭성이 높은 반물질 날로 바뀐다. 대검이면서도 소검인 다용도 검이다.

핼버드(Halberd)

창에다 도끼와 같은 날과 열쇠와 같은 돌출부를 단 무거운 무기다. 도끼날은 최대한 충격을 주기 위해 단 것이다. 도끼날의 끝은 뾰족하며, 끝으로 갈수록 점점 가늘어진 형태다. 날 뒤에는 갑옷을 뚫거나 말을 타고 있는 사람을 떨어뜨리기 위한 갈고리가 달려 있다.

다크 팔시온(Dark Falchion)
보통의 팔시온보다 훨씬 길고 날카로운, 가즈 나이트 바이론의 전용 대검. 주신의 5대 신검 중 하나다. 암흑의 힘과 중력을 조절할 수 있는 능력이 있다. 외형상 팔시온과 비슷하다.

드래곤 슬레이어(Dragon Slayer)
드래곤의 뼈로 만들어진 흰색 자루가 포인트인 장검. 특히 드래곤에게는 상당한 파괴력을 발휘한다. 전 차원계에 걸쳐 상당수가 퍼져 있다.

발리스타(Ballsta)
성을 공격할 때나 성안에서 방어하면서 버틸 때 사용하는 대형 기계 활. 거대한 화살을 성벽 위로 넘기기 위해 만들어졌지만, 때에 따라 대형 마수와의 대결 때도 사용된다.

팔시온(Falchion)
곡선을 이루는 거대한 날을 가진 대검. 130~150센티미터 정도의 길이에 두께와 무게가 엄청나다. 파괴를 주목적으로 하는 검이기에 예리함보다는 무게가 중시된다.

◆ 방어구

가죽 갑옷
여러 장의 가죽을 겹쳐 만든 단단한 갑옷으로 가볍고 간편하다. 갑옷이라고는 하지만 물리적 안정감보다는 갑옷을 착용했다는 정신적 안정감에 만족해야 할 정도로 방어력이 형편없다. 그러나 드래곤의 가죽 등으로 만

들어졌을 때는 얘기가 달라진다.

건틀릿(Gauntlet)

손등을 감싸는 장갑으로 팔목 부분까지 이어져 있다. 검술 시 검을 받치는 받침대 역할도 하고, 백병전 시 격투용으로도 사용된다. 뿔과 같은 장식이 달린 것도 있다.

풀 플레이트 메일(Full plate mail)

판금 기술을 이용한 갑옷이다. 모든 철판이 잘 맞물려 있고 공격 물체가 튕겨 나가도록 각도도 맞춰져 있다. 갑옷 표면은 금속을 아로새겨 멋있게 장식해 놓았다. 방어력은 뛰어나지만 땀의 배출, 행동의 부자연스러움이 단점이다.

하프 플레이트 메일(Half plate mail)

가슴과 어깨, 그리고 팔과 다리 부분만을 가리는 갑옷. 활동성을 중시한 탓에 복잡한 장식이나 관절 보호대 등은 없다. 그러나 가려진 부분의 방어력은 믿을 만하다.

◆ 공격술

마법검

가속성(加屬性) 공격술. 검이나 기타 무기에 마법을 걸어 공격하는 기술로, 어떠한 형태의 적이라도 상대가 가능하다. 하지만 이론은 간단해도, 실제로 물체에 공격성의 마법을 걸기는 상당히 어렵다. 전설의 기술로 알려져 있다.

기가 피니셔(Giga-Finisher)

드래곤 로드의 브레스를 지칭한다. 별개로 칭해질 정도로 그 파괴력은 초신(超神)의 수준을 자랑한다. 속성도 따로 정해지지 않았고 마법도 아닌 탓에 방어는 불가능하다. 최대한도로 축적해 내뿜었을 시, 행성의 절반이 날아갈 정도다.

데이브레이크(Daybreak)

리오의 최종기. 태양 에너지를 무속성 에너지로 변환해 상대를 공격한다. 모은 시간에 비례해 파괴력이 증가하며, 짧은 시간 동안 모았다 하더라도 그 파괴력은 절대적이다. 시간만 적절하다면 행성 하나쯤은 간단히 없앨 수 있다. 단, 태양이 없는 곳에서는 불가능하다는 것이 유일한 단점이다.

브레스(Breath)

드래곤 등의 입에서 내뿜는 브레스는 뜻 그대로 숨결이라기보다는 공격성이 짙은 생체 병기의 생성물이라 할 수 있다. 속성이 깃든 브레스의 파괴력은 마법 과학이 만들어 낸 어떤 병기보다도 강력하다. 공중요새들이 사용하는 매직 캐논은 브레스를 인공적으로 만든 것이라 할 수 있다.

플레임 사인(Flame Sign)

슈렌의 창술 중 하나. 화염의 잔광이 어지러이 남는다 하여 플레임 사인이란 이름이 붙었다. 단, 슈렌 자신이 지은 이름은 아니다.

프로톤 드라이버(Proton-Driver)

드래곤 로드의 등비늘 속에 수정처럼 생긴 돌기들이 숨어 있는데, 그 돌기를 통해 공격적으로 방출되는 생체 에너지 덩어리를 말한다.

◆ 과학 병기

공중요새

마법의 힘으로 공중을 나는 로하가스 제국의 요새. 규모는 가지각색이지만 내장된 마법 병기들의 위력은 규모에 상관없이 가공할 만하다. 돌산을 외부, 내부에서 가공하여 만드는데, 그런 이유로 공중요새의 모습은 하늘을 나는 거대한 바위 같다.

어절트 슈츠(Assault suits)
제국의 주력 병기. 사용자의 정신력을 이용해 움직이는 기계 병기다. 외형
은 거대한 고릴라를 연상케 한다. 비행 능력이 있긴 하지만 공중요새에서
낙하할 때 안전하게 착륙하는 것을 도와주는 정도일 뿐이다. 팔과 몸체에
갖가지 근접 무기가 숨겨져 있다. 발리스타의 역할을 하는 원거리 공격용
어절트 슈츠도 있다.

◆ 그 밖의 용어

뉴클리어(Nuclear)
핵폭탄을 말한다.

드래고니스(Dragonees)
서룡족의 성전이자 전 용족 최고, 최강의 요새. 전투 지역과 주거 지역으
로 나뉘어 있다. 주동력은 오리하르콘 결정체의 막대한 힘을 기초로 한 원
소 융합 에너지. 전투 지역과 주거 지역을 합친 드래고니스의 크기와 부피
는 작은 도시국가와 맞먹는다.

몬스터 헌터(Monster Hunter)
몬스터를 처리하고 돈을 받는 직업. 수준은 상급, 중급, 하급으로 매겨져
있다. 수준에 따라 받는 돈도 차이가 난다.

락토레리움
디바이너의 재료. 순수 상태일 때는 보라색 가루이지만, 가공한 연도가 길
어질수록 강도 높은 금속의 형태를 갖춘다. 오리하르콘 다음으로 희귀하
고 제련하기 어렵다. '완전 무속성'의 특성을 가지고 있다.

스크롤(Scroll)

마법 주문이 적혀 있는 두루마리. 주문을 외우지 않아도 곧바로 마법이 발동된다는 장점이 있다. 그뿐만 아니라 발동되는 시간도 조절할 수 있다.

웜 홀(Worm Hall)

어스 웜들이 땅을 파서 생긴 구멍. 어스 웜이 주거지로 돌아가는 길인지, 보통의 길인지는 구별하기 어렵다.

오리하르콘(Oriharcon)

순수한 은이 자연 상태에서 엄청난 열과 압력을 받아야만 생성된다는 신비의 물질. 금속에 가깝지만 그 유용성은 모든 금속 중에서 최고다. 물질 자체가 가진 마법과 기(氣)에 대한 특성 때문에 주로 검과 부적을 제작하는 데 쓰인다. 그러나 서룡족은 오리하르콘을 결정화하여 에너지원으로 사용하기도 한다.

철목(鐵木)

묘목 때와는 달리, 자라면서 토지에 있는 철분을 양분으로 삼는다. 그 철분이 나무의 줄기로 가기 때문에 보통의 방법으로는 벨 수 없다. 쓸 데가 마땅치 않은 잡목이다.

결계(結界)

마법이나 기(氣) 또는 정신력 등으로 형성된 차단 공간이다.

라이트 스톤(Light Stone)

황금 합금. 야광석이라고도 한다. 미미한 빛을 내지만 뭉칠수록 빛이 강해진다.

젤 마리오네트(Jell Marionet)

죽은 오버와처의 몸을 통째로 가마니에 넣어 졸인다. 재료가 될 오버와처는 저주로 죽은 오버와처여야 한다. 며칠을 졸이다 보면 오버와처의 몸은 붉은색을 띤 걸쭉한 오버와처 블러드가 된다. 다른 생물체 속에 들어간 오버와처 블러드는 일정한 주문에 반응해 시술자의 의지대로 생물체를 움직이는데, 그것을 젤 마리오네트라 한다.

카오스 에메랄드(Chaos Emerald)
흑색에 가까운 보라색을 띤 수정. 세계에 떠도는 사념, 즉 분노나 원망, 절망 등의 감정을 카오스 에너지화하여 흡수하면서 점점 성장해 간다. 단, 인위적으로 땅속에 심어 놓지 않는 이상 키우기가 매우 어렵다.

화이트 블루(White Blue)
돌 속에서만 핀다는 희귀한 꽃이다. 흰색과 파란색의 그러데이션을 이루는 잎과 줄기의 조화는 아름다움의 극치를 이룬다. 화이트 블루가 가지는 의미는 '전설, 기적, 믿음'이다.

가즈 나이트 오리진 1

© 이경영, 2016

초판 1쇄 인쇄일 2016년 3월 31일
초판 1쇄 발행일 2016년 4월 7일

지은이   이경영
펴낸이   정은영
편집국장 사태희
책임편집 이지웅

펴낸곳   (주)자음과모음
출판등록 2001년 11월 28일 제2001-000259호
주소   04083 서울시 마포구 성지길 54
전화   편집부 (02)324-2347, 경영지원부 (02)325-6047
팩스   편집부 (02)324-2348, 경영지원부 (02)2648-1311
E-mail   neofiction@jamobook.com

ISBN 978-89-544-3562-8 (04810)
     978-89-544-3561-1 (set)